AF238984

Milena Moser · Der Traum vom Fliegen

MILENA MOSER

DER TRAUM VOM FLIEGEN

ROMAN

KEIN&ABER

Ebenfalls von Milena Moser:

Das schöne Leben der Toten
Land der Söhne
Mehr als ein Leben

1. Auflage November 2023
2. Auflage November 2023

Alle Rechte vorbehalten
Copyright © 2023 by Kein & Aber AG Zürich – Berlin
Covergestaltung: Maurice Ettlin
Satz: Dörlemann Satz, Lemförde
Druck und Bindung: GGP Media GmbH, Pößneck
ISBN 978-3-0369-5009-9
Auch als eBook erhältlich

www.keinundaber.ch

»Ich will mein eigenes Buch. Ich habe
mehr zu sagen als ihr alle zusammen.«
SOFIA

DER TRAUM VOM FLIEGEN

Sofia war im Sitzen eingeschlafen, auf dem breiten Bett in ihrem Zimmer, das mit Zierkissen, Nackenrollen und Stofftieren übersät war, mit Büchern, Zeitschriften, ihrem Laptop, ihrem Smartphone. Während der Pandemie war ihr Studium erst unterbrochen und dann zum Fernstudium umfunktioniert worden. Doch davon wollte sie sich nicht aufhalten lassen. Seit sie ein Kind war, wusste Sofia, was sie wollte. Fliegen. Sie wollte fliegen.

Sie wollte ins All. Schon während der Mittelschule hatte sie zielstrebig darauf hingearbeitet, zusätzliche Kurse in Physik und Mathematik belegt, frühzeitig abgeschlossen und sich daraufhin sofort beim renommierten Massachusetts Institute of Technology in Boston für einen Studienplatz in Raumfahrttechnik beworben. Sie war nicht nur aufgenommen worden, man hatte ihr sogar ein Stipendium angeboten.

Sie war eine der Besten ihres Jahrgangs. Gewesen. Denn in letzter Zeit schlief sie immer wieder ein, mitten in einer Recherche oder sogar einer Videovorlesung. Während des Lockdowns hatte sie das Zeitgefühl verloren und sich daran gewöhnt, nicht länger als zwei, drei Stunden am Stück zu schlafen, dafür immer wieder. Egal, ob es Tag war oder Nacht. Das konnte sie ohnehin nicht mehr klar voneinander unterscheiden. Als der Campus wieder geöffnet wurde, entschied sie sich, das

Fernstudium vorläufig weiterzuführen. Die Vorstellung, so weit von zu Hause weg zu sein, ihr Zimmer mit anderen zu teilen, die sie nicht kannte, dieselbe Vorstellung, die sie jahrelang mit Vorfreude erfüllt hatte, überforderte sie jetzt. Sie traute sich nicht mehr zu, ihr Zimmer zu verlassen, ihr Haus, ihre Straße, ihre Stadt.

Als sie aufwachte, war es dunkel. Neumond, erinnerte sie sich. Ihr Papa Santiago hatte beim Abendessen darüber gesprochen. Er glaubte an den Einfluss der Sterne auf sein Befinden und las so viele Horoskope, dass er immer irgendwo etwas Tröstliches fand.

Sofia setzte sich auf. Der Nachthimmel vor ihrem Fenster übte eine seltsame Anziehungskraft auf sie aus. Sie ging zum Fenster und schob es auf. Ihr Haus am oberen Ende der Nevada Street grenzte an den Bernal Heights Park. Sofias Zimmer ging auf den Park hinaus, dahinter sah sie die Lichter der Bay Bridge glitzern. An besonderen Feiertagen formierten sich die Lichter zu Mustern, zu Herzen oder Sternen, manchmal auch zu Buchstaben.

Und dann kauerte sie plötzlich auf dem Fensterbrett. Ohne darüber nachzudenken, war sie auf ihren Schreibtisch geklettert und durch die Fensteröffnung geschlüpft. Nun stand sie auf dem Dachvorsprung und breitete die Arme aus. Sie überlegte nichts.

Als Kind hatte sie geglaubt, sie würde das Fliegen ganz automatisch lernen, wie sie das Gehen gelernt hatte. Sofia war sehr behütet aufgewachsen. »Wir haben zu lange auf dich gewartet«, sagten ihre Papas immer. »Wir mussten zu lange darum kämpfen, eine Familie sein zu dürfen.« Bis zu ihrem Schuleintritt war das ganze Haus mit Treppengittern und Türsicherungen versehen, und noch vor wenigen Jahren hatte ein Metallgitter vor ihrem Fenster sie vor dem Herausfallen bewahrt. Trotzdem hatte sie alles versucht, unermüdlich war sie von jedem Mäuerchen, von jeder Treppenstufe gesprungen, mit wild rudernden, ausgebreiteten Armen. Unzählige Male war sie gegen das Schutznetz geknallt, das ihr Trampolin im Garten umgab. Etwas in ihr meinte zu wissen, wie es sich anfühlte, Flügel zu haben und diese zu bewegen. Sie war sich ganz sicher, dass die Fähigkeit zu fliegen irgendwo in ihr angelegt war.

Und dann hatte sie es einfach getan. Ohne darüber nachzudenken. Ihre Schulterblätter zogen sich zusammen. Sie breitete die Arme aus, bewegte sie erst vorsichtig, prüfend, dann immer bestimmter auf und ab, auf und ab. Sie blickte über den Park auf die Bucht hinunter, auf die Lichter des Frachthafens und der Brücke. Und sprang.

Einen furchterregenden Moment lang sackte sie ab. Ihr Zimmer lag im zweiten Stock, aber da ihr Haus in einen steilen Hügel hineingebaut war, waren es eher drei oder vier Stockwerke bis zur Straße hinunter. Vermutlich würde sie den Aufprall überleben, aber nicht ohne gebrochene Knochen. Eiskalte Angst erfüllte sie, der Augenblick dehnte sich, dann trugen sie ihre Arme. Oder eher, die Luft unter ihr trug sie. Wie eine Hand unter ihrem Bauch. Wie damals, als Papa Giò ihr das Schwimmen beigebracht hatte. Instinktiv ließ Sofia sich nach vorn kippen, bis sie liegend über ihrer Straße schwebte. Sie stieg höher und höher, sie flog über den kahlen Hügel des Parks und in den dunklen Nachthimmel. Zu den Sternen, dachte sie.

Ein nie gekanntes Glücksgefühl breitete sich in ihr aus, bewegte ihre Arme, trieb sie hinauf. Sie juchzte laut.

Bis heute hatte sie dieses Gefühl nicht vergessen. Trotz allem, was es nach sich gezogen hatte. Trotz allem, was seither passiert war.

Plötzlich ging es nicht mehr höher. Sie schwebte etwa sieben, acht Meter über dem Boden, musste vereinzelten Baumspitzen ausweichen und dem einen oder anderen Fernleitungsmast. Sie konnte in die Häuser hineinsehen und auf die Passanten herunter. Das wollte sie gar nicht. Sie wollte in den Himmel hinauf, ins All, sie wollte die Sterne sehen. Doch es waren die Menschen, die ihren Blick anzogen, die ihren Kurs bestimmten, und plötzlich fühlte Sofia sich unwohl. Sie konnte das Fliegen nicht so bewusst steuern wie das Gehen. Sie schien an einem unsichtbaren Strick zu hängen wie die Schauspielerin im Kindertheater, die den Peter Pan gespielt hatte. Sofia war zutiefst beleidigt gewesen, als sie die billige Täuschung erkannte. Einen Moment lang hatte sie geglaubt, einen Menschen fliegen zu sehen. Sie hatte geglaubt, dass es möglich war. Doch schon mit sechs oder sieben Jahren hatte ihr technisches Verständnis den Mechanismus hoch über der Bühne erkannt, der die Schauspielerin in der immer gleichen Spur hin und her führte, hinauf und hinunter.

So fühlte es sich jetzt an, als werde sie von unsichtbaren Stricken geführt, an fixen Schienen entlang. Wie ein Straßenbahnwagen. Würde sie den Heimweg wieder finden? Sofia hatte sich bisher kaum allein durch die Stadt bewegt, als Kind durfte sie nicht mal zum Eckladen am Ende der Straße gehen, geschweige denn öffentliche Verkehrsmittel benutzen. Mit sechzehn hatte sie den Führerschein gemacht, aber auch den nutzte sie nur, um Papa

Giò herumzuchauffieren, der das Fahren hasste. Dafür kannte er jede Abkürzung, jede Einbahnstraße und jedes Parkverbot. Unentwegt gab er Sofia Anweisungen, korrigierte und ermahnte sie, bis sie das Fahren genauso hasste wie er. Angestrengt schaute Sofia hinunter, versuchte, die Straßenschilder zu entziffern, sich zurechtzufinden. Sie bewegte sich vom Hügel weg Richtung Bucht, überflog den flachen Bayshore Boulevard mit seinen Autobahneinfahrten und Überführungen, Warenhäusern und Werkstätten. Und da war der eingezäunte Parkplatz, wo sie im Dezember immer ihren Weihnachtsbaum kauften. Jetzt lag er verlassen da. Es gab nichts zu sehen, und trotzdem zog es sie dorthin. Die unsichtbaren Stricke führten sie über den leeren Parkplatz hinweg.

Plötzlich hörte sie Stimmen. Schreie. Hilferufe. Mit einem Ruck zog es sie nach links, wo sich ein paar Obdachlose zwischen dem Zaun und den Abfallcontainern zum Schlafen eingerichtet hatten. Drei junge Männer traten auf die Liegenden ein, die in ihren Schlafsäcken gefangen waren.

»Nein!«, schrie Sofia. »Nein! Nein! Hört auf …« Ihre Stimme wurde vom Wind verschluckt. Sie strampelte und ruderte, doch sie konnte nicht landen, nicht tiefer fliegen. Hilflos hing sie in der Luft und schaute zu, zappelte über ihnen wie eine Marionette. Schreiend und schluchzend. Einer der Jugendlichen schaute kurz zu ihr auf, doch die Nacht war dunkel und der Himmel schwarz.

Sie wusste nicht, wie sie nach Hause gekommen war. Sie wusste nur, dass sie auf ihrem Bett aufwachte, zwischen ihren Büchern und Zeitschriften und elektronischen Geräten, umgeben von ihren Zierkissen und Stofftieren, und dass sie immer noch dieselbe Kleidung wie am Vortag trug. Sie musste während der Arbeit eingeschlafen sein, dachte sie, zwischen Formeln und Zahlen, wie so oft. Beruhigt ging sie ins Bad, zog ihren Pyjama an, putzte sich die Zähne. Es war ein Traum. Sie hatte immer schon stark und realistisch geträumt. Als Kind hatte sie sogar eine imaginäre Freundin gehabt. Ein ausgeprägtes Vorstellungsvermögen war gemäß ihrer Familientherapeutin Doktor Lilly ein Zeichen von Intelligenz und Kreativität.

Sie ging wieder ins Bett und schlief noch mal ein. Als sie endlich aufstand, hatte sie die Episode als Albtraum abgetan und schon beinahe vergessen.

EIN JAHR SPÄTER

Es war, als würden sie in die Ferien fahren. Ein verlängertes Wochenende an der Küste oder im Weinland, in einem dieser Wellnesshotels, die ihr Papa Santiago so liebte. Die Landschaft, die vor dem Fenster vorbeizog, war lieblich. Sanfte Hügel, trockenes Gras, letzte Nebelfetzen, die sich in den Bäumen verfingen. Sofia lehnte den Kopf an die Scheibe.

Papa Giò drehte sich zu ihr um. »Schau dir die braunen Flecken auf den Hügeln an, und wie sie verteilt sind«, dozierte er. »Hier kann man sehr schön verfolgen, wie der von unserer korrupten Regierung unterstützte, wenn nicht gar verordnete Wasserraub durch die Landwirtschaftsindustrie die Auswirkungen der verheerenden Dürrekatastrophe der letzten Jahre verstärkt und …«

Papa Santiago seufzte und drehte die Musik lauter. *Der Frühling.* Vivaldi hatten sie früher immer sonntags bei ihrem ausgedehnten Frühstück gehört. Sofia tanzte um die Küchentheke, während Santiago mit theatralischem Flair und dem Einsatz sämtlicher verfügbarer Töpfe Huevos Rancheros oder Chilaquiles zubereitete und Giò sie beide gerührt über den Rand einer Zeitungsseite beobachtete.

Sofia erinnerte sich, wie sich der würzige Duft nach gerösteten Tortillas und Salsa Roja in der offenen Wohnküche verbreitete, während sie tanzte und tanzte, ihre Arme dazu bewegte wie Flügel. Wie sie Blumen und

Schmetterlinge vor sich sah, Bäume, deren Äste sich im Wind wiegten, Vögel, die in der Luft schwebten. Wie sie sich damals schon eingebildet hatte, sie könne fliegen.

Das war sie gewesen: ein tanzendes Kind. Ein Mädchen, das Musik in Bilder verwandelte und Bilder in Bewegungen. Ein Mädchen, das fliegen wollte.

Sofia träumte nicht mehr vom Fliegen. Sie war kein Kind mehr. Die Mahlzeiten hatten sich zu einer Kampfzone entwickelt. Und die Papas beobachteten sie mit zunehmender Besorgnis. Sie setzte ihre Kopfhörer auf, um die Sonntagsmusik auszublenden, die besorgten Stimmen, die Erinnerungen. Sie schloss die Augen und öffnete sie erst wieder, als Santiago vor dem Fishetarian Market in Bodega Bay anhielt. Hier hatten sie auf ihren Ausflügen immer Halt gemacht. So oft waren sie die endlose, kurvige alte Küstenstraße schon hochgefahren, hatten das Wochenende in Jenner oder Bodega Bay verbracht oder in Mendocino. Eine Zeit lang hatten sie sogar ein Ferienhaus in Sea Ranch gemietet, aber am Ende hatten sie es doch zu wenig genutzt, um die Ausgaben zu rechtfertigen. Ihr heutiges Ziel lag nicht weit davon entfernt, etwas außerhalb von Gualala auf einer steilen Klippe über dem Meer.

»Kommt, wir machen eine Pause«, sagte Santiago. »Es ist schließlich fast Mittag. Was meinst du, Sofikind, noch einmal so richtig schön gebackene Austern essen? Mit Fritten und Tartarsauce und allem Drum und Dran?«

Papa Giò seufzte und schüttelte den Kopf. »Du tust ja grad so, als käme sie ins Gefängnis«, sagte er steif.

»So hab ich's doch nicht gemeint! Ich wollte nur … Nichts kann man recht machen!«

»Es geht ja hier auch nicht um dich, mein Lieber.«

Früher hatten die Papas nie gestritten. Und auch jetzt taten sie es nur ihretwegen. Schon deshalb hatte Sofia in den Plan eingewilligt. Wenn sie nicht mehr da wäre, wenn sie sie nicht ständig anschauen müssten, würden sich die Papas schnell wieder entspannen, dachte Sofia. Sie würden sich keine Sorgen mehr machen, würden keinen Grund mehr haben, zu streiten.

»Ich hab keinen Hunger«, sagte sie deshalb. »Ich würd ehrlich gesagt lieber durchfahren.«

»Tut mir leid, Liebes«, murmelte Santiago, während er den Wagen wendete. »Ich hab nicht … ich wollte nicht …«

»Kein Problem.« Plötzlich wollte sie es nur noch hinter sich bringen. Sie setzte die Kopfhörer wieder auf, die das gereizte Tuscheln ihrer Papas dämpften, die gegenseitigen Schuldzuweisungen: »Wie oft muss ich dir erklären …«, »Ich habs ja nur gut gemeint …«

Sie seufzte laut, und das Getuschel verstummte. Dann musste sie eingeschlafen sein, trotz der kurvigen Fahrt, während der ihr als Kind immer schlecht geworden war.

Sie wachte auf, als sie Kies unter den Rädern knirschen hörte. Mühsam richtete sie sich auf und wischte sich mit dem Handrücken übers Gesicht. Sie fühlte sich verschwitzt und unwohl. Als sie die Tür öffnete, strömte kalte, salzige Meeresluft ins Auto. Nebelfetzen hingen in den Spitzen der knorrigen Zwergpinien und der Zwiebeltürme, die an eine russische Kirche erinnerten. Das quadratische, zweistöckige Gebäude war aus verwittertem grauem Holz gebaut und mit Buntglasfenstern und Mosaikkacheln verziert. Russische Einwanderer hatten den Baustil in dieser Gegend geprägt, Papa Giò hatte ihnen das auf der Fahrt ausführlich erklärt und auf Ferienhäuser hingewiesen, die wie Datschas aussahen. Doch Sofia erinnerte sich nicht an die Einzelheiten. Früher hatte sie ein nahezu perfektes Gedächtnis gehabt, was sie einmal gelesen oder gehört hatte, war für immer in dem ordentlich sortierten Archiv in ihrem Kopf gespeichert.

Auch das hatte sie verloren. Auch das hatte das letzte Jahr ihr genommen.

Santiago öffnete die Fahrertür, stieg aus, streckte die Arme über den Kopf und dehnte seinen Rücken. »Sieht doch sehr ansprechend aus«, rief er, der ewige Cheerleader. »Wie ein Wellnessresort, nicht?«

Sofia fühlte sich eher an ein Gruselschloss aus einem Horrorfilm erinnert. Bestimmt würde die schwere, mit geschnitzten Holzbalken verzierte Eingangstür schauerlich knarren. Und sie würde nie wieder hier herauskommen.

Und wenn schon.

»Kostet ja auch genug«, murmelte Giò und biss sich sofort auf die Lippen. Schuldbewusst drehte er sich zu seiner Tochter um. »Was meinst du, Hühnchen, hältst du es hier aus?«

Sie zuckte mit den Schultern. »Ich denke schon«, sagte sie. Was sollte sie denn sonst sagen?

Los Pajaritos war kein Wellnesshotel, sondern eine Privatklinik, die sich auf Sucht- und Stresserkrankungen spezialisiert hatte. Sie war in den Fünfzigerjahren gegründet worden, um tablettensüchtige Filmstars fern von Hollywood zu entwöhnen. Jetzt diente sie mehrheitlich den höheren Angestellten der Tech-Industrie, die der verzerrten Realität und dem ständigen Druck ihrer Arbeitswelt nicht standhalten konnten. Die Fantasiepreise, die diese bezahlten, ermöglichten auch Krankenkassenpatientinnen wie Sofia einen zeitlich beschränkten Aufenthalt. Der Selbstbehalt war allerdings, wie Giò bemerkt hatte, immer noch beachtlich. Die Klinik vertrat einen innovativen Ansatz und konnte damit eine hohe Erfolgsrate halten. Wohlweislich nahm sie nur Süchtige auf, die den klinischen Entzug bereits hinter sich hatten, keine Rückfälligen, keine Opioidabhängigen, und auch das Körpergewicht musste in einem ungefährlichen Bereich liegen. Diese letzte Bedingung erfüllte Sofia immer noch.

Sie löste die Verlängerung ihres Sicherheitsgurts und öffnete die Tür. Dann legte sie sich seitlich auf die Rückbank, sodass sie ihre Beine aus dem Auto schwingen konnte. Es war nicht praktisch, so dick zu sein. Und auch nicht angenehm. Aber es ging nun mal nicht anders. Santiago war um den Wagen herumgekommen, um ihr zu helfen. Sie streckte die Arme nach ihm aus, wie sie es als Kind getan hatte, und er zog sie hoch.

Giò nahm ihre Reisetasche, Santiago hängte sich bei ihr ein. Sie hörte ihn schniefen und hasste sich einmal mehr dafür, dass sie ihren Papas solchen Kummer bereitete. Der Weg stieg leicht an. Die Kieselsteine drückten durch die dünnen Sohlen ihrer Turnschuhe. Sofia atmete schwer.

Doktor Lilly hatte die Klinik empfohlen. Die rothaarige Familientherapeutin begleitete Sofia, solange sie sich erinnern konnte. Doch hier war sie an ihre Grenze gestoßen.

»Eine Essstörung ist eine nicht zu unterschätzende

psychische Erkrankung«, hatte sie erklärt. »Sie ist chronisch und verläuft oft tödlich. Tut mir leid, wenn das brutal klingt, aber ich kann es nicht genug betonen.«

Sofia hatte keine Essstörung. Ihre Gewichtszunahme war eine bewusste Entscheidung gewesen. Sofia hatte sie, wie alles in ihrem Leben, gründlich überdacht. Und sie hatte auch keineswegs vor, in der Klinik abzunehmen. Ihr Gewicht erfüllte eine wichtige Funktion. Doch das konnte sie niemandem erklären. Man würde ihr nicht glauben. Man würde sie für verrückt erklären. Dann doch lieber süchtig, dachte sie.

Die Flügel der eisenbeschlagenen Türe schwangen von alleine und lautlos auf, bevor sie sie erreicht hatten. Ein stämmiger älterer Mann trat heraus. Er trug verwaschene Jeans und ein hellblaues T-Shirt mit dem Logo der Klinik, zwei stilisierten Vögeln im Flug. Wohin die wohl flogen, fragte sich Sofia.

In die Nüchternheit. In die Normalität. In die Freiheit.

Über Abgründe hinweg, so wie sie.

Der Mann hatte ein pockennarbiges Gesicht und muskulöse Unterarme mit verblichenen Tätowierungen. Seine langen grau melierten Haare waren zu einem dünnen Zopf geflochten, darüber trug er ein rotes Bandana als Stirnband. Ein klassischer Filmbösewicht. Die Papas blieben verunsichert stehen. Sofia war dankbar für die Pause, sie atmete schwer. Der kurze Anstieg hatte sie bereits überfordert.

»Sofia Gomez Bernasconi?« Der Mann streckte die Hand aus, Sofia schüttelte sie.

»Willkommen in Los Pajaritos. Ich bin Ken.«

»Ken?«, schnaufte Sofia.

Der Mann lachte. Seine Zähne waren überraschend weiß und strahlend.

»Tja, meine Eltern wollten einen echten Gringo aus mir machen. Aber ich seh wohl nicht aus wie ein Ken …«

»Bis auf die Zähne«, rutschte es Sofia heraus.

»Ja, die sind erstklassig, was! Teuerste Variante.« Er grinste breit, um sein Gebiss zu zeigen. »Das Erste, was ich mir geleistet habe. Da kannst du noch so lange clean sein, die ruinierten Zähne stellen dich sofort als Meth Head bloß. Aber jetzt seh ich doch voll respektabel aus.«

Die Papas nickten und machten höflich zustimmende Geräusche.

»Na, dann wollen wir mal.« Ken nahm Giò die Reisetasche aus der Hand und drehte sich um. Als die Papas ihm folgten, blieb er stehen. »Ihr wisst, dass Besuch erst nach vier Wochen wieder erlaubt ist, ja?« Seine heisere Stimme klang sanft. Er sprach in diesem nachsichtigen Ton, den Doktor Lilly manchmal auch anschlug.

»Aber wir dürfen schon schnell mit reinkommen?«

»Tut mir leid, das sind die Bestimmungen. Die ersten vier Wochen keinen Kontakt.«

»Vier Wochen!«

Giò legte seine Hand auf Santiagos Schulter. »Das wussten wir, *mi amor.*« Es war selten, dass Giò seine Gefühle so offen zeigte. Dass er Santiago vor einem Fremden *amor* nannte, verriet Sofia, wie aufgewühlt er war.

»Können wir denn nicht wenigstens …?«

Ken schüttelte den Kopf. »Tut mir leid, keine Anrufe, Nachrichten, E-Mails, etc. Ihr könnt aber gern noch mal mit Frau Doktor Rose sprechen, bevor ihr geht.«

Er nahm sein Handy vom Gürtel. Sein Blick war freundlich. Sofia fragte sich, was er sah: ein reiches, behütetes Mädchen aus San Francisco, das sich bis zum Platzen vollgefressen hatte? Sie wünschte, sie könnte es ihm erklären. »Ich habe meine Gründe«, wollte sie sagen. »Ich habe einen Plan.«

Santiago weinte jetzt haltlos, Giò legte die Arme um ihn und zog ihn an sich. Sofia hasste sich.

»Danke, Ken«, sagte Giò über Santiagos Schulter hinweg. »Wir wussten ja eigentlich, wie es abläuft. Es ist nur … Sofia …«

»… ist euer kleines Mädchen«, sagte Ken sanft. »Das versteh ich doch.«

Sofia ließ sich von ihren Papas umarmen. Ihre Arme reichten nicht mehr um ihren Körper herum. Sie wandte sich ab und folgte Ken durch die Flügeltüren, die sich lautlos hinter ihnen schlossen.

Das Innere der Klinik wirkte erstaunlich schäbig. Verstaubte Deckenlampen flackerten in den düsteren Gängen, die dunklen Holzwände waren mit schlecht gerahmten, verblichenen Schwarz-Weiß-Fotografien geschmückt, auf dem Flurboden lag ein trauriger grauer Läufer, mehr schlecht als recht auf die Holzdielen genagelt. Sofia versuchte, mit Ken Schritt zu halten. Doch der Flur war zu schmal für sie beide. Immer wieder blickte Ken über die Schulter zu ihr zurück.

»Du wirst dich hier schnell zurechtfinden«, sagte er. »Das Gebäude ist um einen Innenhof angelegt, den wir immer noch die Raucherlounge nennen, obwohl das

Rauchen auf dem ganzen Klinikgelände natürlich schon längst verboten ist. Hier.« Er öffnete eine altmodische Glastüre mit eingelegten Blumenornamenten. In dem kargen Innenhof hatte sich der Nebel gestaut. Wieder dachte Sofia an einen Horrorfilm. An Bösewichte, die in den grauen Schatten lauerten. Unter einem Vordach standen Bänke in regelmäßigen Abständen, drei auf jeder Seite. Das hingegen gefiel ihr. Die Pajarito-Klinik hatte nur zwölf Therapieplätze. Und im Hof standen zwölf Bänke. Sofia würde eine ganz für sich allein beanspruchen können. Sie musste sich von den anderen absondern. Sie musste sich in Acht nehmen, wenn sie ihr Geheimnis wahren wollte.

»Den Innenhof kannst du von allen vier Seiten betreten. Hier rechts vom Flur gehen die Behandlungsräume ab. Einzeltherapie, Gruppentherapie, Kunst und Körper. Die erste Tür direkt neben dem Haupteingang, das ist das Sprechzimmer von Doktor Rose. Da hast du gleich dein Einführungsgespräch.«

Sofia nickte. Sie versuchte, sich zu orientieren. Auch damit hatte sie früher nie ein Problem gehabt. Die Papas hatten sich auf Reisen eher auf Sofias Orientierungssinn als auf ihr GPS verlassen. Jetzt musste sie immer wieder über die Schulter zurückschauen, um sich zurechtzufinden.

Ken schien ihre Verwirrung nicht zu bemerken. Vielleicht ging es ja allen Neuzugängen so. »Aber erst zeig ich dir dein Zimmer«, fuhr er fort. »Wie gesagt, wir haben zwölf Gäste, auf zehn Zimmer verteilt. Die sind alle oben.« Er deutete auf eine düstere, dunkle Holztreppe. »Die meisten Gäste haben Einzelzimmer, aber die jüngeren werden manchmal zusammengelegt. Aus therapeutischen Gründen, nicht etwa, weil du Kassenpatientin bist!«

So viel zu ihrem Plan, sich abzusondern, dachte Sofia.

Das Zimmer war so schäbig wie der Flur. Zwei schmale, mit gestreiften Wolldecken abgedeckte Betten standen im rechten Winkel zueinander, auf der anderen Seite ein einziger breiter Holzschrank und ein fast leeres Regal, in dem einige zerfledderte Taschenbücher neben einem verstaubten Kaktus aus Keramik standen. Auf dem Fußboden ein Flickenteppich, darauf eine grell orangefarbene Yogamatte. Ein halbrunder Erker mit leicht angelaufenen Fensterscheiben würde den Blick auf den Ozean freigeben, sobald der Nebel sich verzog. Ken legte Sofias Tasche auf das Bett, das näher bei der Türe stand. Auf dem anderen saß eine junge Frau, die so dünn war wie Sofia dick. Sie trug eine Wollmütze über langem blondem Haar und eine voluminöse Wolljacke. Die Arme hatte sie um sich geschlungen, die Hände in die Ärmel geschoben. Eine Zwangsjacke, dachte Sofia.

»Aber nicht im Ernst, Ken!« Sie ließ ihren Blick über Sofia schweifen und verdrehte die Augen. »Was soll denn das werden, Dick und Doof?«

Zu Sofia sagte sie: »Ich bin Emerald, und ich meins nicht böse. Ich finds nur ein bisschen billig, dass sie ausgerechnet uns beide zusammensperren. Was soll das? Glauben sie etwa, dass sich die Hälfte deines Gewichts wie von selbst auf mich überträgt, oder was?«

Sofia musste lachen. »Davon stand nichts auf der Website!«

»Emerald, das hier ist ein Doppelzimmer, das weißt du ganz genau.«

Emerald schnaubte und machte eine Bewegung mit der Hand, als wolle sie eine Fliege verscheuchen. »Spar dir den Atem, Ken. Wir kommen hier schon klar.« Ken hob beide Hände und schüttelte in gespielter Resignation den Kopf.

»Sofia, dein Vorgespräch bei Doktor Rose beginnt in zehn Minuten. Und du, Emerald, hast gleich Gruppe, komm bitte nicht wieder zu spät.«

»Aye, aye, Sir!« Emerald salutierte. Kaum hatte Ken das Zimmer verlassen, stand sie auf und hob Sofias Tasche hoch, stemmte sie ein paarmal über ihren Kopf und senkte sie wieder. Sofia schaute sich um. Der kurze Treppenaufstieg hatte sie erschöpft. Doch wenn sie sich jetzt aufs Bett legte, käme sie vielleicht gar nicht mehr hoch. Sie ging zu dem schmalen Büchergestell an der Wand und studierte die Titel. Vampire und Drachen. Ratgeber und Zitate. Wahllos zog sie einen Band heraus und setzte sich damit auf die Fensterbank im Erker. Das Polster war hart und unbequem, die Bank schmal.

Vor dem Fenster hatte sich der Nebel verzogen. Sonnenstrahlen brachen sich in den angelaufenen Scheiben. Vielleicht war das Glas auch nur schmutzig.

Emerald ließ endlich die Tasche auf den Boden fallen und setzte sich im Schneidersitz auf die Yogamatte. Mit den Handflächen strich sie ein paarmal über die Innenseite ihrer Schenkel. »Sag nichts: Deine Eltern genieren sich vor ihren Freunden, so wie du aussiehst, und haben dich hierher abgeschoben?«

Das war so absurd, dass Sofia lachen musste.

»Nicht wirklich. Sie machen sich halt Sorgen. Grundlos, wenn du mich fragst.«

»Ja, ja, ich weiß: Du bist unschuldig. Sind wir doch alle. Das ist genau wie im Gefängnis: Wir gehören alle nicht hierher.«

»Du auch nicht?«

»Also, so dünn, wie alle behaupten, bin ich gar nicht. Schau doch.« Sie stand auf und schob ihren Pullover hoch bis über ihre nackten Brüste, und Sofia schaute. Sie war auch mal dünn gewesen, hatte sich lange nicht »entwickelt«, wie Doktor Lilly es diskret beschrieb. Doch Emerald war nicht dünn, sie war durchsichtig. Sofia meinte, durch ihre Haut hindurch die weißen Knochen sehen zu können. Wie alt sie wohl war? Über achtzehn, sonst wäre sie nicht hier in dieser Klinik.

»Aber wenn ich ehrlich bin, halte ich es hier besser aus als anderswo.« Emerald ließ ihre Kleidungsschichten wieder über ihren Körper fallen. »Doktor Rose ist ganz in Ordnung. Für eine Psychiaterin. Und wenigstens zwingen sie einen hier nicht zum Essen. In Colorado, wo ich letztes Jahr war, wurdest du alle fünf Minuten gewogen. Hier gibts nicht mal Waagen. Und falls du einen Spiegel suchst, den gibts auch nur im Gruppentherapieraum. Oh Mist. Die Gruppe. Ich darf nicht wieder zu spät kommen.«

Sofia wusste genau, wie sie aussah. Emerald offenbar nicht. Einem Impuls folgend, den sie sich nicht erklären konnte, stellte sich Sofia hinter Emerald und breitete ihre Arme aus. So standen sie beide vor einem imaginären Spiegel, der dünne Körper vom dicken verschluckt.

Sofia hatte sich auf die Begegnung vorbereitet. Sie hatte alles über Doktor Rose gelesen, was sie finden konnte: Als eine der letzten Polio-Patientinnen hatte sie eine einsame Kindheit verbracht, zwischen Krankenhaus und Isolation. Obwohl sie ihr linkes Bein kaum gebrauchen konnte, trat sie als junges Mädchen einer experimentellen Tanztruppe bei. Sie tanzte mit Stock, fiel manchmal auf der Bühne hin, doch ihre Auftritte erregten international Aufmerksamkeit. Trotz ihres Erfolgs verließ sie ein paar Jahre später die Bühne, um ihren Schulabschluss nachzuholen. Sie studierte Medizin, machte den Facharzt in Psychiatrie und musste dann zuschauen, wie ihr Fachgebiet politischen Sparmaßnahmen zum Opfer fiel und fast ganz aus dem öffentlichen Gesundheitswesen verschwand. Vor zwanzig Jahren hatte sie die heruntergekommene Klinik Los Pajaritos übernommen und nach ihrem Gutdünken umgekrempelt. Ihre eigenen Erfahrungen mit Krankheit und Isolation und chronischen Schmerzen hatten sie geprägt und ihre Methode beeinflusst. »Psychische Krankheiten sind Symptome, nicht Diagnosen«, erklärte sie. Sie redete von einer »Spaltung«, und davon, dass »Teile des Selbst die Flucht ergriffen hätten«. Dafür gäbe es meist gute Gründe. Sie setzte nie bei der Diagnose an, sondern versuchte, diese einzelnen Teile wieder zusammenzuführen, das Körpergefühl und damit die Lebensfreude wieder zu wecken. Patientinnen wie Emerald und Sofia wurden weder zum Essen gezwungen noch auf Diät gesetzt. Stattdessen wurde ihnen Bewegung an der frischen Luft verschrieben, Massagen, kalte Meerbäder und Gartenarbeit. Aber auch Kunsthandwerk, Gespräche, Gruppentherapie, kreativer Tanz. Gesundes Essen, kein Alkohol, kein Kaffee.

Doktor Rose war Mitte sechzig, sah aber älter aus. Sie war mager, ihr Gesicht markant und faltig, vollkommen ungeschminkt. Lange graue Haare streng aus dem Gesicht gekämmt, klarer Blick. Sie trug einen schwarzen Rollkragenpullover und eine schwere Silberkette mit einem Türkisanhänger. Ihr Stock lehnte gut sichtbar an ihrem Pult. Er war aus schwarzem Holz mit einem silbernen Löwenkopf als Knauf.

Sie musterte Sofia freundlich, sagte aber nichts. Das kannte Sofia schon von Doktor Lilly. Das konnte sie auch. Wohlweislich hatte sie nicht das Sofa, sondern den Sessel an der Seite gewählt. Der war nicht zu tief und mit breiten Holzlehnen versehen. Sie würde ohne größere Peinlichkeit wieder aufstehen können. Die Ärztin brach das Schweigen als Erste: »Warum bist du hier, Sofia?«

»Meine Papas machen sich Sorgen um mich.«

»Und du, machst du dir auch Sorgen um dich?«

Sofia zuckte mit den Schultern. Was sollte sie sagen? Alles außer der Wahrheit.

»Na ja, ich hab mein Studium geschmissen«, sagte sie. Geschmissen war nicht das richtige Wort. Fallen gelassen traf es eher. Es war ihr entglitten. »Dabei hatte ich sogar ein Begabtenstipendium am MIT, das wird nur zwei Mal im Jahr vergeben.« Darauf war sie so stolz gewesen, jetzt lastete es auf ihr, vertiefte ihre Scham. Sie hatte ja nicht nur ihren eigenen Lebenstraum aufgegeben, sie hatte etwas verloren, wofür andere alles gegeben hätten. Andere, Würdigere.

»Hm«, machte die Psychiaterin. Doktor Lilly hatte dasselbe »Hm« in ihrem Repertoire. Und ein »M-hm« und ein »Ah«. Sofia fragte sich, ob diese unterstützenden

Laute Teil der Ausbildung waren. Und ob angehende Psychiaterinnen darin geprüft wurden. Sie stellte sich ein Sprachlabor voller Medizinstudentinnen vor, die einfühlsam in die Mikrofone hmmten. Und schon hatte sie Doktor Roses nächste Frage überhört.

»Kannst du mir sagen, wie es dazu gekommen ist?«, wiederholte die Ärztin.

Sofia zuckte mit den Schultern. Wieder war sie an diese unsichtbare Grenze gestoßen, die Grenze der Wahrheit. Das Fliegen war ihr verleidet. Auf die schlimmstmögliche Weise. Und mit dem Fliegen hatte sich ihr Lebenstraum erledigt. Sie hatte kein Ziel mehr, keine Richtung, keinen Plan. Was war von ihr übrig geblieben? Wer war sie ohne dieses Lebensziel, ohne diese Besessenheit? Sofia konnte sich nicht mehr an sich selbst erinnern. Und so war sie in die Defensive gegangen. Sie hatte sich verschanzt.

Doktor Rose wartete eine Weile, doch als Sofia nicht antwortete, verlegte sie ihren Fokus auf das Offensichtliche: »Deine Hausärztin bestätigt, dass du im letzten Jahr fast dreißig Kilo zugenommen hast. Das ist bei deiner Größe ganz schön viel.«

»Ich weiß.«

»Es braucht eine gewisse Disziplin, um in so kurzer Zeit so viel Gewicht zuzulegen. Du musst viel Zeit mit Essen verbringen, mit der Zubereitung oder der Beschaffung der zusätzlichen Mahlzeiten. Zeit, die du vorher anders genutzt hast.«

Sofia nickte. Das sah die Ärztin richtig. Sie war mit wissenschaftlichem Eifer und Ernst an die Aufgabe herangegangen. Und erst, nachdem sie alles andere probiert hatte, die Fußfesseln, die Sandsäcke und schließlich die schwere Decke, unter der sie gerne schlief. Das zusätzliche Gewicht verlieh ihr tatsächlich ein Gefühl der Sicherheit und Geborgenheit, aber auch das hatte nicht gereicht. Sie brauchte mehr. Es war ihr nichts anderes übrig geblieben, als ihren Körper von innen zu beschweren.

Auch das hatte sie gewissenhaft recherchiert, Interviews mit Schauspielern gelesen, die für Filmrollen an Gewicht zugenommen hatten, die Mahlzeiten professioneller Sumoringerinnen und Footballspieler gegoogelt. Sie hatte sich einen Menuplan zusammengestellt und gewissenhaft eingehalten. Es war nicht einfach gewesen. Anfangs musste sie sich zwingen, so viel zu essen, auch Dinge, die sie gar nicht mochte, Fast Food, Eiscreme, Butter, Sahne. Doch mit der Zeit gewöhnte sich ihr Körper daran, verlangte nach mehr. Je dicker sie wurde, desto weniger Lust hatte sie, sich zu bewegen, je weniger sie sich bewegte, desto schneller nahm sie zu. Sofias Plan funktionierte. Sie führte genau Buch über ihr Gewicht und über die nächtlichen Flüge. Diese waren mit der Zeit immer kürzer und beschwerlicher geworden, und bei dreißig Kilo mehr hatten sie aufgehört. Seit fast drei Monaten war nichts mehr passiert, was nichts heißen musste. Sie hatte kein Muster erkennen können, wusste nie, wann es passieren würde, in welchen Abständen, und auch nicht, wodurch es ausgelöst wurde. Das war ein weiteres Argument für den Ortswechsel gewesen: Die Klinik lag einsam an der Küste oberhalb von Gualala, weit weg von den Ferienhäusern und Hanfplantagen der Nordküste, von anderen Menschen, von jeder denkbaren Gefahr.

Doktor Rose schaute sie immer noch erwartungsvoll

an. Ihr Blick war freundlich und irgendwie gefasst. Als könnte sie nichts mehr erschüttern. Als hätte sie schon alles gehört. Sofia wünschte, sie könnte ihr die Wahrheit sagen.

»Vielleicht hat es ja auch etwas mit meiner Mutter zu tun«, sagte sie stattdessen. Das war nicht die Wahrheit, aber auch nicht gelogen. Und wenn etwas bei Psychiaterinnen zog, war es die Mutterkarte.

»Was ist mit deiner Mutter?«

»Sie ist vor Kurzem gestorben.«

Doktor Rose schloss die Augen und öffnete sie wieder. »Und – standet ihr euch nahe?«

Die Ärztin war nicht dumm. Sie wusste, dass Sofia mit ihren Vätern aufgewachsen war. Doch ihre Familiengeschichte war ein Boden, auf dem sie sich sicher bewegte. Sie hatte nicht umsonst ein Leben lang in therapeutischer Begleitung verbracht.

»Celia«, sagte sie. »Ich nannte sie Celia, nicht Mama oder Mom oder so. Und ich hab sie nur ein paarmal im Jahr gesehen. Ich hatte immer das Gefühl, sie käme mehr wegen Papa Santiago, und nicht wegen mir. Sie waren schon befreundet, bevor sie schwanger wurde. Für mich interessierte sie sich nicht besonders.« Automatisch hielt sie inne, damit die Ärztin nachfragen konnte: »Und was hat das mit dir gemacht?«

»Es war okay. Ich bekam von meinen Papas so viel Aufmerksamkeit, dass ich es irgendwie cool fand, mal nicht im Mittelpunkt zu stehen …«

Doktor Roses Stift fuhr über das Papier. Sie benutzte einen Bleistift, als traue sie Sofias Ausführungen nicht genug, um sie in Tinte festzuhalten.

»Celia kannte die Papas schon länger, also vor allem Santiago. Sie war Kundin in seinem Friseursalon in Los Angeles.«

Celia war damals ein mittelmäßig erfolgreiches Model, ein Partygirl, mit vierundzwanzig schon ein bisschen alt für den Job. Sie lenkte sich mit komplizierten Affären ab und wurde immer wieder ungewollt schwanger. Sie wusste, wie sehr sich Santiago und Giò eine Familie wünschten, und bot sich ihnen als Leihmutter an.

»Meine Papas nennen es meine Entstehungsgeschichte, sie haben es mir hundertmal erklärt. In unserer Familie gibt es definitiv keine Geheimnisse.«

»Geheimnisse sind ja nicht nur schlecht«, wandte Doktor Rose ein.

Sofia lächelte. »Stimmt, so genau wollte ich das als Kind gar nicht wissen, vor allem nicht die Sache mit der Bratenspritze.«

»Der Bratenspritze?« Die Ärztin runzelte die Stirn. Dann lachte sie überraschend laut auf und schlug sich beide Hände vors Gesicht. »Oh Gott, Sofia! Kein Wunder, brauchtest du Therapie!«

Durfte eine Psychiaterin so etwas sagen? Doktor Rose hatte ein raues, lautes Lachen, das so gar nicht zu ihrem asketischen Äußeren passte.

Sofia nickte ein paarmal. »In der Bratenspritze waren beide … ähm, also von beiden …«

»Schon gut, schon gut!« Doktor Rose wedelte abwehrend mit den Händen. »Ich versteh schon. Keine Einzelheiten, bitte. Himmel noch mal!«

Sofia beugte sich vor, als verrate sie ein Geheimnis. Aber das klang nur so, weil über solche Dinge normalerweise nicht gesprochen wurde. Sofia hingegen hatte es schon so oft gehört, dass es an Bedeutung verloren hatte.

»Meine Papas wollten nicht wissen, wer von ihnen mein biologischer Vater war. Santiago und Celia sind beide Chicanos, Giò italienischstämmiger Weißer. Und ich … na, Sie sehen ja selbst.«

Die Ärztin musterte sie ungeniert. Das war Sofia nicht gewohnt. Niemand setzte sich freiwillig mit Themen wie Hautfarbe und Rasse auseinander. Es war etwas, worüber man nicht sprach. Ein Minenfeld. Doch das schien Doktor Rose nicht zu kümmern. Sie runzelte die Stirn und nickte langsam.

»Deine Haut ist dunkler, als man erwarten würde. Und deine Augenform …«

»Die Papas konnten meiner Mutter ja schlecht Vorschriften machen …« Sofia grinste schief, als sie das sagte. Als sei sie eine Frau von Welt, die sich in solchen Dingen auskannte. Als sei ihr das kein bisschen peinlich.

»Heute kann ja jeder einen Gentest machen. Warst du nie versucht? Hattest du nie das Bedürfnis, mehr über deine Herkunft zu erfahren?«

»Meine Herkunft? Oder meinen genetischen Bausatz?«

»*Touché.*« Die Ärztin nickte, der Bleistift wischte. Sofia wusste, dass es irgendwo einen dunkelhäutigen Mann mit schräggestellten Mandelaugen und einer zartgliedrigen Statur gab, einen Mann, der ihr biologischer Vater war.

Aber sie hatte bereits zwei Väter. Sie brauchte keinen dritten.

»Dann hab ich's aber doch gemacht. Den Gentest, meine ich.«

Die Ärztin wartete. Sofia wartete. Nicht, weil sie Zeit schinden wollte. Sie fand es immer noch schwierig, darüber zu reden.

»Celia hatte ein unheilbares Nierenleiden. Sie brauchte eine Spenderniere, aber wegen ihrer Drogenvergangenheit kam sie nicht auf die offizielle Warteliste für eine Transplantation.«

»Moment, Moment!«, unterbrach Doktor Rose. »Wenn sie mindestens sechs Monate clean war, sollte ihre Vergangenheit keine Rolle spielen.«

Sofia antwortete nicht. Die Ärztin verstand.

»Ach, nein! Was für eine verdammte Scheiße aber auch!«

Durften Psychiaterinnen so fluchen?

Sofia nickte. »Ja. Ihre einzige Chance war eine Direktspende. Drum hab ich mich testen lassen, gegen den Willen meiner Papas, aber die hätte ich schon rumgekriegt. Sie haben mir noch nie etwas verweigert, was ich wirklich wollte.«

Sofia schwieg einen Moment. »Ich hätte es getan. Ich bin ein Nerd, ich glaube an Statistiken und Wahrscheinlichkeitsrechnungen. Ich weiß, dass man mit einer einzelnen Niere bestens leben kann. Es wäre nicht mal ein Opfer gewesen. Keine heldenhafte Tat. Ein Routineeingriff mit sehr guten Heilungschancen. Aber es ging nicht. Ich war nicht kompatibel, konnte sie nicht retten.«

Und so war Celia gestorben und hatte Sofia mit einer perfekten Erklärung zurückgelassen. Einer Erklärung für alles.

Als Sofia aus Doktor Roses Zimmer kam, wartete Emerald schon auf sie. Sie kauerte zusammengesunken auf dem Boden im Flur, reglos wie ein Bündel alter Kleider. Als sie Sofia sah, stand sie in einer einzigen geschmeidigen Bewegung auf. Ohne sich mit den Händen abzustützen. Das hatte Sofia auch mal gekonnt.

»Hey. Wie wars? Du warst ja ganz schön lange da drin! Mit mir redet Doktor Rose nie so lange.« Emerald schaute auf die geschlossene Tür und schob die Unterlippe vor. »Egal, ich soll dich rumführen, dir alles zeigen und so.«

»Hast du nicht Gruppe?«

»Schon vorbei. Dauert zum Glück nur 45 Minuten.« Sie ging Sofia voraus den Flur entlang und stieß die Glastür zum Innenhof auf.

»Das ist die sogenannte Raucherlounge.« Im Gegensatz zu vorher, als Sofia mit Ken hier vorbeigekommen war, war der Innenhof jetzt voll. Manche standen zu zweit oder zu dritt zusammen, andere saßen auf den Bänken, hielten bauchige Thermosbecher in den Händen.

»Hey!«, rief Emerald. »Das ist Sofia. Meine neue Mitbewohnerin.« Sie zeigte mit dem Finger auf sie, als sei nicht klar, wen sie meinte. Einige schauten zu ihnen hinüber und winkten, andere ignorierten sie.

»Mach dir nichts draus. Die lernst du alle noch früh genug kennen. An der Gruppe kommt niemand vorbei.« Emerald verzog das Gesicht, als sie »Gruppe« sagte. Sofia teilte ihren Widerwillen. Unwillkürlich seufzte sie beim Gedanken daran, wie oft sie ihre Teilgeschichte noch erzählen, wie oft Celia noch sterben musste. Es war so anstrengend, nicht die Wahrheit zu sagen.

»Filmstars haben wir im Moment keine hier. Aber Jan da drüben war mal ein Supermodel, vor zwanzig Jahren oder so.« Emerald zeigte auf zwei dünne, langhaarige Frauen, die dicht nebeneinanderstanden. Wie Pferde, die sich gegenseitig wärmten. Sofia nahm an, dass Jan die größere von beiden war.

»Meine Mutter ist auch … war auch ein Model.«

»Wie, echt jetzt?«

»Ja, aber kein Super-, nur ein normales Model. In den Nullerjahren. Bevor sie mich bekommen hat.« Schon wieder redete sie über ihre Mutter. Sie bereitete den Boden vor. Den Boden für ihre Lügen.

Draußen war es kalt und neblig. Emerald trat in den Flur zurück und zog die Glastür hinter sich zu. Sie schlang die Arme um sich.

»Ich dachte, du hast zwei Väter.«

»Und? Jeder Mensch hat eine Mutter.«

»Haha, okay. Besserwisserin!«

Emerald führte Sofia den Flur entlang und am Haupteingang vorbei.

»Die Tür ist nicht verschlossen, du kannst theoretisch jederzeit raus, aber weit kommst du hier nicht. Außerdem packen sie dir das Wochenprogramm so voll, dass du kaum Zeit zum Nachdenken hast.« Das war vermutlich auch die Absicht, dachte Sofia. Trotzdem öffnete sie versuchshalber die schwere Holztüre und stieß sie ein Stück weit auf. Die kiesbedeckte Einfahrt verlief sich schon wieder im Nebel.

»Eine hat mal Skyes Handy geklaut, Skye ist die Körpertherapeutin, sie ist eigentlich ganz nett, aber total verschusselt, immer vergisst sie was oder kommt zu spät.

Stand die Frau also draußen auf dem Parkplatz mit Skyes Handy und versuchte, ein Uber hierher zu bestellen.« Emerald kicherte. »Kannst dir ja vorstellen, wie das ausgegangen ist!«

Das konnte Sofia nicht, aber sie nickte. Sie spürte nicht die geringste Versuchung, wieder abzuhauen. Alles war besser, als die Sorge der Papas auszuhalten, die wie ein Nest voller verstörter Wespen über ihr hing, mit ihrem ständigen Summen, das immer lauter wurde. Und ihre Blicke, die Sofia verfolgten, unruhig über sie hinwegglitten, aber nie länger auf ihr ruhten. Weil sich die Augen der Papas sonst gleich mit Tränen füllten.

»Der Witz ist, dass du jederzeit von hier wegkannst. Hat dir Doktor Rose ja erklärt: Der Aufenthalt ist freiwillig, die Warteliste lang, blablabla. Komm, ich zeig dir den Speisesaal.« Emerald schlurfte weiter den Flur entlang und öffnete dann eine Flügeltür an der kurzen Seite des rechtwinkligen Gebäudes. »Tada!« Speisesaal war ein großes Wort für das gemütliche Esszimmer mit den drei runden Tischen. Die Einrichtung war auch hier altmodisch und etwas schäbig. »Hast du deinen Wochenplan schon bekommen?« Sofia schüttelte den Kopf. »Ken wird ihn dir vorbeibringen. Wir werden nicht zur gleichen Zeit essen, wir bekommen nicht dieselben Mahlzeiten. Offiziell gibt es keine Vorschriften, keine Diätpläne, aber wir Dünnen kriegen eine andere Auswahl am Buffet. Alles mit extra Kalorien, da kannst du Gift drauf nehmen, auch wenn sie behaupten, es sei total gesund. Die Normalen und die Dicken kriegen diese Extrakalorien nicht. Nur die Nährstoffe. Grünkohl à gogo! Freu dich schon mal!«

Sofia hatte ihre ganze Energie und ihren wissenschaftlichen Verstand einsetzen müssen, um in so kurzer Zeit so viel zuzunehmen. Würde sie nun alles wieder verlieren, was sie erreicht hatte? Sie dachte an die gebackenen Austern in Bodega Bay, an die Fritten mit Tartarsauce und wünschte, sie hätte sie nicht ausgeschlagen.

Wenn Sofia ihr Gewicht halten wollte, musste sie so weiteressen, wie sie es sich in den letzten Monaten angewöhnt hatte. Vielleicht konnte sie Emerald dazu überreden, ihr die Überreste von ihrem Spezialbuffet abzuzweigen?

Sofia seufzte.

»Ja, ich weiß, der Speisesaal – der triggert mich auch.« Emerald hatte Sofias Seufzen gehört, wenn auch falsch ausgelegt.

»Du brauchst keine Angst zu haben. Es ist gar nicht so schlimm hier.« Emerald legte ihren knochigen Arm um Sofia, so weit sie um sie herumreichen konnte. Sofia ließ es geschehen. Die Berührung war kaum zu spüren.

»Okay. Danke.«

Nicht so schlimm war gut genug.

In der Nacht würde sich zeigen, wie sicher sie hier wirklich war. Sofia lag auf der Seite, zur Wand gedreht. Weg vom Fenster. Weg von Emerald, die leise röchelnd schnarchte. Sofia hielt die Augen geschlossen und zählte ihre Atemzüge. Vier Sekunden einatmen, sieben Sekunden den Atem anhalten, acht Sekunden ausatmen. Doktor Lilly hatte ihr diese Methode beigebracht. Angeblich ensprach sie dem natürlichen Atemrhythmus von Schlafenden und führte deshalb zu sofortiger, tiefer Entspannung. Davon merkte Sofia allerdings nichts.

Dabei war sie so müde. Seit fast einem Jahr hatte sie nicht mehr richtig geschlafen. Seit es begonnen hatte. Sie hatte Angst, einzuschlafen. Angst vor dem, was passieren konnte, wenn sie schlief. Sie hatte alles versucht: Türen und Fenster verriegelt, ihr Bett umgestellt, in einem anderen Zimmer geschlafen, im Wohnzimmer, auf der Couch. Sie war sogar für einen Monat zu ihrem Cousin Nestor gezogen, unter dem Vorwand, ihm und seiner Frau Carolina mit dem Baby zu helfen. Die Papas waren ganz gerührt gewesen. Doch es hatte nichts geholfen. Selbst nachdem sie die halbe Nacht mit der untröstlichen, brüllenden Tayanna auf dem Arm durch die kleine Wohnung gewandert war, selbst dann war sie nicht sicher gewesen. Wieder zu Hause hatte sie mit den unterschiedlichsten Methoden experimentiert, um sich im Bett zu verankern. Es hatte alles nichts genützt. Erst das Gewicht hatte geholfen.

Vier, sieben, acht.

Vier, sieben, acht.

»Kannst du nicht schlafen?«

Sofia öffnete die Augen. Das Zimmer lag in vollkommener Dunkelheit. Auch von draußen drang kein Licht hinein. Keine Straßenlampen, dachte Sofia, keine Autoscheinwerfer, keine blinkenden Reklameschilder. Nicht einmal Sterne.

Im nächsten Moment spürte sie etwas an ihrer Seite. Emerald. Sie kroch in Sofias Bett und schmiegte sich an sie. Selbst zum Schlafen trug sie mehrere Kleidungsschichten übereinander, trotzdem war sie kaum zu spüren.

»Was ist das Schlimmste, was du je getan hast?«

»Wie meinst du das?«

»Wie ich's sage.«

Sofia zögerte. Sie wusste, was das Schlimmste war: Nichts. Dass sie nichts getan hatte. Wieder und wieder nichts. Doch darüber konnte sie nicht sprechen. Wieder war sie ihrer Mutter dankbar, dass sie sie mit einer glaubwürdigen Erklärung zurückgelassen hatte. Sofia holte tief Luft, um die Geschichte von Celias Leiden und Sterben an Emerald auszuprobieren, doch diese wartete ihre Antwort gar nicht ab.

»Erinnerst du dich an den *Cancergirl*-Skandal?«, fragte sie.

Sofia schüttelte den Kopf. »Nein«, sagte sie dann, falls Emerald die Bewegung im Dunkeln nicht sehen konnte.

»Echt? So lang ist das noch gar nicht her. *Cancergirl* war mein Insta-Account. Ich hatte über zehntausend Follower, das war damals noch echt viel.« Sie klang wie eine alte Frau, dachte Sofia. Als erzählte sie von längst vergangenen Zeiten.

»Ich bin nicht auf Insta oder sonst wo«, murmelte Sofia. Sie spürte, wie der schmale Körper neben ihr hochschoss. Wie ein Fisch aus dem Wasser.

»Wie, du bist nicht … du meinst, gar nicht?« Emerald schnappte nach Luft. Sofia antwortete nicht. Die Plattform, auf der sie damals als Zwölfjährige gemobbt worden war, gab es längst nicht mehr. Ursprünglich war sie vor allem von Zehn- bis Zwölfjährigen genutzt worden, die dort ihre Wohnzimmerauftritte posteten. Hässliche Kommentare hatte es von Anfang an gegeben, die Altersgruppe war offenbar besonders anfällig für gezieltes Mobbing. Oder besonders davon versucht. Wenige Wochen, nachdem Sofia dort von ihren Mitschülerinnen bloßgestellt worden war, hatte sich ein zehnjähriges Mädchen umgebracht. Die Plattform war geschlossen worden, die Meute war weitergezogen. Doch Sofia hatte ihre Lektion gelernt. Aber so genau wollte sie das Emerald nicht erklären.

»Und was war *Cancergirl* genau?«, fragte sie stattdessen.

»Was war der Skandal?« Emerald ließ sich gern ablenken. Ihr Bedürfnis, über sich selbst zu reden, war scheinbar unerschöpflich. »Na ja, *Cancergirl* war ich, aber nicht wirklich. Ich hab so getan, als hätte ich Krebs. Hab mir die Haare abrasiert, die Augenbrauen, alles. Da hat das auch angefangen mit dem Abnehmen, ich wollte ja glaubwürdig wirken. Obwohl, es gibt ja auch Medikamente, die dick machen. Aber das wusste ich damals nicht. Ich wusste gar nicht viel über Krebs, als ich damit anfing. Mit der Zeit wurde ich aber zur Expertin. Echt, ich könnte auf der Onkologie arbeiten, ohne Probleme.« Sie schwieg einen Moment. Hing der Vorstellung nach. Dann seufzte sie. »Aber das wär ja wieder gelogen …«

Mühsam richtete Sofia sich auf. Sie runzelte die Stirn und starrte ins Dunkle, bis sie die Umrisse der Möbelstücke erkennen konnte, den Lehnstuhl, das Bücherregal und den Kleiderschrank. Sie versuchte, zu verstehen, was Emerald ihr erzählte.

»Du könntest was? Auf der Onkologie, was? Hattest du Krebs?«

»Hörst du mir gar nicht zu? Nein, ich hab nur so getan.«

»So getan, als …«

»Als hätte ich Krebs. Sag ich doch. Nur auf Insta, aber trotzdem.«

Sofia verstand immer noch nicht. »Aber ... warum?«

»Warum? Gute Frage. Keine Ahnung. Ich glaub, ich hab mich einfach gelangweilt. Oder ich war einsam. Ich hatte einen Film gesehen, in dem krebskranke Teenager aus dem Krankenhaus abhauten, Abenteuer erlebten und sich ineinander verliebten, und irgendwie kam mir das besser vor. Besser als mein Leben.«

»Dein Leben, wie war denn dein Leben?«

»Langweilig. Einsam. Bedeutungslos.« Emerald seufzte. »Sorry, ich hab wirklich keine bessere Erklärung. Ich hatte halt irgendwie das Gefühl, es gibt mich gar nicht. Niemand sieht mich, niemanden kümmert es, ob ich da bin oder nicht. Ich wollte was Besonderes sein, eine Bedeutung haben, bewundert werden.«

»Hm.«

»Ja, ich weiß schon. Luxusproblem, *white privilege* und all der Scheiß. Blablabla. Hab ich alles schon hundertmal gehört.«

Sofia wusste nicht, was sie sagen sollte. Im letzten Jahr war so viel passiert. Sie hatte keine Gewissheiten mehr. Wie konnte sie also über jemand anderen urteilen? Außerdem musste sie die nächsten drei Monate mit Emerald zusammenleben.

»Glaub mir, ich bin auch privilegiert aufgewachsen«, sagte sie deshalb.

»Du? Echt? Ich dachte ...«

Das Mädchen machte es ihr wirklich nicht leicht. Sofia stieß ihr den Ellbogen in die Seite, ein bisschen gröber als nötig.

»Du dachtest, weil ich nicht weiß bin, muss ich automatisch arm sein?«

»Nein, das ist es nicht.« Unterdessen hatten sich Sofias Augen an die Dunkelheit gewöhnt. Sie erkannte Emeralds verlegene Grimasse, bevor sie sich abwandte.

»Wegen deinem Gewicht«, flüsterte sie.

Sofia musste lachen. »Ah, klar! Nur die Armen sind fett! Stimmt, das hab ich ganz vergessen. Die landen aber nicht unbedingt hier in der Vögelchenklinik …«

»Auch wahr.« Emerald lehnte sich wieder zurück.

»Ich versteh immer noch nicht, wie man Krebs faked«, sagte Sofia. Ihr wissenschaftliches Interesse war erwacht, fast gegen ihren Willen. »Und dass das niemand gemerkt hat? Du sagst, du hast dir eine Glatze rasiert, ist das nicht aufgefallen?«

»Dumbi, ich trug natürlich eine Perücke! Was denkst du denn.«

»Okay, aber das sieht man doch. Haben deine Eltern das nicht gemerkt?« Die Papas registrierten die kleinste Veränderung an Sofias Verhalten, an ihrem Aussehen, und an ihrem Haar sowieso. Das war schließlich Santiagos Beruf. Sofias dünne, widerspenstige Locken waren eine ständige Herausforderung für ihn. Doch auch Giò, der weltfremde Nerd, der sich tagelang in seinem Filmarchiv vergrub und auch sonst meist in Gedanken versunken war, nahm Veränderungen in Sofias Stimmungen und ihrem Verhalten wahr. Sofia seufzte. Sie vergaß immer wieder, dass nicht alle Eltern so waren wie ihre Papas.

»Meine Eltern«, schnaubte Emerald. »Die doch zuletzt. Die waren damals immer unterwegs, die bekamen das gar nicht mit. In der Schule schnallten sie es auch nicht, monatelang nicht. Ich war halt so ein Ferner-liefen-Mädchen, nicht beliebt, aber ich wurde auch nicht aktiv gemobbt. Niemand beachtete mich. Zu Hause streifte ich die Perücke ab und nahm meine Filme auf. Eine Ecke meines Zimmers war als Studio eingerichtet, mit Stativ und Ringlicht und allen Requisiten. Ich hatte einen Infusionsständer und einen Monitor, im Internet kannst du ja alles kriegen. Mal hab ich eine Chemostation nachgestellt, mal ein Krankenzimmer. Auf einem Handyfilm siehst du ja immer nur einen Ausschnitt. Mit der Zeit traute ich mich immer mehr, ich hab sogar manchmal direkt im Krankenhaus gefilmt. Wenn du da mit Glatze und Pyjama rumläufst, stellt dich niemand infrage.«

»Ganz schön professionell«, murmelte Sofia, gegen ihren Willen beeindruckt.

»Ja, das war mein Projekt, dafür hab ich alles gegeben. Ich nannte mich Indy, abgekürzt für *Independent*. Das war wie – erst war es, als würde ich eine Rolle spielen. Ich war ja in der Theatergruppe in der Schule. Dann wurde es mehr. Indy wurde ein Teil von mir, der bessere Teil irgendwie. Indy war alles, was ich nicht war, vor allem war sie nicht reich. Sie musste sich von klein auf allein durchschlagen, sie wuchs in einer Pflegefamilie auf, wo sie vernachlässigt und schlecht behandelt wurde. Aber sie war so tapfer! Sie ließ sich nicht unterkriegen. Sie war das Gegenteil der verwöhnten Emerald. Viele Mädchen in meinem Jahrgang folgten Indy auf Insta, aber sie kapierten nicht, dass ich es war, die sie so bewunderten und bemitleideten. Dasselbe Mädchen, das sie in der Schule ignorierten.«

»Und damit bist du durchgekommen?« Sofia war in

der Mittelschule auch ein Ferner-liefen-Mädchen gewesen. Allerdings hatte sie das bewusst gewählt. Nur nicht auffallen, nur keine Aufmerksamkeit erregen. Es hatte funktioniert. Niemand hatte gemerkt, dass sie immer mehr Fortgeschrittenenkurse belegte und schließlich ein Jahr früher als geplant abschloss.

»Fast ein Jahr lang lief alles easy. In der Schule war ich immer noch die Außenseiterin, aber das machte mir nichts mehr aus, denn in meiner Instawelt war ich ein Star, ich bekam so viel Aufmerksamkeit und Zuneigung. Manchmal vergaß ich selbst, dass es nicht die Realität war. Echt, manchmal, wenn ich etwas über meine Chemo postete, wurde mir körperlich übel, und ich musste mich erbrechen. Irgendwann kam es mir nicht mehr vor wie eine Lüge. Indy war real, Indy war ich, vielleicht mehr ich als Emerald, verstehst du?«

Sofia verstand nicht, aber sie nickte. Es schien Emerald wichtig zu sein. »Und dann?«

»Ja, dann hatte ich so viele Follower, dass die Medien auf mich aufmerksam wurden, und eine Tusse von einem Lokalsender machte sich die Mühe, zu recherchieren, meine Handyfilme zu analysieren, ziemlich schnell flog alles auf. Und du hast nie was davon gehört? Im Ernst?«

Sofia schüttelte den Kopf.

»Es war der Megaskandal. Endlich war ich weltberühmt – na ja, nicht ganz. Alle kannten mich, außer dir. Aber alle hassten mich. Politiker, Late-Night-Komiker, Krebsorganisationen, meine Follower und alle in der Schule sowieso. Ich verkörperte die Selbstbezogenheit meiner Generation.«

Sofia zog die Brauen hoch, was Emerald nicht sehen

konnte. »Na, na«, sagte sie deshalb. »So schlimm kanns nicht gewesen sein. An mir ist das komplett vorbeigegangen.«

»Da bist du wohl die Einzige.« Es schien Emerald zu ärgern, dass Sofia nichts davon wusste. »Meine Eltern schämten sich zu Tode. Sie schickten mich in ein Internat in der Schweiz, wo mich niemand kannte. Dort machte ich den Schulabschluss. Doch als ich zurückkam, war ich … Es gab mich nicht mehr. Emerald ohne Indy, das ging irgendwie nicht. Ich kam nicht mehr zurecht, ich kriegte es mit der Uni nicht auf die Reihe, und auch sonst. Das Dünnsein ist das Einzige, was ich noch habe. Das Einzige, worin ich wirklich gut bin …«

Eine Weile schwiegen sie, und Sofia fragte sich, ob sie so einschlafen könnten. Im selben Bett. Vielleicht würde Emeralds Körper neben ihrem als Schutzschild dienen, so zart und gewichtlos er auch war? Vielleicht war das genug?

»Hast du auch schon mal gelogen?«, fragte Emerald nach einer Weile. »Ich meine, so richtig, im großen Stil?«

»Lügen sind anstrengend«, wich Sofia aus. Sie blinzelte im Dunkeln.

»Anstrengend?« Emerald schnaubte. »Du bist echt komisch. Selbst für eine Patientin in einer Privatklinik bist du seltsam. Aber ich mag dich.«

»Ich mag dich auch«, sagte Sofia, und das war nicht gelogen.

Eine Woche war sie erst hier, und schon saßen ihre schwarzen Leggings lockerer, musste sie die Verschlusshaken ihres Sport-BHs enger setzen. Sofia nahm sich noch eine Scheibe Brot und zerdrückte eine halbe reife Avocado darauf. Sie trank ihren Tee mit dicker Sahne. Zucker gab es keinen. Sie tat, was sie konnte, um ihr Gewicht zu halten. Emerald steckte ihr manchmal etwas zu, kross gebratene Speckscheiben, Pfannkuchen, Kartoffelpuffer, in altmodische karierte Stoffservietten eingewickelt, zwischen ihren formlosen Kleidungsschichten aus dem Speisesaal geschmuggelt. Trotzdem verlor Sofia stetig an Gewicht. Sie konnte beinahe fühlen, wie ihre Körpermasse schrumpfte. Sie versuchte sich zu erinnern, bei welcher Zahl auf der Waage sie sich zum ersten Mal sicher gefühlt hatte. Aber selbst wenn sie es noch wüsste, würde ihr das nichts nützen, denn hier gab es keine Waagen. Bisher war noch nichts passiert. Sie schlief sogar, unruhig und schreckhaft zwar, aber sie schlief. Nach jeder Nacht, in der nichts passiert war, fühlte sie sich ein wenig sicherer. Meist kroch Emerald irgendwann zu ihr ins Bett, oft ohne dass sie es merkte. Vielleicht lag es ja daran, vielleicht war sie sicher, weil sie nicht mehr allein war.

Sofia war es nicht gewohnt, ständig jemanden um sich zu haben. Emerald war wie ein Schatten, sie bewegte sich geräuschlos, folgte ihr überallhin. Wenn Sofia ihr Einzelgespräch mit Doktor Rose hatte, wartete Emerald im Flur auf sie. Ihre Massagetermine bei Skye fanden immer nacheinander statt. Zur Gruppentherapie und zum *Creative Movement* gingen sie gemeinsam. Wenn sie sich im Zimmer aufhielten, saß Emerald oft auf dem Fußende von Sofias Bett, zusammengekauert wie eine Katze, und redete ohne Unterlass auf sie ein.

Ihr Tagesablauf war bis auf die Minute durchgeplant.

Sofia gewöhnte sich schnell daran. Es beruhigte sie, in jedem Moment zu wissen, wo sie sich einfinden musste und was dort von ihr erwartet wurde.

Am besten gefiel ihr die Gartenarbeit. Es war nicht einfach, in diesem feuchtkalten, nebligen Küstenklima, bei dem unablässigen, scharfen Wind, essbares Gemüse zu produzieren. Die Karotten waren knorrig, die Rote Bete wurmstichig. Nur die hartnäckigsten Pflanzen überlebten. Sofia war zum Jäten eingeteilt. Am ersten Tag hatte ihr Edie, die Gärtnerin, jedes einzelne Unkraut gezeigt, ihr genau erklärt, wie sie sich von den zarten Setzlingen unterschieden. Und dann hatte sie sie einfach machen lassen. Sie kontrollierte nie, was die Vögelchen, wie sie sie nannte, taten. Wie viel sie arbeiteten oder ob sie Fehler machten. Das war neu für Sofia. Sie war immer ehrgeizig gewesen, sie wollte die besten Noten haben, selbst noch im Fernstudium maß sie sich an den anderen. Sofia hatte zu Hause nie im Garten gearbeitet. Zu ihrer Überraschung liebte sie es, die Finger in der kühlen, sandigen Erde zu vergraben, sie weigerte sich, Handschuhe zu tragen. Jeden Tag wurde ihr ein Viereck zugeteilt, es war begrenzt, es war überschaubar.

Manchmal, wenn sie so auf der Erde kniete, den Kopf gesenkt, nur die paar Quadratzentimeter vor sich, die sie gerade jätete, wenn der Wind über sie hinwegfuhr, die Luft mit Salzwasser getränkt, sich in ihrem Haar verfing, es krauser und dicker machte, wenn sie auf ihre Finger schaute, auf die schwarze Erde unter den Fingernägeln, dann vergaß sie alles andere.

Sie vergaß, wo sie war und warum.

Wenn nach fünfzig Minuten der Gong geschlagen

wurde, konnte sie genau sehen, was sie geleistet hatte. Sie kippte ihren kleinen Kübel voller Unkraut und abgeschnittener Zweige in die Kompostmulde und schaute einen Moment voller Stolz auf das frische grüne Häufchen.

Wegen ihrer Körpermasse konnte sie sich nicht gut bücken, doch Edie brachte ihr Kniepolster, die sie mit Klettriemen um ihre Beine schnallte. Mit diesen Polstern konnte sie bestimmt zwanzig Minuten lang arbeiten, ohne die Stellung zu wechseln. Sofia wollte Edie beeindrucken. Die Gärtnerin war breitschultrig und wortkarg, sie trug ganze Säcke voller Pflanzenerde von einem Ende des Gartens zum anderen, ohne sie einmal abzusetzen. Sofia übte heimlich, die schwere Schubkarre in einer einzigen Bewegung zu kippen. Edie belohnte sie mit einem anerkennenden Grunzen, das Sofia mehr bedeutete, als wenn Doktor Rose ihre Einsichten lobte. Einsichten konnte man vortäuschen.

Jetzt stand Edie neben ihr und schaute über das Meer hinaus. Es schien, als liege es direkt hinter dem Gartenzaun, doch in Wirklichkeit trennte eine steile, etwa zwanzig Meter hohe Klippe das Klinikgelände vom Ozean.

»Stell dir vor, das seien die Russen da draußen«, sagte Edie schroff und zeigte auf ein Segelschiff, das weit draußen gegen die Wellen kämpfte. Sofia verstand nicht. Die Russen? Was machten die Russen hier? Aber sie war auch geschmeichelt, dass Edie sie angesprochen hatte.

»Als die ersten Russen hier ankamen, dachten die Pomo – das waren die Ureinwohner hier. Ihnen gehört dieses Land eigentlich. Da standen also zwei Mädchen am Ufer und sahen ein Schiff kommen. Sie dachten, diese

Leute seien aus dem Wasser aufgetaucht. Sie nannten sie ›das Volk von unter dem Wasser‹. Sie konnten sich nicht vorstellen, dass es jenseits des Ozeans andere Länder gab. Stell dir das mal vor, stell dir vor, du kennst nur gerade das Stück Boden unter deinen Füßen, den Baum hier, den Blick über den Ozean …« Edies Stimme klang beinahe schwärmerisch, so gar nicht wie sonst. Das schien sie selbst zu merken und räusperte sich. »*Anyway*. Gute Arbeit, Sofia!«

Sofia errötete vor Stolz. Dann erinnerte sie sich, dass sie die Geschichte von der Ankunft der ersten russischen Siedler schon einmal gehört hatte. Von ihrem Papa Giò vermutlich, der eine wandelnde Suchmaschine war, ein unendliches Faktenarchiv. Als sie hier Ferien machten, hatte er ihnen die Geschichte der Gegend ausführlich erklärt. Aber Sofia konnte sich nicht mehr an die Einzelheiten erinnern. Sie hatten die Aussprache der indigenen Ortsnamen geübt, das kehlige Q^h, das wie ein Würgelaut klang. »Q^h awá.li«, murmelte Sofia ein paarmal vor sich hin. »Q^h awá.li« Das war der Pomo-Name für Gualala: Der Ort, an dem das Wasser herunterkommt. Aber sie kriegte die Aussprache nicht mehr hin. Und überhaupt, die ersten Russen waren weiter oben gelandet, erinnerte sie sich, in Fort Ross. Und sie hatten die Ureinwohner auch nicht besser behandelt als die Engländer oder die Spanier.

»Ach, Edie ist eine alte Wahnabi-Indianerin«, machte sich Emerald später über die Gärtnerin lustig. »Vom Stamm der Wahnabi, verstehst du? *Wannabe*. Möchtegern. Die trifft man hier öfter an.« Emerald mochte Edie nicht. Aber vielleicht war sie auch nur beleidigt, dass sie, wie alle anderen untergewichtigen Gäste, zur Gartenarbeit nicht zugelassen war. Auch vom täglichen Meerbad war sie ausgeschlossen. Sofia genoss diese Pausen in ihrem konstanten Zusammensein, diese kurzen Unterbrechungen von Emeralds unablässigem Redestrom.

Die felsigen Buchten der Nordküste waren früher von Abalonetauchern besiedelt gewesen, die perlmuttglänzenden Muscheln lagen zuhauf am Strand herum. Anfangs hatte Sofia die Schalen begeistert aufgehoben und in ihr Zimmer getragen. Doch nach ein paar Tagen fielen sie ihr schon gar nicht mehr auf. Der Strand war öffentlich, aber so schwer zugänglich, dass sie nie jemand anderen dort antrafen. Das Wasser wurde auch im Sommer nie wärmer als zehn, zwölf Grad. Wegen der tückischen Strömungen und den scharfkantigen Felsen war es ihnen verboten, sich mehr als einen Meter vom Ufer zu entfernen. Sie zogen sich aus, manche bis auf die Unterhosen, andere behielten ein T-Shirt an, niemand hatte richtige Badekleidung oder gar einen Taucheranzug dabei. Sofia behielt immer ihre langen Leggins und ein langärmliges T-Shirt an. Dann gingen sie nacheinander zwei, drei Schritte ins Meer hinein. Der Meeresboden war uneben und voller Steine, die Wellen brachen gegen ihre Körper, sodass sie schon klatschnass waren, bevor sie überhaupt ganz eintauchten. Sofias Kleider sogen sich mit Salzwasser voll und drückten sie nach unten. Sie liebte diesen Moment des Untertauchens. Die schiere Macht des Ozeans, die Gewalt der Wellen, die ihr die Beine unter dem Körper wegriss und ihren Kopf unter die Wasseroberfläche drückte. Einen Moment lang verschlug es ihr den Atem. Jeder Gedanke, den sie je gehabt hatte, löste sich in dieser Schrecksekunde auf. Jede Erinnerung wurde weg-gespült. Meist reichte dieser Moment, sie tauchte einmal unter und gleich wieder auf, bevor sie zum Ufer zurück-watete. Sofia ging immer als Letzte ins Wasser. Das Ritual verlangte, dass die Gruppe die Eintauchenden anfeuerte. Wer zuerst ins Wasser gegangen war, stand danach unter Umständen ganz schön lange so herum, nass und frie-rend. Manche zogen sich gleich am Strand wieder um, führten komplizierte und ungeschickte Manöver mit Ba-detüchern durch. Weil Sofia als Letzte dran war, waren die anderen immer schon halb auf dem Weg zurück. So bekam sie kaum noch Applaus, doch das war ihr egal. Sie wickelte sich in das warme Tuch, das Skye für sie bereit-hielt und stapfte dann hinter den anderen her zur Klinik hinauf. Das Wasser quietschte in ihren Gummisandalen, ihre nassen Kleider durchtränkten das dünne Tuch schon bald. Auf halbem Weg begann sie zu schlottern. Auch das war in Ordnung. Auch das hielt die Gedanken fern.

Die Einzeltherapie mit Doktor Rose und die Ge-sprächsgruppe fand sie hingegen eher anstrengend. Doch das hatte sie nicht anders erwartet. Diese Stunden waren eine tägliche Prüfung, eine Performance. Hinterher war sie immer ganz erschöpft. Doch das Schlimmste, mit Abstand das Schlimmste waren die Massagen. Skye, die Körpertherapeutin, die auch Ausdruckstanz und Yoga unterrichtete und kurze Wanderungen führte, bestand darauf, dass Sofia ihren Anweisungen folgend mit beiden Händen über ihren Körper strich, das warme Öl ein-massierte und dazu lächerliche Aussagen machte wie: »Hallo, mein lieber Körper, ich spüre dich. Danke für deine treuen Dienste, lieber Körper. Ich schätze und liebe dich, mein Oberschenkel, mein Knie, meine Wade, mein Knöchel ...«

Skye war zu viel für Sofia: zu nah, zu intensiv, zu überdreht. Wenn sie sich über sie beugte, riss sie ihre blauen Augen auf, als sähe sie etwas ganz Neues. Sie betonte ihre idiotischen Affirmationen, als hätten sie eine tiefere Bedeutung. Sie nahm ihre Arbeit so ernst wie eine Priesterin, und doch verschusselte sie ständig etwas. Emerald hingegen verehrte Skye: Sie sei das Beste an der ganzen Klinik, der einzige Grund, warum sie hier Fortschritte machte.

Fortschritte?, dachte Sofia und schämte sich sofort. Sie sollte sich lieber um ihre eigenen Fortschritte kümmern. Es war ihr klar, dass sie mit Skye zusammenarbeiten, dass sie eine langsame Versöhnung mit diesem fremden Ungetüm, das ihr Körper geworden war, vortäuschen musste. Folgsam massierte sie deshalb das Öl in ihre Haut, in kleinen Kreisen, nicht zu heftig, nicht zu grob. Sie schloss die Augen, doch ihre Hände spürten das weiche Fleisch, die Beulen und Rollen, die es warf, die Unebenheiten. Sie murmelte die Affirmationen lustlos vor sich hin, und Skye seufzte mitfühlend.

»Ach ja, Liebes, ich weiß. Es ist nicht leicht, einen Körper zu lieben, der nicht den gesellschaftlichen Normen entspricht«, sagte sie leise. »Doch du bist ganz einfach Opfer eines toxischen Systems, du darfst nicht zu streng mit dir sein.«

Das war nun wirklich nicht Sofias Problem. So viel bedeutete ihr Körper ihr auch wieder nicht. Er war immer mehr Mittel zum Zweck gewesen.

Wo waren ihre Flügel?, fragte sie sich.

WIR SIND NICHT ALLEIN

»Carmel mit el«, sagte sie. »Nicht Carmen. Carmel.«

Sie war eine große, breitschultrige Frau mit langen schwarzglänzenden Haaren, die sich ständig beklagte. Dabei sah sie nicht aus wie jemand, der zu kurz gekommen war. Im Gegenteil, sie trug neue, sichtbar teure Kleidung. Doch ihre Sachen schienen ihr alle nicht recht zu passen, als hätte sie sie ausgeliehen. Jetzt zupfte sie am Ärmel ihres gestreiften Pullovers, bis er ihr Handgelenk wieder bedeckte, den weißen Gazeverband, der sich von ihrer dunklen Haut abhob. Dabei gab es doch Pflaster und Verbände in allen Hauttönen, dachte Sofia.

Carmel hatte versucht, sich umzubringen, wusste Sofia von Emerald. Und offenbar war das noch nicht so lange her. Wenn Carmel daran dachte, zog sie die Pulloverärmel über die Hände. Aber wenn sie es vergaß, legte sie die Hände ineinander verschlungen in den Schoß und strich gedankenverloren mit den Fingern der einen Hand über den Verband der anderen.

»Carmel hat letztes Jahr im Lotto gewonnen. Da drehen viele durch, das ist bekannt.« Vor dem ersten Treffen hatte Emerald Sofia über die anderen Gruppenmitglieder aufgeklärt. Da war Zach, der ehemalige CEO eines Tech-Unternehmens, dessen Zusammenbruch während einer Präsentation die halbe Welt online mitverfolgt hatte. Sofia erinnerte sich daran, nicht an die Einzelheiten, aber an die Diskussionen der Papas. Ob es unanständig sei, einem Menschen in seinem schwersten Moment zuzuschauen und dabei so etwas wie Schadenfreude zu empfinden. Zach hatte Millionen veruntreut, unzählige Menschen betrogen, und das mit einer spirituellen Internetplattform. Er war ein typischer All American Boy, groß und breitschultrig, mit kräftigem Kiefer und weißen Zähnen und dichtem blondem Haar, das allerdings schon ein wenig ergraut und zu einem lächerlichen Man Bun hochgebunden war. Er redete ständig und am liebsten über sich, obwohl er in der Gruppe lernen sollte, anderen zuzuhören und ihre Meinung gelten zu lassen. Er und Chester, der einzige andere Mann in der Gruppe, ein ausgebrannter Anwalt, nutzten die Gruppenstunde gern zu einem privaten Kräftemessen. Chester hatte ein Burn-out, was gemäß Emerald einfach ein anderes Wort für Nervenzusammenbruch war. Erfolgreiche Menschen wie Chester brachen nicht zusammen, sie brannten aus.

Dann war da Jan, das ehemalige Model, das von einem Comeback träumte und ständig von den guten alten Zeiten schwärmte, als es noch cool war, sich von Wodka und Zigaretten zu ernähren. »Wenn du mich fragst, kommt sie nur hierher, weil sie sich von dem Aufenthalt lohnende Kontakte verspricht«, hatte Emerald vermutet. »Sind ja immer ein paar Promis und andere Wichtigtuer hier. Keine Ahnung, wie sie sich die Klinik leisten kann. Sie hat nicht mal ein Einzelzimmer.« Hatte Ken nicht gesagt, das sei eine therapeutische und keine finanzielle Entscheidung? Bevor sie nachfragen konnte, spekulierte Emerald weiter: »Oder vielleicht hat sie einen reichen

Liebhaber, der die Rechnung zahlt. Der ist bestimmt ganz froh, wenn er sie mal ein paar Monate lang los ist.«

»Emerald!« Der ungerührte Blick ihrer Zimmergenossin auf die anderen und auf die Welt schockierte Sofia. In ihrer Gegenwart fühlte sie sich unerfahren und weltfremd. Als sei sie die Jüngere von beiden.

Es gab zwei Gesprächsgruppen, die aus je sechs Personen bestanden. Ihre Zusammensetzung wurde immer wieder mal geändert. Doktor Rose musste sich einen therapeutischen Nutzen aus der jeweiligen Dynamik versprechen, den Sofia noch nicht durchschaute.

»Versuchen wir mal etwas Neues«, sagte Ken jetzt. Er schaute sie der Reihe nach an, wie sie abwartend auf ihren Stühlen saßen, ordentlich im Kreis. So hatten sie früher im Kindergarten gesessen, fiel es Sofia plötzlich ein. Miss Marigold, ihre Kindergärtnerin, hielt einen kleinen Plüschbären im Arm, und begann immer mit »Es war einmal ...«. Dann gab sie den Bären weiter und das nächste Kind fuhr fort: »... eine Prinzessin, die im Fernseher lebte. Sie war ganz allein, und sie weinte, und ...« So ging es rund und rund im Kreis herum, und wer nicht weiterwusste, überließ den Bären dem nächsten Kind.

Genauso war es hier auch, dachte Sofia. Sie erzählten sich Geschichten. Geschichten von Monstern und imaginären Königreichen. Von guten und von bösen Mächten, von Prüfungen, vom Wunsch, gerettet zu werden. Wachgeküsst. Erlöst. Es waren Märchen.

Die Gruppe wartete immer noch auf Kens neue Idee. Er ließ sich Zeit damit, schaute auf seine gefalteten Hände hinunter.

»Okay, versuchen können wir's ja«, sagte er schließlich.

»Die Übung heißt *Rollentausch*. Heute ist jeder mal wer anderes!«

Verständnislose Blicke wurden gewechselt.

»Die meisten in dieser Gruppe kennen sich ja schon eine ganze Weile«, fuhr Ken fort. »Und die Neuen« – damit meinte er Sofia und Carmel, die am selben Tag angekommen waren – »haben bestimmt auch schon einen Eindruck gewonnen. Und überhaupt, es geht um persönliche Wahrnehmung, es geht darum, wie ihr auf die anderen wirkt, es ist keine Prüfung.«

»Ich unterbreche hier kurz«, mischte sich Zach ein. Einige in der Gruppe seufzten hörbar, andere verdrehten die Augen. Zach ignorierte das. »Sorry, Ken. Jemand, der sich über seine Botschaft im Klaren ist, kann diese auch verständlich vermitteln. Wenn ihr meinen TED Talk gehört habt – es war übrigens einer der erfolgreichsten in seiner Kategorie, über zwei Millionen Klicks –, dann wisst ihr, was ich meine.«

Ken lächelte gutmütig. »Ist so«, gab er zu. »Ich bin kein Rhetoriker. Am besten fangen wir einfach an und schauen, wo es uns hinführt. Emerald, beginnen wir mit dir. Du bist heute Chester. Was möchtest du als Chester mit der Gruppe teilen?«

Emerald beugte sich vor und stützte die Ellbogen auf den knochigen Schenkeln auf. Sie imitierte damit exakt Chesters Körperhaltung. Sie grinste, ihre Augen blitzten, die Übung machte ihr sichtbar Spaß. Ken wusste genau, was er tat, dachte Sofia. Er hätte niemand Geeigneteren bitten können, den Anfang zu machen, als Emerald. Sie selbst wäre damit komplett überfordert gewesen. Doch Emerald stürzte sich regelrecht in die Aufgabe. Sie senkte sogar ihre Stimme, um Chesters undeutliche Aussprache nachzuahmen.

»Das kanns doch nicht sein«, beklagte sie sich. »Ich verlier jeden Bezug zur Realität. Dabei hab ich nicht mal ein echtes Problem, ich bin nicht wie ihr, sorry, war nicht persönlich gemeint. Ich brauchte nur mal eine Atempause, und die hatte ich, danke schön! Kann ich jetzt wieder Zugang zum Internet kriegen? Wie soll ich mich denn je wieder da draußen zurechtfinden, wenn ich keine Ahnung habe, was los ist? Wenn mir vielleicht der Fall des Jahrhunderts entgeht? Meine Kanzlei könnte vor die Hunde gehen, während ich hier Däumchen drehe. Verdammt, die ganze Welt könnte vor die Hunde gehen, während wir hier über unsere Gefühle reden, und über unsere Kindheit, Mama hat mich nicht geliebt, buhuu ...«

Chester lehnte sich ertappt in seinem Sessel zurück. Hilfesuchend schaute er zu Ken.

»Das bin aber nicht ich«, protestierte er.

Ken schaute erwartungsvoll in die Runde, sagte aber nichts. Die Gruppe sollte reagieren.

»Doch, Chester, das bist haargenau du«, sagte jemand. Chester presste die Lippen zusammen und schaute auf seine Hände. »Was geht jetzt in dir vor?«, fragte Ken. »Was empfindest du, wenn du dich so hörst?«

»Pfhhh!« Chester pfiff durch die Zähne. »Bin ich wirklich so ein Jammerlappen?« Er wartete die Reaktion der Gruppe gar nicht ab. »Schon gut«, winkte er ab. »Ich habs verstanden.« Er überlegte und lehnte sich dabei unbewusst wieder nach vorn, stützte die Ellbogen auf die gespreizten Schenkel, genau wie Emerald vorhin.

»Ich glaube, ich wollte mich selbst überzeugen, dass ich nicht hierhergehöre«, sinnierte er. »Komisch, ich dachte, ich komm selbstbewusst und distanziert rüber. Aber du hast schon recht, Emerald, ich hab mir was vorgemacht. Und euch die Ohren vollgejammert.«

»Da bist du nicht der Einzige«, murmelte Emerald, und andere murmelten zustimmend. Selbst Carmel, die neben Chester saß, knuffte ihn freundschaftlich in die Seite.

»Schon klar«, warf Emerald ein. Schulterzuckend fügte sie den Satz an, den sie am ersten Tag auch zu Sofia gesagt hatte. »Wir sind alle unschuldig hier. Das versteht sich von selbst. Ganz wie im Gefängnis.«

Chester lächelte schief, und Sofia fand ihn plötzlich ganz sympathisch. Die Übung hatte es in sich. Trotzdem hoffte sie, dass Ken sie übersehen würde. Sie konnte sich nicht vorstellen, in die Rolle von jemand anderem zu schlüpfen. Es war schon anstrengend genug, sich selbst zu spielen.

»Chester, mach du gleich weiter. Du bist Jan.«

»Okay.« Chester schloss die Augen, versuchte, sich in das ehemalige Model einzudenken. Als er die Augen wieder öffnete und ein paarmal heftig mit den Wimpern klimperte, war offensichtlich, dass er weder Emeralds Talent noch ihr Einfühlungsvermögen besaß.

»Es ist der Zeitgeist«, sagte er schließlich, in einem missglückten Versuch, Jans verlangsamte Aussprache nachzuahmen. »Der Zeitgeist ist gegen mich. Fuck, wann sind wir alle so verdammt puritanisch geworden? Zu meiner Zeit war es ganz normal, so dünn zu sein, wir waren alle auf Koks, wir ernährten uns von Wodka und

Zigaretten, kein Mensch dachte sich etwas dabei. Das war einfach unser Lifestyle. Man hat uns bewundert, man hat uns beneidet. Und heute werden wir in Klapsmühlen abgeschoben, fuck noch mal, aber echt …«

Das Fluchen lag Chester offensichtlich nicht, er verstummte. Einen Moment lang war es still. Dann streifte Jan ihre pelzgefütterte Birkenstocksandale ab und warf sie nach ihm.

»Du Arsch!«, rief sie. Sie brach in hustendes Gelächter aus, und die Gruppe fiel ein, ohne genau zu verstehen, was so lustig war.

»Du hast den Nagel auf den Kopf getroffen, Alter«, sagte sie schließlich, als sie sich beruhigt hatte. »Ich kann mich nicht ändern. Und ich will auch nicht. Ich bin eine verdammte Nana geworden. Fuck.«

»Was meinst du damit?«, fragte Ken nach. »Was ist eine Nana?«

»Wie, ihr kennt Nana nicht?« Entgeistert schaute Jan in die Runde. »Das Supermodel der Achtzigerjahre? Nana war mein Idol, der Star meiner Jugend, der Grund, warum ich unbedingt Model werden wollte. Ich verehrte sie. Und dann hatten wir mal diesen Shoot, für den sie die Ikonen vergangener Epochen aufboten. Und Nana war dabei! Ich konnte es nicht glauben, ich drängte mich neben sie, ich hoffte, sie würde was Geniales sagen, mir den Schlüssel zum Erfolg verraten oder so. Aber nein, sie begann jeden Satz mit ›zu meiner Zeit‹ oder ›als ich im Business anfing‹. Sie redete wie meine Großmutter! Fuck, ich war so enttäuscht, ich wollte nur noch heulen.« Sie atmete tief ein, strich sich die langen blonden Strähnen aus dem seltsam straffen, katzenartig verzerrten

Gesicht. »Und nun bin ich die Nana, die jeden Satz mit ›früher, als ich noch jung war‹ beginnt. Wow. Das war mir echt nicht bewusst. Danke, Chester. Du Arsch!«

»Okay, okay, ich seh schon, Ken, alter Hase«, mischte sich nun Zach wieder ein. Er war wohl zu lange nicht im Vordergrund gestanden, dachte Sofia gehässig.

»Was siehst du, Zach?«, fragte Ken nachsichtig.

»Ich sehe, welche Funktion dein kleines Rollenspiel erfüllt. Aber erwarte nicht, dass das bei mir auch funktioniert.«

»Warum versuchst du es nicht einfach? Zach, du bist heute …« Kens Blick schweifte durch die Runde und blieb kurz an Carmel hängen. Doch Carmel rutschte in ihrem Sessel zurück wie eine Schülerin, die ihre Hausaufgaben nicht gemacht hatte, und Kens Blick glitt weiter, als hätte Carmel sich einen Moment lang unsichtbar gemacht. Sofia wünschte sich, sie könnte das auch, doch prompt zeigte Ken auf sie.

»Sofia«, sagte er.

Zach sollte Sofia sein. Ausgerechnet. Er schaute sie an und kniff dann die Augen zusammen wie ein Kind. Sofia fühlte sich seltsam bloßgestellt. War es denn so schwierig, sich in sie hineinzuversetzen? Das war genau das, was sie mit ihrer Zurückhaltung bezweckte. Und trotzdem traf es sie.

»Ich bin Sofia«, begann Zach zögernd, beinahe tonlos. »Und es gibt einen Grund, warum ich so dick bin. Warum ich so dick sein muss. Aber niemand darf es wissen.« Er schlug sich beide Hände vor den Mund und schaute erschrocken in die Runde. Er führte sich auf wie ein Schmierenkomödiant. Seine Darstellung war lächerlich und doch so nahe an der Realität, dass es Sofia kalt wurde.

»Ich weiß genau, was ich tue. Ich habe mir exakt das richtige Gewicht angefressen. Mit Methode. Mit einem Plan.« Zach schnaufte jetzt, als strenge ihn das Sprechen körperlich an. »Ich muss so schwer sein, damit ich am Boden bleibe.« Den letzten Satz presste er zwischen den Zähnen hervor. Dann schaute er zur Seite, als wollte er sich von dem Gesagten abwenden.

»Was soll denn das jetzt, Zach?«, fragte jemand.

»Typisch, wenns nicht um dich geht, interessierts dich nicht.«

Langsam atmete Sofia aus. Niemand schien auf den Inhalt des Gesagten zu reagieren. Zachs Verhalten gab ihnen die Gelegenheit, ihm einmal mehr klarzumachen, was sie von ihm hielten: nicht viel. Ken nickte zustimmend.

»Kannst du mit diesem Vorwurf etwas anfangen?«, fragte er Zach. Als sei es bei der Übung immer nur um ihn gegangen, und nie um Sofia. Das konnte ihr nur recht sein.

»Natürlich kann ich das«, sagte Zach trotzig. »Ich hab schon Schlimmeres gehört. Ich bin nicht umsonst das Arschloch der Nation.«

Beinahe gegen ihren Willen schaute Sofia zu ihm hinüber, und einen Moment lang trafen sich ihre Blicke. Es schien, als sei er ebenso erleichtert wie sie, dass niemand seine Aussage ernst nahm. Niemand außer ihr wusste, dass er die Wahrheit gesagt hatte.

»Und du Sofia, wie geht es dir damit?«

Sie wünschte, sie würde rauchen. Das wäre jetzt die

einzig angemessene Reaktion. Jedenfalls in den alten Filmen, die sie sich mit ihrem Papa Giò anschaute. Da wurden brenzlige Situationen entschärft, indem sich jemand eine Zigarette anzündete.

»Kannst du auf Zachs Aussage reagieren?«

Niemand rauchte mehr. Nicht einmal mehr in Filmen. Und wenn sie jetzt aufstand und den Gruppenraum verließ, würde sie dem Gesagten nur Bedeutung verleihen. Also blieb sie sitzen und ließ sich nichts anmerken. Sie spreizte die Hände, zuckte mit den Schultern, lächelte entschuldigend.

»Sorry, Zach, ich versteh nicht ganz, worauf du hinauswillst.«

»Ich doch auch nicht! Keine Ahnung, wo das jetzt hergekommen ist, und es tut mir total leid, wenn ich dir zu nahe getreten bin, Sofia, das wollte ich wirklich nicht.«

Sofia runzelte die Stirn. Dass Zach sich entschuldigte, hatte sie noch nie erlebt. Ken klatschte anerkennend in die Hände. »Bravo«, sagte er. »Du drückst deine Gefühle aus, versteckst dich nicht hinter Studien und Statistiken, nein, du nimmst einen anderen Menschen wahr. Du stellst dir vor, was dieser andere Mensch fühlt. Das ist ein Riesenschritt für dich, Zach.«

Ken schaute auffordernd in die Runde, bis alle nickten und einige halbherzig »gut gemacht, Zach« murmelten.

»Gratuliere, du bist vielleicht doch kein Psychopath?«, gab der zurück, und Sofia musste gegen ihren Willen lachen. Überrascht schaute Zach zu ihr hinüber.

Und dann passierte etwas. Etwas lag in diesem Blick. Sofia erkannte etwas. Sie sah in Zach hinein, und er in sie. Er erkannte sie.

»Ich wünschte auch, ich würde rauchen«, murmelte er. Sie wandte ihren Blick ab, als hätte sie sich die Augen verbrannt.

Der Rest der Stunde zog sich zäh dahin. Jedes Mal, wenn Sofia zur Wanduhr hinüberschaute, schien der Minutenzeiger noch an derselben Stelle zu stehen. Doch irgendwann rieb Ken die Hände und verkündete, das Experiment sei ein echter Erfolg gewesen, ein Siebenmeilenschritt für alle Beteiligten. Er stand auf und öffnete die Glastür, die auf den Innenhof hinausging. Kühle, feuchte Luft drang herein. Die Hälfte der Gruppe begab sich nach draußen. All die imaginären Raucher, dachte Sofia.

Die andere Hälfte verließ den Raum durch die Tür zum Flur und steuerte die Getränkestation im Foyer an. Sofia widerstand der Versuchung, Zach in den Innenhof zu folgen und schenkte sich stattdessen aus einer Thermoskanne eine Tasse »Kaffee« ein, der aus getrockneten Heilpilzen hergestellt und mit Kokosöl verdickt wurde und erstaunlich gut schmeckte. Wie immer klebte Emerald an ihrer Seite.

»Wow, das war jetzt so was von intensiv, ich konnte kaum atmen!« Sie klang tatsächlich atemlos. »Was hatte der bloß? Was kann er damit gemeint haben – Zach tut doch sonst immer so wichtig, ›meine Erfahrung zeigt, neueste Studien belegen, nach modernen Erkenntnissen‹ ...« Sie traf Zachs Ton so genau, wie sie in der Gruppe Chester nachgeahmt hatte.

»Du kannst genial Leute imitieren, hat dir das schon

mal jemand gesagt?«, lenkte Sofia ab. Emerald lächelte geschmeichelt.

»Ja, jetzt wo du's sagst. In meiner alten Schule war ich ja im Theaterkurs. Die Leiterin sagte immer, ich sei ein Naturtalent. Schon im ersten Jahr durfte ich eine Hauptrolle spielen. Die sind sonst den Älteren vorbehalten. Aber na ja, das war, bevor …« Sie schaute an sich herunter und verstummte. Bevor sie ihr Talent für diesen jämmerlichen Betrug genutzt hatte. *Cancergirl* würde ihre letzte Rolle bleiben. Emerald stellte ihren Becher hin und ging ohne ein weiteres Wort zum Treppenaufgang. Sofia widerstand dem Impuls, ihr nachzugehen, und rührte stattdessen noch einen Löffel Kokosöl in ihren Pilzkaffee. Das Getränk mochte gesund sein, aber es enthielt durchaus Kalorien.

Und dann stand er plötzlich neben ihr. Zach. Sie musste zu ihm aufschauen, aber das musste sie meist.

»Hey«, sagte er. »Können wir kurz debriefen?«

»Reden, meinst du?«

Instinktiv trat sie einen Schritt zurück. Sie hielt ihre Tasse mit beiden Händen dicht vor der Brust. Und dann musste sie plötzlich an all die alten Filme denken, die sie zusammen mit ihrem Papa Giò in seinem verdunkelten Studio angeschaut hatte. Und wie sich da immer genau die ineinander verliebten, die sich zu Beginn nicht ausstehen konnten. Bis das mit den bedeutungsvollen Blicken kam und plötzlich alles anders war.

Sofia war fast zwanzig Jahre alt und hatte sich noch nie verliebt. Manchmal fragte sie sich, ob das normal war. Doch im Grunde wusste sie die Antwort. Die Tatsache, dass sie sich diese Frage stellte, war die Antwort.

Aber was war das jetzt, dieses eigenartige Gefühl, dass alles um sie beide herum verschwamm und unwichtig wurde? Die anderen Gruppenmitglieder, die im Flur standen, der Flur selbst, das ganze Gebäude, alles löste sich auf. Sie schwebte im luftleeren Raum, nur durch seinen Blick verankert. War es das? War sie dabei, sich zu verlieben? In den arroganten und viel älteren Zach, der ihr nur auf die Nerven ging? Sicherheitshalber trat sie noch einen Schritt zurück. Doch da war die Wand.

Sie seufzte. Das hatte ihr gerade noch gefehlt! Er gefiel ihr ja nicht mal, mit seinen Fitnesscenter-Oberarmen und dem lächerlichen Man Bun. Zachs graue Augen waren immer noch auf sie gerichtet. Ein amüsiertes Lächeln spielte um seine Mundwinkel, dann senkte er fast beschämt den Kopf und rückte seinen Haarknoten zurecht. Hatte sie etwa laut gedacht?

Sofia gab sich einen Ruck.

»Reden«, wiederholte sie. »Ja, okay, warum nicht.«

Zach berührte ihren Ellbogen. Sie zuckte zusammen. Sofort zog er seine Hand zurück.

»Sorry, Sofia, ich wollte nicht in deinen persönlichen Raum eindringen.«

»Wow, hast du das im Workshop für toxische Maskulinität gelernt?« Das klang gehässiger, als sie es gemeint hatte. Zach presste die Lippen zusammen.

»Können wir …« Er machte eine unbestimmte Handbewegung. »Können wir irgendwo reden, wo wir allein sind.«

»Okay, komm mit«, sagte Sofia. Sie ging bis ans andere Ende des Flurs, ohne sich nach ihm umzudrehen, und öffnete die Tür zur Besenkammer, die ihr Emerald am ersten Tag gezeigt hatte. »Jede anständige Klinik hat so ein Versteck«, hatte Emerald ihr erklärt.

Die Kammer war erstaunlich geräumig, und ganz hinten zwischen den Regalen voller Putzmittel und Klopapierrollen standen zwei aufgeklappte Campingstühle. Auf dem Fußboden lag ein Taschenbuch, in der Mitte aufgeschlagen, und auf dem untersten Regalbrett stand ein leerer Aschenbecher.

»Skye«, sagte Zach.

»Was?« Sofia drehte sich um.

»Skye raucht heimlich«, erklärte Zach. »Das ist ihr Aschenbecher.«

Sofia stemmte die Hände in die Seiten. »Okay, Zach, was läuft hier?«

Zach wischte einen der Stühle mit seinem Ärmel ab und setzte sich. Dann hob er das Taschenbuch auf, klappte es zu und legte es ins Regal. Typisch, dachte Sofia. Wer immer dieses Buch las, musste nun mühsam die richtige Stelle wiederfinden. Und wenn er schon dabei war, hätte Zach doch auch gleich beide Stühle saubermachen können.

»Sorry«, sagte Zach, stand auf und wischte den anderen Stuhl ab. »Ich bin manchmal wirklich rücksichtslos.«

»Das kannst du laut sagen«, murmelte Sofia.

Als hätte er ihre Gedanken gelesen.

»Ja, stimmt. Ich kann Gedanken lesen.« Er schaute auf seine Hände und spreizte die Finger. Sofia schüttelte den Kopf.

»Was soll denn das nun wieder heißen?« Zach war der größte Angeber in der Klinik, doch jetzt war sein Ton nicht aufschneiderisch oder selbstbewusst. Er klang eher verunsichert. Trotzdem hakte Sofia nach: »Wie, sag schon, hast du eine App dafür entwickelt? Ist das deine neuste Geschäftsidee, ›Mit Gedanken lesen zum Erfolg‹?«

Sie war sonst nicht so. Es lag ihr nichts daran, andere zu verletzen. Aber etwas an Zachs Verhalten irritierte sie. Mehr noch, es machte ihr Angst.

Zach fuhr sich mit beiden Händen heftig übers Gesicht.

»Hey«, sagte sie, und er ließ seine Hände sinken und schaute sie an. Wieder spürte sie etwas Ungewohntes, eine Verbindung, wie ein leichter elektrischer Schock. Es war kein angenehmes Gefühl, eher eine Irritation, die sich bis in die Fingerspitzen ausbreitete.

»Sorry, ich wollte nicht …« Sie verstummte. Er nickte. »Ich weiß.«

»Du kannst also wirklich Gedanken lesen.«

»Und du kannst fliegen.«

Sofia nickte, setzte sich in einen der beiden Stühle, Zach in den anderen. Er hob ein paarmal zum Reden an, doch Sofia brachte ihn mit einem Blick zum Schweigen. Mit einem Gedanken. Sie hatten sich gefunden. Sie waren nicht allein. Mehr gab es nicht zu sagen. So saßen sie Seite an Seite in den wackligen Campingstühlen, schlossen die Augen, atmeten.

In den nächsten Tagen trafen sie sich, wann immer sie eine freie Minute hatten. Sie schlichen sich in die Besenkammer, setzten sich in ihre Stühle, sie rechts in den rot-gelb gestreiften, er links in den blau-weißen, und sie redeten.

Oder eher, Zach redete. Es stellte sich heraus, dass er eine ganze Menge zu sagen hatte. Sofia schwieg meist. Ihr reichte es, zu wissen, dass sie nicht die Einzige war, die zum unpassendsten Zeitpunkt eine merkwürdige Fähigkeit entwickelt hatte, die sie nicht kontrollieren konnte und die ihr nichts als Schwierigkeiten bereitete. Erst jetzt, wo sie es nicht mehr alleine tragen musste, wurde ihr bewusst, wie schwer dieses Geheimnis war. Schwerer als jedes mühsam zugenommene Kilo.

»Das Irre daran ist, dass ich mir als Kind nichts anderes gewünscht habe«, erzählte er. »Und jetzt, wo ich es kann, bringt es mir rein gar nichts.« Zach spielte mit dem Aschenbecher, der aussah, als hätte ihn ein Kind getöpfert. Nicht gerade eine angemessene Bastelaktivität, dachte Sofia. Sie stellte sich ein verwahrlostes, vereinsamtes Kind in einer Drogen-WG vor, doch Zach lachte in ihre Gedanken hinein. »Das war früher der Klassiker für den Vatertag«, erklärte er. »Das wurde in allen Schulen gemacht.« Dann seufzte er. »Nicht so lustig für die, die keinen Vater hatten.« Er schob den Aschenbecher hinter die Küchenpapierrollen. »Das kannst du dir heute vielleicht gar nicht vorstellen«, sagte er. »Aber glaub mir, es ist wahr. Als Kind war ich einsam. Ich hatte keine Freunde. Nicht einen einzigen!«

»Nein, das kann ich mir nun wirklich nicht vorstellen«, unterbrach ihn Sofia in einem Ton, der das Gegenteil ausdrückte. Zuletzt war sie mit ihrem Cousin Nestor so vertraut und respektlos umgegangen. Und wie Nestor nahm auch Zach ihre Sticheleien nicht persönlich. Er boxte sie nur leicht in die Schulter.

»Ich verstand nicht, warum die anderen mich nicht

mochten. Nicht nur die anderen Kinder, überhaupt alle. Nicht mal meine eigene Mutter. Und so hab ich immer versucht, zu verstehen, wie andere ticken. Angefangen, wie gesagt, bei meiner Mutter. Ich hab ihr Gesicht studiert wie eine Schatzkarte. Wenn ich nur rauskriegen konnte, was sie von mir erwartete. Dann würde ich mir ihre Liebe schon verdienen. Das war schon fast eine Frage des Überlebens, verstehst du?«

»Nicht wirklich.« Sofia war von ihren Papas mit Sehnsucht erwartet und mit Liebe überschüttet worden. Von Anfang an. »Aber ich weiß auch nicht immer, wie andere Menschen ticken«, gab sie zu. Das war ihr mit zwölf zum Verhängnis geworden, als sich die anderen Mädchen in ihrer Klasse plötzlich gegen sie wandten. Aus dem Nichts, wie es Sofia vorkam. Ohne ersichtlichen Grund. Damals hatte sie auch verzweifelt versucht, zu verstehen, was von ihr erwartet wurde. Verzweifelt und vergeblich.

Zach nickte. »Als Kind dachte ich immer, es sei irgendwo ein Fehler passiert. Ich sei am falschen Ort gelandet, in der falschen Umgebung. Ich war durch einen unglücklichen Zufall in einem fremden Land gestrandet, wo ich weder die Sprache noch die Sitten und Gebräuche kannte. Und bis heute verstehe ich nicht, wie sie funktionieren, die Bewohner dieses fremden Landes.«

»Ja, das kenn ich auch.« Wobei Sofia eher das Gefühl hatte, die anderen beobachteten sie und fanden sie irgendwie seltsam oder fremd. Selbst die überschwängliche Liebe ihrer Papas war von ständiger Sorge durchzogen.

»Ich wollte immer wissen, wie man es anstellt, gemocht zu werden«, sagte Zach jetzt etwas leiser. »Und alles, was ich erfahre, wenn ich ihre Gedanken lese, ist, wie wenig sie mich mögen. Wie tief ihre Abneigung gegen mich ist. Glaub mir, das würde den stärksten Mann umhauen.«

War das der Grund für Zachs Zusammenbruch gewesen? Allerdings musste er nicht Gedanken lesen können, um zu wissen, wie viel Hass ihm entgegengebracht wurde. Und nicht umsonst, dachte Sofia. Sie konnte nicht vergessen, wie viel Leid Zach verursacht, wie viele Leben er zerstört hatte. Wieder reagierte er auf ihre Gedanken, als hätte sie sie ausgesprochen.

»Das hat schon viel früher begonnen« sagte er. »Auch als ich noch die besten Absichten hatte, mochte mich niemand. Mit meiner spirituellen Plattform wollte ich ja nicht in erster Linie Geld verdienen, ich wollte die Menschen zusammenbringen.«

»Okay …«

»Doch, wirklich. Was ist das größte Problem unserer Zeit? Einsamkeit. Wer wüsste das besser als ich. Geld und Ruhm kommen nicht dagegen an, das hatte ich ja bereits durchgespielt. Also arbeitete ich wie ein Blöder, um eine Formel gegen die Einsamkeit zu finden, einen Algorithmus für Gemeinschaft, für Zugehörigkeit. Also das, wonach wir uns alle sehnen. Hab ich recht?« Er wartete ihre Antwort gar nicht ab. Dabei hätte Sofia nicht automatisch Ja gesagt. »Und ich dachte wirklich, es sei mir gelungen. Es hat ja auch funktioniert. *MindBlow* war eine weltweite Community. Nur mochte mich immer noch niemand. Und wenn du Tag für Tag, Stunde um Stunde mit diesem Hass berieselt wirst, dann … ich weiß nicht, dann glaubst du es irgendwann. So: ›Ihr denkt, ich sei ein Arschloch? Ich zeig euch, was für ein Arschloch ich wirklich bin!‹«

»Sich selbst erfüllende Prophezeiung«, nickte Sofia, und Zach blies die Backen auf.

»Du bist echt therapiegeschädigt, ist dir das bewusst?« Sofia grinste. »Ja. Und wenns dich tröstet: Ich mag dich«, sagte sie. »Manchmal wenigstens.«

»Du und der Techie«, sagte Emerald. »Wer hätte das gedacht. Dir ist schon klar, dass sexuelle Beziehungen zwischen Patienten total verboten sind, absolutes No-No, No-Go, No way, José!« Emerald lag auf Sofias Bett, die Hände hinter dem Kopf verschränkt, und starrte sie herausfordernd an. Sofia zog die Tür hinter sich zu. Sie kam tatsächlich gerade von einem Treffen mit Zach.

»Wovon redest du, sexuelle Beziehung, sonst noch was?« Sofia hätte beinahe gelacht, doch Emerald schien aufrichtig empört.

»Meinst du, ich seh nicht, wie ihr euch immer davonstehlt? Meinst du, ihr seid die ersten, die sich in der Besenkammer treffen?«

»Emerald, glaub mir, das ist es nicht.«

Emerald musterte sie misstrauisch, doch dann nickte sie. Sofias Ton musste sie überzeugt haben. »Was ist es dann? Sag nicht, du fällst auf seinen Hobbyguru-Scheiß rein!«

»Nein, ich … Ich kann es dir nicht erklären.« Nicht, ohne ihn zu verraten, nicht ohne sich zu verraten. »Ich mag ihn nicht mal besonders.«

»Das beweist doch nichts. Niemand mag ihn. Er ist der Klassenfeind!«

»Klassenfeind, echt? Übertreibst du nicht ein bisschen?«

»Ach wie süß, du verteidigst ihn!«

Sofia warf ein Kissen nach Emerald und bereute es sofort, als diese auf das Bett zurücksackte, als habe sie ein Felsbrocken getroffen. Doch sie richtete sich wieder auf und hielt das Kissen an ihren Bauch gepresst. »Ich hätte ja Ende der Woche die Klinik verlassen sollen«, wechselte sie das Thema. »Doch Doktor Rose findet, ich sei noch nicht bereit für die richtige Welt da draußen. Jetzt bin ich bald länger hier als Marilyn Monroe.«

»Sorry«, murmelte Sofia, doch heimlich war sie froh darüber. Sie wollte sich nicht an eine neue Mitbewohnerin gewöhnen müssen.

»Meine Eltern zahlen gern weiter, wenn sie sich nur nicht mit mir abgeben müssen. Wenns nach ihnen ginge, würde ich den Rest meines Lebens hier verbringen.«

»Vermisst du sie?«

»Ehrlich gesagt, nicht wirklich. Ich hab sie ja eh nie gesehen. Meine wichtigste Bezugsperson war unsere Haushälterin. Voll das Klischee.«

Darauf wusste Sofia nichts zu sagen. Emerald deutete ihr Schweigen als Kritik. »Sorry, das war nicht cool«, sagte sie schnell. »Ich weiß ja, dass einer deiner Väter Mexikaner ist, und vermutlich haben deine Tanten oder deine Großmutter als Haushaltshilfen gearbeitet und … oh shit, ich oute gerade all meine kulturhistorischen Vorurteile! War das jetzt total rassistisch oder nur ignorant?«

Sofia schüttelte den Kopf. »Reg dich mal wieder ab«, sagte sie ein bisschen lauter als beabsichtigt. »Mein mexikanischer Papa Santiago war mal ein Starfriseur, bevor er sein Business verkauft hat, und der Rest der Verwandtschaft lebt von seinem Geld und seinen Schuldgefühlen.«

Tatsächlich hatten einige ihrer Tanten und Cousinen als Putzfrauen oder Nannys gearbeitet. Tía Teresa, die sich ihren Kundenstamm zu Beginn des Dotcom-Booms aufgebaut hatte, gab gern mit ihrem Einkommen an. Die Techies verdienten mehr Geld, als sie ausgeben konnten und hatten nicht die geringste Ahnung, wie sie ihre viel zu großen und unsinnig möblierten Wohnungen, Häuser und Lofts instand halten sollten. Die einfachsten praktischen Handhabungen überforderten sie bereits. Tía Teresa putzte nicht nur, sie kaufte ein, brachte Hemden zur Reinigung und holte sie wieder ab, öffnete Lieferanten und Handwerkern die Tür und packte Lieferungen aus. Das alles für einen Stundensatz, der mindestens das Dreifache des kalifornischen Mindestlohns betrug. »Heute hab ich vier Stunden ferngesehen, bis der Fedex-Mann endlich kam. Dann hab ich ein Paket geöffnet, eine italienische Kaffeemaschine ausgepackt und eingesteckt: 180 Dollar, *wham bam, thank you Ma'm!*«

Aber das würde sie Emerald nicht erzählen. Sofia hatte keine Lust, von sich zu erzählen. »Wie hieß denn deine Nanny?«, fragte sie stattdessen. Mehr brauchte es nicht. Emerald hatte trotz der täglichen Therapiestunden ein unstillbares Mitteilungsbedürfnis. Als ob sie zu lange allein gewesen wäre. Sofia kannte das von ihren älteren Verwandten, die manchmal tagelang niemanden sahen. Dann überschlugen sich die aufgestauten Sätze. Sofia hingegen hörte lieber zu. Ihre ganze Kindheit hindurch war sie ständig angehalten worden, sich mitzuteilen und auszudrücken. Kein Wunder, zog es sie ins Weltall hinaus. Dort wäre sie ungestört, hatte sie als Kind geglaubt, dort wollte niemand wissen, wer sie sei und was sie dachte und wie sie sich fühlte. Doch diese Kindheitsfantasien hatten sich zerschlagen. Das Weltall war von egomanen Multi-milliardären beschlagnahmt worden. Und das Fliegen war ihr auf grausamste Art verleidet. Alles wurde ihr genommen, dachte sie in einem Aufwallen von Selbstmitleid.

»Elena, sie hieß Elena«, sagte Emerald jetzt, und Sofia musste einen Moment überlegen, wovon sie redete. »Wir hatten ein Geheimzeichen, zwei ineinander verschlungene E, schau hier!« Emerald schob ihre Socke herunter und zeigte Sofia einen mageren Knöchel, den eine verblasste Tätowierung zierte. Sofia beugte sich vor, sie konnte die Buchstaben kaum erkennen. Emeralds Bein war von feinen blonden Haaren bedeckt. Unwillkürlich streckte Sofia einen Finger aus und fuhr den Linien des Tattoos nach, mehr um den Flaum zu spüren.

»Erzähl mir von Elena«, sagte sie.

Emerald zuckte die Schultern. »Es gibt nicht viel zu erzählen.« Emerald ließ sich auf ihr Bett zurückfallen und streckte die Arme über ihrem Kopf aus. Sie spreizte die Finger, ballte sie zur Faust und öffnete sie wieder. »Sie war immer da. Jeden Tag. Bevor ich zur Schule ging, und wenn ich von der Schule nach Hause kam. Elena war meine Bezugsperson, oder wie man das nennt.«

»Und deine Eltern?«

»Die ließen sich scheiden, als ich zwölf war, geteiltes Sorgerecht, zwei Wohnungen, eine neue Schule. Keine Elena mehr.«

Mit zwölf konnte man sich nicht tätowieren lassen, das wusste Sofia. Emerald hatte das Zeichen Jahre später stechen lassen. Vermutlich hatte sie es sich auch ganz allein ausgedacht, und Elena wusste gar nichts davon. Der geheime Bund existierte wahrscheinlich nur in Emeralds Vorstellung. Vorsichtig zog Sofia den Sockenrand wieder über Emeralds Knöchel. Emerald schob ihre Hand weg. »Zurück zu dir und dem Techie!«

Sofia seufzte.

»Zach.«

»Ohhh Zach!«, flötete Emerald. Sofia verdrehte die Augen. »Okay, aber wenn du ihn nicht mal besonders magst und nicht auf ihn stehst, warum verbringst du dann so viel Zeit mit ihm?«

Sofia zuckte mit den Schultern. »Ich kann gut mit ihm reden. Ich weiß, das klingt komisch.«

»Reden? Du meinst, dir seine endlosen Vorträge anhören? Komm schon, Sof, das kannst du mir nicht erzählen!«

Sofia zog eine Grimasse. »Wir reden über …« Hilfesuchend schaute sie an die Zimmerdecke hinauf. »Mathematik«, sagte sie schließlich. »Ich würde ja gern mein Studium wieder aufnehmen, wenn ich hier rauskomme. Und Zach ist so eine Art Zahlengenie, obwohl er nie studiert hat, aber er weiß nun mal über Dinge Bescheid, die mich auch interessieren. Algorithmen und so was.«

Beschämt verstummte sie. Eine unglaubwürdigere Erklärung hätte sie nicht erfinden können. Das dachte Emerald offenbar auch. Sie stand auf und setzte sich auf die Fensterbank. Nach einer Weile trat Sofia zu ihr. Obwohl sie in den letzten Wochen abgenommen hatte, traute sie der schmalen Fensterbank noch nicht ganz und blieb deshalb stehen.

»Glaub mir«, sagte sie. »Ich steh nicht auf ihn. Oder auf irgendwen.« Obwohl sie ständig an Zach dachte und es nicht erwarten konnte, ihn zu sehen, mit ihm allein zu sein, hatte sie nicht das geringste Bedürfnis, ihn zu berühren. Oder gar zu küssen. Oder … weiter mochte sie gar nicht denken. »Sex und all das … küssen und so was … das ist mir irgendwie fremd. Nicht direkt zuwider, aber fremd.« So fremd wie das Verhalten gewisser Tiere. Eulenarten, die ihren Kopf um 270 Grad drehen konnten. Taranteln, die zwei Jahre ohne Nahrung überlebten, Kühe, die im Stehen schliefen, aber nur im Liegen träumten. Das alles war interessant und auch irgendwie cool, aber fremd. Sie schüttelte den Kopf, um diese Bilder zu verscheuchen. »Ich weiß schon, dass das nicht normal ist. Glaub mir.« In der Mittelschule war sie endlos gezwungen worden, ihre sexuelle und geschlechtliche Identität zu definieren. Ihr androgynes Aussehen, ihr obsessives Interesse für Luftfahrttechnik hatten ihr Umfeld verunsichert. Hatten Fragen aufgeworfen, die Sofia nicht beantworten konnte.

Das immerhin war ein Vorteil ihres neuen Gewichts: Niemand verlangte mehr, dass sie in eine Schublade passte. Dicke Menschen mussten sich nicht definieren: Ihr Gewicht definierte sie. Das mochte nicht gerecht sein, aber Sofia kam es entgegen.

Emerald schien das allerdings nicht zu kümmern, sie bohrte nach: »Ja, okay, du stehst nicht auf ihn, und auch sonst auf niemanden? Was bist du denn?«

»Nichts«, sagte Sofia, und dann setzte sie sich doch hin, auf den äußersten Rand der Fensterbank.

Sie drehte Emerald den Rücken zu und schaute aus dem Fenster, wo es nichts zu sehen gab. »Ich bin nichts.«

»Nein, Sofia.« Emerald rutschte näher zu ihr hin und

legte ihr die Hände auf die Schultern, bis sie sich widerwillig zu ihr umdrehte.

»Du bist nicht nichts«, sagte sie eindringlich. »Du bist Sofia.«

Sofia antwortete nicht. Schön wärs, dachte sie. Schön wärs, wenn das genügte. Und tatsächlich war Emerald noch nicht fertig. »Und außerdem vielleicht asexuell«, sagte sie. »Das gibts ja schließlich auch.«

Sofia lehnte sich wieder zurück.

»Asexuell, hm.« Sie hatte nicht mal gewusst, dass es das gab. Warum hatte Doktor Lilly ihr das nicht gesagt? Wie oft hatte sie sich gewünscht, es gäbe eine Schublade, in die sie passte, ein Etikett, das auf sie zutraf. Nur, um die anderen zu beruhigen. Und ruhigzustellen.

Etwas wie Erleichterung breitete sich in ihr aus. Doch gleich darauf wehrte sich etwas in ihr. Warum musste sie überhaupt in eine Schublade passen? Warum konnte sie nicht einfach Sofia sein?

Zurück auf Feld eins.

Carmel konnte sich kaum beherrschen. Sie schnaubte empört, während Ken alle begrüßte. Kaum war er damit fertig, hob sie schon ihre Hand.

»Ich möchte etwas offenlegen«, sagte sie. Sie schaute sich in der Runde um. Sie erinnerte Sofia an eine Lehrerin, die ihre Lektionen immer mit einer Zurechtweisung beginnt.

»Zwei Mitglieder unserer Gruppe haben eine Affäre«, verkündete sie. Sie verschränkte die Arme vor der Brust und schob die Unterlippe vor. »Ich habe sie beobachtet.

Sie treffen sich heimlich in der Besenkammer. Das ist eindeutig gegen die Regeln. Ich darf nicht mal meine Kinder sehen, aber andere machen, was sie wollen, und niemand schert sich darum.«

»Und was macht das mit dir?«, unterbrach Ken ihre Tirade. Er schien eher gelangweilt. Das mit den Kindern war schon mehrmals Thema gewesen. Doch die vierwöchige Kontaktsperre galt nun mal für alle, auch für Mütter.

Carmel war der Beweis dafür, dass Geld nicht glücklich machte, dachte Sofia. Sie hatte immerhin den größten Jackpot in der Geschichte der kalifornischen Lotterie gewonnen. Sofia wusste nicht einmal mehr, um wie viel Geld es gegangen war. Ihr Verständnis hörte bei einer Million auf. Zach würde es wissen, dachte sie. Ihm waren solche Beträge nicht fremd. Unwillkürlich suchte ihr Blick den seinen und fand ihn schon auf ihr ruhend. Er zwinkerte ihr zu. Da sprang Carmel auf und zeigte mit dem Finger auf ihn, dann auf Sofia, dann wieder auf Zach.

»Da! Da! Seht selbst, wenn ihr mir nicht glaubt!« Sie schnappte nach Luft. »Er hat ihr zugezwinkert! Die nehmen nichts ernst, die glauben, die Regeln gelten nicht für sie, das ist so typisch, das verdammte Privileg der ...«

»Carmel«, fuhr Ken jetzt ein bisschen bestimmter dazwischen. »Carmel, setz dich bitte wieder hin.«

»Ja klar. Immer ich. Ich muss die Regeln einhalten, alle anderen tun, was sie wollen und kommen damit durch. Und ich bin dann die Angeschmierte.«

»Und du fragst dich, warum«, murmelte Emerald. Sofia

lächelte ihr dankbar zu. Und dann, ohne nachzudenken, sagte sie: »Ich habe keine Affäre. Weder mit Zach noch mit sonst jemandem.«

»Ja logisch, wär auch ein bisschen schwierig mit deinem Gewicht«, kicherte Jan. Andere in der Gruppe schnappten hörbar nach Luft.

»Jan, also wirklich!«, rief jemand.

Und sie: »Was habt ihr? Ich nenne die Dinge nur beim Namen.«

Die beliebteste Ausrede der Gegenwart.

Ken klatschte in die Hände, bis wieder Ruhe einkehrte. »Ihr benehmt euch ja wie am ersten Tag«, sagte er milde. »Als hättet ihr noch nie was von mitfühlendem Zuhören oder von unterstützender Kommunikation gehört. Ich bitte euch!«

Einzelne Gruppenmitglieder schauten betreten zu Boden. Andere sagten noch ein paarmal »aber, aber«, bis auch sie sich beruhigten.

»Carmel«, wandte Ken sich nun wieder an die Unruhestifterin. »Worum geht es dir wirklich? Fühlst du dich ausgeschlossen? Haben Zach und Sofia dir das Gefühl gegeben, nicht willkommen zu sein?«

Wie auf Knopfdruck brach Carmel in Tränen aus. Das passierte in beinahe jeder Sitzung und berührte unterdessen niemanden mehr. Geduldig wartete Ken ab, und schließlich beruhigte sie sich.

»Es ist immer dasselbe!« Sie zog ein zerknülltes Papiertaschentuch aus ihrem Ärmel, das bereits gebraucht aussah. Angeekelt wandte Sofia den Blick ab. Der Gedanke an das feuchte Taschentuch auf der nackten Haut, an die Bakterien und Bazillen, die sich in der feuchten Wärme

vermehrten, war zu viel für sie. Schlimmer als die An-
schuldigung einer Affäre.

»Ich kann tun, was ich will, ich bin nie gut genug«,
schniefte Carmel. »Vor dem Lottogewinn hab ich mir
die Finger blutig gearbeitet für meine Familie und nie
einen Dank bekommen. Und als ich einmal im Leben
Glück hatte, was hab ich getan? Ich hab gleich die Hälfte
weggegeben. Meiner Mutter ein Haus gekauft, meinen
Brüdern die Kreditkartenschulden abbezahlt, ich habe
Autos verschenkt wie seinerzeit Oprah, Studienkonten
für meine Nichten und Neffen angelegt, und was meint
ihr, hat sich irgendwer bei mir bedankt? Nein, ich hör
immer nur ›warum krieg ich nicht mehr, warum kriegt
der andere dies und ich nur das, und wenn wir schon
dabei sind, könntest du mir nicht auch noch dies und das
und jenes geben?‹«

Ken nickte und schaute erwartungsvoll in die Runde,
doch niemand machte Anstalten, auf Carmels Ausbruch
zu antworten. Sie waren nicht herzlos, sie hatten es nur
schon zu oft gehört. Ken seufzte leise.

»Mal konkret, Carmel: Was macht dich an Sofias und
Zachs Verhalten so wütend?«

»Solltest du nicht eher fragen, was die beiden getan
haben?« Sie wartete seine Antwort nicht ab. »Nein, denn
die sind ja über alles erhaben. Die Einzige, die sich hier
zu rechtfertigen hat, ist die arme, dumme Carmel. Und
warum? Weil sie nicht dazugehört. Weil sie bis vor zwei
Jahren noch als Putzfrau gearbeitet hat. Ich passe nicht
hierher, nicht als Patientin, euch wärs wohler mit mir,
wenn ich euren Dreck wegputzen würde.«

»Carmel.« Ken seufzte jetzt hörbar. »Du weißt so gut

wie alle anderen hier, dass ich selbst auf der Straße gelebt habe. Also komm mir nicht mit sozialem Dünkel, okay?«

»Tja, und trotzdem mögen dich alle. Sie respektieren dich. Aber mich nicht, vielen Dank. Für mich gelten andere …«

Ihre letzten Worte gingen in einem lauten kollektiven Aufstöhnen unter. Doch dann mischte sich ausgerechnet Emerald ein.

»Carmel hat aber schon einen Punkt«, sagte sie. »Von ihrem ewigen Gejammer mal abgesehen. Ich fühl mich auch ausgeschlossen, wenn Zach und Sofia sich ständig absondern. Sofia ist schließlich meine Zimmergenossin! Als sie hier ankam, musste ich ihr erst mal alles erklären. Ohne mich hätte sie sich gar nicht zurechtgefunden. Und dann plötzlich verbringt sie jede freie Minute mit Zach, und mich gibts gar nicht mehr.«

Sofia starrte sie an. Warum hatte Emerald nichts gesagt? Sie hatte etwas gesagt, fiel ihr ein. Sie hatte sie auf ihre Beziehung zu Zach angesprochen, und Sofia hatte sich herausgeredet, sie hatte das Thema gewechselt. Ihre Augen brannten. Doch Emerald hielt ihren Blick fest. Sie war noch nicht fertig: »Aber ich hab Sofia neulich einfach darauf angesprochen. Und wisst ihr, was sie gesagt hat?«

»Moment, Moment«, warf Ken ein. »Erinnere dich an die Regeln, Emerald! Du kannst nur für dich sprechen, nicht für jemand anderen!«

Sofia atmete tief ein. Sie lächelte Emerald zu, sie verstand jetzt, worauf sie hinauswollte. »Ist schon gut, ich wollte es ja schon vor einer halben Stunde sagen, aber ich kam gar nicht zu Wort«, sagte sie schroff. »Ich hab keine Affäre mit Zach. Das interessiert mich einfach nicht. Das ganze Thema …« Ihre Hand zeichnete einen Kreis in die Luft, der alles einschließen sollte. »Sex und all das, das interessiert mich nicht, hat mich noch nie interessiert und wird mich vielleicht auch gar nie interessieren.«

Einen Moment lang war sie versucht, die Schublade zu öffnen, die Emerald für sie benannt hatte. Schubladen waren wie geschützte Räume, verstand sie. Solange die anderen wussten, wo sie einen einsortieren konnten, ließen sie einen in Ruhe. Aber etwas in Sofia weigerte sich. Es war nicht ihr Problem, wenn die anderen sie nicht einordnen konnten, dachte sie.

»Zach und ich, wir reden einfach gern miteinander«, fuhr sie fort. »Fragt mich nicht warum, aber wir haben irgendwie unseren eigenen Groove. Mit Emerald rede ich ja auch über Dinge, die ich in der Gruppe nicht unbedingt ansprechen würde. Es war mir echt nicht bewusst, dass das nicht geht.«

Carmel hatte die Hände in ihre Ärmel geschoben, und einen Moment lang musste Sofia wieder an das eklige Papiertaschentuch denken. »Jedenfalls, sorry, Carmel, ich wollte dich nicht verletzen«, fügte sie ein wenig lahm hinzu. Carmel hob den Kopf. Sie schaute zu Ken und dann, als der nichts sagte, wieder zu Sofia.

»Schon gut, du hast gewonnen.«

Der Rest der Stunde ging für einen Vortrag über das Konzept der passiven Aggressivität drauf. Was Sofia nur recht sein konnte.

DIE VERTRAUENSÜBUNG

Das Sprechzimmer war für so viele Besucher nicht eingerichtet. Sofia saß unbequem neben Carmel auf dem schmalen Sofa eingeklemmt, während Zach den Sessel beschlagnahmt hatte, auf dem sie normalerweise saß. Ken kauerte auf einem Hocker, der zu fragil schien für seine kompakte Masse. Und selbst Doktor Rose schien sich an ihrem angestammten Platz hinter ihrem antiken Schreibtisch etwas bedrängt zu fühlen.

Sofia schloss die Augen und zählte ihre Atemzüge. Die lauten Stimmen wurden zu einem Rauschen im Hintergrund. Nur den Geruch konnte sie nicht ausblenden, Carmels Parfüm, Kens Schweiß. Ich will nach Hause, dachte sie. Zum ersten Mal, seit sie hier war. Ich will nach Hause. Plötzlich vermisste sie ihre Papas heftig. Ihr Zuhause, ihr Zimmer, ihre Bücher, ihre Modelle. Wenn ihr Leben normal verlaufen wäre, so wie sie es seit ihrer Kindheit methodisch und umsichtig geplant hatte, dann wäre sie vor einem Jahr schon ausgezogen, in ein Studentenzimmer am MIT in Cambridge. Sie wäre in ihr Studium eingetaucht, sie hätte ihren Traum verfolgt, den Traum vom Fliegen. Vielleicht hätte sie sogar Freunde gefunden. Ihre Papas hätten sie vorsorglich mit südpoltauglicher Winterkleidung ausgestattet, in der sie die bitteren Ostküstenwinter überstehen konnte. Das Klima wäre ihre einzige Sorge gewesen. Sie hätten sie öfter besucht als andere Eltern, aber das hätte Sofia nichts ausgemacht. Die Papas hätten stolz auf sie sein können.

»Wir sollen was?«, schrie Carmel jetzt auf. »Auf gar keinen Fall!«

Sofia hatte etwas verpasst. Unsicher schaute sie von Doktor Rose zu Ken.

»Was hältst du von dem Vorschlag, Sofia, du hast bis jetzt noch gar nichts gesagt?«

»Dem Vorschlag …«

»Ich finde die Idee gut«, sprang Zach in die Bresche. »Beim Spazierengehen kann man gut reden, das hab ich früher mit meinem Team auch so gemacht, wir nannten das den *walk-and-talk*.« Dankbar lächelte sie ihm zu. Gedanken lesen zu können, stellte sich als ganz nützliche Superkraft heraus. Im Gegensatz zum Fliegen.

»Was geht jetzt gerade in dir vor, Sofia?«, fragte Ken.

Sofia konnte nur den Kopf schütteln.

»Sorry«, flüsterte Zach. Er machte eine Geste, als wolle er ihr Bein berühren, dann zog er seine Hand schnell zurück. Er saß auch so schon zu nah bei ihr. Und direkt neben ihr Carmel, deren Parfüm immer aufdringlicher roch. Plötzlich hielt Sofia die erzwungene Nähe nicht mehr aus, und sie stand auf. Sie saß so eingezwängt, dass sie sich vorbeugen und an Doktor Roses Pult abstützen musste, um sich hochzustemmen. Als sie endlich stand, mitten in dem viel zu kleinen, viel zu engen Raum, war sie den Tränen nahe.

»Alle raus«, sagte Doktor Rose bestimmt. »Sofort. Alle außer Sofia.«

Carmel wollte protestieren, doch Ken zog sie förmlich aus dem Zimmer. Doktor Rose war so schnell hinter ihrem

Schreibtisch hervorgekommen, dass Sofia die Bewegung kaum wahrgenommen hatte. Blitzschnell hatte sie die beiden Fenster geöffnet. Kalte, salzige Luft strömte herein.

»Tief durchatmen«, sagte Doktor Rose. »Ein … und aus. Ein … und aus.«

Nach einer Weile hörte der Boden auf zu schwanken. Der Raum um Sofia herum setzte sich wieder zusammen. Weil sie nicht wusste, was von ihr erwartet wurde, blieb sie einfach am Fenster stehen.

»Gehts wieder? Möchtest du dich setzen?« Sofia nickte, dann schüttelte sie den Kopf.

»Ist etwas vorgefallen?«, fragte Doktor Rose.

Sofia atmete ein paarmal tief durch. »Nein.« Sie zögerte einen Moment, dann setzte sie sich wieder auf den Sessel, auf dem sie sonst immer saß. Doktor Rose wandte sich vom Fenster ab und folgte ihr. Zum ersten Mal fiel Sofia ihr Hinken auf. Wie sie ihr linkes Bein nachzog. Sie war so schnell aufgestanden, dass sie ihren Stock vergessen hatte.

»Diese erzwungene körperliche Nähe wie vorhin …« Sie deutete auf das Sofa. »Das halte ich schlecht aus. Ich bin halt ein Einzelkind, ich hatte immer mein eigenes Zimmer.«

»Ist es schwierig für dich, nun ein Zimmer mit Emerald zu teilen?«

Sofia überlegte, dann schüttelte sie den Kopf. »Nein, komischerweise nicht. Aber Emerald …« Sie stockte. Emerald will nichts von mir, hatte sie sagen wollen. Emerald lässt mich in Ruhe. Aber das stimmte ja gar nicht. Emerald hing an ihr wie eine Klette und forderte sie ständig heraus. Trotzdem hielt Sofia ihre Nähe gut aus.

Doktor Rose nickte, als wüsste sie, was Sofia meinte. »Deine Papas wollten ja unbedingt, dass du ein Einzelzimmer bekommst. Sie hätten auch extra bezahlt dafür. Aber ich hab mir gedacht ...« Die Ärztin hielt ihre Hände hoch, krümmte die mageren Finger wie Schalen, die sie gegeneinander abwägte. »Ich dachte, es würde dir guttun, dich mit einer mehr oder weniger Gleichaltrigen auseinanderzusetzen. In einem geschützten Rahmen, natürlich!«

Sofia seufzte. Sie sprach das Mobbing an. Natürlich hatte Doktor Lilly ihr davon berichtet. Dabei war das acht Jahre her und vorwärts und rückwärts therapiert worden. Darüber war sie hinweg.

»Die Vorwürfe, die Carmel euch macht, sind also unbegründet«, kam Doktor Rose auf den Grund ihrer außerordentlichen Sitzung zurück. Sofia seufzte wieder, ungeduldig diesmal.

»Für mich ist das einfach kein Thema. Ich finde es eher komisch, dass Menschen das Bedürfnis haben, einander anzufassen. Ich hab kein Bedürfnis danach. Und ich meine nicht nur Sex. Auch so alltägliche Berührungen, Umarmungen, die lasse ich über mich ergehen. Im besten Fall. Bis es mir zu viel wird wie vorhin.« Sie überlegte einen Moment. »Außer vielleicht bei Tayanna, bei ihr ist das anders. Tayanna ist meine kleine Nichte. Also, nicht wirklich, ihr Vater ist genau genommen mein Cousin. Aber er hat ein paar Jahre lang mit uns zusammengelebt, deshalb ist er mehr so was wie mein großer Bruder. Wenn ich die Kleine im Arm halte, dann hab ich schon Lust, sie zu knuddeln und zu kitzeln. Aber sonst?«

Doktor Rose sagte nichts. Die Stille breitete sich zwischen ihnen aus wie ein See. Bis Sofia den nächsten Kieselstein warf und die spiegelglatte Oberfläche durchbrach.

»Und wenns dann um etwas geht wie – was Carmel uns vorwirft, also eine Affäre, Sex, all so was ...« Unwillkürlich schüttelte sie sich. »Ich finds seltsam und irgendwie auch eklig und vor allem vollkommen überflüssig.« Sofia schaute zur Ärztin hinüber. »Ich bin definitiv nicht normal.«

»Oh, Honey«, sagte Doktor Rose. »Was heißt schon normal? Niemand ist normal. So weit kommts noch.« Ihr Südstaatenakzent wurde stärker, wenn sie sich ereiferte. Jetzt machte die Ärztin eine Bewegung, als wolle sie aufstehen, aber dann ließ sie es bleiben. Als hätte sie Sofia umarmen wollen und sich gerade noch erinnert, dass sie das gar nicht mochte. Schon fühlte sie sich wieder schuldig. Umarmungen waren wichtig. Während der Pandemie war oft die Rede davon gewesen, wie der erzwungene Mangel an Berührungen psychische Probleme auslösen oder verstärken konnte. Doch für sie war das kein Thema. Für sie nicht, und für ihren Papa Giò auch nicht, dachte sie jetzt. Giò war wie sie, er verkrampfte sich oft, wenn ihm jemand zu nahe kam, auch wenn es ein geliebter Mensch war. Sofia und er machten manchmal eine Bewegung aufeinander zu, als wollten sie sich umarmen, und ließen es dann wie auf ein geheimes Zeichen hin bleiben.

»Ist das vielleicht vererbbar«, fragte sie. Obwohl Giò ja nicht ihr biologischer Vater war. »Oder kann man so ein Verhalten abschauen?«

»Warum fragst du das, Lovey?« Doktor Rose hatte sich offenbar entschieden, Sofia mit Kosenamen zu bedecken. Mit verbalen Umarmungen.

»Mein Papa Giò ist auch so. Der steht immer stocksteif da, wenn ihn jemand umarmt. Als würde er es einfach über sich ergehen lassen. Manchmal habe ich das Gefühl, er zählt innerlich auf zehn und wartet, bis es vorbei ist.« Sie überlegte. »Aber er und Papa Santi sind schon seit fünfundzwanzig Jahren zusammen, und das heißt ja wohl ... Ich meine, sie müssen ja irgendwann mal ... Ach, ich will gar nicht darüber nachdenken!«

»Musst du ja auch nicht«, beruhigte sie Doktor Rose. »Aber immerhin, du hast also ein Vorbild, das ganz offensichtlich ein glückliches und erfülltes Leben lebt, mit einem langjährigen Partner und einer Tochter.«

»Einer Tochter, die im Irrenhaus gelandet ist«, sagte Sofia grob. »Einer Tochter, die breiter ist als hoch!«

»Sofia!«

»Ist doch wahr.« Sofia hatte den Kopf wieder abgewandt und studierte die verwitterte Holzvertäfelung an der Wand. Das Mitleid in Doktor Roses Blick war nicht auszuhalten.

»Was, was, was?«, rief Emerald. »Erzähl schon, was ist passiert, was hat Doktor Rose gesagt, schmeißen sie euch raus?«

»Noch nicht.« Schwerfällig ließ sich Sofia auf ihr Bett plumpsen. Sie streifte ihre Hausschuhe ab und fischte mit den Füßen unter dem Bett nach ihren Wanderschuhen. Vor dem Beginn ihres Klinikaufenthalts hatte sie eine

Packliste bekommen, die säuberlich erlaubte und uner-
laubte Kleidungsstücke und Gegenstände aufzählte. Die
Liste hatte Sofia beruhigt. Es war wie früher, wenn sie ins
Sommercamp fuhr. Dort war jeweils sogar die erlaubte
Anzahl Unterhosen festgelegt. Und wie früher im Sommercamp musste sie feststellen, dass sich längst nicht alle
an die Vorschriften gehalten hatten. Emerald zum Beispiel
hatte nicht mal Sneakers mitgebracht, geschweige denn
Wanderschuhe. Sie trug meist viel zu große Ugg Boots,
die ihre dünnen Beine noch dünner aussehen ließen.

Was vermutlich die Absicht war.

»Wir müssen zusammen rausgehen und so lang reden,
bis wir eine gemeinsame Ebene gefunden haben«, zitierte
sie Kens Anweisungen.

»Die Vertrauensübung!«, rief Emerald. »Shit, Sof! Das
ist sozusagen die letzte Karte. Wenn ihr da versagt, werdet
ihr rausgeworfen, doch, doch ich schwörs, ich hab das
schon zweimal miterlebt.«

»Zach sagt, wir zahlen hier so viel, dass sie uns bestimmt nicht rausschmeißen, da wären sie ja blöd.«

»Zach sagt, die Erde ist flach«, machte Emerald sie
nach. In einem säuselnden hohen Mädchenton, den Sofia bestimmt nie anschlagen würde. »Mein Boyfriend ist
so klug, er weiß alles, der starke Mann …«

»Hör schon auf!« Sofia war drauf und dran, ihren
Schuh nach Emerald zu werfen, doch im letzten Moment
hielt sie sich zurück. Sie beugte sich vor, schlüpfte in ihre
Stiefel und schnürte die Bändel. Sie stellte fest, dass ihr
das auch schon schwerer gefallen war.

»Irgendwelche guten Ratschläge?«

Emerald schaute zur Decke hinauf. »Bleibt mindestens eineinhalb Stunden weg, damit sie sehen, dass ihr die Übung ernst genommen habt. Und dann haltet euch einfach an die drei Anker der Selbsterkenntnis. Du weißt schon, die drei M ...«

»Drei M?«

»Mitteilen, mitfühlen, m-armen.«

»Haha, sehr hilfreich, vielen Dank!«

Sofia nahm ihre Regenjacke vom Haken und verließ das Zimmer.

Bevor sie die Eingangstür erreichte, tauchte plötzlich Carmel neben ihr auf. Der Flur war eben noch leer gewesen. Und Carmels Zimmer befand sich auf der anderen Seite des Gebäudes.

Sofia blieb stehen. »Wo kommst du plötzlich her?«

»Tja, gute Frage, nicht? Wo war ich die ganze Zeit, und warum hast du mich nicht gesehen?«

Carmels ewige Leier: Sie fühlte sich nicht wahrgenommen, übergangen, unsichtbar. Dabei war sie nicht zu übersehen. So wie sie jetzt vor Sofia stand, die Arme in die Seiten gestützt, wirkte sie eher bedrohlich. Sofia wich an die Wand zurück, doch der Flur war zu schmal für sie beide. Carmel schien das nichts auszumachen. Sie schien auch nicht zu merken, wie unwohl Sofia sich fühlte. Sie beugte sich vor und packte Sofia an den Oberarmen, drückte sie an die Wand zurück. Einen Moment lang wollte Sofia um Hilfe rufen.

»Weil ich unsichtbar bin«, zischte Carmel. »Verstehst du das nicht? Ich bin unsichtbar, deshalb siehst du mich nicht!«

Sofia schloss die Augen. Sie dachte an ihren Papa Giò, der stoisch über sich ergehen ließ, was er als körperlichen Übergriff empfinden musste, und nur im äußersten Notfall den Code verwendete, den Sofia jetzt aussprach: »Ich fühle mich nicht wohl«, sagte sie mit zusammengebissenen Zähnen. »Du kommst mir zu nahe.«

Carmel ließ sie sofort los und trat einen Schritt zurück. Das hatte Sofia nicht erwartet.

»Das wollte ich nicht, sorry.«

»Schon gut.« Sofia wandte sich zum Gehen. Sie musste ja nur die Eingangstür erreichen. Dort würden Ken und Zach auf sie warten und die Situation entschärfen. Doch schon hatte Carmel sie eingeholt und wieder am Arm gepackt. Sofia erstarrte.

»Verstehst du denn nicht, ich bin wie ihr! Ich hab auch spezielle Fähigkeiten.«

»Spezielle Fähigkeiten?«

»Tu nicht so. Ich weiß, was euch wirklich verbindet, ich weiß, dass ihr keine Affäre habt. Ich war ja dabei, damals in der Besenkammer!«

Sofia versuchte, sich loszumachen, doch Carmel war kräftiger, als sie aussah. Ihre Entschuldigung schien vergessen. Sie drückte Sofias Schulter gegen die Wand und lehnte sich so dicht an sie, dass Sofia die Augen schließen musste. Sie konnte Carmels warmen Atem auf ihrem Gesicht spüren, den leichten Knoblauchgeruch riechen, und es würgte sie.

»Ich hab das ganze Theater nur abgezogen, damit sie uns die Vertrauensübung aufbrummen. Das war Absicht, verstehst du? Wir müssen reden. Ungestört, nur wir drei.«

Sofia drehte ihr Gesicht zur Seite. »Warum hast du nicht einfach was gesagt?«, fragte sie die staubige Holzvertäfelung an der Wand. Carmel ließ sie wieder los.

»Weil ihr mir nicht zugehört hättet. Gibs doch zu, ihr hättet mich abgeschüttelt, ihr wärt mir ausgewichen.«

Da hatte sie allerdings recht. »Okay«, sagte Sofia. »Okay.«

Doch Carmel war noch nicht fertig. »Wir haben mindestens neunzig Minuten, Ken hat gesagt, so lange müssen wir uns Zeit nehmen.«

Sofia erinnerte sich an die Erleichterung, die sie empfunden hatte, als ihr zum ersten Mal klar wurde, dass sie nicht allein war. Obwohl sie Zach nicht einmal besonders mochte. Sie teilten etwas, das niemand sonst nachvollziehen konnte. Dieses Gefühl hatte sie jetzt nicht. Carmel löste nur Widerwillen in ihr aus. Sofia merkte, dass sie ihr nicht glaubte.

Wenn Carmel wirklich eine Superkraft hätte, wüsste Zach das, dachte Sofia. Zach konnte schließlich Gedanken lesen.

Als hätte sie dieselbe Fähigkeit, seufzte Carmel jetzt ungeduldig. »Ich seh schon, du glaubst mir nicht. Aber ich kann alles beschreiben, was bei eurem ersten Treffen passiert ist. Zach hat nur einen Klappstuhl saubergewischt und sich danach dafür entschuldigt. Und dann habt ihr euch in die Klappstühle gesetzt, du rechts, er links.«

Sofia schwieg. Jetzt konnte sie die Eingangstüre sehen, den kleinen Vorraum mit der alten geschnitzten Holzbank. Kein Zach, kein Ken.

»Ihr wollt mich nicht in eurem Club, das ist mir schon klar«, sagte Carmel jetzt in ihrem gewohnten, beleidigten

Ton. »Aber es muss doch einen Grund geben, dass wir alle drei zur selben Zeit am selben Ort sind. Vielleicht müssen wir unsere Fähigkeiten poolen ...«

»Poolen«, murmelte Sofia. »Du klingst schon wie Ken.«

Carmel kicherte. Das war so unerwartet, dass Sofia sich wieder zu ihr umdrehte. Carmels Gesicht hatte sich verfärbt.

»Ken ist ja auch ein echter Zuckerwürfel, findest du nicht?«

Ein Zuckerwürfel?

»Sorry, hab ich wieder vergessen. Du interessierst dich ja nicht für Männer. Oder Frauen. Oder überhaupt.«

Sofia ging zum Eingang und platzierte sich so in der Mitte des Holzbänkchens, dass Carmel gar nicht auf die Idee kommen konnte, sich neben sie zu setzen. Es stimmte nicht, was Carmel gesagt hatte. Sofia interessierte sich für vieles. Für das Weltall zum Beispiel. Für ihre Nichte. Für die Stadt, in der sie aufgewachsen war. Für Medizin. Transplantationsmedizin vor allem, was wohl nicht weiter überraschend war. Sie interessierte sich für dürreresistente Pflanzen, für die Mode der Dreißiger- und Vierzigerjahre des letzten Jahrhunderts, für die Geschichte des Fliegens. Für Sterne und Planeten.

Nur nicht für Sex.

Carmel hatte sich vor ihr aufgebaut, die Fäuste in die Seiten gestemmt. »Rutsch mal«, sagte Carmel, doch Sofia bewegte sich nicht. Und endlich kamen Ken und Zach von der anderen Seite des Flurs. Ken verzog sein Gesicht zu einem künstlichen, breiten Lächeln.

»Na, dann wollen wir doch mal!«, rief er etwas zu laut. »Und wenn ich sage ›wir‹, dann meine ich natürlich ihr. Es ist eure Übung, ihr macht daraus, was ihr wollt und was ihr könnt. Die einzigen Bedingungen sind, dass ihr ...«

Abwartend schaute er in die Runde.

»Dass wir zusammenbleiben, dass wir reden und einander zuhören und erst zurückkommen, wenn wir einen Konsens gefunden haben.«

»Und dafür braucht ihr mindestens eineinhalb bis zwei Stunden«, nickte Ken. »Gebt nicht zu früh auf. Aber bleibt auch nicht länger draußen als nötig, es wird um diese Jahreszeit schon recht kalt abends.« Ken schaute auf seine Uhr. Er schien es eilig zu haben, sie loszuwerden.

»Ich seh euch spätestens beim Abendessen. Und danach machen wir ein kurzes Debriefing mit Doktor Rose.«

Debriefing. Schon wieder dieses Wort.

»Also los«, sagte Zach, und sie traten in den erstaunlich milden Nachmittag hinaus. Vereinzelte Nebelfetzen hingen in den Zweigen der knorrigen Pinien wie seidene Schals. Sofia streckte die Hand aus, als könnte sie sie von den Ästen pflücken.

Eine Weile lang sagte niemand etwas. Der schmale Pfad am oberen Klippenrand entlang zwang sie, in einer Reihe hintereinander herzugehen. Carmel hatte die Führung übernommen, was Sofia überraschte. Sie hatte angenommen, Zach würde vorausgehen und die Richtung angeben. Er blieb Carmel auch dicht auf den Fersen und machte immer wieder einen Versuch, sie zu überholen, doch dann ging sie einfach noch ein bisschen schneller.

Sofia fiel immer weiter hinter den beiden zurück. Sie zwang sich, auf ihre Füße in den vernünftigen, wetter- und trittfesten Stiefeln zu schauen, einen Schritt vor den andern zu setzen und regelmäßig zu atmen. Zwei Schritte ein, zwei Schritte aus. Doch das hielt sie nicht lange durch, und schon bald keuchte sie. Das hasste sie am meisten, wie sich das Gewicht auf ihre Brust legte und ihr den Atem nahm. Sie zwang sich, nicht nach links zu schauen, nicht über den Rand der Klippe hinaus. Der graue Ozean ging nahtlos in den grauen Himmel über, und Sofia konnte förmlich spüren, wie es zwischen den Schulterblättern juckte. Sie wollte fliegen.

Da war es wieder. Zum ersten Mal, seit sie hier war. Sie schlang die Arme um sich, um sie nicht instinktiv auszubreiten. Wie oft war sie diesen Weg schon entlang-gegangen. Wie oft hatte sie schon über den Ozean ge-schaut und versucht, den Horizont auszumachen. Was war heute anders? War jemand in Gefahr? Doch was konnte mitten im Ozean schon passieren?

Sofort fielen ihr tausend Dinge ein: Surfer, die von der Strömung überrascht oder von einem Hai angegriffen wurden. Hatte nicht kürzlich eine Studie bewiesen, wie nahe die Raubfische den Surfern kamen? Aber das war in Südkalifornien gewesen, fiel ihr ein. Trotzdem, die scharf-kantigen Felsen, die tückischen Strömungen, Touristen, die jedes Jahr hier ertranken. Vielleicht kämpfte in diesem Moment jemand um sein Überleben. Fischerboote, die kenterten, Segelboote, die leckten, es gab unendlich viele Möglichkeiten. Ein Flugzeug konnte ins Meer stürzen, ein Sturm sich zusammenbrauen. Was konnte das Zucken in ihrem Rücken anderes bedeuten, als dass gerade jemand in

Gefahr war? Sie konnte nicht noch einmal hilflos zuschauen. Nicht aufschauen, sagte sie sich. Nicht hinsehen. Weiteratmen. Eins, zwei. Eins, zwei. Weitergehen. Eins, zwei.

Sie hatte nicht gesehen, dass Zach auf dem schmalen Pfad stehen geblieben war, um auf sie zu warten, und wäre beinahe in ihn hineingelaufen.

»Hoppla«, sagte er, ohne sie berühren. Sie schaute auf und sah in seinen Augen, dass er wusste, was in ihr vorging. Im selben Moment war es weg, das Ziehen in ihrem Rücken. Probehalber schaute sie aufs Meer hinaus. Nichts.

»Was ist?« Carmel war nun auch stehen geblieben und schaute ungeduldig zu ihnen.

»Können wir uns nicht setzen?« Sofia zeigte zum Aussichtspunkt am Ende des Weges. Dort standen zwei verwitterte Parkbänke neben einem altmodischen Münzfernrohr.

»Zum Sitzen ist es mir zu kalt«, sagte Zach. »Ich rede lieber im Laufen. Es ist wissenschaftlich erwiesen, dass das Gehen einen therapeutischen Einfluss hat, gerade wenn man dabei über schwierige Dinge spricht. Es hat damit zu tun, dass der Blick beim Gehen automatisch über die Landschaft schweift, von rechts nach links, von links nach rechts, und das hat einen nachweisbaren Einfluss auf die Hirnströme.«

»Jetzt sei doch mal ruhig«, unterbrach ihn Carmel. »Du hältst hier keinen TED Talk.«

»Hört doch auf mit dem Getue«, sagte Sofia und hielt dann erstaunt inne. Es war sonst nicht ihre Art, die Führung zu übernehmen. Doch sie fuhr fort: »Wir haben eine gemeinsame Aufgabe, und das ist nicht die

Vertrauensübung. Carmel hat recht, es kann kein Zufall sein, dass wir hier aufeinandertreffen, alle drei mit unseren … mit diesen … Was immer es ist, das wir gemeinsam haben.« Sie machte eine umfassende Geste mit beiden Armen, weil ihr das richtige Wort nicht einfiel.

»Was denn, was haben wir gemeinsam?«, fragte Zach. Sofia hatte ganz vergessen, dass er ja nicht dabei gewesen war, als Carmel ihr von ihrem Unsichtbarsein erzählt hatte.

»Ich dachte, du kannst Gedanken lesen?« Carmel seufzte. »Stellst du dich nur dumm, oder willst du mich einfach nicht dabeihaben? Ich bin wie ihr. Und das weiß ich, weil ich euch zu euren heimlichen Treffen gefolgt bin. Ich kann mich unsichtbar machen. Allerdings auch nicht auf Befehl, es passiert einfach, und in den unmöglichsten Momenten. Ich hab das genauso wenig unter Kontrolle wie ihr. Und es bringt mir genauso wenig Vorteile wie euch.«

»Wie praktisch, dann kannst du es auch nicht demonstrieren, was? Und wir müssen dir einfach glauben?«

Zach glaubte Carmel nicht, so wie Sofia ihr erst auch nicht geglaubt hatte. Plötzlich verstand Sofia, warum sich Carmel oft ausgeschlossen fühlte.

»Ich glaube Carmel«, sagte sie deshalb. Bestimmter, als es tatsächlich der Fall war.

»Demonstrier du doch deine Fähigkeit, Gedanken zu lesen«, sagte diese trotzig. »Dann weißt du nämlich, dass ich die Wahrheit sage!«

Zach schaute Carmel prüfend an und nickte dann. »Du hast recht«, lenkte er ein. »Ich kann das auch nicht steuern. Ein Punkt für dich.«

»Das ist doch hier kein Wettbewerb!« Sofia setzte sich auf eine der Bänke. Das verwitterte Holz war feucht vom Nebel und unangenehm kalt. »Wir müssen rauskriegen, was das bedeutet, dass wir uns hier gefunden haben. Und was das soll mit diesen … mit unseren … Fähigkeiten, oder wie immer ihr das nennen wollt.«

»Unseren Superkräften«, sagte Zach. »Sprichs ruhig aus.«

Er setzte sich auf die zweite Bank, und nach einigem Zögern setzte Carmel sich neben ihn. Sofia hatte sich wieder so in die Mitte der Bank gesetzt, dass kein Platz für jemand anderen blieb. Und dann legte sich der Wind plötzlich, der Nebel verzog sich, und der letzte Schein der Nachmittagssonne wärmte sie ganz unerwartet. Das eben noch bleigraue Meer begann zu glitzern, das Licht spiegelte sich in den unruhigen Wellen. Zach seufzte unwillkürlich, und sogar Carmel entspannte sich.

»Wir müssen systematisch vorgehen«, sagte Sofia. »Ich schlage vor, wir vergleichen erst mal, was wir erlebt haben. Wir müssen eine Baseline erstellen, festhalten, was es ist, wann es sich zeigt, unter welchen Umständen. Vielleicht wird uns dann klar, wie diese, okay, diese Superkräfte zusammenspielen. Und was sie möglicherweise für einen Zweck erfüllen.«

»Ja, aber Moment mal, ich finde …« Zach konnte die Führung nicht so einfach aufgeben. Doch Sofia ließ ihn nicht ausreden. Ihr Verstand war aufgewacht. Er entzündete sich in hundert Wunderkerzenfunken. Was bedeuteten diese Erfahrungen? Warum teilten sie sie? Es musste einen Zusammenhang geben, den sie allein nicht erkennen konnten. Sie mussten ihre Erfahrungen zusammenlegen, analysieren und auswerten.

»Hat jemand was zum Schreiben dabei?«

»Ja, ich.«

Natürlich Carmel. Sie kramte eine Weile in ihrer unergründlichen Gürteltasche herum, die sie wie einen Kängurubeutel vor sich hertrug, fischte erst Kaugummis hervor, die sie herumreichte, dann einen Lippenpflegestift und schließlich einen Bleistiftstummel und ein kleinformatiges Notizbuch. Zach klopfte indessen immer noch seine Brusttasche ab. »Phantomschmerzen«, murmelte er. »Mein Handy ist wie ein amputierter Körperteil …«

Carmel ignorierte ihn. Sie wandte sich an Sofia. »Okay, wo sollen wir anfangen?«

Zach mischte sich wieder ein. »Ich finde, wir sollten einen Moment in die Stille gehen und …« Carmel ließ ihn gar nicht erst ausreden: »Mann, jetzt halt doch mal die Klappe, und hör einfach zu! Sofia wollte uns doch grad was vorschlagen. Wenn sie mal zu Wort käme.«

Zach zog beleidigt die Nase hoch. »Bitte, Carmel, ich bin der Letzte, der Frauen nicht reden lässt. Ich habe Sensibilitätstraining gemacht und Workshops in toxischer Maskulinität angeboten, und ich bin mir meines weißen Privilegs mehr als bewusst, das könnt ihr mir jetzt echt nicht anhängen!«

»Schnauze«, sagte Carmel nur, und Sofia musste kichern. Sie öffnete das Notizbuch, das noch leer war, als hätte es auf diese Gelegenheit gewartet, und überlegte einen Moment. Dann schrieb sie: *Das erste Mal.*

»Wann hat es angefangen? In welcher Situation? Warum? Ich fang gleich bei mir an: Es war vor etwa einem Jahr, als ich nachts aufwachte. Es zog mich unwiderstehlich zum Fenster, und bevor ich wusste, was ich tat, hatte ich es geöffnet und war auf den Dachvorsprung geklettert. Und dann ...«

»Ach und deshalb ...« Carmel verstand sofort.

»Ja«, sagte Sofia. »Deshalb das Gewicht.«

»Weil es nicht bei diesen Obdachlosen geblieben ist.«

Sofia atmete tief ein. Sie schüttelte den Kopf, als könne sie die Bilder aus ihm herausschütteln. Sie spürte, wie die Panik wieder in ihr aufstieg, die nackte Angst, die sie jedes Mal verspürt hatte, auf jedem Flug. Die Angst, die immer größer und schwärzer wurde, bis sie sie auch tagsüber nicht mehr losließ.

»Jedes einzelne Mal musste ich schreckliche Dinge mitansehen. Und ich konnte nichts tun, um sie zu verhindern. Nichts, um zu helfen. Ich konnte nicht mehr schlafen, die Bilder verfolgten mich, die Schreie – ich konnte nicht mehr denken, nicht mehr – Ich halte das nicht aus, ich kann nicht, ich –«

»Schhh.« Carmel stand auf und setzte sich neben Sofia. Sie nahm ihre Hand. Und dann stand Zach auf, zwängte sich auf ihre andere Seite und griff nach ihrer anderen Hand. Ausnahmsweise machte Sofia diese Nähe nichts aus. Die beiden Hände hielten sie auf der Parkbank fest. Sie würden nicht zulassen, dass sie davonflog. Sie würden nicht zulassen, dass ihr etwas passierte.

Sie begann zu weinen. »Ich krieg die Bilder nicht mehr aus meinem Kopf. All die schrecklichen Dinge, die ich mitansehen musste. Ich konnte nie etwas tun. Ich bin in der Luft. Ich schreie und schreie, und niemand hört mich.«

»Ach, Kleines«, murmelte Carmel. »Schhh, ist ja gut.« Als wäre Sofia ein Kind, das aus einem Albtraum erwachte.

»Ich bin da immer wie ferngesteuert. Ich sehe all diese Verbrechen und kann sie nicht verhindern.«

»Du hättest zur Polizei gehen können«, sagte Zach. »Immerhin warst du eine wichtige Zeugin. Du wusstest, was passiert war, wer es getan hatte.«

Sofia zog ihre Hand zurück. Er runzelte die Stirn.

»Bist du so behämmert, oder tust du nur so?«, rief Carmel. »Was hätte sie denn sagen sollen? ›Officer, ich habe alles genau gesehen, ich hing ungefähr drei Meter über der Szene des Verbrechens in der Luft …‹?«

»Ach so. Klar. Sorry, hab ich nicht bedacht.«

»Denken ist eindeutig nicht deine Stärke«, knurrte Carmel.

Sofia zögerte. »Im Fernsehen sagten sie damals, es sei ein anonymer Anruf bei der Polizei eingegangen. Und tatsächlich, ich hatte die Notrufnummer angerufen. Das hab ich offenbar nach jedem Flug getan. Ich habs immer kontrolliert. Aber ob das was geholfen hat? Das war ja immer erst im Nachhinein …«

»Und warum hat niemand diese Notrufe zu dir zurückverfolgt?« Carmel gab sich die Antwort gleich selbst: »Weil die Vorfälle nichts miteinander zu tun hatten. Schon klar.«

Zach stand auf und rieb sich die Hände. »Es wird langsam kalt. Können wir jetzt zurückgehen?«

Carmel schaute auf die Uhr. »Wir haben noch mindestens eine Stunde. Okay, großer Mann, wie wars bei dir? Wann hast du das erste Mal Gedanken gelesen?«

Zach zögerte. »Hm, das ist ein bisschen heikel, ich will nicht, dass ihr einen falschen Eindruck von mir bekommt.« Er setzte sich wieder auf die zweite Bank und rückte so weit von den beiden Frauen weg wie nur möglich.

»Komm schon, spucks aus. Es kann ja nicht schlimmer sein als alles andere, was wir über dich wissen!«

Zach gab sich einen Ruck. »Okay, also ich war in einem Hotel in Downtown San José und … also, ich war nicht allein dort.«

»In einem Hotel?« Sofia war verwirrt. »Ich dachte, du wohnst in San José, warum warst du in einem Hotel?«

Carmel seufzte. »Er war mit einer Frau dort«, erklärte sie. »Einer Frau, die nicht seine Ehefrau war, nehm ich mal an.«

»Du bist verheiratet?«

»Wusstest du das nicht?« Carmel runzelte die Stirn und schaute streng vom einen zur anderen. »Warte, warte, warte mal! Habt ihr etwa doch eine Affäre, und ich hatte von Anfang an recht?«

»Da ich seit Jahren nicht mehr verheiratet bin, wäre es keine Affäre.«

»Aber immer noch gegen die Regeln der Klinik!«

»Nun hört doch auf mit dem Scheiß!« Weil Sofia sich normalerweise nicht so grob ausdrückte, verstummten die beiden anderen sofort. »Lass ihn ausreden«, sagte sie zu Carmel. Obwohl es streng genommen sie selbst gewesen war, die Zachs Erzählung unterbrochen hatte.

»Okay, also ich war mit dieser Frau dort, und ja, ich war damals noch verheiratet, und sie war eine Escort, und da bin ich nicht unbedingt stolz drauf. Jedenfalls, wir kamen gerade so ein bisschen in die Gänge, da sagte sie plötzlich:

›Wenn du mir noch einmal die Zunge ins Ohr steckst, kotze ich!‹

Ich war schockiert, ich dachte wirklich, sie hätte es laut gesagt. So etwas war mir noch nie passiert, das war ich nicht gewohnt, und das machte ich ihr auch klar. Sie versuchte es zu überspielen, versuchte, ihr Programm abzuspulen, und ich hatte ihre Bemerkung schon fast wieder vergessen, da sagte sie laut und deutlich: ›Ich möchte einfach nur nach Hause.‹

Und in diesem Moment war mein Kopf ganz dicht an ihrem, es war klar, dass sie nicht laut gesprochen hatte. Ich hab mir nie eingebildet, dass Prostituierte gern mit ihren Kunden schlafen. So naiv bin ich nicht. Aber es ist wie mit allem anderen auch, *you get what you pay for.* Die Frauen in dieser Preisklasse können sich sehr gut verstellen. Okay, vielleicht war ich doch ein bisschen drauf reingefallen, gerade bei Kim, so hieß sie nämlich, Kim.«

»Wohl kaum«, sagte Carmel. »Sorry, erzähl weiter.«

Sofia saß ganz still. Die Erzählung verstörte sie, die Vorstellung, dass Zach sich mit einer jungen Frau auf einem Hotelbett herumwälzte, einer jungen Frau, die er für Sex bezahlte, die er Kim nannte, obwohl er wissen musste, dass das nicht ihr richtiger Name war. Sie schämte sich für ihn. Wie konnte er so etwas tun? Sie erinnerte sich an die erste Liebesszene, die sie in einem Film gesehen hatte. Vollkommen harmlos und sogar irgendwie romantisch. Trotzdem war sie schockiert gewesen.

»Warum machen Erwachsene so was?«, hatte sie ausgerufen. Die Papas hatten belustigte Blicke getauscht, Santiago ein Lachen unterdrückt, was sie noch mehr empörte. »Wenn ich mal groß bin, weigere ich mich!«

»Bis dahin dauert es ja noch ein bisschen«, hatte Giò gemurmelt, und Santiago hatte »zum Glück« gesagt, und dann war die Werbeunterbrechung gekommen und hatte ihr Zeit gegeben, sich zu erholen.

Genau so fühlte sie sich jetzt. Wie ein Kind, das mit verstörenden Einzelheiten aus dem Leben der Erwachsenen konfrontiert wird. Mit Dingen, die sie gar nicht wissen will, nicht wissen muss.

»Ich war wie unter Schock«, fuhr Zach fort. »Ich schämte mich bis in die Knochen. Und ich machte alles noch schlimmer, indem ich einen Haufen Geld aus der Tasche zog. Ich bin da *old school*, ich benutze keine Zahlungsapp, ich hab immer Bargeld dabei. Ich zog einen ganzen Stapel Hunderter aus meiner Tasche und legte ihn aufs Bett und fuhr nach Hause.«

Er seufzte. »Dort ging es gleich weiter. Die Gedanken meiner Frau waren auch nicht anders als die von Kim. Ich dachte, ich werde verrückt. War ich paranoid, oder konnte ich wirklich Gedanken lesen? Ich versuchte alles, um meine Theorie zu überprüfen, mischte mich bewusst unter Menschen, in vollbesetzten Kinosälen, in Schlangen vor Supermarktkassen, vor allem aber in der Firma. Ich versuchte immer genau zu unterscheiden, ob das, was ich hörte, wirklich gesagt wurde. Ich starrte den Leuten regelrecht ins Gesicht, als wolle ich Lippenlesen lernen. Es geschah nicht oft, aber oft genug, um meine Annahme zu bestätigen: Ich kann Gedanken hören. Und genau wie du, Sofia, habe ich keine Kontrolle darüber, wann es passiert und unter welchen Umständen. Genau wie du hab ich nicht den geringsten Vorteil davon. Praktisch alles, was ich höre, ist gegen mich gerichtet. Ich hatte ja keine Ahnung, wie wenig mich die Leute mögen! Speziell meine Mitarbeiter. Die empfanden offenbar alle einen tiefen Widerwillen gegen mich, das grenzte an Abscheu. Warum? Was hatte ich ihnen denn getan?

Ich war am Boden zerstört. Ich war wütend. Und dann dachte ich, das sei vielleicht ein Erleuchtungserlebnis, ein spiritueller Weckruf. Vielleicht musste ich mein Leben ändern, mit meiner Firma nicht nur Geld verdienen, sondern was Gutes bewirken.«

»Ach, deshalb die spirituelle Plattform, die Meditations-App und all das?«

»Genau! Ich hab mein Tech-Unternehmen voll auf den spirituellen Kurs gebracht, nicht nur, was unsere Produkte anging, auch intern. Ich hab Meditationspausen eingeführt, Lichtduschen im Aufenthaltsraum, Grüntee statt Kaffee und so weiter. Anfangs war ich auch echt begeistert und überzeugt davon, aber ich hörte immer noch Gedanken, und sie waren immer noch gnadenlos. Ich konnte tun, was ich wollte. Niemand mochte mich. Mit der Zeit wuchs eine Bitterkeit in mir, ein Zynismus. Warum nicht einfach ein Arschloch sein? Arschlöcher regieren die Welt.«

»Hm.« Sofia kritzelte etwas in das Notizbuch. »Da besteht eine offensichtliche Diskrepanz. Ich wollte immer fliegen, Zach wollte immer Gedanken lesen können. Aber du, Carmel, du wolltest doch nie unsichtbar sein. Oder versteh ich da was falsch?«

»Nein, du siehst das ganz richtig. Ich musste mir das nicht wünschen, ich war es schon. Ich hab mich immer unsichtbar gefühlt, schon als Kind. Ich war eins von fünf Kindern, das zweitletzte, nicht das jüngste, nicht das älteste, nicht das hübscheste, nicht das klügste. Niemand beachtete mich, ich kannte nichts anderes. Und in den Jobs, die ich später machte, da musst du sogar im Hintergrund verschwinden. Als Zimmermädchen im Hotel, als Pflegerin, als Putzfrau. Und als Mutter. Nicht zu vergessen als Mutter. Klar, die ersten Jahre, da geht ein Licht an, wenn du zur Tür reinkommst, aber das ist schnell vorbei, und dann bist du die Dienstleistungsmaschine, genau wie im Job. Was gibts zu essen? Wo sind meine Turnsachen? Krieg ich Geld fürs Mittagessen in der Cafeteria?

Drei Kinder habe ich, zwei Jungen und ein Mädchen. Achtzehn, vierzehn und zwölf Jahre alt. Dejan, der Älteste, ist jetzt am College, der hat es tatsächlich geschafft. Die beiden Jüngeren sind bei ihrem Vater. Ich hab sie nicht gesehen, seit ich …«

Sie verstummte. Dann streckte sie beide Arme aus, sodass ihre Handgelenke aus dem Jackenärmel ragten. Heute hatte sie die Narben mit rosa Pflastern abgedeckt.

»Ich dachte immer, Geld löst alle Probleme. Und dann passierte es. Ich gewann im Lotto und hatte mehr Geld, als ich mir vorstellen konnte. Plötzlich wollten alle etwas von mir − aber keiner sah mich. Immer noch nicht. Erst nach dem Lottogewinn wurde mir klar, dass ich in gewissen Situationen wirklich unsichtbar bin, dass es nicht nur ein Gefühl ist. Und wie bei euch hat es mir nie viel gebracht. Bis jetzt. Bis ich euch in die Besenkammer folgte und euch zuhörte und merkte: Ich bin nicht allein.«

»Bei mir auch«, sagte Zach. »Dass ich Sofias Gedanken lesen konnte während der Gruppenübung, das war zwar super unangenehm, aber zum ersten Mal kam etwas Gutes dabei heraus.«

Unwillkürlich schweifte Sofias Blick über die Klippe und auf den Ozean hinaus.

»Eben, als wir hier hochmarschierten, hatte ich zum ersten Mal wieder dieses Gefühl zwischen den Schulterblättern. So ein Zucken, als ob da versteckte Muskeln aufwachen würden. So fängt es an. So hat es immer angefangen. Aber diesmal hat es nur einen Moment lang gedauert. Einen Moment lang wollte ich über die Klippe springen und abheben. Aber es war nicht so stark wie sonst.«

»Interessant«, sagte Carmel. »Ob wohl in diesem Moment auf dem Meer draußen was Schlimmes passiert ist?«

»Das können wir rauskriegen«, sagte Zach aufgeregt und griff in seine leere Brusttasche, in der sich immer noch kein Smartphone befand. »Shit!«

»Ich glaub, es geht um etwas anderes«, sagte Sofia. Sie wusste nur nicht genau, um was. Die Erkenntnis war ganz nah, aber sie kriegte sie nicht zu fassen. Sie konnte die Worte beinahe auf der Zunge spüren. Aber nicht aussprechen.

Vertrau auf das, was du weißt, dachte sie. Aber was wusste sie wirklich?

»Tatsache ist, dass sich unsere, sagen wir mal, speziellen Fähigkeiten …«

»Superkräfte«, insistierte Zach. Sofia ignorierte ihn.

»… dass die sich hier bisher nur in den Momenten gezeigt haben, die uns zusammenführten. Uns drei. Das muss doch etwas bedeuten.« Auf sie traf das allerdings nicht zu. Sie war nicht geflogen. Noch nicht? Trotzdem war Sofia sicher, dass sie recht hatte: »Ich kann mir nur einen Grund vorstellen: Wir haben eine gemeinsame Aufgabe. Eine Aufgabe, die wir nur gemeinsam erfüllen können. Wenn wir unsere Fähigkeiten zusammenlegen.«

»Kluges Mädchen«, sagte Carmel. »Wie du das auf den Punkt gebracht hast, echt.«

Zach stand auf und stellte sich vor die beiden Frauen.

»Wir haben eine Mission!«, rief er. Dann griff er nach ihren Händen und riss sie hoch in die Luft, als wolle er einen gemeinsamen Sieg feiern. Beide Frauen entzogen sich irritiert seinem Griff und wandten sich von ihm ab.

»Okay, okay, okay, schon gut, ich hab verstanden. Wir müssen ja nicht gleich beste Freunde werden, obwohl, ich sag euch ehrlich, mir wären schon halbherzige Freunde willkommen, ich hab nämlich gar keine, nicht einen einzigen.«

»Ich hör dich«, murmelte Carmel.

Carmel stand auf und rieb sich die Arme. »Es ist so kalt. Können wir jetzt zurück?«

»Ja, klar.« Sofia steckte das Notizbuch in ihre Jackentasche. Nur Zach blieb sitzen.

»Ich würd aber schon noch gern wissen, wie es sich anfühlt, den größten Jackpot aller Zeiten zu gewinnen.«

»Warum? Hast du schon vergessen, wie es sich anfühlt, all die Nullen auf dem Konto zu haben?«

»Ach komm schon Carmel! Erzähl es uns. Wir träumen doch alle davon, im Lotto zu gewinnen. Wenn du so willst, ist die ganze Tech-Industrie auch nichts anderes als ein endloser, atemloser Versuch, den Jackpot zu gewinnen.«

»Wow«, warf Sofia ein, nur damit sie auch etwas gesagt hatte. »Gibt es den Spruch auch als Autoaufkleber?«

»Gib zu, dass es dich auch interessiert.«

Sofia zuckte mit den Schultern. »Klar«, sagte sie. »Im Lotto zu gewinnen, ist wie ein Märchen. Wir wissen alle, wie Märchen ausgehen.«

»Genau. Drum gibt es Selbsthilfegruppen für Lottogewinner. Weils eben kein Märchen ist. Aber im ersten Moment, *holy shit*, wenn es dir klar wird … Du sitzt vor dem Fernseher wie jede Woche, wir hatten dieses Ritual, die Kids und ich. Während die Zahlen gezogen wurden, malten wir uns in allen Einzelheiten aus, was wir alles kaufen würden, wenn …«

»*Der Lebensstandard*«, murmelte Sofia.

»Was?«

»Das ist eine Kurzgeschichte, die mussten wir in der Schule lesen. Damit uns die Absurdität unseres Privilegs bewusst wurde – unser Literaturlehrer war Anarchist.«

»An einer Privatschule in San Francisco? Na bravo.«

»In der Geschichte spielen zwei Büroangestellte ein Spiel, immer während der Mittagspause fragen sie sich: Was würdest du machen, wenn du eine Million Dollar erben würdest? Sie malen sich alles Mögliche aus, ein Haus, ein Ferienhaus, ein Auto, Kleider aus Paris, dies und das … Sie nehmen das total ernst.«

»Wir haben es auch immer total ernst genommen«, sagte Carmel.

»Na ja, und eines Tages gehen sie zu Tiffanys rein, oder sonst so einem Juwelier, und weil sie jung und hübsch sind, werden sie dort auch bedient, obwohl sie billige Kleider tragen …«

»Lass mich raten, sie waren weiß?«

»Vermutlich. Sie schauen sich eine Perlenkette an, doch als sie fragen, was diese kostet, sagt der Juwelier: ›250000 Dollar.‹ Eine Viertelmillion. Und da wird ihnen klar, dass sie mit einer Million Dollar nicht einen Bruchteil ihrer Wünsche erfüllen konnten.«

»Mit einer Million kommst du heute nirgends mehr hin«, bestätigte Zach. Sofia verkniff sich den Hinweis darauf, dass die Kurzgeschichte im letzten Jahrhundert spielte.

»Sorry, Carmel, erzähl weiter«, forderte sie stattdessen.

»Genau, wo waren wir stehen geblieben? Wisst ihr, wenn ich mir das jetzt so überlege, dann war das eigentlich der glücklichste Moment, wie ich da mit meinen Kindern vor dem Fernseher saß, und jedes äußerte lautstark seine Wünsche.

›Wenn wir gewinnen, will ich ein eigenes Zimmer!‹

›Klavierunterricht!‹

›Jeden Tag zu McDonald's!‹

›Eine Play Station 4!‹

Aufhören zu arbeiten, dachte ich. Ich stellte mir vor, wie es sich anfühlen würde, morgens auszuschlafen, keinen Wecker klingeln zu hören, wenn es draußen noch stockfinster war, nicht auf dem Heimweg vor Erschöpfung im Bus einzunicken.

Alle redeten durcheinander, als ob der, der am lautesten schreit, seine Wünsche am ehesten erfüllt bekommt. Und dann waren die ersten drei Zahlen schon auf dem Bildschirm, und – ich schwöre, mein Herz blieb stehen.

›Seid still, seid still‹, schrie ich und etwas in meiner Stimme ließ die ganze Bande verstummen. Dejan schnappte sich den Zettel, und die anderen drängten sich um ihn, doch ich musste gar nicht auf den Zettel schauen, ich kreuze ja immer dieselben Zahlen an, die Geburtstage meiner Kinder. Najeela, meine Kleine, ist ein Schaltjahrbaby, und die 29 war dann auch die letzte Zahl, die gezogen wurde, die sogenannte Megazahl.

Ein Wunder, dass niemand die Polizei rief, so wie wir durcheinanderkreischten.

Herman schnappte sich sofort mein Telefon und bestellte chinesisches Essen, all unsere Lieblingsgerichte. Das war in dem Moment der Inbegriff von Luxus, die verschwenderischste Art zu feiern, die uns einfiel.

Najeela kritzelte etwas in ihr Notizbuch – sie hatte immer ein Notizbuch in Reichweite, von ihr hab ich auch dieses Ding hier –, Najeela kritzelte und rechnete und versuchte, uns etwas runterzuholen.

›Es sind nicht wirklich 766 Millionen Dollar‹, versuchte sie uns zu erklären. ›Es kommt darauf an, wie viele andere dieselben Zahlen eingereicht haben. Und dann werden die Steuern abgezogen, mindestens die Hälfte ist eh gleich weg.‹

Wir waren wie die jungen Frauen in deiner Geschichte, Sofia. Eine Million, zehn Millionen, hundert Millionen, es war alles unvorstellbar viel Geld. Wir lebten ja in diesem Rattenloch in Hunters Point, mit nur einem Schlafzimmer, das sich die Jungs teilten, Najeela und ich schliefen auf dem Klappsofa in der Wohnküche. Wir hatten kaum Möbel, nicht mal einen Tisch, Kleider von Goodwill, Essensmarken, verbilligte Schulmahlzeiten …«

»Aber einen Fernseher hattet ihr«, murmelte Zach.

»Zach, das ist jetzt nicht dein Ernst«, fuhr Sofia ihn an. »Und das habe ich laut gesagt, nicht nur gedacht, klar?«

»Sorry.«

Carmel ignorierte sie beide. »Meine Kleine ist einfach klüger als ich. Sie hat genau vorausgesehen, was passieren würde. Egal, wie viel es am Ende war, es würde nie genug sein.

Dieser Moment vor dem Fernseher, als wir alle vier zum ersten Mal glaubten, wir hätten endlich mal Glück gehabt … Wir würden jetzt auch mal in der Sonne stehen … Das war unglaublich. Da hätte man den Film anhalten müssen, versteht ihr? Das hätte das letzte Bild vor dem Abspann sein müssen: Wie wir da von Glück überwältigt auf der Bettcouch und auf dem Fußboden sitzen, mit den Stäbchen direkt aus den Kartonbehältern essen und uns ausmalen, wie unser neues Leben aussehen wird. Was wir uns alles leisten werden … *The End*.« Sie malte die Worte in die Luft.

»Aber das war nicht das Ende«, murmelte Zach. »Der Film ging weiter.«

Carmel nickte.

»Es ist nie genug, das ist der Fluch. Kenne ich.«

Sofia dachte an die jungen Frauen in der Kurzgeschichte. Nach dem Ereignis mit der Perlenkette gingen sie sich aus dem Weg, ihr Spiel hatte seinen Reiz verloren. Doch nach einer Weile trafen sie sich zufällig auf dem Weg in die Mittagspause wieder, und die eine sagte beiläufig zur anderen: »Was würdest du tun, wenn du *zehn* Millionen Dollar geerbt hättest?«

Achtzig Jahre später hatte Carmel über 700 Millionen Dollar gewonnen. Und es war auch nicht genug gewesen.

Zach hatte mehrere Milliarden Dollar verdient, unterschlagen, und wieder verloren. Es war auch nicht genug gewesen.

Es war nie genug.

Der Nebel hatte sich etwas gelichtet, wie es nachmittags oft der Fall war. Dafür war es wieder kälter geworden. Der Himmel war klar. Die Sonne war untergegangen, ohne dass sie es gemerkt hätten, doch es war noch nicht dunkel. Sofia versuchte sich zu erinnern, wie man diese Stimmung nannte, zwischen Tag und Nacht. Zwielicht, dachte sie. Zwielicht. Das beschrieb ihre Stimmung ganz gut. Sie war zwischen zwei Gewissheiten. Das Fliegen war ein Fluch, etwas das sie um jeden Preis verhindern musste. Das Fliegen erfüllte einen tieferen Sinn, es diente einem Zweck, den sie noch nicht kannte.

Aber sie wusste immerhin eins: Sie war nicht allein. Sie hatte Verbündete. Zwei Menschen, die genau wussten, was in ihr vorging. Die dasselbe erlebten wie sie. Zach, der mit gesenktem Kopf vor ihr herstapfte, und Carmel hinter ihr. So konnte ihr nichts passieren, dachte sie. Sie war sicher. Wie eine Ziege in einer Herde. Wie kam sie auf Ziege? Unwillkürlich musste sie lachen. Sie ging etwas schneller, ohne zu keuchen, bergab war es einfacher.

Fast unmerklich senkte sich die Dunkelheit über die raue Landschaft. Plötzlich sahen sie die Lichter in den Fenstern der Klinik aufleuchten und die kleinen, in den Boden eingelassenen Sturmlichter, die den Weg kennzeichneten. Sofia erinnerte sich, wie es früher gewesen war. Als Kind, als sie noch gerne zur Schule gegangen war, als sich ihr Leben noch aus einer endlosen Reihe schöner Momente zusammengesetzt hatte. Giò hatte sie immer zu Fuß abgeholt, während Santiago zu Hause das Essen vorbereitete. Sofia liebte den Moment, wenn sie in ihre Straße einbogen und sie ihr Haus sehen konnte. Vor allem in den Wintermonaten, wenn es früh dunkel wurde. Dann leuchteten die großen Fenster wie Augen. Sofia glaubte, das Haus lächle ihr von Weitem zu und heiße sie willkommen. Jetzt fühlte sich die Klinik wie ein Zuhause an. Unwillkürlich ging sie ein wenig schneller und stieß mit Zach zusammen, der auf dem Weg stehengeblieben war. Er drehte sich um und fing sie auf, fasste sie um die Oberarme, stabilisierte und hielt sie eine halbe Armlänge von sich weg.

»Okay«, sagte er. »Was sagen wir Doktor Rose? Und Ken? Die wollen garantiert ein Feedback zu dieser bescheuerten Übung.«

»Und wenn schon«, schnaubte Carmel.

»Ja, aber wir hatten doch eine Aufgabe«, sagte Sofia, die in ihrer ganzen Schulzeit kein einziges Mal die Hausaufgaben vergessen hatte. »Mussten wir nicht irgendwie zu einem Ergebnis kommen? Erwartet Doktor Rose nicht so was wie ein Resultat oder ein Statement oder irgendwas?«

»Sie erwarten, dass wir uns vertragen«, sagte Carmel. »Und da ich diejenige war, die das ganze Drama ausgelöst ...«

»Und dich nie dafür entschuldigt hast!«

»Haha! Kannst du haben, Zach: Es tut mir ja so leid, dass ich keinen anderen Weg gefunden habe, um mich mit euch auszutauschen. Meine zugegeben etwas mühsame Methode hat zwar zum Ziel geführt, aber ich war unangenehm und laut, und das hat dich gestresst, du armer Mann, also *sorry, not sorry!*«

Zach öffnete den Mund, um etwas zu entgegnen, und fing an zu lachen. Es klang seltsam und abgehackt, mehr wie ein Husten. Sofia konnte sich nicht erinnern, ihn je lachen gehört zu haben. »Das ist die beste Nicht-Entschuldigung die ich je gehört habe. Und dabei dachte ich, ich hätte den Meistertitel!«

Carmel streckte ihre Faust aus, und sie und Zach führten einen komplizierten Händetanz aus. Sofia wandte sich ab und ging weiter. Sie kümmerte sich nicht um die anderen, sondern ging auf die erleuchteten Fenster zu. Nach Hause, dachte sie.

Jetzt sah sie eine Gestalt aus einer der Schiebetüren treten. An seiner gedrungenen Statur erkannte sie Ken. Er sah sie und winkte.

»Ihr wart ja ganz schön lange weg«, rief Ken. »Ihr müsst komplett durchfroren sein. Nun kommt schon rein, schnell!«

Er hielt einen Stapel zusammengefalteter Decken in den Armen und legte jedem von ihnen eine um die Schultern. Sie waren so warm, als kämen sie frisch aus dem Wäschetrockner.

»Ken, ich könnte dich küssen«, seufzte Zach. »Du bist der Beste.«

Im Gruppenraum flackerte ein Kaminfeuer. Ken hatte umgeräumt, drei Sessel auf eine Seite gerückt und zwei auf die andere. In der Mitte stand jetzt ein kleiner Tisch, auf dem er Kekse, Trockenfrüchte und eine Kanne mit heißem Tee angerichtet hatte.

»Rührt ruhig tüchtig Honig rein«, sagte Ken. »Ihr braucht jetzt Zucker.« Er bediente sich gleich selbst als Erster, obwohl er ja gar nicht draußen gewesen war. Während sie sich einschenkten und in die warmen Decken kuschelten, kam Doktor Rose herein und schloss die Tür hinter sich.

»Dann wollen wir mal«, sagte sie, und Sofia wurde nun doch nervös. Doktor Rose betrachtete sie mit hochgezogenen Brauen, abwartend, abschätzend. Kens Blick war hingegen eher gerührt, fast schon mütterlich.

»Beginnen wir mit einem kleinen Spiel«, sagte Doktor Rose. »Schreibt bitte drei Begriffe auf, die ausdrücken, was heute zwischen euch passiert ist.«

Verunsichert schaute Sofia sich um. Zach und Carmel hatten ihre Köpfe gesenkt, Zachs Bleistift kratzte schon über das gelbe, linierte Papier, während Carmel noch überlegte. Sofia hatte nie zuvor Prüfungsangst erlebt. Sie mochte die beinahe feierliche Stimmung, die sich während einer Prüfung über das Klassenzimmer senkte. Selbst die, die sonst im Unterricht nur rumkasperten, nahmen die Prüfungen ernst, und das gefiel Sofia. Oft wuchs sie während einer Prüfung über sich selbst hinaus, wusste plötzlich mehr, als sie gelernt hatte, löste die Probleme schneller als während des Unterrichts. Doch jetzt war sie zum ersten Mal überfordert. Zach hatte recht gehabt. Sie hätten sich absprechen müssen.

Die anderen schienen ihre Panik nicht zu teilen. Plötzlich war es Sofia, die als Einzige die Aufgabe nicht verstand. Sie war doch immer die gewesen, bei der die anderen Mädchen abschrieben. Das hatte ihr immerhin einen gewissen sozialen Status verschafft.

Sie wusste, wie man das Blatt halten musste, dass man es von der anderen Seite lesen konnte. Oder wie man es beim Umblättern so langsam anhob, dass die Sitznachbarin die Lösung erkennen konnte. Aber wie sie unauffällig einen Blick auf Zachs oder Carmels Schreibblock werfen konnte, das wusste sie nicht. Sie war den Tränen nahe.

Doch dann fing sie Kens Blick auf und sah, wie er seine Hand vor seiner Brust auf und ab bewegte. Diese Geste machte er manchmal während der Gruppentherapie, um die Teilnehmer daran zu erinnern, tief durchzuatmen. Sofia folgte seiner Anweisung. Passte ihren Atem seiner Bewegung an. Ein und aus, ein und aus. Langsamer, und noch langsamer.

Bleib bei der Wahrheit, ermahnte sie sich. Sag einfach nicht die ganze Wahrheit. *Keep it simple.*

Drei Begriffe. Das konnte doch nicht so schwer sein. Sie war immerhin hochbegabt, sie hatte die Schule vorzeitig abgeschlossen und mit siebzehn mit dem Collegegrundkurs begonnen, für den sie ein Stipendium erhalten hatte. Trotz Pandemie und Fernstudium hatte sie im ersten Jahr nur Bestnoten geschrieben. Oder vielleicht gerade deshalb. Sie funktionierte am besten alleine. Es war eine Erleichterung gewesen, sich ganz auf den Stoff konzentrieren zu können. Das Navigieren des sozialen Minenfelds einer Schulklasse hatte sie mehr Energie gekostet, als ihr bewusst gewesen war.

»Du bist nicht in der Schule«, sagte Ken, der sie beobachtet hatte. Konnte der jetzt etwa auch Gedanken lesen? »Es gibt keine falschen Antworten. Schreib einfach das Erstbeste, was dir einfällt.«

Sofia presste die Lippen aufeinander. Wenn es so einfach wäre. Aber dann tat sie, was Ken gesagt hatte, und schrieb die ersten drei Begriffe auf, die ihr einfielen.

Gänsemarsch

Abenddämmerung

Zusammenrutschen.

Im selben Moment klatschte Doktor Rose in die Hände. »Sehr gut. Wer macht den Anfang?«

Zach hob eine Hand. »Was für eine Überraschung«, murmelte Carmel, doch Sofia war froh, dass Zach verlässlich das Wort an sich riss.

Doktor Rose hob die Brauen und schaute Ken an und ließ ihren Blick dann auf Sofia ruhen. Doch Zach ließ sich nicht ignorieren.

»Ich fang gleich mal an«, sagte er. »Wenn niemand etwas dagegen hat?« Er hatte Sofias Panik erkannt und sprang für sie in die Bresche. »Mein erstes Wort ist *Widerstand*«, sagte er. »Widerstand, weil ich mich nicht mit euch befassen wollte, tut mir leid, aber da rutsch ich immer wieder rein, das ist mein altes Muster, diese Arroganz, diese Überlegenheit. Als sei ich was Besseres als ihr. Ich war wütend auf Sie, Doktor Rose, und auf dich, Ken. Was hab ich mit diesen Frauen zu tun – und ja, ich weiß, das ist auch eine Baustelle, meine latente Frauenfeindlichkeit, auch daran arbeite ich …«

»Du sagst sehr viel, Zach«, unterbrach Doktor Rose, »aber du redest um die eigentliche Frage herum.«

»Erwischt«, sagte Zach, scheinbar zerknirscht, »auch ein altes Muster von mir, einfach mal eine Rauchbombe in den Raum werfen, und bis sich die verzieht, haben alle vergessen, worum es eigentlich ging.«

Doktor Rose hob die Hand, und er verstummte.

»Sofia«, sagte die Ärztin. »Ich möchte gern deine Begriffe hören.«

Sofia schaute auf ihr Blatt hinunter. Sie hatte nicht über die drei Worte nachgedacht, die sie im letzten Moment hingeschrieben hatte. Sie hatte nicht die geringste Ahnung, was sie zu ihnen sagen konnte. Aber dann erinnerte sie sich, dass sie dieses Gefühl vor mündlichen Prüfungen manchmal auch gehabt hatte. Diese absolute Leere in ihrem Kopf. Und doch, in dem Moment, in dem sie den Mund öffnete, kamen die richtigen Antworten, ohne dass sie darüber nachdenken musste.

»Also der erste Begriff ist *Gänsemarsch*.« Sie überlegte. »Wir sind hintereinander den Küstenpfad entlanggelaufen. Dadurch konnten wir natürlich nicht miteinander reden, mit dem Wind und so, wir hätten uns gar nicht verstanden. Irgendwie haben wir das mit Absicht getan, ohne es bewusst zu entscheiden. Ich glaube, wir wollten uns physisch voneinander abgrenzen. Wir wollten alleine gehen. Wir waren definitiv noch keine Einheit.«

Doktor Rose und Ken nickten anerkennend. »Sehr gut, Sofia. Genau so war die Aufgabe gemeint.«

Sofia errötete. Das Lob bedeutete ihr mehr, als sie sich eingestehen wollte. Also doch! Sie war immer noch die Klassenerste, die Streberin, die die Frage schon verstanden hatte, bevor sie ganz an der Tafel stand.

Verlegen senkte sie den Kopf. »Und ja, also, der zweite Begriff ist *Abenddämmerung*. Ein bisschen kitschig, aber es wird ja so schnell dunkel hier draußen, der Tag kippt von einem Moment auf den anderen in die Nacht. Man kriegt es irgendwie gar nicht richtig mit, plötzlich ist es dunkel. Ich kann das nicht so gut ausdrücken …«

»Doch, du machst es prima«, versicherte Doktor Rose, und Ken nickte aufmunternd.

»Also ich dachte, so schnell kann es gehen. Von einem Moment auf den anderen ist plötzlich alles anders.« Sofia zögerte. Sie merkte, dass sie wirklich aussprach, was sie gefühlt hatte. Es war, als setzten sich ihre Gedanken in dem Moment zusammen, in dem sie sie aussprach. Sie schaute sich in der Runde um. Doktor Rose und Ken betrachteten sie gerührt. Carmel nickte vor sich hin, während Zach sie ganz offen anstrahlte.

»Und dann *Zusammenrutschen*, das war, als wir auf der Parkbank saßen, oben am Aussichtspunkt, und endlich zu reden begannen. Da war es schon so kalt, dass wir nah zueinander rutschten, um etwas von der Wärme der anderen abzukriegen. Und ihr wisst ja, dass ich Mühe habe mit körperlicher Nähe, aber nach einer Weile fühlte es sich okay an. Ich mochte es sogar irgendwie. Ich fühlte mich sicher. Und das heißt ja wohl nichts anderes, als dass ich den beiden hier vertraue.«

Zach machte Anstalten, in die Hände zu klatschen, es wurde heftig und zustimmend genickt, und dann nahm Doktor Rose die Gesprächsleitung wieder an sich.

»Wirklich toll, Sofia«, sage sie. »Und du Carmel, was möchtest du sagen?«

Carmel seufzte. »Logisch muss ich nach *Little Miss Perfect* drankommen! Da kann ich ja nur abschiffen. Aber seis drum, das sind meine Begriffe:

Ungerecht. Das war meine erste Reaktion. Könnt ihr euch ja vorstellen. Ich fand es nicht richtig, dass ich mit bestraft werde – ja, ja, hab schon begriffen, es war keine Strafe, aber das ist ja nur mein erstes Wort.«

Carmel schwieg eine Weile. Da keine Reaktion kam, fuhr sie fort.

»Okay. Also zweites Wort. *Zwangsspaziergang*. Ich weiß nicht mal, ob das wirklich ein Wort ist ...«

»Was bedeutet es denn für dich?«, unterbrach Ken. Sofia unterdrückte ein Grinsen. Ken sollte Therapeutenjargon unterrichten. Sie stellte sich einen Lehrgang an der Uni vor: *Leere Floskeln, 101.*

»Das Wort erinnert mich an meine Kindheit. Meine Eltern waren Immigranten aus der Dominikanischen Republik, katholisch. Sonntags gingen wir immer zur Messe. Nach dem Mittagessen, wenn sich die anderen Kinder in der Nachbarschaft die Sonntagsklamotten wieder ausziehen und auf der Straße spielen durften, mussten wir mit den Eltern spazieren gehen. In diesen Lackschuhen, die überhaupt nicht zum Gehen gemacht waren. Wir lebten in der Bronx, im Winter war es unerträglich kalt und im Sommer drückend heiß, aber meine Eltern kannten nichts. Der Sonntagsspaziergang war ein Statement. Meine Eltern wollten sich von den Nachbarn absetzen, die sie als Taugenichtse und Tunichtgute bezeichneten. Sie beklagten sich immer über den Rassismus und die Vorurteile der Amerikaner, aber sie selbst misstrauten jedem, der nicht von ihrer Insel stammte. Die Kubaner seien Betrüger, die Kolumbianer Drogenhändler und die Schwarzen, wie sie sie nannten, von Natur aus faul. Dabei, das seht ihr ja, waren wir alle auch ziemlich dunkel. Sie waren die schlimmsten Heuchler, meine Eltern. Und irgendwie war der Sonntagsspaziergang das Symbol für diese Heuchelei, und so empfand ich unseren schweigenden Gang der Küste entlang erst mal auch, als Heuchelei.«

Sie seufzte und blies ihre Backen auf. Dann schaute sie Sofia an.

»Drittes Wort: *Geheimclub*.« Sofia erschrak. Sie schaute zu Zach hinüber, der die Stirn runzelte.

»Als Kind hab ich viel gelesen«, fuhr Carmel fort. Ihre Stimme hatte nun einen sanften, beinahe wehmütigen Klang. »Ich hatte keine Freunde, verbrachte die Wochenenden in meinem Zimmer. Ja, und in den Büchern, die ich am meisten liebte, ging es immer um eine Gruppe von Kindern, die ihren eigenen Geheimclub hatten. Das waren oft Außenseiter wie ich, die aus irgendwelchen Gründen zusammengewürfelt wurden, und dann waren sie plötzlich nicht mehr allein. So hat sich das angefühlt, als wir da in der Kälte nebeneinander auf der Parkbank saßen.«

»Ganz toll, Carmel, wirklich. Schöne Einsicht, ich bin stolz auf dich.« Ken strahlte Carmel an, und sie strahlte zurück. Wie hatte sie ihn genannt? Einen Zuckerwürfel.

»Wir sind so verschieden, wir drei«, sagte Carmel nachdenklich. »Wenn wir nicht hier wären, hätten wir uns nie getroffen. Und jetzt verbindet uns etwas. Wir sind ein Club.«

Sofia hielt den Atem an. Sie wagte nicht, zu Zach hinüberzuschauen.

»Und was ist es, das euch verbindet?«, mischte sich nun endlich Doktor Rose ins Gespräch ein.

Carmel schwieg so lange, dass Sofia unwillkürlich den Atem anhielt.

»Na, was wohl«, sagte sie endlich. »Wir haben alle einen Hau weg.«

BESUCHSTAG

Papa Giò umarmte sie so heftig, dass sie meinte, ihre Rippen knacken zu hören. Sie lehnte den Kopf an seine Schulter und atmete den vertrauten Geruch von Archivstaub, altem Papier und Mundwasser ein. Die ersten vier Wochen in der Klinik waren um, Sofias Kontaktsperre war aufgehoben. Ihre Papas hatten so pünktlich um neun am Haupteingang geklingelt, als hätten sie vor der Tür gewartet. Sofia stellte sich vor, wie sie auf dem Parkplatz auf und ab tigerten, die Augen auf ihre Armbanduhren geheftet.

Es war ihnen auch zuzutrauen, dass sie sich für diese ersten vier Wochen in einem Airbnb an der Küste eingemietet hatten, sodass sie sofort zur Stelle sein konnten, falls Sofia ihre Meinung änderte und nach Hause kommen wollte.

Sofia seufzte.

Als sie noch klein war, hatte sie ganz selbstverständlich angenommen, dass alle Familien so funktionierten wie ihre. Sonnensysteme, die um die Kinder kreisten, in unablässiger Fürsorge und Hinwendung. Dann lernte sie andere Kinder kennen und verstand, dass ihre Familie eine Ausnahme war. Nicht, weil sie mit zwei Vätern aufwuchs. Sondern weil nicht alle Kinder wie sie ins Zentrum des Universums geboren wurden. Im selben Moment, in dem sie das dachte, schämte Sofia sich wieder.

Sie erinnerte sich an Emeralds Blick an diesem Morgen, als sie sich zum Frühstück angezogen hatten. Sie hatte Sofia einen ihrer voluminösen Schals um die Schultern gelegt und ein bisschen Gel in ihre zerzausten Locken geknetet.

»Sei aber nicht enttäuscht, wenn sie dann doch nicht kommen«, hatte sie gesagt. Das wäre Sofia nicht einmal im Traum eingefallen. Ihre Papas waren immer da gewesen, bei jedem Arztbesuch, bei jeder Schulaufführung, bei endlosen Basketballspielen. Sie hatten Kartoffelbatterien für den Science-Fair-Wettbewerb mit ihr gebastelt und sämtliche kalifornischen Missionsgebäude maßstabgetreu nachgebaut.

»Du könntest wohl einen Mord begehen, und sie würden dich noch im Gefängnis besuchen!«, hatte Emerald gesagt. Und Sofia, ohne nachzudenken: »Sie würden mich rausholen.«

Statt an der Gruppentherapie teilzunehmen, hatte sie heute eine Familiensitzung mit Doktor Rose. Danach war sie frei. Sofia konnte mit ihren Papas das Gelände verlassen, sie konnte essen, was sie wollte. Sie konnte auch mit ihnen nach Hause fahren, der Aufenthalt in der Klinik war ja freiwillig. Sofia wusste, dass die Papas heimlich darauf hofften. Und dass sie sie mit ihrer Entscheidung, die ganzen drei Monate hier zu bleiben, enttäuschen würde. Aber sie hatte keine andere Wahl. Sie hatte eine Aufgabe. Sie hatte eine Mission. Auch wenn sie noch nicht wusste, welche.

Die Papas fühlten sich in Doktor Roses Sprechzimmer wie zu Hause. Automatisch setzten sie sich so hin wie sonst bei Doktor Lilly: Santiago neben Sofia auf dem Sofa, Giò im rechten Winkel zu ihnen auf dem Sessel an der Seite.

»Ich sehe, Sie machen das nicht zum ersten Mal«, kommentierte Doktor Rose. »Bei Ihnen kann ich mir wohl die übliche Einleitung sparen, das ist ein geschützter Raum, wir sind alle auf derselben Seite, wir wollen alle das Beste für Sofia, was immer hier gesagt wird, hat nichts mit Schuldzuweisungen zu tun. Blablabla, Sie kennen das ja.«

Blablabla? Die Papas wechselten einen erstaunten Blick, und Sofia grinste. Sie sollten die Psychiaterin erst mal fluchen hören.

»Sofia, erzähl doch mal, wie es dir jetzt geht, nach diesen ersten vier Wochen. Was ist passiert, was hat sich verändert? Was fühlt sich gut an, was weniger?«

Sofia überlegte.

»Also abgenommen hast du auf jeden Fall!«, rief Santiago in die abwartende Stille. »Sorry, ich weiß … Aber darum gings ja auch, wenigstens zum Teil, oder …« Er verstummte verwirrt. Papa Giò hob die Brauen und schüttelte beinahe unmerklich den Kopf.

»Was mir gefällt hier, ist der strukturierte Tagesablauf. Das hat mir gefehlt. Ich hatte zu viele Lücken in meinem Stundenplan, auch schon während des Studiums, und dann, na ja …«

Die Papas schauten betreten auf ihre Hände. Als hätten sie das verhindern können. Schnell fuhr Sofia fort: »Jedenfalls, die Gartenarbeit, die mag ich eigentlich am liebsten, das möchte ich zu Hause unbedingt weiterverfolgen. Ich hab schon alle möglichen Ideen, wie wir den Garten umstrukturieren könnten. Ich will ein Gemüsebeet anlegen und ...«

Das sagte sie für die Papas, die ihre Heimkehr nicht erwarten konnten. Wenn Sofia ehrlich wäre, müsste sie zugeben, dass sie sich davor fürchtete. Vor der Zeit nach der Klinik. Was, wenn sie auch hier versagte? Das Klassenziel nicht erreichte, nicht besser wurde? Sie schob den Gedanken zur Seite. »Und das Zweite, das mir extrem Spaß macht, ist das Wellenbad. Ich tauche jeden Tag im Meer unter. Das sind die Dinge, die mir am besten gefallen.«

»Im Meer?«, fragte Giò nach. »Ist das nicht gefährlich? Dieser Küstenstreifen ist schließlich bekannt für seine unberechenbaren Strömungen. Jedes Jahr ertrinken hier Touristen, auch wenn das Wasser ganz ruhig aussieht.«

»Wir schwimmen nicht im Meer«, beruhigte ihn Doktor Rose. »Unsere Gäste tauchen nur kurz unter, ohne je den Kontakt zum Boden zu verlieren. Und es ist immer jemand dabei, das ist ja selbstverständlich.«

Den Kontakt zum Boden verlieren, dachte Sofia. Das war es doch: Sie hatte abgehoben, den Boden unter den Füßen verloren, im wörtlichen Sinn.

»Und was gefällt dir nicht? Sei ruhig ehrlich. Geschützter Raum, wie gesagt.«

»Ach ... hm ... die Körpertherapie. Das mit dem Berühren ist nicht so meins.«

Doktor Rose nickte zufrieden. Sofia hatte das richtige Stichwort gegeben. »In unserem ersten Gespräch hat Sofia von ihrer Mutter erzählt, die ja vor Kurzem erst verstorben ist.«

»Mutter ist ein großes Wort«, murmelte Giò, und Santiago zischte.

»Meine erste Vermutung war, dass Sofias plötzliche Gewichtszunahme direkt damit zu tun hatte. Sie konnte den Verlauf der Krankheit ihrer Mutter nicht kontrollieren, sie konnte ihren Tod nicht verhindern, aber sie konnte ihr Gewicht manipulieren, ihre körperliche Form. Möglicherweise auch als eine Form der Selbstbestrafung?«

Santiago presste die Handflächen zusammen, als würde er beten. »Wie hätten wir das übersehen können? Natürlich haben wir gemerkt, dass sie zugenommen hat, wir sind ja nicht blind. Aber ich sag Ihnen was, Frau Doktor Rose, die gängigen Schönheitsideale sind auf europäische Körper zugeschnitten. Ein mexikanisches Mädchen ist nun mal anders gebaut als …«

Ein mexikanisches Mädchen, dachte Sofia und lächelte.

»Hätte ich die Einleitung wohl doch nicht überspringen sollen?«, sagte Doktor Rose milde. »Keine Schuldzuweisungen, etc. Es geht hier wirklich nur darum, Sofia zu helfen. Der Körper, mit dem sie hierhergekommen ist, entspricht ihr offensichtlich nicht. Sonst hätte sie ja gar nicht erst unsere Hilfe gesucht.«

Dazu hätte Sofia nun alles Mögliche sagen können, aber sie ließ es bleiben. Und Santiago war erst einmal besänftigt.

»Klar, es war hart für Sofia, dass sie als Organspenderin nicht geeignet war«, sagte Giò. »Sie fühlte sich schuldig, als Celia starb. Das haben wir aber mit unserer Familientherapeutin ausgiebig durchgesprochen.«

»Ja, Doktor Kornblum hat mir ihre Unterlagen geschickt«, bestätigte Doktor Rose. Sofia blieb an Doktor Lillys Nachnamen hängen. Es war das erste Mal, dass sie ihn bewusst hörte, obwohl er bestimmt an ihrer Praxistüre stand. Sie wurde also von zwei Blumen betreut. Einer Rose und einer Kornblume. Die Vorstellung tröstete sie irgendwie, sie stellte sich die beiden Frauen mit üppig dekorierten Blumenhüten vor, wie sie sich fürsorglich über sie neigten. Und schon hatte sie verpasst, was Doktor Rose gesagt hatte. Aus den erwartungsvollen Blicken ihrer Papas zu schließen, hatte sie ihr eine Frage gestellt.

»Sorry.«

»Ich habe angesprochen, was du neulich in der Gruppe geäußert hast. Über deine Abneigung gegen jede Form von Berührung.«

»Nicht schon wieder!«, unterbrach diesmal Papa Giò. »Nun lasst doch das Kind in Ruhe!«

»Das Kind ist erwachsen«, erinnerte ihn Doktor Rose. »Und kann für sich selbst sprechen. Sofia, möchtest du das Thema anschneiden?«

Sofia war so damit beschäftigt gewesen, den wahren Grund für ihre Gewichtszunahme zu verschweigen, dass sie gar nicht mehr daran gedacht hatte. Gar nicht erkannt hatte, was für ein perfektes Therapeutenfutter diese Erkenntnis für den Rest ihres Aufenthalts hergeben würde.

»Ja, ähm, ich hab mich neulich mit Emerald unterhalten, sie fragte mich, ob ich in jemanden aus unserer Gruppe verliebt sei, und ich – also, ich sagte ihr, dass ich noch nie verliebt war, dass ich gar nicht weiß, was das soll. Irgendwie kommt mir das alles immer noch genauso absurd vor wie als Kind, als ich zum ersten Mal eine Liebesszene in einem Film gesehen habe. Ich kann mir einfach nicht vorstellen, warum jemand das freiwillig tun würde ...«

Giò schmunzelte. »Das war doch nur ein Kuss! Ich erinnere mich genau, das war *Vom Winde verweht*, ein Hollywoodklassiker. Nicht, dass Sie denken, wir hätten Sofia Filme für Erwachsene sehen lassen!«

»Natürlich nicht. So etwas würde mir nicht im Traum einfallen!«, sagte Doktor Rose so tiefernst, dass es fast schien, sie mache sich über Giò lustig.

»Ich war älter als Sofia, als ich mich zum ersten Mal verliebt habe«, sagte Giò und verstummte dann, als sei ihm etwas eingefallen. Sofia vermutete, dass Santiago seine erste Liebe war. Seine erste und einzige Liebe. Die Papas hatten sich in Los Angeles kennengelernt. Santiago war von zu Hause abgehauen und lebte auf der Straße, bis er Giò kennenlernte, der in seinem Filmarchiv wöchentliche Vorführungsreihen organisierte. Irgendwann wurde ihm klar, dass der Junge in der hintersten Reihe nicht wegen der Filme kam, sondern um sich aufzuwärmen und eine Runde zu schlafen. Er gab ihm einen Schlüssel. So hatte es angefangen. Santiago war sechzehn gewesen und Giò vierundzwanzig. »Wie Sie wissen, wurde Sofia übel gemobbt, nur, weil sie nicht von Sex besessen war und sich nicht so schnell entwickelte wie andere Mädchen, weil sie andere Zukunftsträume hatte, als Unterwäschemodel zu werden –«

»*Calma te, amor*«, murmelte Santiago, und Giò brach mitten im Satz ab. Er atmete schwer. Doktor Rose hob die Brauen. Bestimmt dachte sie sich ihren Teil. Sofia wollte sich vor ihre Papas stellen.

»Sie haben selbst gesagt, normal sei kein Kriterium«, erinnerte Sofia sie.

»Da hast du absolut recht.« Doktor Rose hob beide Hände. Wie eine Westernheldin, die sich ergab. »Ich will dich auch gar nicht in eine Schublade sperren, Sofia. Ich meine nur …« Sie überlegte einen Moment. »Ich möchte ja nur die Frage in den Raum stellen, ob das eine mit dem anderen zu tun hat. Die Gewichtszunahme mit der Abneigung gegen körperliche Berührungen. Manchmal kann so eine Fettschicht wie ein Schutzanzug wirken.«

Sofia konnte spüren, wie ihr Papa Giò im Stuhl neben ihr erstarrte. »Ein Schutz wovor«, fragte er. »Was wollen Sie damit andeuten?«

»Nichts. Ich frage nur, gibt es vielleicht etwas in der Familiengeschichte, das ich wissen müsste, etwas, das diese Veränderung erklären könnte? Es kann durchaus auch weiter zurückliegen, vielleicht etwas, das Sie beide betrifft.«

Eine Stille senkte sich über sie, aber es war keine friedliche Stille, eher eine Kälte, die sich zwischen ihnen ausbreitete. Ein Eismonster, das Sofia nicht kannte. Zum ersten Mal fragte sie sich, was die Papas ihr nicht erzählten. Sie sagten immer, sie hätten keine Geheimnisse. Aber Sofia wusste auch, dass sie alles tun würden, um sie zu schützen. Sie schaute von einem zum anderen, aber keiner von beiden erwiderte ihren Blick. Stattdessen tauschten sie Blicke über Sofias Kopf hinweg, sie konnte Santiagos Arm neben ihrem spüren. Er zitterte.

»Ich will Ihnen damit nicht zu nahe treten«, brach die Ärztin schließlich das Schweigen. »Ich sehe ja, wie rückhaltlos Sie Sofia unterstützen. Das ist leider eher selten.«

»Ich war immer schon so.« Sofia hatte ihre Stimme wiedergefunden. »Auch, als ich noch dünn war.«

Doktor Rose nickte. Sie stand auf und öffnete die beiden Fenster an der Seite, wie sie es während Sofias Panikattacke getan hatte. Kalte, feuchte Meeresluft strömte herein, der würzige Geruch von Salz und Piniennadeln. »Celia«, sagte Santiago überraschend.

»Celia?« Sofort war die Ärztin wieder bei ihnen.

»Also, wenn Ihre erste Vermutung stimmt und Sofias … Veränderung … mit dem Tod ihrer leiblichen Mutter zusammenhängt, dann müssen wir vielleicht noch mal über sie reden. Ich kannte sie ja schon, bevor sie unsere Leihmutter wurde. Sie war eine komplexe Frau, mal vorsichtig ausgedrückt.«

Die Mutterkarte, dachte Sofia. Die Papas zogen die Mutterkarte.

»Können Sie mehr darüber sagen?« Doktor Rose setzte sich wieder, stützte die Ellbogen auf den Tisch und das Kinn in ihre Hände. Die Mutterkarte hatte ihre Wirkung nicht verfehlt.

»Nicht wirklich. Ehrlich gesagt hab ich in den letzten Jahren nicht groß über Celia nachgedacht.«

»Der Koffer!«, fiel Giò nun abrupt ein. »Sie hat Sofia einen Koffer hinterlassen, was ist aus dem geworden? Waren da nicht Briefe drin oder Tagebücher oder so was?«

Sie warfen die Sätze hin und her, wie Fliegenfischer ihre Leinen über die Wasseroberfläche zogen. Gierig schnappte Doktor Rose nach jedem Köder.

»Tagebücher? Briefe?«, fragte sie atemlos.

Ihre Papas waren wirklich ein eingeschworenes Team, dachte Sofia.

»War denn in dem Koffer sonst noch was drin?«, wollte Doktor Rose von Sofia wissen.

Sofia runzelte die Stirn. »Ich hab ihn mal aufgemacht, mehr nicht. Da waren Kleider, Fotos und ja, ein paar zerfledderte Notizbücher, Schulhefte mit dem schwarz-weiß gemusterten Umschlag. Aber ich hab sie nicht angeschaut. Ich konnte nicht.«

»Hm …« Doktor Rose sah aus, als würde sie am liebsten ins Auto springen und die endlose, kurvige Küstenstraße nach San Francisco hinunterfahren, um die Tagebücher aus der Garage zu holen. Sofia stellte sich vor, was Carmel wohl dazu sagen würde: ein Koffer mit den Tagebüchern einer Verstorbenen. Genau wie in diesen Geheimclub-Büchern. Sofia musste lächeln. Aber vielleicht würde es ihr tatsächlich helfen, mehr über Celia zu erfahren. Etwas, das sie von ihren Schuldgefühlen befreite. Dazu waren allerdings keine Superkräfte nötig.

»Das können wir auf jeden Fall machen«, sagte Giò. Sofia hatte schon wieder den Anschluss verpasst. Die Papas würden Sofia die Tagebücher schicken, damit sie sie mit Doktor Rose zusammen durchgehen konnte. »Im geschützten Rahmen der Therapie.«

Der Rest des Gesprächs verlief in sicheren Bahnen. Doktor Rose erklärte das Konzept der Körpertherapie, und warum sie gerade für Sofia so wichtig war.

»Ob sie abnimmt oder nicht, ist letztlich irrelevant«, sagte sie. »Es geht nur darum, dass sie in ihrem Körper ein Zuhause findet. Dass sie sich gut fühlt, dass sie sie selbst sein kann.«

»Können wir diese Körpertherapeutin vielleicht kennenlernen?«, fragte Santiago. »Damit wir uns ein genaueres Bild machen können?«

Doktor Rose nickte. »Kommen Sie doch am frühen Nachmittag noch einmal vorbei, wenn Sie Sofia zurückbringen.«

Das obere Glas der Sanduhr auf Doktor Roses Pult war schon fast leer, als Santiago endlich die Frage stellte, die ihn am meisten interessierte: »Könnten wir Ihren Therapieplan nicht auch zu Hause durchführen?«

»Diese Entscheidung liegt ganz bei Sofia.«

Enttäuschen musste sie ihre Papas immer noch selbst. Sofia atmete tief ein. »Ich möchte vorerst hierbleiben. Ich habe das Gefühl, ich bin auf dem richtigen Weg, aber ich hab ja auch erst angefangen.«

Außerdem hatte sie jetzt Verbündete. Sie hatte eine Aufgabe. Vielleicht mussten sie die Welt retten, wie Zach gemeint hatte. Warum nicht.

Das war es schließlich, was Superhelden normalerweise taten. Sie fingen die blaue Kugel im Flug auf, bevor sie im All explodierte.

Emerald wartete schon auf sie. Sie saß mit angezogenen Knien auf Sofias Bett und kaute an ihrer Unterlippe. Sobald sie Sofia sah, sprang sie auf.

»Ist dir klar, dass Carmel am selben Tag angekommen ist wie du?«, fragte sie.

Sofia nickte.

»Das heißt, ihre vier Wochen sind heute auch rum.«

»Okay?« Sofia verstand nicht, was Emerald sagen wollte. Und warum sie so wütend war.

»Und, hat Carmel heute Besuch bekommen? Nein, hat sie nicht. Hast du das überhaupt mitgekriegt? Ich dachte, ihr seid beste Freundinnen.«

»Emerald …« Sofia hatte ihre Jacke schon in der Hand, doch so schnell würde sie aus diesem Zimmer nicht wieder rauskommen. Sie legte die Jacke aufs Bett und setzte sich.

»Du merkst gar nicht, wie selbstbezogen du geworden bist! Du siehst nur noch dich und deinen kleinen Geheimclub …«

»Geheimclub?« Warum brauchte sie ausgerechnet dieses Wort? War Emerald ihnen etwa heimlich gefolgt? Belauschte sie ihre Gespräche? Manchmal wünschte Sofia, sie könnte so offen über das Fliegen reden wie Emerald über das Hungern. Sie sonderte sich ja nicht freiwillig ab. Der Geheimclub war aus der Not geboren. Es war ein Club der Unfreiwilligen.

»Und wie du deine perfekte kleine Familie vorführst, merkst du nicht, wie das andere hier triggert?«

»Vorführen? Wir waren nur bei Doktor Rose. Die Familiensitzung ist schließlich vorgeschrieben.«

»Ach, und du glaubst wirklich, dass alle Familien das automatisch mitmachen, nur weils vorgeschrieben ist? Wie oft siehst du am Wochenende Angehörige hier?«

Da war es wieder, dachte Sofia. *Du meinst wohl, du seist etwas Besonderes?* Wie oft hatte sie das gehört? Und plötzlich fühlte sie sich wieder wie mit zwölf, als sie zuletzt von dünnen blonden Mädchen angegriffen worden war. War es das, was Doktor Rose bezweckt hatte, als sie sie mit Emerald zusammen in einem Zimmer unterbrachte? Sollte sie lernen, gleichaltrige Freundinnen zu haben?

Vor dem Mobbing war sie nicht unbeliebt gewesen. Mindestens zwei, drei Freundinnen hatte sie immer gehabt. Obwohl sie nie wirklich verstanden hatte, wie Freundschaften funktionierten. Sie schienen komplizierten Regeln zu folgen, die sich außerdem ständig änderten. Doch beliebt zu sein, viele Freunde zu haben, war eine Auszeichnung, ein Hinweis auf Erfolg. Eltern brüsteten sich mit der Beliebtheit ihrer Kinder ebenso wie mit ihren guten Noten. Und selbst ihre Papas waren darauf angewiesen. Sofia musste Freundinnen haben, musste beliebt sein, damit sie glaubten, dass ihre Tochter glücklich war und dass ihr nichts fehlte. Wenn es nach Sofia gegangen wäre, hätte es nicht sein müssen. Sie hatte ihre Familie, sie hatte ihre Interessen und Obsessionen, sie hatte ihre Heldinnen, Amelia Earhart und Emma Lilian Todd und Bessie Coleman. Diese Frauen hatten auch keine Zeit mit Freundinnen verbracht, sondern Flugzeuge entworfen und Flugstunden genommen. Sie waren geflogen. Weggeflogen.

Wie oft hatte sich Sofia gewünscht, sie könnte das auch.

Sie seufzte. Sie war schließlich nicht mehr zwölf, sie war fast zwanzig. Sie sollte über Emeralds Vorwürfe lachen können, so absurd, wie sie waren. Und doch bewirkte dieser bestimmte Tonfall, diese Körperhaltung, der schiefe Blick unter den langen Haarsträhnen hervor, dass sie sofort wieder zum Kind wurde. Zum ausgestoßenen, verhöhnten Kind. Ihre Hände zitterten, sie vergaß zu atmen. Automatisch kniff sie sich ein paarmal ins Handgelenk, wo sie früher ein Gummiband getragen hatte. Doktor Lilly hatte ihr beigebracht, beim geringsten Anzeichen von Panik dieses Gummiband schnappen zu lassen. Der kurze, scharfe Schmerz holte sie sofort in die Realität zurück.

»Ich bin in Sicherheit«, murmelte Sofia. »Ich bin nicht ausgeliefert ...«

Emerald vergaß ihre Vorwürfe sofort. »Ha! Kognitive Verhaltenstherapie, ja? Hab ich eine Zeit lang auch gemacht. Aber meine Haut war so gereizt, dass ich immer gleich rote Schwielen kriegte. Lass mich raten, dein Handgelenk ist zu dick für ein normales Gummiband?«

»Emerald!« Sofia musste lachen. Ihre Panik verflog. Emerald schlug sich die Hände vor den Mund. Es waren die Hände einer alten Frau, die durchsichtige Haut von dicken Adern durchzogen.

»Oh, Sof, das wollte ich nicht, auch nicht, dass du Panik hast«, murmelte sie in ihre Hände hinein. »Das zu sagen war jetzt echt fies von mir!«

»Schon gut. Stimmt ja auch, so große Gummibänder findet man nicht überall.« In Wirklichkeit trug sie das Gummiband nicht mehr, weil sie es schon länger nicht mehr gebraucht hatte. Sie war ja nicht mehr zur Schule gegangen. Gleichaltrige hatte sie nur noch im Zoomfenster auf ihrem Bildschirm gesehen. Es hatte keinen Grund mehr gegeben, sich zu fürchten. »Du hast mich eben an etwas erinnert, als du so wütend auf mich warst. Als ich zwölf war, wurde ich von den Mädchen in meiner Schule fies gemobbt. Ich war ein Spacenerd, ich wollte Astronautin werden, und mein Stilvorbild war Amelia Earhart ...«

»Die Bluessängerin?«, fragte Emerald.

»Bluessängerin?« Sofia runzelten die Stirn, doch sie

hatte keine Ahnung, wen Emerald wohl meinte. »Nein, die Pilotin. Die erste Frau, die über den Atlantik geflogen ist, allein. Ich trug also Overalls und Schnürstiefel und manchmal sogar noch eine Lederkappe.«

»Voll der Nerd«, bestätigte Emerald unbekümmert.

»Ja, das streite ich ja gar nicht ab. Also *whatever*, ich hielt einen Vortrag über Amelia Earhart als mein Vorbild, alle anderen redeten über irgendwelche Popstars oder Vampire oder *America's Next Top Model*. Schon während ich den Vortrag hielt, wurde ich ausgebuht und ausgelacht, aber jemand hatte mich mit dem Handy gefilmt und das ins Netz gestellt, mit den fiesesten Kommentaren. Das war echt schlimm, es ging weit über die Schule hinaus, Hunderte von Jugendlichen wollten mich tot sehen, abschlachten und was sonst nicht alles.«

Emerald nickte. »Kenn ich. Was meinst du, was passiert ist, als der *Cancergirl*-Skandal aufflog? Meine Hater wollten sich allerdings nicht mal die Finger an mir schmutzig machen, die fanden, ich solle ihnen die Mühe abnehmen, der Welt einen Gefallen tun und mich umbringen.« Sie sagte das beiläufig, als sei es nichts Besonderes. Ihre Finger zupften am Ärmel ihrer Strickjacke, bis sich ein Faden löste.

Das hatte Sofia sich noch nie überlegt: Sie war kein Einzelfall. Das wusste sie allerdings nur von Nestor. Sie hatte damals nur die ersten zehn Kommentare gelesen, bevor sie in Tränen ausgebrochen war. Und sie war nicht allein gewesen. Die Papas hatten sofort reagiert, ihr Handy konfisziert, sie vom Internet ferngehalten. Sie hatten sie aus der Schule genommen, sie hatten sie beschützt. So gut sie konnten. Trotzdem saß ihr die Attacke acht Jahre später noch in den Knochen. Emerald war allein gewesen. Emerald hatte niemand beschützt. Das hatte Sofia unterdessen verstanden. War ihr Hungern ein Versuch, der Aufforderung der Hater nachzukommen, eine quälend langsame Art, sich umzubringen?

»Krass«, murmelte Sofia, weil ihr nichts Besseres einfiel. Emerald griff nach ihrer Hand und hielt sie fest. »Was glaubst du, wie alt ich bin?«, fragte sie.

»Keine Ahnung, das wollte ich dich eigentlich auch längst fragen.«

»Dann schätz mal.«

»Ich weiß nicht, achtzehn? Du musst ja über achtzehn sein, um hier aufgenommen zu werden.«

Emerald lachte. Es klang nicht fröhlich. »Ich bin dreiundzwanzig. Ja, ich bin älter als du! Und ich hab seit dem Pseudo-Schulabschluss in diesem Schweizer Internat nichts zu Stande gebracht, außer mein Gewicht zu halten und sämtliche privaten Suchtkliniken von innen kennenzulernen. Kein Wunder, kommen meine Eltern mich nicht mehr besuchen. Ich hab ihnen nichts zu bieten. Ich hab niemandem etwas zu bieten.«

»Emerald ...« Sofia wusste nicht, was sie sagen konnte. Sie wollte ihre Jacke nehmen und aufstehen, nach unten gehen. Mit den Papas davonfahren, der kurvigen Straße entlang nach Bodega Bay, wo sie zusammen mittagessen wollten. »Es müssen ja nicht unbedingt frittierte Austern sein«, hatte Santiago gesagt. Kurz überlegte sie, Emerald einzuladen, mit ihnen mitzukommen. Dabei wusste sie genau, wie enttäuscht die Papas wären, wenn sie sie mit jemandem teilen müssten. Sie wusste aber auch, dass Emerald ohnehin nicht zusagen würde. Sofia hob ihre Jacke auf. Dann setzte sie sich wieder hin.

»Rutsch«, sagte sie. Und dann tat sie das Einzige, was ihr in diesem Moment einfiel. Sie legte einen Arm um Emerald und zog sie an sich. Emerald legte den Kopf an ihre Schulter, und nach einer Weile spürte Sofia, wie die Tränen durch den Stoff des T-Shirts drangen und ihre Haut netzten. Einen Moment lang ekelte sie sich, doch der Moment verging. Ihre Schulter wurde nasser und nasser, doch auch das war okay.

Skye rang die Hände. Sie schien den Tränen nahe. »Mir gehts wirklich nur um Sofia und um ihr Wohlbefinden, ich will ihr einen liebevollen Zugang zu ihrem Körper öffnen …«

»Niemand wirft Ihnen etwas vor, Skye. Sofias Eltern wollten nur ein wenig genauer wissen, worin die Körpertherapie genau besteht. Vielleicht könnten Sie eine typische Sitzung beschreiben?«

Skye schaute auf ihre Hände hinunter. »Es ist nicht einfach, sich selbst zu lieben, wenn man den vorherrschenden gesellschaftlichen Normen nicht entspricht«, begann sie zögernd. Das klang ein bisschen einstudiert. Sie selbst könnte diesem Ideal gar nicht besser entsprechen: Sie war klein und dünn, aber muskulös, ihr Haar war blond und glänzend, ihre Augen groß und rund wie die einer Puppe. Giò zog die Brauen hoch und sagte nichts. Doch Santiago stimmte sofort zu: »Sag ich doch auch immer! Das ist ja nur eine Fortsetzung der Kolonialisierung, all unsere Körper sollen dem einen Ideal entsprechen, nämlich dem europäischen.«

»Genau!« Skye lächelte und zeigte ihre weißen Zähne.

Santiagos Zuspruch schien ihr Mut zu machen. »Aber Selbstliebe kann gelernt werden. Man kann sie entwickeln und trainieren. Deshalb ermuntere ich Sofia während unserer Sitzungen, sich selbst zu massieren und zu verbalisieren, wie sich das anfühlt, ihre Haut unter ihren Fingern zu spüren …«

Papa Giò räusperte sich. Ihm war sichtlich unwohl mit dieser Beschreibung.

»Danke, Skye«, unterbrach Doktor Rose schnell. Skye schlug sich die Hände vor den Mund. »Oh Gott, das klang wohl etwas missverständlich! Aber ich würde nie … ich meine, ich …«

Sie verhedderte sich in ihren eigenen Worten. Manchmal wunderte sich Sofia über die Therapeutin. Wusste sie wirklich, was sie tat? Immer wieder unterbrach sie die Sitzungen, um die richtige Musik zu finden, das Öl aufzuwärmen, mehr Tücher aus dem Wäscheschrank zu holen. Während der Yogastunden vergaß sie manchmal, die zweite Seite anzusagen. Wenn man sie darauf hinwies, verlor sie die Fassung ganz und fand oft gar nicht mehr in die Übungsreihe zurück. »Total verschusselt«, hatte Emerald sie zu Beginn beschrieben, und das traf es ziemlich genau.

»Sofia, vielleicht beschreibst du die Sitzungen aus deiner Sicht«, schlug Doktor Rose vor. »Du hast ja bereits gesagt, dass du diese Stunden nicht besonders magst.«

»Oh!«

»Es hat nichts mit dir zu tun, Skye«, sagte Sofia schnell. »Es ist nur –« Sie überlegte. »Ich hab mir halt nie was aus Berührungen gemacht. Es ist, als ob meine Haut keine Nervenenden hätte. Oder zu viele.«

»Das stimmt«, bestätigte Santiago. »Schon als ganz kleines Kind entspannte sie sich besser, wenn sie ganz allein in ihrem Bettchen lag. Wir saßen dann daneben und sangen ihr was vor. Sie wollte unsere Stimmen hören, aber nicht in unseren Armen einschlafen. Ich sagte immer, sie schlägt nach dir, *amor*!« Er nickte und legte seine Hand auf Giòs Arm. »Giò ist genauso. Der kommt gar nicht auf die Idee, einen anderen Menschen zu berühren. Ich hingegen bin das komplette Gegenteil. Ich kann kaum mit jemandem reden, ohne ihn anzufassen. Das wurde mir erst so richtig bewusst, als ich meinen Salon aufgab. Als Friseur bist du ja ständig in Berührung mit anderen Menschen. Ich musste mich jahrelang zusammennehmen, um Wildfremden nicht einfach ins Haar zu fassen.«

Giò räusperte sich wieder. Es war ihm anzusehen, wie unwohl er sich fühlte. »Eigentlich wollte Sofia ja erzählen«, murmelte er.

»Was lösen denn die Sitzungen mit Skye in dir aus«, nahm Doktor Rose die Gesprächsführung wieder an sich. »Denk dran, auch negative Gefühle gehören zum Prozess.«

»Genau!« Santiago konnte offenbar nicht still sitzen. »Immer dieses positive Denken, das geht mir schon auf die Nerven. Ich bin Mexikaner, ich habe große Gefühle, auch negative. Wut, Angst, Trauer, gehört doch alles zum Leben, oder etwa nicht?«

»Nun lass Sofia mal zu Wort kommen«, murmelte Giò. Doch Sofia war ihrem Vater heimlich dankbar für die ständigen Unterbrechungen. Doktor Rose würde nicht ewig Zeit für sie haben, vielleicht konnten sie diese für alle Beteiligten qualvolle Übung bald abbrechen. Aber jetzt nickte die Ärztin ihr aufmunternd zu.

»Ja, okay, also … das mit der Selbstliebe, das ist nicht wirklich … also dieses Lernziel hab ich definitiv noch nicht erreicht. Ich mag nicht, wie sich mein Körper jetzt anfühlt. Ich kenne ihn nicht mehr. Das bin nicht ich.« Sie griff sich ins Bauchfleisch und kniff es zusammen. Dabei stellte sie fest, dass ihre Finger weniger zu fassen kriegten als vor einigen Wochen.

»Sofia!«, rief Skye. Sie streckte beide Hände aus, als wollte sie sie umarmen, doch im letzten Moment besann sie sich anders. »Das ist doch bereits ein erster Schritt!« Ihre Augen glänzten vor Aufregung. »Du spürst also, dass dir dieses Gewicht nicht entspricht. Und bevor Sie jetzt etwas sagen«, wandte sie sich an die Papas. »Das ist überhaupt keine Wertung. Das Einzige, was zählt, ist, dass Sofia in ihrem Körper zu Hause ist.«

»Bin ich aber nicht«, murmelte Sofia.

Doktor Rose nickte zufrieden. »Ich geh mit Ihnen einig, Skye. Das ist ein Durchbruch, eine wichtige Erkenntnis, auf der wir aufbauen können.« Dann wandte sie sich an die Papas. »Konnten wir Ihre Fragen beantworten, Ihre Bedenken zerstreuen?«

Bevor einer von beiden antworten konnte, hob Skye ihre Hand. »Moment, mir fällt grad was ein. Ich hab was, das ich Sofia gern geben möchte.« Sie hob ihre voluminöse und offensichtlich schwere Beuteltasche auf ihren Schoß. Sie war aus pinkfarbenem Wildleder und mit Filzstiftzeichnungen verziert. Skye fing Santiagos fragenden Blick auf. »Meine Kinder«, sagte sie. »Manchmal behaupte ich aber auch, es sei eine limitierte Auflage von

Louis Vuitton.« Sie lachte und spreizte die Hände, bevor sie sie sich wieder über die offene Tasche beugte. Sofia konnte zusehen, wie Santiagos anfängliches Misstrauen dahinschmolz. Er war verzaubert. So war Skye, ein flackerndes Licht, das jederzeit an- und auch wieder ausgehen konnte.

Skye legte ein Buch auf Doktor Roses Pult, dann ein Paar zusammengerollte Wollstulpen, ein Paket Nikotinkaugummis, einen einzelnen Kinder-Fußballschuh – »Da hast du dich also versteckt!« – und schließlich einen großen zartrosafarbenen Stein, der auf einer Seite glattgeschliffen, auf der anderen rau und zackig war. »Hier, gib mir deine Hand.«

Folgsam streckte Sofia die Hand aus. Skye legte den Stein auf ihre Handfläche. Er fühlte sich überraschend warm an.

»Vielleicht ist es einfacher für dich, unbelebte Gegenstände zu berühren als Menschen«, sagte Skye. »Wie fühlt sich die glatte Oberfläche in deiner Handfläche an, und wie die raue? Das Wasser, wenn wir im Meer untertauchen. Der Wind auf deiner nassen Haut. Die Erde unter deinen Fingernägeln, wenn du im Garten arbeitest ...«

Sofia schloss ihre Hand um den Stein. Die rauen Zacken gruben sich in ihre Handfläche. Später, als sie die Papas zum Wagen begleitete, fragte Santiago noch einmal nach.

»Bist du dir ganz sicher, dass du hierbleiben willst?«

Sofia nickte. »Ja, ganz sicher.«

Noch sicherer als vor ihrem Besuch. Denn während der ganzen Besprechung mit Skye hatten sich ihre Schulterblätter immer wieder zusammengezogen. Als wollte sie abheben.

War das ein Zeichen? Es musste ein Zeichen sein.

Carmel saß allein an einem Tisch. Sie hatte einen Ordner aufgeschlagen vor sich und schien tief in die Lektüre versunken. Obwohl sie sich ja während des Essens nur auf das Essen konzentrieren sollten, die Beschaffenheit der Speisen bewusst wahrnehmen, ihren Geschmack, ihre Konsistenz. Aber an den Wochenenden wurden die Regeln nicht so streng befolgt, die Essenszeiten nicht eingehalten, stattdessen standen den ganzen Tag über Sandwiches und Kekse auf dem Buffet zur Verfügung. Sofia häufte sich vier Walnusskekse auf ihren Teller und legte dann mehr alibimäßig ein halbes Käsebrötchen daneben.

Carmel schaute von ihrem Ordner auf, als Sofia sich zu ihr setzte. »Eine ausgewogene Mahlzeit«, kommentierte sie trocken. Demonstrativ biss Sofia als erstes einen halben Keks ab.

Carmel lächelte. »Ich vergess immer, wie jung du bist.« Auf ihrem eigenen Teller lagen zwei traurige Brotscheiben. Offenbar hatte sie nur die Füllung ihres Sandwiches gegessen.

Sofia kaute langsam, nicht, weil ihr das in der Klinik so beigebracht worden war, sondern weil sie nicht wusste, was sie zu Carmel sagen sollte. Sie hatte Emeralds Stimme noch im Ohr. ›Merkst du nicht, wie du die anderen triggerst mit deiner perfekten kleinen Familie? Weißt du nicht, wie gut du es hast?‹

»Ladies …« Zach trat an ihren Tisch. Carmel fing

Sofias Blick auf und verdrehte die Augen. Zach schien es nicht zu bemerken. Auf seinem Teller lagen nur ein Apfel und eine Banane. Trotzig biss Sofia in ihren zweiten Keks. Carmel beobachtete sie einen Moment, dann sprang sie plötzlich auf und zeigte mit dem Finger auf sie.

»Sofia, ich habs! Du bist zu dick!«

»Carmel!«, rief Zach. »Schhh!« Ertappt schaute Carmel sich um. Die Frauen der anderen Gesprächsgruppe hatten zwei Tische zusammengeschoben. Sie kümmerten sich nicht um die drei in der Ecke. Doch Carmel setzte sich folgsam wieder hin und senkte die Stimme.

»Was – darf ich nun nicht mal mehr ›dick‹ sagen?«, zischte sie. Dann beugte sie sich vor und schaute Sofia eindringlich an. »Aber im Ernst, Sofia. Du hast dich doch gewundert, warum du als Einzige von uns dreien deine Fähigkeit nicht ausüben konntest, seit wir hier sind. Warum du zwar wieder dieses Zucken im Rücken hast, aber sonst nichts passiert.«

Sofia nickte. Sie meinte zu wissen, worauf Carmel hinauswollte: »Weil ich Angst habe? Nicht vor dem Fliegen, aber vor dem, was ich mit ansehen könnte?«

Carmel schüttelte den Kopf. Sie grinste. »Nein, Kleines: weil du zu dick bist! Und mach nicht wieder so ein Gesicht, Zach! Sofia hat uns ja erklärt, dass sie mit Absicht an Gewicht zugelegt hat. Damit sie nicht mehr fliegen kann. Damit sie am Boden bleibt. Na, und das hat halt funktioniert, ganz einfach. Dein Plan ist aufgegangen, Sofia. Du bist zu dick zum Fliegen!«

Sofia legte den angebissenen Keks auf den Teller zurück. Sie ärgerte sich. Dass sie nicht selbst darauf gekommen war. So viel zu ihrer überdurchschnittlichen Intelligenz, zu ihrem analytisch arbeitenden Verstand!

»Ach, Mann«, murmelte sie. »Klar. Jetzt, wo du's sagst.«

Carmel schob den Ordner in die Mitte des Tisches. »Nun mach dich mal nicht fertig, Kleines. Wir haben doch gesagt, wir müssen zusammenarbeiten. Dann nimmst du eben wieder ab. Ich helf dir dabei. Das ist nun mal mein Gebiet.« Sie zeigte auf die aufgeschlagene Seite, die in einer Plastikfolie steckte. Es war eine bunte Ernährungspyramide mit Symbolen an der Seite, stilisierten Ähren, Fischen, einem Blumenkohl. »Ich hab das nämlich studiert. Ich bin nicht dumm, müsst ihr wissen!«

»Das hat ja auch niemand behauptet!« Zach klang beleidigt. Carmel wischte seinen Einwand weg. »Ich wollte eigentlich mal Ernährungsberaterin werden. Ich bin vielleicht keine Intelligenzbestie wie du, Sofia, aber ich hab die Schule abgeschlossen und die ersten zwei Jahre College hinter mich gebracht.«

»Ernährungsberaterin? Ausgerechnet.« Ertappt schob Sofia ihren Teller zur Seite. Wenn Carmel recht hatte, musste sie sich die Kekse wohl verkneifen.

Carmel nickte. »Da staunst du, was? Aber ich konnte ja direkt in meiner Familie beobachten, was die amerikanische Fertignahrung anrichtete. Nach ein paar Jahren hier waren alle übergewichtig, hatten Diabetes, hohen Blutdruck, Nierenversagen, *check check check,* alle Zivilisationskrankheiten, die dir einfallen. Ich, voller Idealismus, wollte etwas tun, ich wollte dem etwas entgegensetzen. Aber wir Einwanderer, wir lebten in einer Lebensmittelwüste. Der Supermarkt in unserem Quartier führte kaum frisches

Gemüse, und biologisch angebaut, vergiss es gleich. Der Witz ist, da wo meine Familie herkommt, ernähren sich die Armen von Reis und Bohnen, Zwiebeln, Tomaten, Pfefferschoten, vielleicht mal ein bisschen Huhn. Das ist hundertmal gesünder als das Essen hier. Aber eben nicht amerikanisch. Nicht Teil des Einwanderertraums.« Sie machte eine Bewegung mit der Hand, als wolle sie eine Fensterscheibe reinigen. »Egal, genug davon.«

»Nein, nicht genug«, widersprach Sofia. »Was ist passiert, warum hast du deinen Traum nicht verwirklicht?«

»Was passiert ist?« Carmel zog ihre Brauen hoch, bis sie unter ihren Stirnfransen verschwanden. »Na, was wohl. Angel ist passiert. Die Liebe ist passiert. Ist doch immer dieselbe Geschichte. Ernsthafte, zielgerichtete junge Frauen zerfließen in der Hitze der ersten Liebe, schmelzen dahin wie die Eisberge im Klimawandel, verlieren den Verstand ... Warte nur, das wirst du auch noch erleben.«

Sofia zuckte mit den Schultern.

»Okay, du vielleicht nicht«, gab Carmel zu. »Aber bei mir war es so. Das volle Klischee, wie aus dem Lehrfilm. Angel war der Schrecken der Nachbarschaft. Ihr könnt euch nicht vorstellen, wie anziehend ein Mann ist, der keine Angst hat. Der sich einen Dreck um die Meinung anderer schert. Außerdem sah er verdammt gut aus, schwarze Haare, schmale Hüften, ein bisschen wie Ricky Martin, als der noch jung war ...«

»Ricky Martin ist schwul«, gab Zach zu bedenken, und Carmel verstummte. Sofia schnaubte durch die Nase, wie sie es als Kind getan hatte, wenn die Papas nicht gleich verstanden, was sie gerade wollte.

»Zach, echt«, schnaubte sie. »Was soll das denn jetzt?« Sie legte die Hand auf die aufgeschlagene Seite, auf die Pyramide mit den Fischen und den Früchten. Ganz oben neben der Spitze war ein Schokoladenriegel abgebildet. Sie blätterte die Seite um und sah einen Blumenkohl, der ebenfalls mit bunten Nahrungsmittelsymbolen verziert war. Als Sofia genauer hinschaute, sah sie, dass es kein Blumenkohl war, sondern ein menschliches Hirn. Sie klappte den Ordner zu.

»Und jetzt willst du das Studium wieder aufnehmen?«, fragte sie.

Carmel zuckte mit den Schultern und zog den Ordner wieder zu sich heran.

»Studium, na, ich weiß nicht. Aber es interessiert mich halt. Ich meine, schaut euch doch mal dieses jämmerliche Wochenendbuffet an! Es gibt so viele Studien über verschiedene Nährstoffe und wie sie sich auf das psychische Wohlbefinden auswirken, aber da hinkt die Klinik zwanzig Jahre hinter der Zeit her.«

»Carmel, weißt du was, du hast recht«, sagte Zach in einem Ton, als würde ihn das überraschen.

»Natürlich hab ich recht, das musst du mir nicht sagen«, gab Carmel zurück.

Manchmal dachte Sofia, die beiden genossen ihre Wortgefechte heimlich. Doch Sofia unterbrach sie. Sie wollte etwas anderes wissen: »Ja, aber was war denn jetzt mit Angel?«, fragte sie.

»Ach, das Übliche halt.«

»Ich weiß nicht, was das Übliche ist.« Dass sie das zugeben konnte, war ein Fortschritt. Dass sie nicht so tun musste, als sei sie total abgeklärt. »Allen tun die Füße weh«, sagte Ken immer, und je länger Sofia hier war, desto besser verstand sie, was er damit meinte.

»Ach, Mädchen«, seufzte Carmel. »Ich hab schon so lang nicht mehr über Angel nachgedacht.« Sie wedelte mit der Hand vor ihrem Gesicht, als müsse sie sich kühlende Luft zufächern. »Ich war ihm total verfallen. Wenn er mich nur anschaute …!«

Zach presste die Lippen zusammen und schaute zu Boden. »Meine Frau hat mich nie so angeschaut. Nicht mal ganz am Anfang. Und am Ende war sie einfach müde. Ich hatte sie verbraucht, kaputtgemacht.«

»Kaputtgemacht?« Carmel schnaubte. »Wohl kaum. Oder hast du sie etwa grün und blau geschlagen, die Treppe runtergeworfen, als sie schwanger war oder ihr eine Flasche über dem Kopf zerschlagen, sodass sie nach billigem Fusel stinkend in der Notaufnahme zusammengenäht werden musste, wo alle sie anschauten, als sei sie der letzte Dreck?«

»Nein, natürlich nicht, wie kommst du bloß … Ach, verdammt, Carmel. Nein.«

»Doch«, sagte Carmel. »Tja – Angel war kein Engel. Was außer mir niemanden überraschte. Und das war die lange Antwort auf deine kurze Frage, Sofia. Was ist passiert? Warum habe ich das Studium abgebrochen, warum ist nichts aus mir geworden, warum kann ich nur Scheißjobs kriegen? Weil ich mit zweiundzwanzig wieder zu Hause lebte, bei meinen Eltern, schwanger, gedemütigt und außerdem mit chronischen Kopfschmerzen wegen einer nicht behandelten Gehirnerschütterung. Das trug zu meiner miesen Laune bei, aber das wusste ich damals nicht. Später, als ich Geld hatte, hab ich mich mal richtig durchchecken lassen, und da stellte sich heraus, dass ich eine traumatische Hirnverletzung habe. Nur eine leichte, aber sie hat mich trotzdem beeinträchtigt. Ich dachte immer, das Armsein hat mich dumm gemacht. Dabei war es das.«

»Du bist nicht dumm«, sagte Sofia. »Das haben wir doch schon geklärt!«

»Schon gut«, winkte Carmel ab. »Immerhin, der Vater von Herman und Najeela, der war anders. Oscar ist ein guter Mann, hat mich immer anständig behandelt. Er wollte mich sogar heiraten, hat dann aber auch nicht funktioniert. Wenigstens hat er mich nie geschlagen.«

»Keine besonders hohe Latte«, murmelte Zach. Sofia verdrehte die Augen. Manchmal war es echt anstrengend, Freunde zu haben. Zu einem geheimen Club zu gehören. Sie hatte sich diese Leute schließlich nicht ausgesucht. Sie waren eher eine Familie als Freunde, dachte sie. Die Familie suchte man sich auch nicht aus.

Carmel schwieg eine Weile. »Ich weiß schon, dass ich allen auf die Nerven geh mit meinem Gejammer«, sagte sie schließlich.

Sofia wollte automatisch abwehren, aber es war schon so. Und wenigstens in ihrem Geheimclub sollten sie die Wahrheit sagen. Zach schien diese Meinung zu teilen, oder vielleicht fehlte ihm einfach das nötige Taktgefühl, um etwas anderes zu sagen als: »Tja.«

Carmel lächelte schief. »Schon gut, ich geh mir ja selbst auf die Nerven. Ich müsste doch dankbar sein. Schließlich habe ich das bekommen, was sich alle wünschen. Warum bin ich denn nicht glücklich?«

Darauf wusste niemand eine Antwort. Carmel seufzte.

»Tatsache ist, ich hatte schon mal solches Glück, nicht gerade ein Lottogewinn, aber auch so was aus heiterem Himmel. Komisch, dass ich ausgerechnet jetzt daran denke. Hat wohl mit dem hier zu tun.« Sie legte die Hand auf ihren Ordner mit Ernährungstheorien. »Das war vor zehn Jahren oder so. Das Internet gabs allerdings schon, soziale Medien, Youtube-Filme. Wenn du vor zehn Jahren in der Bay Area gelebt hast, dann erinnerst du dich: *Ein Fremder zahlte ihren Wocheneinkauf!*«

»Ist ja irre! Das warst du?« Hektisch klopfte Zach seine Taschen ab und ließ dann mit einem Seufzer die Hand wieder sinken. »Seht ihr, das meine ich. Wenn ich jetzt mein Smartphone hätte, könnten wir uns den Clip zusammen anschauen, statt endlos drum herumzudiskutieren! Wir könnten so viel Zeit sparen, so viel unnötige —«

»Zwischenmenschliche Interaktion?«, fragte Sofia. »Carmel, ich hab keine Ahnung, wovon du sprichst. Vor zehn Jahren war ich neun, meine Eltern haben mich kaum mal *Bambi* sehen lassen, aus Angst, der Tod der Mutter würde mich traumatisieren.« Der Tod der Mutter. Warum zum Teufel war ihr ausgerechnet das herausgerutscht? Doktor Rose hätte bestimmt eine Theorie dazu. Carmel dachte sich offenbar auch das Ihre, deshalb fuhr Sofia schnell fort: »Erzähl, was ist passiert?«

»Also. Ich hatte einen schlechten Tag. Aber damals war jeder Tag schlecht. Ihr beide, ihr seid verwöhnt, ihr wisst nicht, was es heißt, arm zu sein. Und du, Zach, du verkündest bei jeder Gelegenheit, jeder Mensch könne Erfolg haben und reich werden, es brauche nur das richtige Mindset und vielleicht ein paar Kurse bei dir, wie man richtig manifestiert und seinen inneren Kompass auf Erfolg umstellt oder so. Bullshit. Wenn du arm bist, wirklich arm, hast du keine Chance. Du strampelst und strampelst und bewegst dich keinen Millimeter vom Fleck. Du bist dauernd müde, du schläfst im Stehen ein, alles tut dir weh, und wenn du aufwachst, denkst du nur, Scheiße, wieder ein Tag. Du hast keine Energie, um etwas zu verändern.«

Sie schwieg einen Moment. Zach sah aus, als wolle er sich verteidigen, ließ es dann aber bleiben. Zögernd fuhr Carmel fort. »So genau wollt ihr das gar nicht wissen, ist mir schon klar. Aber um das Video zu verstehen, müsst ihr schon eine Ahnung haben, wie mein Alltag damals aussah. Es war Sonntag, da ging ich einkaufen, immer dasselbe, Weißbrot, Mac'n'Cheese aus der Packung, Frühstücksflocken, Milch, manchmal Saft aus Konzentrat, das war noch das Beste. Gesund essen kannst du vergessen, wenn du Essensmarken beziehst, das wusste ich ja schon. Und meist reicht es dann doch nicht für eine ganze Woche. Also, das war meine Situation, das war meine Stimmung, als ich in der Schlange vor der Supermarktkasse stand und im Kopf die Beträge zusammenrechnete, mir schon überlegte, welche Artikel ich zurücklegen würde, wenn es wieder nicht reichte. Vor mir war dieser Typ, der zwei supervolle Einkaufswagen hatte, vollgestopft mit Gemüse in allen Farben, Biomilch in Pfandflaschen, aber auch mit einem ganzen Apfelkuchen und zwei Brathühnern. Ich schau so in seinen Wagen und denke, du Arschloch, du hast es leicht, ich würd ja auch gern so für meine Kinder kochen, ich wünschte mir, ich könnte ihnen was Anständiges vorsetzen, etwas Gesundes, etwas mit Nährwerten.

Also, ich wartete, bis der Hipster bezahlt hatte, er unterhielt sich scheinbar endlos mit der Kassiererin, und ich trat von einem Fuß auf den anderen, weil ich kaum mehr stehen konnte. Alles tat mir weh, die Beine, die Hüften, der Kopf sowieso. Endlich schob er seine beiden vollgepackten Einkaufswagen weiter, und die Kassiererin strahlte mich an und sagte: »Der junge Mann hat alles bezahlt, das gehört alles Ihnen!« Ich verstand nur Bahnhof. Hatte der Typ meine Einkäufe bezahlt? Wie das? Sie waren doch noch gar nicht eingescannt worden. Nein, er hatte die beiden Wagen mit Gesundfutter für mich gekauft, gar nicht für sich selbst. Und jetzt trat er zu mir und legte mir den Arm um die Schulter. Er hob sein Telefon hoch über unsere Köpfe und hielt einen Vortrag über gesunde Ernährung und dass man keine Chance habe, sich auch nur annähernd gesund zu ernähren, wenn man in einer Nahrungsmittelwüste lebt, was auch nur ein moderner Ausdruck für Ghetto sei. Und das war ja exakt das, was ich auch mal vertreten hatte. Das konnte der Hipster nicht wissen, aber er brachte alles wieder hoch. Wie ich mir mein Leben mal vorgestellt hatte und wie es stattdessen verlaufen war. Wo ich hinwollte und wo ich gelandet war. Ich brach in Tränen aus, die Umstehenden hatten alle schon ihre Handys gezückt, und das wars. Alle dachten, es seien Tränen der Überwältigung, der Freude, der Dankbarkeit. Nein: Es waren Tränen der Demütigung. Und das ging um die Welt.« Carmel blies ein paarmal hintereinander die Backen auf und pustete die Luft wieder aus, ein Trick, um nicht zu weinen, den kannte Sofia. »Das Schlimmste war, dass ganz viele das Video gesehen hatten. Es wurde ja sogar in der einen oder anderen

Late Night Show gezeigt. Und plötzlich waren alle neidisch. Bekannte, die mir früher gern ausgeholfen hatten, wie Najeelas Tagesmutter oder meine Nachbarin oder die Kolleginnen im Altersheim, die dachten plötzlich, ich hätte es ja wohl nicht mehr nötig, ich sei ja bevorzugt, ich hätte es ja geschafft. Dabei war mein Leben so beschissen, wie es immer schon gewesen war. Außer, dass ich jetzt auch noch irgendwie berühmt war. Na, danke!«

»Das berührt mich jetzt total«, sagte Zach. »Kennt ihr den Song ... ich weiß nicht mehr, wer ihn gesungen hat.« Leise begann er zu singen. *»Fame don't ease the pain, it just pays the bills and you end up on alcohol and pills ...«* Dann verstummte er, zeigte mit dem Daumen auf seine Brust und nickte bedeutungsvoll. »Das bin ich. Total. Genau so hab ich das auch erlebt. Ich dachte immer, wenn ich berühmt bin, werde ich automatisch geliebt, ich dachte, das sei dasselbe.«

Ach, Zach, dachte Sofia. Musst du immer reinreden? Musst du alles auf dich beziehen? Einen Moment lang hatte sie vergessen, dass er Gedanken lesen konnte. Als er betreten den Kopf senkte und leise »sorry« murmelte, tat es ihr leid.

»Um auf deinen Vorschlag zurückzukommen, Carmel«, sagte sie schnell. Carmel schaute sie mit gerunzelter Stirn an. »Ich meine, dass ich abnehmen soll. Das ist definitiv einen Versuch wert. Ich hab ja genau Buch geführt über meine Gewichtszunahme und über meine nächtlichen Flüge. Ich müsste also zurückverfolgen, wo das kritische Gewicht liegt. Nur ...«

»Deine Notizen befinden sich in deinem Computer, zu Hause«, vermutete Zach richtig.

»Und Waagen gibts hier ja auch keine«, sagte Carmel. »Mist.«

Sofia fuhr mit den Handflächen über ihren Bauch und ihre Oberschenkel. »Ich hab aber definitiv schon Gewicht verloren, seit ich hier bin.« Sie stand auf und prüfte den Gummizug ihrer Hose. »Seht ihr? Und wenn ich nicht mehr versuche, zu schummeln …« Demonstrativ schob sie den Teller mit den letzten beiden Keksen und dem halben Käsebrot zu Zach hinüber, der sofort nach dem Brot griff. Sofia seufzte tief.

»Was ist?«, fragte Carmel.

»Hast du es dir anders überlegt?« Zach hielt ihr das Käsebrot wieder hin. »Ich hab noch nicht abgebissen.«

»Nein. Das ist es nicht. Es ist nur …« Sofia schaute Carmel an. Zach würde sie auch so verstehen. »Ich hab trotzdem immer noch Angst«, murmelte sie. »Ich weiß nicht, ob ich das aushalte. Wenn wieder was Schlimmes passiert.«

Carmel legte ihre Hand auf Sofias Arm. Sofia ließ es geschehen. Die Hand wärmte sie durch den Pullover hindurch. »Das ist doch jetzt nicht mehr dasselbe.«

»Wie kannst du das wissen?«

Zach legte seine Hand in die Mitte des Tisches, ohne jemanden zu berühren.

»Du bist nicht mehr allein. Wir sind nicht mehr allein.«

DIE MISSION

Sie war wie immer die Letzte, die ins Wasser ging. Inzwischen wusste ihr Körper schon, was kommen würde, er ahnte den Schock des eiskalten Wassers, die schiere Gewalt der Wellen voraus und spannte sich in einer Mischung aus Angst und Vorfreude an. Gewissenhaft konzentrierte Sofia sich auf die spitzen Steine unter ihren Füßen, den salzigen Geruch in der Luft, den Wind, der an ihrem Unterhemd zerrte. Sie war schon so weit, dass sie in Hemd und Unterhose ins Wasser ging, nicht mehr ihren ganzen Körper mit Kleidung bedeckte, die dann nach dem Bad zentnerschwer und tropfend an ihr hing. Skye sagte, das sei ein Fortschritt. Sofia musste zugeben, dass ihr das bewusste Wahrnehmen, das Skye mit ihr trainierte, Spaß machte. Es war ein Experiment, das sie mit einem gewissen Ehrgeiz betrieb. Sie führte Buch darüber und stellte fest, dass ihre Haut weniger aufnahmefähig war als ihre Ohren, ihre Nase, ihre Augen. Interessant, dachte sie. Und interessant auch, dass diese Erkenntnis keine weiteren Emotionen in ihr auslöste.

Sie drehte sich um und schaute zum Ufer. Die ersten hatten sich schon auf den Weg zurück gemacht, stiegen mit gesenkten Köpfen den steilen Hang hinauf. Als sie sich wieder dem Meer zuwandte, war die nächste Welle näher als erwartet. Sie brach, bevor sie bereit war. Gischt überspülte sie, der Boden wurde ihr unter den Füßen weggerissen. Sie tauchte unter. Und fühlte plötzlich etwas neben sich, etwas Dunkles, Kompaktes. Sie schoss hoch und schnappte nach Luft. Neben ihr tauchte ein gedrungener schwarzer Körper aus dem Wasser. Ein Seehund. Sie hatte noch nie einen aus der Nähe gesehen. Und wenn sie meinte, eine Gruppe im Wasser schwimmen zu sehen, stellten sie sich bei genauerem Hinsehen meist als die runden, kopfgroßen Enden der dicken Algen heraus, von denen es hier so viele gab. Sie wirkten seltsam lebendig. Lagen sie am Strand, hielt Sofia sie manchmal von Weitem für Schlangen. Doch das hier war keine Schlange. Keine Alge. Es war ein Seehund. Er schwamm ganz nah zu ihr hin, legte sich auf den Rücken, wartete die nächste Welle ab, drehte sich blitzschnell um, ließ sich wieder hochheben und Richtung Ufer tragen. Er surfte auf den Wellen, spielte mit ihnen, und er schien Sofia zum Mitspielen aufzufordern. Sie lachte überrascht auf. Und im nächsten Moment war sie in der Luft. Erst war sie sich nicht sicher, ob sie wirklich flog oder ob eine Welle sie hochgehoben hatte. Doch dann stieg sie aus dem Wasser und breitete die Arme aus. Ihr Körper wusste sofort, was er zu tun hatte. Die Muskeln zwischen ihren Schulterblättern zogen sich zusammen, ihre Beine streckten sich. Einen Moment lang empfand sie wieder das irrsinnige Glücksgefühl ihres allerersten Fluges, dieser ersten Minuten, bevor sie all das Schreckliche mitansehen musste. Sie schaute nach unten und sah den Seehund, der versuchte, sie einzuholen. Wieder und wieder ließ er sich vom Schub einer Welle hochheben, doch jedes Mal fiel er ins Wasser zurück. Sie konnte ihm seine Frustration ansehen: Er wollte fliegen. Wie sie. Sofia musste lachen. Sie hob die Arme über den Kopf und zog sie kräftig zurück, als würde sie schwimmen. Schon schwebte sie über dem Ufer. Unterdessen hatte sich auch der Rest der Gruppe abgewandt, sich nass und schlotternd auf den Rückweg gemacht. Nicht einmal Zach hatte auf sie gewartet. Das machte Sofia nichts aus. Nichts berührte sie, sie war in der Luft, sie flog, sie wusste wieder, wie sie gemeint war. Nur Skye stand noch da, neben der gestreiften Badetasche, die noch genau ein vorgewärmtes Tuch enthielt, für Sofia. Auch sie hatte sich vom Ufer abgewandt und ihr Handy aus der Tasche gezogen. Eigentlich war es der Therapeutin nicht erlaubt, elektronische Geräte zu nutzen, wenn sie mit den Gästen zusammen war. Doch Skye hielt sich nie so streng an die Regeln. Sie rauchte in der Besenkammer, und manchmal verließ sie am Ende der Yogastunde, wenn alle auf dem Rücken lagen und sich entspannten, kurz den Raum. Carmel, die sich auch nicht an die Regeln hielt und während der Massage die Augen öffnete, hatte gesehen, wie sie immer wieder ihr Handy aus der Kitteltasche holte und ihre Nachrichten checkte. So wie sie es auch jetzt tat. Sofia zog eine sanfte Kurve, näher an Skye heran und sank dann etwas tiefer, sodass sie ihr über die Schulter sehen konnte. Es war das erste Mal, dass sie ihren Flug bewusst steuern konnte. Sie unterdrückte ein Juchzen, um Skye nicht zu erschrecken. Ihr Rücken war gekrümmt und verspannt, sie hielt das Telefon in einer Hand und kaute an den Fingernägeln der anderen. Sofia sank tiefer, bis sie die Nachrichten lesen konnte. Es war eine ganze Reihe, keine davon beantwortet:

Ist das dein Ernst? Echt jetzt??
Das kannst du nicht machen!

Komm schon. Alles, nicht das.
Was willst du denn noch?
Weißt du, was du mir antust?
Ich flehe dich an!

Skye zog heftig den Atem ein. Als würde sie gleich in Tränen ausbrechen. Sofia machte einen sanften Schlenker und landete etwa zwei Meter hinter Skye. Es war das erste Mal, dass Sofia die Landung bewusst erlebte. Sonst hatte es immer eine Art Bruch gegeben, einen Filmriss nach dem Schock, eine Gewalttat mitansehen zu müssen. Dann war sie wieder zu Hause gewesen, in ihrem Zimmer, oft in ihrem Bett. Ohne die geringste Ahnung, wie sie dahin gekommen war. Und, für einen glückseligen Moment lang, ohne Erinnerung an das Schreckliche. Bis es sie wieder einholte.

Danach hatte sie jedes Mal wie besessen das Internet durchforscht, die Nachrichtenseiten nach einer Bestätigung abgesucht, dass sie nicht nur schlecht geträumt hatte. Nicht alle Verbrechen waren von allgemeinem Interesse. Häusliche Gewalt zum Beispiel machte selten Schlagzeilen. Schon gar nicht, wenn die betroffenen Familien nicht wohlhabend waren, nicht weiß, nicht fotogen. Sofia wusste nicht, was schlimmer war, was sie mehr belastete. Zu wissen, dass ein Verbrechen geschehen war, das sie nicht hatte verhindern können, obwohl sie da gewesen war, ganz in der Nähe. Oder sich zu fragen, ob es wirklich geschehen war. Oder was überhaupt geschehen war.

Wenn sie sich nur erinnern könnte, dachte sie manchmal. Wenn sie die Minuten nicht verloren hätte, die zwischen dem Schrecklichen und ihrem Aufwachen zu

Hause in ihrem Bett lagen. Ihre Superkraft war so viel unberechenbarer und belastender als die der anderen. Es war nicht fair.

Doch jetzt landete sie sanft auf den Kieselsteinen hinter Skye. Es fühlte sich ein wenig so an, wie wenn sie als Kind von der Schaukel gesprungen war. Die Steine knirschten unter ihren Strandschuhen, und Skye drehte sich nach ihr um.

»Bist du schon wieder da!«, rief sie gekünstelt. Von »schon« konnte keine Rede sein, dachte Sofia, doch sie grinste und streckte die Arme aus. »Ich bin ganz durchgefroren«, rief sie, und das war nicht gelogen. Der kurze Flug hatte sie noch mehr abgekühlt.

»Ach herrje!« Ertappt steckte Skye ihr Handy weg und bückte sich nach der Tasche. Sie zog das letzte, immer noch warme Tuch heraus, legte es um Sofias Schultern und strich ihr ein paarmal kräftig über die Arme. Sofia ließ es geschehen, doch dann trat sie einen Schritt zurück.

»Die anderen sind schon mal losgezogen«, sagte Skye entschuldigend. »Ich konnte sie nicht zurückhalten. Ist aber auch wirklich kalt heute. Dass du es so lange ausgehalten hast!«

»Ich hab einen Seehund gesehen«, sagte Sofia. »Keinen Meter von mir entfernt! Er surfte auf den Wellen, er wollte mit mir spielen.«

»Pass bloß auf, Seehunde können ganz schön aggressiv sein«, warnte Skye. »Sie verteidigen ihr Gebiet und beißen auch mal zu.« Sofia erinnerte sich an einen Fall in San Francisco. Ein Schwimmer war im Aquatic Park von einem Seehund angegriffen worden. Der Biss war tief gewesen und hatte sich entzündet. Der Schwimmer hatte vom Krankenhausbett aus Interviews gegeben und das Tier verteidigt. Er sei in sein Revier eingedrungen.

Skye wandte sich ab und ging vor Sofia den steilen Weg zur Klinik hinauf. Der Pfad war vor langer Zeit mit Holzbalken abgestützt und mit Stufen versehen worden. Doch das Holz war morsch, und die Seile, die rechts und links davon gespannt waren, hingen durch. Es war ein beschwerlicher Aufstieg, und Sofia schaute auf ihre Füße hinunter, die in durchsichtigen Gummisandalen steckten. Ihre nassen Zehen rutschten auf der Sohle nach vorne. In den ersten Tagen hier hatte sie die Sandalen nicht einmal schließen können. Jetzt saß die Schnalle im letzten Loch, und sie fühlten sich trotzdem zu weit an.

Sie hatte abgenommen.

Sie hatte ihr Fluggewicht erreicht.

Sofia zog das Tuch enger um sich. Sie wünschte, sie könnte sich wiegen, ihr Gewicht notieren, sie sehnte sich nach Zahlen und Fakten. Stattdessen hatte sie eine Reihe kryptischer Nachrichten, die keine Informationen enthielten und auch nicht wirklich bedrohlich klangen. Was sie gesehen hatte, war nicht mit dem Grauen zu vergleichen, das ihr bei früheren Flügen vorgeführt worden war. Doch es musste um diese Nachrichten gehen. Warum sonst hätte sie sich genau in diesem Moment aus dem Wasser erhoben. Was immer die Aufgabe ihres Geheimclubs war, sie musste etwas mit Skye zu tun haben, mit diesen Nachrichten.

Sie hatten bereits die Hälfte des Weges zurückgelegt. Sofia sah schon die Zwiebeltürme der Klinik aus dem Nebel auftauchen. Das konnte es doch nicht gewesen sein, dachte Sofia. Sie nahm zwei Stufen auf einmal, um Skye einzuholen. Jetzt geriet sie auch nicht mehr so schnell außer Atem.

»Skye, kann ich einen Moment mit dir reden?« Sie wusste, dass die Körpertherapeutin sofort darauf einsteigen würde. Sie drängte immer darauf, dass Sofia ihre Gefühle verbalisierte.

»Was ist, Liebes?«

Sofia öffnete den Mund, aber ihr fiel nichts ein. Wo war ihr Verstand, wenn sie ihn brauchte? Sie konnte Skye nicht gut direkt nach den Nachrichten fragen.

»Es ist okay, Sofia. Lass dir Zeit.«

»Ich wollte … ich dachte nur …« Sie wünschte, sie könnte lügen. »Skye, ist alles in Ordnung mit dir?«

»Mit mir?« Skye legte ihre Hand auf die Brust. »Ach, Sofia, wie lieb von dir. Du bist die Erste, die mich das fragt.« Skye kauerte sich auf eine Stufe. Sie klopfte mit der Hand auf das morsche Holz, und Sofia setzte sich neben sie. Sie saßen so nah nebeneinander, dass sich ihre Schultern und ihre Hüften berührten. Doch ausnahmsweise war Sofia dankbar für die Wärme, die von Skyes flauschigem Fleece-Trainingsanzug ausging. Jetzt wühlte Skye in der Badetasche und zog eine Schachtel Zigaretten heraus. »Machts dir was aus?« Sofia wollte nicken. Sie hasste den Geruch von Zigarettenrauch. Doch sie wollte ja mit Skye reden. Also schüttelte sie den Kopf und wartete. Sie wandte nicht einmal das Gesicht ab, als ihr der Rauch in die Nase stieg. Vielleicht würde doch noch eine Superheldin aus ihr.

»Du weißt nicht, was mir das bedeutet, dass du nachgefragt hast.« Skye sog den Rauch tief ein und blies ihn geräuschvoll wieder aus. »Ich glaub tatsächlich, ich hab bald so was wie ein Betreuerinnen-Burn-out, das gibts nämlich. Und natürlich dürfte ich dir das gar nicht erzählen, du bist schließlich meine Patientin, ich meine Klientin, ich meine Gast … Gästin? Aber weißt du was, scheiß auf die Rollen! Wir sind ja auch einfach zwei junge Frauen, die es gerade nicht so leicht haben …« Skye war vermutlich etwa doppelt so alt wie Sofia, aber es war nicht der Moment, sie darauf hinzuweisen. Sofia schwieg. Sie hatte genug Therapieerfahrung, um zu wissen, dass sie gar nichts sagen musste. Skye würde weiterreden, weil sie reden wollte, das war offensichtlich.

»Ich dachte wirklich, ich sei über ihn hinweg, aber so einfach ist das nicht. Warst du schon mal verliebt, Sofia?« Sie wartete die Antwort gar nicht ab. »Die erste Liebe vergisst man nicht. Und Arno war meine erste Liebe, meine dritte, und meine fünfte … Immer wieder zieht es mich zu ihm, obwohl ich doch weiß, dass er mir nicht guttut! Diesmal dachte ich wirklich, ich sei über ihn weg. Ich hab ja kaum mehr an ihn gedacht, ehrlich wahr!«

Sie klang wie ein Kind, dachte Sofia.

»Und dann stand er da, auf dem Parkplatz, an mein Auto gelehnt, als wäre die Zeit stehengeblieben. Er hat sich auch äußerlich kaum verändert, wobei, ich selbst hab mich ja auch nicht schlecht gehalten, ich tu schließlich auch genug dafür …« Wie ertappt zog sie noch einmal an ihrer Zigarette, drückte sie dann an der Seite der Treppenstufe aus und steckte den Stummel in die Packung zurück. »Wie lange haben wir uns nicht gesehen, mindestens fünf Jahre. Lass mich nachrechnen, Rain ist jetzt neun und Cloud sechs …« Sofia hatte keine Ahnung, was

Skye ihr da erzählte. Aber sie versuchte, sich jedes Wort zu merken. Damit sie den anderen so genau wie möglich berichten konnte. Carmel würde es schon verstehen.

»Er ist meine Hummerliebe, du weißt schon, die eine Liebe, von der du nicht loskommst. Wir können nicht voneinander lassen, aber zusammen sein können wir auch nicht.« Skye hielt die Zigarettenpackung in der Hand und drehte sie hin und her. Dann grinste sie Sofia plötzlich von der Seite an. »Aber du hättest uns damals sehen sollen! Vor zwanzig Jahren, nein, zweiundzwanzig, frisch verliebt und auf dem Weg nach Indien. Wir sahen so gut aus, wir waren richtig fit! Eigentlich wollten wir beide die Yogalehrerausbildung machen und zusammen was aufziehen. Aber Arno veränderte sich in Indien, in dem Ashram, in dem wir lebten. Er wurde immer spiritueller, immer ernsthafter, während ich … Na ja, ich wollte vor allem Spaß haben, Partys, Drogen, am Strand rumliegen. Tja, und dann wurde ich schwanger, und plötzlich vermisste ich all das.« Sie zeigte auf den endlosen Ozean, den Himmel dahinter. »Ich bin ja hier aufgewachsen. Meine Eltern hatten eine Hanfplantage, bei Mendocino oben. Sie waren Hippies, aber eben auch Geschäftsleute. Ich war einen gewissen Luxus gewohnt, na, nicht Luxus, aber sagen wir Komfort. Und plötzlich brauchte ich das wieder. Plötzlich war mir der Ashram zu eng, zu schäbig, zu streng. Arno war so enttäuscht! Er hat mich richtig fertiggemacht, ich sei oberflächlich und verblendet und meine Seele so tief wie eine Pfütze. Und das wars. Dachte ich.«

Sofia blinzelte. Sie war schon bei Hummerliebe nicht mitgekommen. »Aber du konntest ihn nicht vergessen«, vermutete sie.

»Wie auch? Unser Sohn hat seine Augen. Solche Augen hast du noch nie gesehen. Blauer als der Ozean. Ja, und dann kam Arno nach Amerika zurück, um die Botschaft seines Gurus hier zu verbreiten, und ich …« Skye öffnete und schloss die Zigarettenpackung. Es war nur eine Frage der Zeit, bis sie sich die nächste anzündete. Sofia schauderte unwillkürlich, und Skye legte einen Arm um sie. »Du bist ja ganz durchgefroren!«, rief sie. »Komm, wir gehen schnell in die Klinik zurück, und ich mach dir einen Ingwertee mit Honig. Fehlt gerade noch, dass du dich erkältest!«

»Aber …« Sofia zitterte. Skye hatte recht, sie mussten zurück ins Haus, ins Warme. Doch sie hatte das unbestimmte Gefühl, versagt zu haben. Sie hatte nichts Wichtiges erfahren. Eine schöne Superheldin war sie.

Die Bänke oben auf der Klippe waren ihre geworden. Die anderen respektierten ihr Gewohnheitsrecht fast automatisch, und selbst die Wandergruppen unter Skyes Führung machten einen Bogen um sie. Nur Skye winkte ihnen manchmal zu oder rief einen Gruß hinüber, so wie jetzt.

»Erkältet euch nicht!«, rief sie. Sie hatte rot gestreifte Fäustlinge an einer Schnur um den Hals gelegt wie ein Kind. Jetzt nahm sie sie in die Hand und winkte mit ihnen, wie mit schlappen, gestreiften Zweithänden. Zach winkte zurück. Sofia wandte sich ab.

»Eifersüchtig?«, murmelte Carmel, und Sofia musste lachen. Dass Zach eine Schwäche für Skye hatte, war in den letzten Tagen immer offensichtlicher geworden. Er erwähnte sie bei jeder Gelegenheit. Es schien ihn glücklich zu machen, ihren Namen auszusprechen. Den Gefallen konnte Sofia ihm tun. Sie schlug ihr Notizbuch auf.

»Wenn wir schon über Skye reden, ich hab da auch was. Also, eigentlich zwei Dinge. Erstens: Während der Familientherapie mit Skye haben meine Schultern die ganze Zeit gezuckt. Als wollte ich fliegen. Zweitens: Gestern während des Tauchgangs bin ich zum ersten Mal wieder geflogen.«

»Du bist geflogen? Das ist ja großartig!« Carmel vergaß einen Moment lang Sofias Abneigung gegen Berührungen und umarmte sie so heftig, als wolle sie sie von der Bank hochheben. »Das ist ein Meilenstein, Mädchen!«

Verlegen wand sich Sofia aus der Umarmung. »Na ja, nicht weit, nur aus dem Wasser und zum Ufer hoch. Ihr wart alle schon weg, und Skye hatte sich umgedreht, um ihre Nachrichten zu lesen, sie hatte wieder ihr Handy dabei.«

»Wenn wir zum Meer runtergehen, muss sie es dabeihaben«, verteidigte Zach die Körpertherapeutin. »Es könnte ja was passieren, da müsste sie sofort Hilfe rufen.«

»Schon gut, Romeo! Niemand kritisiert deine Angebetete.«

»Angebetete, also wirklich, Carmel!«

»*Anyway*«, unterbrach Sofia das Geplänkel. »Ich schwebte über ihrer Schulter und las mit.«

»Und?«

»Das ist es ja – nichts Besonderes. Es war eine Reihe von Nachrichten, ohne Antwort. Sie klangen nicht mal unbedingt bedrohlich …«

»Kannst du dich an den genauen Wortlaut erinnern?

An Emojis oder Großbuchstaben. Solche Dinge haben eine versteckte Bedeutung, wisst ihr.«

»Was du nicht sagst, Boomer!«

»Boomer? Hallo, ich bin gerade mal knapp vierzig!«

Sofia blätterte zurück. Sie hatte versucht, ihr Gespräch mit Skye zu rekonstruieren, aber bis sie geduscht und sich umgezogen, den Ingwertee getrunken und Skye versichert hatte, dass sie bestimmt nicht krank werden würde, und wenn, dann wäre es nicht Skyes Schuld, bis sie also endlich ihr Notizbuch hervornehmen konnte, war ihre Erinnerung schon verwischt und undeutlich geworden. Früher hatte sie ganze Unterrichtsstunden im Kopf gespeichert. Früher, dachte sie. Früher. Manchmal fühlte sich Sofia so viel älter, als sie wirklich war. Sie blätterte in ihrem Notizbuch, bis sie die entsprechende Stelle gefunden hatte.

»Ist das dein Ernst? Weißt du, was du tust? Das kannst du nicht machen, komm schon«, las sie vor. »So in der Art. Ah ja und: ›Ich flehe dich an!‹«

»Ich flehe dich an‹, hm. Das klingt allerdings … seltsam, findet ihr nicht? Würdet ihr so was sagen? Oder jemandem schreiben?«

»Moment«, unterbrach Zach. »Das ist ein wichtiger Punkt: Wer hat das geschrieben?«

»Woher soll ich das denn wissen?«

»Der Name des Gesprächspartners steht normalerweise oben in der Ecke des Bildschirms«, sagte Zach ein wenig ungeduldig.

»Sorry«, murmelte sie. Sofia war es nicht gewohnt, keine Antwort zu haben. Sie senkte den Kopf.

»Schon gut«, sagte Carmel. »Das Wichtigste ist ja wohl, dass wir jetzt wissen, wem wir helfen müssen.«

»Ach ja, tun wir das?«

»Warum sonst wäre Sofia geflogen? Unsere Fähigkeiten haben eine Bedeutung, sie erfüllen einen Zweck, wenigstens in diesem Punkt waren wir uns immer einig!«

»Ich weiß nicht.« Zach zögerte. »Skye ist eine starke und kompetente Frau. Sie wartet nicht auf den Prinzen auf dem weißen Pferd, der angeritten kommt, um sie zu retten. Die Vorstellung ist antiquiert. Und frauenfeindlich.«

Carmel schnaubte. »Ich dachte, du stürzt dich auf diese Gelegenheit!«

Zach ließ sich nicht beirren. »Ja, ich mag Skye, das streite ich gar nicht ab. Aber ich kann mir nicht vorstellen, dass es um eine Einzelperson geht. Ihr versteht das nicht, ihr seid nicht mit Superheldencomics aufgewachsen, nehm ich mal an.« Er schaute sie beide prüfend an und nickte. »Eben, das dachte ich mir schon. Ihr kennt dieses ganze Universum nicht. Da gibt es nämlich Regeln. Wiederkehrende Themen. Superhelden haben größere Aufgaben, ihnen geht es nicht um Einzelschicksale, sondern um die Zukunft unseres Planeten, das Überleben der Menschheit.« Zufrieden rieb er sich die Hände. »Ich wusste doch immer, dass ich zu Größerem geboren war.«

Carmel und Sofia tauschten einen Blick. »Hast du das jetzt eben wirklich laut ausgesprochen?«, fragte Carmel. »Du kennst wirklich nichts.«

»Geschenkt«, sagte Sofia. »Zach ist größenwahnsinnig, aber das wussten wir schon.« Sie blätterte in ihrem Notizbuch. »Möglicherweise hast du aber einen Punkt. Ich hab noch mal aufgeschrieben, was ich alles beobachtet habe, als das mit dem Fliegen anfing. All die Verbrechen, die ich nicht verhindern konnte, die stehen schon in einem größeren gesellschaftlichen Zusammenhang. Obdachlosigkeit, häusliche Gewalt, sexuelle Gewalt, Missbrauch ...«

»Vielleicht ist es unsere Aufgabe, die Republikaner zu besiegen!«, rief Carmel, plötzlich doch angesteckt von der Idee. »Die sind es doch, die soziale Reformen verhindern, die Frauenrechte zurückstutzen, die Sozialhilfe ganz abschaffen wollen und ...«

Zach sprang auf. »Genau! Wir leiten eine Revolution ein! Sofia ... Warum schreibst du nicht mit?«

Sofia hatte das Notizbuch zugeklappt in ihren Schoß gelegt und den Stift obendrauf. »Meint ihr das jetzt ernst?«

Zach und Carmel wechselten einen Blick. Carmel war die Erste, die in Gelächter ausbrach. Sofia schüttelte den Kopf. Nachsichtig wie eine Mutter, die zwei übermütige Kinder beaufsichtigt. Sie schaute zum Wanderweg hinauf und meinte, Emeralds unförmigen grünen Armeeparka zwischen den Bäumen zu sehen.

»Vielleicht geht es ja in Wirklichkeit darum.« Carmel hatte sich wieder beruhigt. Sie machte eine ausholende Geste mit beiden Händen, als lege sie ein unsichtbares Band um sie drei. »Um uns drei. Vielleicht können wir einander helfen.« Sie überlegte einen Moment. »In den Büchern, die ich als Kind gelesen habe, musste der Geheimclub schon immer ein Verbrechen aufklären oder ein Unrecht wiedergutmachen. Aber die Grundlage war ihre Freundschaft, das war der Boden, auf dem die eigentliche Geschichte wuchs.« Carmel nahm die Idee mit dem Geheimclub sehr ernst. Sofia würde sich nicht wundern, wenn sie ihnen als Nächstes vorschlug, ein Baumhaus zu bauen oder Blutsgeschwisterschaft zu schließen.

Zweckgemeinschaft, schrieb Sofia auf die neue Seite. »Was du gesagt hast, Carmel, das leuchtet mir ein. Die Freundschaft ist die Grundlage. Und von der Grundlage aus können wir immer noch die Welt retten. Wenn das wirklich unsere Aufgabe ist.« Sie schwieg einen Moment. Zuletzt hatte sie Freundschaft in der Grundschule erlebt. Damals hatten die Verbindungen auf Gemeinsamkeiten beruht, der Tatsache, dass sie dieselbe Schule besuchten, im selben Fußballteam spielten, dieselbe Farbe am schönsten fanden, sich dasselbe Haustier wünschten – ein Pony. Kaum hatte Sofia angefangen, sich für andere Dinge zu interessieren, waren auch die Freundschaften zerbrochen. Und nun das. Diese beiden, mit denen sie auf den ersten Blick nichts gemeinsam hatte. Die letzten Menschen, die sie sich bewusst als Freunde ausgesucht hätte. Ein Geheimclub der Unfreiwilligen.

»Genau das hat mich an diesen Büchern immer fasziniert«, sagte Carmel. »Wie diese so unterschiedlichen Kinder Freunde sein konnten. Da war immer ein Superhirn dabei, eine Sportliche und vielleicht noch jemand aus einer reichen Familie.«

»Ach, das ist doch einfach das Einmaleins des Storytellings«, warf Zach ein. »Archetypen, die unterschiedliche Funktionen erfüllen, mit der Realität hat das nichts zu tun.«

»Sehr hilfreich«, knurrte Carmel.

Sofia brachte sie mit einer Handbewegung zum Schweigen. »Nein, das ist wichtig: Welche Funktionen erfüllen wir, wer spielt welche Rolle?«

»Du bist das Superhirn«, sagte Carmel. »Ist ja klar.« Zach sah aus, als wolle er widersprechen, ließ es dann aber bleiben.

»Nein, ich meine, was haben wir beizutragen«, präzisierte Sofia.

Carmel seufzte. »Boah, das musste ich heute früh schon für Doktor Rose durchspielen: Was mag ich an mir? Ich hasse das, mir fällt nie was Richtiges ein. Das Problem hast du ja bestimmt nicht, Zach!«

Zach grinste. »Erwischt. Bescheidenheit ist nicht meins.«

Rollen, schrieb Sofia. *Fähigkeiten*. Sie überlegte. »Analytisches Denken, räumliches Vorstellungsvermögen, ich weiß, wie Dinge funktionieren. Dinge, nicht Menschen.«

»Nun sei mal nicht so bescheiden«, sagte Carmel. »Du verstehst schon auch was von Menschen, so geduldig, wie du mit deiner durchgeknallten Mitbewohnerin umgehst. Mit der würd ich es keine Stunde aushalten!«

»Carmel, wenn dir selbst nichts einfällt, dann versuch ich es mal«, sagte Zach. »Du bist zupackend, resilient, eine Überlebenskünstlerin. Ganz offensichtlich hast du eine Lebenserfahrung, die uns beiden fehlt, du kennst die Armut, die Realität.«

»Kann man wohl sagen.« Carmels Ton war schroff, doch Zachs Worte hatten sie offensichtlich gerührt.

»Okay, zurück zu mir!« Zach grinste. »Mein Lieblingsthema. Was habe ich beizutragen? Ich bin immer noch reich, auch wenn ich drei Viertel meines Vermögens im Prozess verloren habe. Es bleibt immer noch mehr, als die meisten haben. Was noch? Ich weiß so ziemlich alles, was es über spirituelles Wachstum und die Erfüllung des Selbst zu wissen gibt.«

Sofia schaute die Liste der Stichworte an, die sie notiert hatte. »Wir haben analytisches Denken, soziales Bewusstsein, Geld und spirituelles Wachstum.«

»Also, bei Letzterem bin ich mir nicht so sicher«, sagte Carmel. »Komm schon, Zach, spirituelles Wachstum, Erfüllung des Selbst, das ist doch Bauernfängerei! Das nützt doch niemandem wirklich was.«

»Hört auf zu streiten!« Sofia schlug eine neue Seite auf. »Wir sollten lieber mal brainstormen, wie wir unsere Fähigkeiten zusammenlegen und welche Probleme wir damit lösen könnten.«

»An Problemen mangelt es ja nicht«, sagte Zach, immer noch beleidigt. »Klimakatastrophen, Hungersnöte, Kriege überall, nukleare Bedrohung, das Ende der Demokratie, staatliche Überwachung, rechtsradikaler Terrorismus, Frauenrechte …«

»Frauenrechte!«, schnaubte Carmel. »Na, vielen Dank. Auf dich haben wir gewartet!«

»Hallo, ich bin einer der größten Sponsoren weltweit von Planned Parenthood!«

»Und dein Heiligenschein ist grad in der Werkstatt?«

Sofia seufzte. So viel zum Thema Freundschaft.

»Pfhhh.« Carmel lehnte sich zurück. »Okay, Zach, du hast mich überzeugt. Dann retten wir eben die Welt. Wenns sonst nichts ist.«

»Schön und gut. Aber noch mal zurück zu Skye.« Sofia zögerte. »Ich hab noch nicht alles erzählt. Auf dem Weg zurück vom Meer hab ich sie gefragt, ob sie okay ist.«

»Ha«, machte Carmel. »Darauf wär ich gar nicht gekommen. Einfach zu fragen.«

Sofia zuckte mit den Schultern. »Viel hab ich nicht

erfahren. Aber sie hat einen Typen erwähnt, Arno, ihre erste Liebe. Offenbar waren sie zusammen in Indien in einem Ashram, und dann wurde sie schwanger und wollte zurück in die USA. Und er blieb dort, weil er mit seiner spirituellen Reise noch nicht fertig war. Ja, und dann ist er zurückgekommen, und sie sagte etwas von Hummerliebe, und dass sie nicht von ihm loskommt. Aber glücklich klang sie nicht.«

Zach stand auf und ging ein paar Schritte von ihnen weg. »Das war jetzt nicht besonders taktvoll«, sagte Carmel.

»Warum? Wie meinst du das?« Zach stand vor dem kaputten Fernrohr, die Hände in die Seiten gestemmt, seine Schultern hoben und senkten sich, als würde er sehr tief durchatmen.

»Na, du weißt doch, dass Zach in Skye verliebt ist.«

Sofia runzelte die Stirn. »Er hat doch nur gesagt, er mag sie.«

Carmel seufzte. »Das ist dasselbe, Dummerchen.«

Sofia schüttelte den Kopf. »Woher soll ich das wissen?« War es wirklich dasselbe? Für alle? Nicht immer, sonst wären sie drei ja auch ineinander verliebt. Das war ihr alles zu kompliziert.

»Ich hab doch auch gesagt, dass sie nicht glücklich klang«, verteidigte sie sich. »Hey, Zach, komm wieder zu uns. Ich hab noch nicht fertig erzählt.«

Zach drehte sich wieder zu ihnen um. Widerwillig machte er einen Schritt auf sie zu, aber er setzte sich nicht wieder zu ihnen. »Ich hab euch schon gehört, ich bin ja nicht taub. Aber ihr täuscht euch, ich respektiere die Grenzen unserer Beziehung, Skye ist schließlich meine

Therapeutin, und eine gute dazu. Und ihr seid echte Kindsköpfe, das muss auch mal gesagt sein.«

»Schon gut, beruhig dich wieder. Was wolltest du denn noch sagen, Sofia?«

»Ja eben, dass sie alles andere als glücklich klang, als sie von Arno erzählte. Es klang irgendwie nicht nach einer romantischen Liebesgeschichte. Und dann erwähnte sie das Alter ihrer Töchter, die neun und sechs sind. Aber von dem Mann war sie vor zweiundzwanzig Jahren schwanger.«

»Rain und Cloud«, murmelte Zach. »Ja, sie erzählt oft von ihnen. Ein älteres Kind hat sie nie erwähnt.«

»Vielleicht ist sie deshalb traurig. Vielleicht erinnert der Typ sie an das Kind, das sie verloren hat, oder vielleicht hat sie es zur Adoption freigegeben …«

»Meint ihr denn, es war dieser Mann, dieser Arno, der ihr die Nachrichten geschickt hat?«

»Okay, aber … Sofia, waren die Nachrichten denn wirklich an Skye gerichtet, oder hat sie sie selbst geschrieben?«

Einen Moment lang verstand Sofia die Frage nicht. Auch das wäre ihr früher nie passiert. War ihr Hirn ein Muskel, war es in den langen Monaten der Untätigkeit, in denen sie vor Angst gelähmt zu Hause saß und immer schwerer wurde, geschrumpft? Wie die Muskeln in ihren Armen und Beinen? In den ersten Tagen in der Klinik hatten ihre Oberschenkel nach dem kurzen Gang zum Meer hinunter gebrannt. Doch jetzt legte sie diese Strecke ohne Schwierigkeiten zurück, sie musste nicht einmal mehr anhalten, um nach Atem zu ringen. Warum erholte sich ihr Hirn nicht? Würde es nie mehr so funktionieren, wie sie es gewohnt war?

Wer war sie ohne ihren Verstand?

»Du meinst …?« Sie schloss die Augen, versetzte sich zurück in den Moment in der Luft, knapp über Skyes Schulter, der Bildschirm, die Nachrichten. Es schien Ewigkeiten her, dass sie selbst ein Telefon in der Hand gehalten hatte. »Die Nachrichten, die ich gelesen habe, standen auf der rechten Seite des Bildschirms, und sie hatten einen blauen Hintergrund. Das heißt, dass Skye sie geschrieben hat, nicht?«

»Hm. Ja.« Die Antwort schien Zach zu enttäuschen. Er stand auf und ging vor den Bänken auf und ab, auf und ab wie ein gefangenes Tier. Carmel schaute Sofia an und hob ratlos die Schultern. Dann klopfte sie mit der Handfläche auf die Bank, und Zach setzte sich mit einem tiefen Seufzer wieder neben sie.

»Ich flehe dich an«, murmelte er. »Wen fleht sie an, diesen Arno? Und wenn ja, warum? Da stimmt was nicht.«

»Hm …« Carmel überlegte. »Jetzt mal ganz ehrlich, ich mag Skye nicht besonders, erstens hatte ich schon bessere Massagen, und zweitens brauch ich das endlose Gelaber nicht, immer kommt sie mit Selbstliebe, dabei kann jeder sehen, dass sie ein Riesenproblem mit sich hat. Und ich bin ziemlich sicher, dass die Gummibärchen, die sie ständig isst, CBD enthalten. Total gegen die Regeln, das muss ich wohl nicht extra betonen.«

»Und jetzt? Du magst sie nicht, also helfen wir ihr nicht?«

Carmel zuckte mit den Schultern. »Mir gefällt Zachs Vorschlag besser, ehrlich gesagt. Ich würde lieber die ganze Welt retten als eine einzige hilflose Blondine …«

DIE MUTTERKARTE

»Ich glaub, ich kannte deine Mutter«, sagte Jan. Sie saß wie ein Mann, dachte Sofia, leicht vorgebeugt, die Beine gespreizt, die Ellbogen auf die dünnen Schenkel gestützt. »Ich kam nicht gleich drauf, weil du ihren Namen nie genannt hast. Bis gestern. Celia, nicht?«

Sofia nickte. Die Papas hatten ihr Versprechen eingelöst und Celias Notizbücher geschickt. Doktor Rose würde sie zuerst lesen, damit sie wusste, was auf Sofia zukam. Darüber hatte sie gestern in der Gruppe gesprochen.

»Celia, die Aztekenpriesterin! Sie war eines der ersten exotischen Models, so nannte man das damals. Ich war ja eher der klassische All-American-Typ, groß, blond, dünn, und dann natürlich diese hier, meine Moneymaker.« Sie tippte sich mit den Fingern an ihre Wangenknochen, die in dem mageren Gesicht seltsam geschwollen wirkten. »Ich musste als junges Mädchen nur in den Spiegel schauen, um zu wissen: Mein Aussehen war meine Chance. Meine Chance, da rauszukommen, aus der Ödnis und der Langeweile und den endlosen Weizenfeldern. Da, wo ich aufgewachsen bin, sahen die meisten Mädchen so aus wie ich. Aber ich war größer. Und ich hörte rechtzeitig auf zu essen, um dünn zu bleiben. Ich hatte eben einen Plan, schon mit zwölf, dreizehn. Ich wusste, was ich wollte, ich arbeitete hart an mir, um es zu erreichen. Und dann plötzlich hieß es *anything goes*! Dicke auf dem Laufsteg, kantige Gesichter, Narben, Tätowierungen, Glatzen … Das klassische Model hatte ausgedient. Ich hatte ausgedient. Tja, ich gebs zu, ich mochte deine Mutter nicht besonders. Aber das kann mir wohl niemand übelnehmen.«

Jan lehnte sich zurück, einen zufriedenen Ausdruck im Gesicht. Als hätte sie einen Preis gewonnen. Sofia wandte den Blick ab. Sie mochte das alternde Model nicht, ihren Ton, der voller Verachtung war und noch etwas anderem. Schadenfreude? Immerhin war Celia tot, und Jan lebte.

»Irgendwie lustig, dass ich dich hier treffe. Dass wir hier zur selben Zeit am selben Ort sind. Ob das eine tiefere Bedeutung hat?«

Danke, dachte Sofia. Ich habe schon einen Geheimclub.

Ken unterbrach sie: »Interessant, Jan. Aber vielleicht nicht für die ganze Gruppe von Interesse. Chester, du wolltest etwas von einem Traum erzählen?«

»Na ja, es war mehr ein Tagtraum«, begann Chester. »Oder sollte ich sagen: eine Vision? Plötzlich konnte ich eine andere Zukunft vor mir sehen. Außerhalb meiner Kanzlei, meiner Karriere, raus aus dem Hamsterrad …« Chester wollte sich nach seiner Zeit in der Klinik als Naturfotograf versuchen. Zach schnaubte verächtlich und sagte, mit einer Smartphone-Kamera könne sich jeder Fotograf nennen, und Ken verbrachte den Rest der Stunde damit, den Hahnenkampf der beiden zu schlichten. Sofia fühlte zwischendurch Zachs Blick auf sich und wusste, dass er dieses Scharmützel absichtlich herbeigeführt hatte, um ihr eine Atempause zu verschaffen. Seit sie ihren Geheimclub gegründet hatten, spielte sich Zach nicht mehr so oft in den Vordergrund. Und auch Carmel meldete sich in der Gruppentherapie kaum mehr zu Wort. Ihr Bedürfnis, sich auszutauschen, war gestillt. Ihre ständige Angst, zu kurz zu kommen und übergangen zu werden, hatte sich gelegt.

Sofia dachte an das Paket, das auf Doktor Roses Pult lag. Sie hatten es zusammen geöffnet und den Inhalt auf dem Pult ausgebreitet. Es waren drei Schulhefte und eine Mappe mit professionellen Abzügen. »Ich werde nichts zensieren, nichts ausklammern«, hatte Doktor Rose gesagt. »Ich will nur abschätzen können, was dich erwartet. Damit ich dich im Verarbeitungsprozess unterstützen kann. Das hier ist ein geschützter Raum, Sofia.«

Sofia hatte genickt. Das war auch so ein Slogan. Doktor Rose verwendete ihn so oft, dass man ihn eigentlich auf die Broschüre drucken sollte: *Los Pajaritos – ein geschützter Raum.* Und als Logo vielleicht einen Vogel in einem Käfig? Unwillkürlich hatte sie gelächelt, was Doktor Rose als Zustimmung auslegte. Sofia nahm an, dass sie ihr die Hefte heute oder morgen übergeben würde. Wie lange konnte es denn dauern, sie zu lesen? Sie dachte an die Bilder, die sie zusammen angeschaut hatten. Professionelle Aufnahmen von einer jungen Celia, die sie nicht gekannt hatte, in allen möglichen dramatischen Posen.

»Was lösen diese Bilder in dir aus?«, hatte Doktor Rose gefragt. »Was denkst du?«

»Dass ich ihr nicht ähnlich sehe. Kein bisschen.« Celia war groß und breitschultrig, sie hatte ein markantes Gesicht mit vollen Lippen und einer auffälligen Adlernase. Später, als die Drogen sie ausgezehrt hatten, war die Nase stärker hervorgetreten. Doch damals, als die letzten kindlichen Rundungen ihrem Gesicht seine Härte nahmen, war sie fast überirdisch schön gewesen. Wie alt war sie damals gewesen? Sie hatte Sofia mit vierundzwanzig bekommen, und da war ihre Karriere schon mehr oder weniger vorbei gewesen. Auf diesen Bildern war sie also vermutlich siebzehn, achtzehn Jahre alt, jünger als Sofia jetzt. Sie versuchte sich vorzustellen, wie sich das anfühlte. Ein grobmaschiges, neonfarbenes Netzhemd zu tragen, aus dem die Brustwarzen hervortraten wie Stachelbeeren. Sich in einem Latexanzug über eine Betonröhre zurückzulehnen, die Hüftknochen wie Flügel hervortretend. Breitbeinig vor der Kamera zu stehen, eine Hand in den Bund ihrer viel zu weiten, tiefhängenden Jeans zu schieben, mit der anderen die Haare aus dem Gesicht zu streichen. Die Zungenspitze zwischen den Lippen hervorzustrecken.

Die Bilder waren ihr unangenehmer als alles, was Celia aufschreiben könnte. Mit Worten konnte Sofia umgehen. Worte konnte sie auf Distanz halten. Warum hatte Celia ausgerechnet diese Fotos in den Koffer gepackt, den sie Sofia hinterlassen hatte? War sie besonders stolz auf diese Aufnahmen? Waren das ihre größten Aufträge gewesen, für die wichtigsten Publikationen? Die Bilder waren aggressiv, sie fühlten sich an wie ein Angriff, eine Attacke. Sofia hatte sie von sich weggeschoben, heftiger, als sie gewollt hatte. Die obersten Abzüge waren vom Tisch gefallen, und dann hatte sie unter den großformatigen Hochglanzabzügen einen kleinen Schnappschuss gefunden. Er zeigte Celia zwischen ihren Eltern. Darauf war sie vielleicht neun oder zehn Jahre alt, es war schwer zu sagen, weil sie schon als Kind größer gewesen war als andere. Die Eltern hatten die Arme umeinander gelegt und strahlten einander verliebt an, während Celia ein bisschen ungeschickt zwischen ihnen stand, als hätte sie sich ins Bild gedrängt. Als gehöre sie nicht dazu.

Ohne darüber nachzudenken, hatte Sofia dieses Bild eingesteckt. Sie schaute es immer wieder an. Sie hatte Celias Eltern nicht gekannt, nicht gewusst, dass ihr Großvater weiß gewesen war, ein müde aussehender Mann in einem Mechanikeroverall. Celias Mutter, Sofias Großmutter hingegen sah aus wie eine spanische Königin. Möglicherweise war sie auch älter als ihr Mann. Ein seltsames Paar, das äußerlich so gar nicht zueinanderpasste. Doch der Blick, mit dem sie einander festhielten, war innig. War es das, was Celia in Santiago und Giò gesehen hatte, diese Verbundenheit? War es das, was sie sich für ihre Tochter gewünscht hatte?

Als die Gruppenstunde vorbei war, folgte Jan ihr nach draußen. Sofia versuchte sie abzuwimmeln, doch die ältere Frau krallte ihre Hand in Sofias Jackenärmel.

»Massiv. Was da alles wieder hochkommt«, sagte sie ohne weitere Einleitung. Sie zog Sofia zu einer Bank am anderen Ende des Innenhofs. »Mach dich rar«, sagte sie zu einer jüngeren Frau, die bereits dort saß. Sie war Jans Zimmergenossin und so dünn wie sie, gehörte aber zur anderen Gesprächsgruppe. Sie hieß Susanna oder vielleicht auch Joanna. Sofia war sich nicht sicher. Sie erhob sich ohne ein Wort und schlurfte zur nächsten Bank, wo sie sich hinhockte, mit gebeugtem Rücken und hängenden Schultern. Immer noch in Hörweite, immer noch voller Hoffnung zu Jan gewandt. Sie tat Sofia leid. Sie wusste, wie es sich anfühlte, nicht neben den coolen Mädchen sitzen zu dürfen.

»Weiter weg«, knurrte Jan und machte eine Bewegung mit der Hand, als wolle sie eine Fliege verscheuchen.

»Komm schon«, murmelte Sofia. Doch Joanna oder Susanna stand folgsam auf. Während sie quer über den Innenhof auf die offene Tür zuging, schaute sie immer wieder über die Schulter zurück. Als hoffte sie, Jan würde es sich anders überlegen und sie zurückrufen. Es war wie früher auf dem Schulhof, dachte Sofia. Hörte das denn nie auf. Sie hatte keine Lust, Jan noch weiter zuzuhören. Aber es blieb ihr wohl nichts anderes übrig. Immerhin dauerte die Pause zwischen der Gruppentherapie und der Yogastunde nur fünfzehn Minuten. Und sie musste sich noch umziehen. Demonstrativ schaute sie auf ihre Armbanduhr, die ihr die Papas gekauft hatten, weil sie ihr Handy nicht in die Klinik mitnehmen durfte. Das Zifferblatt und das Band waren mit Planeten bedruckt. Ein Wink mit dem Zaunpfahl. Der Aufenthalt in der Klinik sollte Sofia nicht nur ihre frühere Figur zurückbringen, sondern auch ihre Zukunftspläne. Vergiss das Weltall nicht, sagte die Uhr. Vergiss deine Träume nicht.

Jan steckte sich ein silbernes Stäbchen in den Mund, das sie an einer Kette um den Hals trug, und sog daran wie an einer Zigarette. Das Stäbchen musste innen hohl sein, es gab ein seltsames Pfeifgeräusch von sich.

»Ich hab schon ewig nicht mehr an diese Zeit gedacht. Aber dann treff ich dich, und Celia, ausgerechnet Celia ist deine Mutter!«

»Meine biologische Mutter.«

»Warum, hast du auch eine andere?« Jan lachte wiehernd. »Sorry, nicht lustig. Egal.

Was ich sagen wollte: Jetzt, wo du diese Tür mal aufgestoßen hast, kommen mir so viele Erinnerungen hoch. Eine Zeit lang wurden wir nämlich immer zusammen gebucht, vielleicht wegen dem Gegensatz, ich, das Mädchen von nebenan und sie, die Exotin. Ich sah immer jünger aus, als ich war, und sie ein bisschen älter, sie war ja erst fünfzehn, als sie entdeckt wurde, und dann hing sie gleich mit uns in Paris rum ... Das waren schon wilde Zeiten. Manche der jüngeren Mädchen hatten ihre Mütter dabei, aber Celia war allein, und sie machte alles mit. Die Männer fuhren voll auf sie ab, sie hatte so was Herrisches, bisschen Dominamäßiges, aber eigentlich war sie ganz unschuldig, ganz unverbraucht.«

»So genau will ich das gar nicht wissen«, murmelte Sofia. Hilfesuchend schaute sie sich im Hof um. Wo waren ihre Verbündeten? Weder Zach noch Carmel waren zu sehen. Nur Emerald stand in der Tür und schaute böse zu ihnen herüber, während sie leise auf Susanna oder Joanna einredete.

»Warum denn nicht? Das ist deine Geschichte. Du musst doch wissen, wer du bist und wo du herkommst. Ansehen würde man es dir ja nicht. Bist du überhaupt sicher, dass Celia deine Mutter ist? Sie war so lang und kantig, und du bist so kurz und rund.« Wieder lachte Jan ihr meckerndes Lachen, das früher oder später immer in einen Hustenanfall überging. Sofia stand auf und ging auf Emerald zu.

»Ich seh dich gleich beim Yoga!«, rief Jan hinter ihr her.

Sofia drängte sich an Emerald und Joanna oder Susanna vorbei. »Sorry«, murmelte sie, halb, weil sie ihr Platz machen mussten, halb wegen Jans Benehmen. Für das sie ja eigentlich nichts konnte. Emerald ließ sofort von der anderen Frau ab und folgte Sofia in ihr Zimmer hinauf.

»Diese Jan ist echt eine Nummer. Was bildet die sich denn ein?« Emerald kniete sich mitten im Zimmer auf den Boden und rollte ihre Yogamatte zusammen. Der Bewegungsraum war mit Matten ausgerüstet, aber Emerald legte immer ihre eigene noch obendrauf. Prinzessin auf der Erbse, hatte Carmel sie genannt. Emerald hatte Sofia den Rücken zugewandt, während diese so schnell und unauffällig wie möglich aus ihrem Pullover schlüpfte und ein zweites T-Shirt überzog. Es ließ sich nicht mehr leugnen: All ihre Kleider saßen lockerer.

»Du glaubst ihr doch nicht etwa?«, fragte Emerald jetzt. Sie schaute über ihre Schulter zurück und fixierte Sofia mit ihrem Blick. »Sag nicht, dass du diesem bösartigen alten Haken auch nur ein Wort glaubst! Die will sich doch nur wichtigmachen!«

Sofia zuckte mit den Schultern. Natürlich hatte sie Jan geglaubt. Jedes Wort. »Warum sollte sie sich so was ausdenken?«

»Hallo? Du bist jetzt irgendwie interessant, ihr alle drei seid es, du, Carmel und Zach. Ihr mit euren Sonderaufgaben und Vertrauensübungen und euren Treffen am Aussichtspunkt. Wenigstens denkt jetzt niemand mehr, du habest eine Affäre.« Sie schwieg und schaute Sofia erwartungsvoll an. Als diese nicht gleich reagierte, schob sie nach: »Keine Ursache, gern geschehen!«

»Danke?« Als sei es Emeralds Verdienst, dass dieser Verdacht von Sofia abgefallen war.

»Wir drei Übriggebliebenen, Chester, Jan und ich, wir sind halt mehr so Einzelkämpfer. Ihr habt die Gruppe gespalten. Würde mich nicht wundern, wenn Doktor Rose uns bald neu aufmischen würde.«

»Aufmischen?«

»Hab ich dir doch erklärt: Die Gesprächsgruppen werden immer wieder mal neu zusammengesetzt. Wenn ich Doktor Rose wäre, würde ich euch drei jetzt auseinandernehmen.«

Es gab zwei Gruppen. Und sie waren drei. Was, wenn Sofia allein zurückbliebe? Oder noch schlimmer, allein in die andere Gruppe umverteilt würde? Wenn sie nicht nur ihre Verbündeten, sondern auch Emerald verlieren würde? Ohne darüber nachzudenken, streckte sie die Hand nach Emerald aus. Emerald nahm sie und ließ sich von Sofia vom Boden hochziehen.

»Keine Panik, ich bleib ja dein Roomie«, sagte sie. Als könnte auch sie Gedanken lesen. Sofia ließ ihre Hand erst los, als sie im Flur standen, der immer noch zu schmal für sie beide war.

Die Notizbücher lagen auf dem Pult, unter Doktor Roses gefalteten Händen. Es sah aus, als würde sie beten. Als wären die Notizbücher heilige Schriften. Vielleicht wollte sie auch nur verhindern, dass Sofia nach ihnen griff, bevor sie gesagt hatte, was sie sagen wollte.

»Ich bin froh, dass deine Papas die Hefte geschickt haben. Und vor allem bin ich froh, dass du sie hier liest, wo mein Team und ich dich, wenn nötig, auffangen können.«

In diesem geschützten Raum, dachte Sofia. Geschenkt. Doktor Rose blätterte durch eines der Bücher und hielt es dann aufgeschlagen hoch. Mehrere Zeilen waren mit schwarzen Klebstreifen bedeckt. »Du siehst, deine Papas haben schon ein wenig vorzensiert«, sagte sie und lächelte schief. »Was habe ich erwartet? Aber die Lektüre wird trotzdem hilfreich sein. Ich muss sagen, ich war überrascht. Das sind keine Tagebücher im eigentlichen Sinn. Deine Mutter hat dir einen Brief geschrieben. Einen sehr langen Brief. Drei Hefte voll. Sie wusste offenbar, dass sie an ihrem Nierenleiden sterben würde. Und du musst dich wappnen, Sofia. Es ist ein ehrlicher, manchmal brutal ehrlicher Bericht, und du wirst Dinge über deine Mutter erfahren, die du gar nicht unbedingt wissen wolltest. Lies ihn trotzdem. Er wird dir helfen, deine Schuldgefühle abzulegen.«

Sofia schwieg. Unwillkürlich fasste sie mit der Hand in die Tasche ihres Hoodies, wo sie Celias Familienfoto mit sich trug. Doktor Rose hatte ihre Geste beobachtet und nickte aufmunternd. Sofia zog das Bild hervor und legte es auf den Tisch. »Mein Papa Giò sammelt alte Familienfilme«, sagte sie. »Und manchmal schauen wir uns die zusammen an. Er hat sie nach Themen geordnet und zusammengeschnitten. Grillparty, Weihnachten, Campingferien und so weiter. Und ich stelle mir dann immer vor, wie es wäre, in dieser oder jener Familie aufzuwachsen. Nicht, weil ich mir eine andere Familie wünsche, einfach als Gedankenspiel. Ich schau auch gern in fremde Häuser rein, abends, wenn es draußen früh dunkel wird, dann sieht man alle Wohnzimmer in meiner Straße, das blaue Licht eines Fernsehers, eine Katze auf dem Fensterbrett oder Weihnachtsbäume und Dekorationen. Wie eine Reihe von Theaterbühnen.« Sofia verstummte. Sie hatte den Faden verloren. Doktor Rose wartete geduldig. Schließlich nahm Sofia das Bild wieder in die Hand. »Genau, was ich sagen wollte: Ich konnte mir immer etwas vorstellen. Wenn ich Papa Giòs Filme anschaute, wenn ich in die Fenster in meiner Straße guckte. Ich dachte mir Geschichten aus, ich stellte mir vor, was in dem kleinen Geschenkpaket mit dem rot gestreiften Papier drin war. Was sich der Junge im karierten Bademantel gewünscht hatte. Warum das Mädchen im Ruderboot so traurig guckte. Ich hatte immer Bilder im Kopf, Geschichten. Aber hier – nichts. Mit diesen Leuten bin ich verwandt. Und ich kann mir nichts vorstellen. Sie sind wie Wachsfiguren in einer Vitrine.«

Sofia dachte an Celias Beerdigung. Papa Santiago hatte alles organisiert, sie hatte am Ende niemanden mehr. Ihre Mutter war tot, ihr Vater hatte noch einmal geheiratet und war an die Ostküste gezogen. Geschwister hatte sie keine, und Freunde offenbar auch nicht. Es waren nur sie drei da. Damals war Sofia noch dünn gewesen. Sie hatte sich hinter den Papas versteckt, obwohl sie längst kein Kind mehr war. Sie hatten zugeschaut, wie der Sarg in dem Ofen verschwand, und Sofia hatte einen fürchterlichen Moment lang geglaubt, ihre Mutter würde bei lebendigem Leib verbrennen. Ihr wissenschaftlicher Verstand hatte ausgesetzt. Sie wollte aufspringen, die Holzkiste, die sich langsam auf einer Schiene vorwärtsbewegte, anhalten, den Deckel aufstemmen, Celia befreien. Doch sie konnte sich nicht bewegen, konnte kaum atmen. Die Papas hielten ihre Hände fest, Santiago weinte. Dann war der Sarg hinter der automatischen Tür verschwunden. Es war nicht wie im Film gewesen, wo man immer noch die züngelnden Flammen sehen konnte und das Feuer fauchte wie ein wildes Tier. Es war eher wie ein Gepäckband am Flughafen, der Sarg ein nicht abgeholter Koffer, der wieder im Hintergrund verschwand. Danach waren sie noch eine Weile ratlos herumgestanden, bis Giò schließlich nickte. »Gute Reise, Celia«, sagte er leise.

Als sie ins Auto stiegen, fiel Santiago ein, dass sich ganz in der Nähe ein berühmtes Dim-Sum-Restaurant befand. Zehn Minuten später saßen sie nebeneinander auf einer Seite eines runden Tisches mit einer drehbaren Servierscheibe in der Mitte.

»Für Dim Sum müsste man einfach mehr Personen sein«, sagte Giò. Wie jedes Mal. Und wie jedes Mal bestellten sie trotzdem viel zu viel. Sofia hatte sich zum Essen zwingen müssen. Sie wurde das Gefühl nicht los, sie hätte ihre Mutter retten können. Retten müssen.

Das war das erste Mal gewesen, wurde ihr jetzt klar. Das erste Mal, dass sie diese bodenlose Verzweiflung gespürt hatte, gemischt mit Grauen. Gemischt mit dem fürchterlichen Verdacht, dass sie versagt hatte. Dass sie es hätte verhindern können. Und jedes Mal, wenn sie flog, wiederholte sich diese Erfahrung. Der Sarg, der von den Flammen verschlungen wurde. Die Mutter, die sich in Rauch auflöste. Und sie, die mit hängenden Armen dabeistand, unfähig, sich zu bewegen, unfähig, einzugreifen.

»Was war das Schlimmste, das du je getan hast«, hatte Emerald sie gefragt. Und sie hatte geantwortet: »Nichts.« Sie hatte nichts getan. Wieder und wieder und wieder nichts.

Sofia stand auf und nahm die drei Notizbücher an sich. »Ich möchte allein sein«, sagte sie, und Doktor Rose nickte.

»Was hast du als Nächstes? Das Meerbad? Lass das heute mal aus, such dir einen ruhigen Platz, du kannst dich gern auch in den Gruppenraum zurückziehen.«

In der Besenkammer setzte sie sich in den blau-weiß gestreiften Klappstuhl, den sie seit ihrem ersten geheimen Treffen mit Zach immer gewählt hatte. Es kam ihr vor, als sei das Ewigkeiten her. Dabei war sie erst seit fünf Wochen hier. Sie war nicht mehr dieselbe. Nach kurzem Überlegen stand sie noch mal auf, nahm einen Besen, der in der Ecke stand und klemmte ihn so unter der Türklinke fest, dass sie nicht gestört werden konnte. Dann schlug sie das oberste Heft auf.

Ich weiß nicht, warum ich das alles aufschreibe. Damit eine Spur bleibt. Damit du mal Antworten hast. Aber vielleicht hast du ja gar keine Fragen. Vielleicht willst du das alles gar nicht wissen. Aber hey, das ist mein Totenbettgeständnis, ich sage, was ich will! Haha.

Galgenhumor, sorry.

Vielleicht leb ich ja noch ein bisschen länger. Vielleicht nicht. Die Frage ist: Warum? Warum soll ich weiterleben? Wen interessierts? Meine Mutter ist tot, mein Vater, lassen wir das, Freundinnen hatte ich nie, und Männer … damit fang ich gar

nicht erst an. Der einzige Mann, der in meinem Leben irgend-
wie konstant war, ist Santiago. Heimlich war ich natürlich immer
in ihn verliebt, das waren wir alle, obwohl wir uns keine Illusio-
nen machten. Aber er sah uns. Auch wenn wir verkatert waren,
unausgeschlafen, fettige Haare hatten und Pickel – er behandelte
uns immer wie außergewöhnlich wertvolle Kunstwerke. Respekt-
voll. Das waren wir nicht gewohnt. Wir Models und Schau-
spielerinnen, wir wurden ja wie Vieh behandelt, abgewogen,
bewertet, hier- und dorthin geschoben und gezerrt, betatscht,
begafft und angeblafft. Aber bei Santi waren wir Königinnen.

Ich glaube, ich wollte einfach zu ihm gehören. Zu Santi.
Ihm ein Kind zu schenken, war mein Weg in seine Familie, in
sein Zuhause.

Dachte ich.

Aber das hat nicht funktioniert. Nicht wirklich.

Wenigstens hast du das, was ich selbst nie erlebt habe. Das
sollte mich glücklich machen. Tut es aber nicht. Ich bin nur
neidisch.

Was kann ich sagen: Ich bin kein guter Mensch.

Nichts Neues.

Sofia klappte das Buch zu und wieder auf. Wollte sie
das wirklich lesen? Musste sie das wissen? Doktor Rose
hatte gesagt, es würde ihr helfen. Sie schaute auf ihre
Armbanduhr. Normalerweise wäre sie jetzt auf dem Weg
die Klippen hinunter zum Meer. Danach war Zeit zum
Duschen und Umziehen vorgesehen. Vor einer Stunde
würde Emerald sie nicht im Zimmer zurückerwarten. Sie
schaute zum Aschenbecher und der Zigarettenpackung,
die wie immer halb hinter einer Rolle Küchenpapier versteckt waren. Sofia rauchte nicht. Aber jetzt wünschte
sie, sie könnte die Wirkung des Gelesenen abschwächen.

Und die Macht von Celias Worten herunterdimmen. Zum ersten Mal verstand sie das Bedürfnis, Drogen zu nehmen, zu trinken. Manche Dinge waren ungefiltert nicht zu ertragen.

Nur noch ein bisschen, redete sie sich zu. Noch ein paar Seiten. Wie viel schlimmer konnte es werden?

Ich war knapp fünfzehn, hatte gerade meinen Geburtstag gefeiert, als ich entdeckt wurde, wie das halt so geht. In der Mall auch noch, der Klassiker. Ich war mit ein paar Mädchen aus meiner Klasse dort. Richtige Freundinnen hatte ich nicht, aber ich hatte ein bisschen Geld zum Geburtstag bekommen, um shoppen zu gehen.

Ich hab mich nie für schön gehalten – das volle Modelkli- schee, schon klar. Da fing das aber gerade so ein bisschen an mit den »exotischen« Models, das heißt, auch nicht-weiße Mädchen hatten eine Chance. Damals kamen auch die ersten androgynen Models auf, ein Mädchen mit Sommersprossen, eines mit einer Zahnlücke … Meine Mutter war Mexikanerin, aber spanischer Abstammung. Mein Vater ist aus dem mittleren Westen, ein All American Boy mit breitem Kiefer und weißen Zähnen. Ich bin groß und breitschultrig wie er, ich hab seine blauen Augen und die braune Haut und die Hakennase meiner Mutter. Ich passe nirgendwohin und nirgendwo dazu. Als Kind hab ich darunter gelitten, später kam es mir zugute.

Ich bin ein Einzelkind, meine Mutter war schon über dreißig, als sie mich bekam. Meine Eltern haben spät geheiratet. Sie waren so ein bisschen Romeo und Julia gegen den Rest der Welt, wobei es die Familie meiner Mutter war, die meinen Vater nicht akzeptierte, nicht etwa umgekehrt. Sie hielten ihn für white trash, weil er nicht studiert hatte. Es gibt keine größeren Snobs als die reichen Mexikaner aus Mexico City, das sagt Santiago

ja auch immer. Mein Vater arbeitete an einer Tankstelle, als er
meine Mutter kennenlernte. Sie war ein paar Jahre älter als er,
sie war … sie war nicht wirklich elegant, eher bieder gekleidet,
aber mein Vater sagte immer, sie sei so vornehm gewesen, eine
echte Lady! Und sie lachte und sagte: »Nur weil ich im Sommer
Strumpfhosen trug!«

Meine Eltern waren richtig verliebt ineinander. Ich störte sie
eher. Das hätte dir auch passieren können, so symbiotisch, wie
Santi und Giò damals waren. Aber nein, sie machten dich zum
Mittelpunkt ihres Lebens, und auch darauf war ich eifersüchtig.
Es ist eins, zu wissen, was man als Kind vermisst hat. Und
noch mal ganz was anderes, wenn man es dann sieht. Wenn
man es ständig vor der Nase hat.

Aber ich wollte ja erzählen, wie ich entdeckt wurde. Interes-
siert dich das überhaupt? Egal, da musst du jetzt durch.

Da war ich, knapp fünfzehn, mit meiner großen Nase und
dem langen Gesicht, Longface *nannten sie mich in der Schule,*
wie das Pferd aus dem Cartoon. In den Fluren wieherten sie
hinter mir her. Aber ich hatte dank meiner Mutter immer ein
bisschen mehr Geld als die anderen. Ich konnte mir meine
Freundschaften kaufen, Eis für alle in der Mall und manchmal
Lippenstifte oder so was. Also, wir saßen im Foodcourt und aßen
Softeis, als Ms Emerson an unseren Tisch kam, du weißt schon,
wer Ms Emerson ist, ja, die Gründerin von Emerson Models?
Wir wussten das damals natürlich nicht, aber wir wussten, dass
wir so jemanden wie sie noch nie gesehen hatten. Sie trug einen
viel zu großen Männeranzug und unter der Jacke nur ein är-
melloses Unterhemd, wir konnten ihre Brustwarzen sehen. Ich
wär fast in Ohnmacht gefallen. Sie trug einen Hut mit Krempe,
ihr Haar war lang und glatt und ganz hellblond, fast weiß. Wir
verstummten mitten im Satz, und selbst Ashley hörte auf zu

kichern. Ms Emerson schaute uns der Reihe nach an, bis sie
sich auf mich konzentrierte. Sie fragte, wie alt ich sei, und ob
ich schon mal ans Modeln gedacht hatte, und da konnte Ashley
dann doch nicht an sich halten und kicherte wiehernd. »Aus-
gerechnet Celia, haha, Longface als Model, hahaha!«

Ms Emerson brachte sie mit einem einzigen Blick zum
Schweigen.

»Steh auf«, sagte sie zu mir. »Geh mal da bis zum Gelän-
der, dreh dich um, und komm wieder zurück.«

Etwas passierte mit mir, als ich ihren Blick auf mir spürte. Er
war prüfend, nicht besonders wohlwollend. Aber interessiert. Sie
sah etwas in mir, das niemand je gesehen hatte.

Jemand versuchte, die Türklinke herunterzudrücken.
Der Besenstiel wackelte, doch er hielt. Auf der anderen
Seite wurde gerüttelt und an die Tür geklopft. Sofia hielt
den Atem an.

»Hey, hallo?«, rief jemand. »Sofia? Bist du da drin?«
Carmel. Sofia klappte das Heft zu, legte es auf den Fußboden und stand auf. Sie musste ein paarmal an dem Besenstiel zerren und rucken, der sich unter der Türklinke
verklemmt hatte, dann wurde die Tür mit Schwung aufgestoßen, und Carmel stolperte herein.

»Da bist du ja«, rief sie. »Warum schließt du dich denn
ein?«

Sofia zuckte mit den Schultern und setzte sich wieder
auf ihren Stuhl. Zach, der sich hinter Carmel geduckt
hatte, drängte sich jetzt an ihr vorbei und setzte sich auf
den zweiten Stuhl. Carmel verschränkte die Arme.

»Und wo soll ich mich hinsetzen, bitte schön?« Die
Besenkammer war zu eng für drei Personen. Doch Carmel zog eine Trittleiter hinter dem Regal hervor, klappte

sie auf und setzte sich darauf. Nun schaute sie auf die anderen beiden herunter.

»Warum warst du nicht am Meer?«, fragte Zach. »Bist du krank?«

»Krank?«

»Du kannst nicht einfach nicht auftauchen, Sofia«, sagte Carmel. »Wir haben uns Sorgen gemacht.«

Sofia zog die Notizbücher unter ihrem Klappstuhl hervor. »Ich hab nur … Doktor Rose hat mir die Tagebücher meiner Mutter gegeben. Sie meinte, es würde mir helfen, sie zu lesen. Sie hat mir ausdrücklich erlaubt, das Meerbad heute auszulassen.« Warum verteidigte sie sich? Sofia hatte nie die Schule geschwänzt. Sie war immer aufgetaucht, wenn sie es versprochen hatte. Sie hatte sich nie eine Ausrede überlegen müssen.

»Und warum meinst du, du musst das allein tun?« Carmel beugte sich vor und legte eine Hand auf Sofias Knie, nur um sie gleich wieder zurückzuziehen. »Du hast doch uns, Sofia. Geht das in deinen sturen Kopf nicht rein?«

Sofia zuckte verlegen mit den Schultern. »Ich weiß nicht, ich …« Es war ihr tatsächlich nicht in den Sinn gekommen, mit den anderen darüber zu reden. Es hatte nichts mit ihrer gemeinsamen Mission zu tun. Als könnte sie jetzt auch Gedanken lesen, nickte Carmel. »Du glaubst einfach nicht, dass wir mehr als eine Zweckgemeinschaft sind. Hallo, Dickkopf?« Sie beugte sich von ihrer Leiter herunter und klopfte mit den Fingerknöcheln an Sofias Stirn. »Wir sind Freunde! F-R-E-U-N-D-E. Freunde.«

Sofia wich zurück, aber sie lächelte. »Okay, schon gut. Ich hab ja auch erst angefangen zu lesen. Es ist eher ein Brief als ein Tagebuch. Sie wollte mir etwas sagen, ich weiß nur nicht, was.« Sie öffnete das oberste Buch und klappte es wieder zu. »Sie beginnt damit, dass sie dieses Leihmutterding eigentlich nur durchgezogen hat, weil sie für meinen Papa Santiago schwärmte, weil sie ein Teil seiner Familie sein wollte. Und dann sagt sie noch, dass sie es mir nie wirklich gegönnt hat. Sie war eifersüchtig.«

»Boah!« Zach lehnte sich zurück, als sei ihm ein übler Geruch in die Nase gestiegen. »Das ist ja happig, tut mir leid.«

»Ach, Baby«, murmelte Carmel.

Bis zu diesem Moment hatte Sofia gar nicht gemerkt, wie sehr ihr Celias Worte zugesetzt hatten. Tränen schossen ihr in die Augen, sie blinzelte sie weg. »Ist schon okay, im Grunde wusste ich das ja.«

»Traurig sein kannst du trotzdem.« Sofia warf Zach einen Blick zu. Seit wann war er so einfühlsam? »Es geht weiter, wie sie als Model entdeckt wurde. Mehr habe ich noch nicht gelesen.«

»Hm. Und wenn wir dich hier nicht aufgespürt hätten, hättest du das alles für dich behalten?«

Sofia wusste nicht, was sie darauf antworten sollte. Sie wusste auch nicht, warum Carmel so aufgebracht war.

»Doktor Rose hat die Hefte ja extra vor mir gelesen. Damit sie weiß, was auf mich zukommt. Sie sagt, das Team würde mich nötigenfalls auffangen …«

»Das Team!« Carmel klang jetzt wirklich wütend. »Wir sind dein Team! Du musst nicht mehr allein durch deine Scheiße waten!«

»Carmel, echt jetzt!«, mahnte Zach. »Durch die Scheiße waten, was für ein appetitliches Bild, danke schön! Aber weißt du Sofia, ich verstehs auch nicht ganz. Seit wir unsere Gemeinsamkeiten entdeckt haben und uns so regelmäßig sehen, seid ihr immer mein erster Gedanke, wenn etwas passiert.«

»Sorry«, murmelte Sofia. Plötzlich erinnerte sie sich an einen Museumsbesuch mit ihren Papas. Sie musste vielleicht elf oder zwölf Jahre alt gewesen sein. Im De Young Museum im Park wurde eine große Modeausstellung gezeigt, sie wusste nicht mehr, wer es war, Óscar de la Renta vielleicht. Sofia hatte sich schon früh für Mode interessiert. Sie überlegte sich jeden Tag sehr genau, was sie anzog. Nicht um dazuzugehören, nicht um Trends mitzumachen, sondern um auszudrücken, wer sie an diesem Tag war. Oder sein wollte. Das war ein weiteres Opfer, das ihre Gewichtszunahme ihr abverlangt hatte. Für ihre neuen Formen gab es keine angemessene Bekleidung. Andererseits waren die formlosen schwarzen Hüllen durchaus ein passender Ausdruck ihres veränderten Gemütszustands, der Angst und Machtlosigkeit der letzten zwölf Monate. Doch damals, mit zwölf, war Mode noch etwas gewesen, das sie mit einem Knistern von Ideen und Möglichkeiten erfüllte, und so war sie emsig und begeistert von einer extravagant gekleideten Schaufensterpuppe zur nächsten gesaust wie ein Kolibri, sie hielt kaum lange genug inne, um die Beschreibungen zu lesen. Irgendwann hatte Santiago sie eingeholt und am Arm gepackt und dann zurück zum Eingang gezogen, wo Giò immer noch in das einführende Video vertieft war.

»Was ist eigentlich mit euch los?«, rief Santiago, den Tränen nahe. »Warum kommen wir überhaupt zusammen hierher? Ihr könntet auch alleine unterwegs sein, du rast durch die Ausstellung, als hätte man dir den Hintern angezündet, und du stehst hier, als wolltest du jedes Wort auswendig lernen, und ich, nebenbei bemerkt der Einzige in dieser Familie, der überhaupt je einen Fuß in die Welt der Mode gesetzt hat, ich hätte auch gleich zu Hause bleiben können. Wisst ihr denn gar nicht, was eine gemeinsame Unternehmung bedeutet? Gibt euch das Wort *gemeinsam* auch keinen Hinweis? Na, bravo! Ich seh euch im Restaurant wieder!«

Dort hatten sie ihn dann später auch gefunden, vor einem pokalgroßen Glas Rotwein sitzend, obwohl es noch nicht mal Zeit fürs Mittagessen war. Allerdings trank er gar nicht aus dem Glas, es diente als Requisit, um das Ausmaß seiner Empörung zu verdeutlichen. Sofia und Giò hatten sich wortreich bei ihm entschuldigt und wohlweislich keinen Blick miteinander gewechselt. Tatsache war, dass sie beide die Ausstellung genauso gern oder vielleicht noch lieber allein besucht hätten. Die Vorstellung, sich zu dritt, als Einheit von einem Ausstellungsstück zum nächsten zu bewegen, ihre Eindrücke und Gedanken auszutauschen, sich gegenseitig auf Einzelheiten hinzuweisen, war ihnen so fremd wie die Vorstellung, sich gegenseitig die Zähne zu putzen.

»Es tut mir leid«, murmelte Sofia deshalb, ebenso zu ihren neuen Verbündeten wie damals zu ihrem Papa Santiago.

»Na, dann gewöhn dich besser daran«, sagte Carmel, schon wieder halb versöhnt.

»Ähm, und wenn wir schon dabei sind, unsere Gefühle zu teilen …«, sagte Zach und räusperte sich verlegen.

»Stimmt, du wolltest ja was erzählen«, sagte Carmel.

»Siehst du, Sofia, genau das meine ich. Zach hat etwas erlebt, und gleich hat er uns beide gesucht, um es uns zu erzählen. Und als wir dich nicht finden konnten, haben wir uns nicht etwa ohne dich auf unsere Bank gesetzt, um darüber zu reden. Nein, wir machten uns auf die Suche nach dir. Wir sind ein Team. Vergiss das nicht.«

»Okay, verstanden«, murmelte Sofia.

»Ja, also, mir ist heute was passiert, was Außergewöhnliches. Ich …« Zach, der sonst immer so eloquent war und jedes seiner Argumente mit Studien und Statistiken belegen konnte, schien plötzlich Mühe zu haben, die richtigen Worte zu finden. Sofia musterte ihn interessiert. Es war in dem schummrigen Licht, das von der nackten Glühbirne an der Decke ausging, schwer zu erkennen. Aber es sah ganz so aus, als ob er errötete.

»Ich war im Yoga, bei Skye. Und da hörte ich sie plötzlich laut und deutlich sagen: ›Shit, ich mag dich, Zach. Ich mag dich mehr, als ich sollte.‹«

»Ahhh«, machte Carmel. *»And they call it puppy love …«*, trällerte sie.

Zach nahm einen zusammengefalteten Putzlappen vom Regal und warf ihn nach Carmel. Ja, dachte Sofia. Er war eindeutig rot geworden.

»Versteht ihr denn nicht, es ist mehr als das! Zum ersten Mal konnte ich einen Gedanken lesen, der nicht voller Hass und Widerwillen war. Zum ersten Mal hat jemand etwas Nettes über mich gedacht.«

»Komm schon, Zach, wir mögen dich doch auch«, sagte Sofia. Etwas an Zachs Verhalten rührte sie. Es war feierlich und hilflos zugleich. War das Liebe? Verliebtheit?

»Das ist aber noch nicht alles. Später, als wir in Shavasana lagen, hörte ich sie weinen. Ich öffnete die Augen und schaute sie an, und sie weinte wirklich, die anderen konnten sie auch hören. Aber niemand reagierte. Ich setzte mich auf und schaute sie an, da hörte sie auf zu weinen, nickte mir zu und lächelte so halb. Tja. Und dann saßen wir einfach so da und schauten uns quer durch den ganzen Yogaraum in die Augen.« Etwas verlegen blickte er auf seine Hände hinunter.

»Ahhh«, machte Carmel wieder, nahm sich aber gleich zusammen. »Sorry, Zach. Ich meins nicht böse. Ich freu mich für dich. Hab ich's nicht von Anfang an gesagt? Und du hast es die ganze Zeit abgestritten!«

»Ja, ich … Was soll ich denn … Es ist definitiv gegen die Regeln!«

»Ach, scheiß auf die Regeln!« Carmel hob den Putzlappen vom Fußboden auf, der an ihr vorbeigeflogen war, und warf ihn Zach zurück, der ihn im Flug auffing. Doch dann ließ er ihn sofort wieder fallen und wischte sich angeekelt die Hände an den Hosenbeinen ab.

»Das sagst ausgerechnet du«, murmelte Sofia.

»Ja, das sage ich.« Carmel hob beide Hände hoch. »Und jetzt?«

»Und jetzt nichts«, sagte Zach. »Ich weiß nicht, was das bedeutet. Aber es fühlt sich ziemlich gut an.« Sie nickten, und eine Weile saßen sie alle drei mit einem dümmlichen, glücklichen Lächeln da. Dann räusperte sich Zach verlegen. »Sofia, warum liest du uns nicht eine Seite oder so aus dem Notizbuch vor?« Sofia schaute ihn überrascht an. »Wir können dich besser auffangen als Doktor Rose«, erklärte er und spannte spielerisch seinen Bizeps an.

»Dafür sind wir da«, bestätigte Carmel.

»Also gut.« Sofia nahm das Notizbuch hoch und räusperte sich. Sie kam sich komisch vor, peinlich berührt und gleichzeitig aufgeregt.

»Okay, also sie wurde in der Mall von einer Agentin entdeckt ... Und dann:

Meine Eltern liebten mich, keine Frage. Aber sie sahen mich nicht, mich als Celia, als eigene Person. Manchmal schauten sie mich ein wenig verwundert an, als fragten sie sich, wo ich wohl hergekommen sei. Wie das möglich sei, dass ich mit ihnen am Esstisch saß. War ich wirklich das Ergebnis ihrer monumentalen Liebe, dieses ungeschickte, schüchterne, viel zu große und viel zu dünne Mädchen mit dem langen Gesicht? Sie erkannten sich nicht in mir. Ich erinnere mich, wie meine Mutter sich einmal durch ein Album mit alten Fotos wühlte, immer wieder auf jemanden zeigte und sagte: ›Das ist Großonkel Rodolfo, der hat genau so eine Nase wie du. Tante Amanda war auch sehr groß für eine Frau.‹

Ich wusste nicht, ob meine Mutter mich beruhigen wollte oder sich selbst.

Doch als ich da unter dem strengen Blick von Ms Emerson von der Eisdiele zum Geländer ging und wieder zurück, da passierte etwas mit mir. Ich bewegte mich wie jemand, der gesehen wird. Ich tänzelte, ich wackelte mit den Schultern, ich drehte mich dramatisch um und schaute schmollend nach unten. Ich suchte Ms Emersons Blick. Sie verzog das Gesicht. Später würde ich lernen, dass das ihre Art war, zu lächeln.«

Sofia ließ das Buch sinken. »Keine Ahnung, warum sie mir das alles erzählt.«

Carmel kletterte von ihrer Trittleiter herab und kauerte sich neben Sofia. Sofia spürte ihren Impuls, Sofia zu umarmen, und auch ihre Entscheidung, das nicht zu tun. Sie legte den Kopf schief, sodass er Carmels Kopf berührte. Nur einen Moment lang.

»Ihr hattet recht, es ist einfacher, das mit euch zusammen zu lesen«, sagte sie. »Danke.« Sie atmete tief ein und fuhr fort:

»Meine Eltern hatten rein gar kein Problem damit, dass Ms Emerson mich nach New York mitnahm, wo ich mit fünf anderen Mädchen eine Wohnung teilte. Dabei hatte ich noch nicht mal die Highschool abgeschlossen. Ms Emerson sagte, ich könne das Diplom in einer externen Prüfung nachholen, aber natürlich kam es nie dazu. Ich würde zu Castings eingeladen werden, und Ms Emerson hatte keinen Zweifel, dass ich bald ganz groß herauskommen würde. ›Sie entspricht dem Zeitgeist‹, sagte sie. Ich glaube, meine Eltern waren vor allem froh, dass sie wieder zu zweit waren.

Die Mädchen in New York waren alle wie ich, zwischen fünfzehn und siebzehn Jahre alt, irgendwo in der Pampa aufgewachsen, ein Leben lang das hässliche Entchen, bis Ms Emerson in ihr Leben trat. Der außerirdische Schwan aus New York, der uns alle rettete.

›Du bist kein Entchen‹, sagte Ms Emerson. ›Du bist ein Schwan. Wie ich. Wie alle meine Mädchen. Du gehörst zu uns.‹«

»Na siehst du, das ist genau wie bei uns«, sagte Carmel aufmunternd. »Wir sind zwar keine Schwäne, aber du gehörst zu uns. Zu uns durchgeknallten Superhelden.«

Sofia musste lachen. Zach räusperte sich.

»Um noch mal auf Skye zurückzukommen«, sagte er.

»Okay, Loverboy.«

»Nun lass ihn doch ausreden«, sagte Sofia. »Ich hab

mich ja auch gefragt: Ist sie wirklich unsere Mission? Ich meine, hat unsere Mission mit ihr zu tun? Immerhin bin ich ihretwegen zum ersten Mal wieder geflogen, und ohne etwas Schreckliches mitzuerleben. Und du, Zach, hast zum ersten Mal einen Gedanken gelesen, der nicht unangenehm war.«

Zach errötete wieder. Sofia fand, dass es ihm gar nicht schlecht stand.

»Eigentlich«, murmelte er, »eigentlich wollte ich fragen, was ich jetzt tun soll. Ich meine, sag ich was? Oder sag ich nichts?«

»Ach, Zachy!« Mit ihm hatte Carmel keine Hemmungen. Sie stand auf und zog ihn von seinem Klappstuhl hoch und umarmte ihn. Sofia beobachtete sie einen Moment lang, dann stand sie auf, trat zu ihnen und lehnte ihre Stirn an Carmels Rücken.

Am nächsten Tag wurden sie umverteilt. »Ich hab dich ja gewarnt«, flüsterte Emerald ihr zu, als Ken die Liste im Gruppenraum aufhängte.

»Ab Morgen ist die Zusammensetzung der beiden Gruppen wie folgt«, sagte er und las die entsprechenden Namen vor. »Wir werden die heutige Stunde nutzen, um die Gefühle aufzufangen, die mit dem bevorstehenden Wechsel verbunden sind.«

Ohne darüber nachzudenken, nahm Sofia Emeralds Hand und drückte sie. Es war genau das eingetreten, was sie am meisten gefürchtet hatte. Sie war die Einzige, die die Gruppe wechseln musste. Susanna (nicht Joanna) würde ihren Platz einnehmen. Mit Zach und Carmel und Emerald, mit all ihren Freunden. Sie hatte niemanden mehr.

Kaum hatte sie Freunde gefunden, verlor sie sie auch schon wieder. Immerhin würde sie sich Jans schnippische Bemerkungen über ihre Mutter nicht mehr anhören müssen. Doch war es das wert?

Sofia fühlte sich mutlos. Sie erinnerte sich an den ersten Tag in der neuen Schule nach dem Mobbing. Die Papas hatten die liberalste Privatschule in der ganzen Stadt ausgesucht, die ihnen ursprünglich zu wenig akademisch, zu wenig streng gewesen war. Jetzt wollten sie nur noch, dass ihre Tochter sich sicher fühlte.

Sofia hatte sich die Schule anschauen dürfen. Sie hatte ihre Klassenlehrerin getroffen und zwei Mädchen aus ihrer Klasse kennengelernt, die ihr zu Beginn helfen würden, sich zurechtzufinden. Die Schule führte regelmäßige Gesprächskreise und Meditationskurse durch. Und doch. Als sie an diesem ersten Morgen aus dem Auto stieg, hatte sie aller Mut verlassen. Sie, die bisher immer gerne zur Schule gegangen war, hätte sich am liebsten am Türgriff festgeklammert und geweint wie ein kleines Kind. Als sie endlich ausstieg, waren ihre Füße aus Blei und ihr Magen eine geballte Faust.

Emerald meldete sich als Erste zu Wort.

»Ich finds schon krass, dass ausgerechnet Sofia aus allem rausgerissen wird. Mir zum Beispiel, mir würde das nichts ausmachen, ich war schon in so vielen Gruppen, ich könnte das im Schlaf. Aber Sofia? Sie und Carmel sind schließlich am wenigstens lange hier. Für sie ist das alles hier noch neu. Es ist nicht fair. Aber weißt du was, Sof? Ich bin immer noch deine Zimmergenossin, daran ändert sich nichts, also was geht dich die andere Gruppe an!«

»Und wir sind immer noch deine Freunde«, warf Carmel ein. »Auch daran ändert sich rein gar nichts.« Zach, der Sofia direkt gegenübersaß, fing ihren Blick auf, legte eine Hand auf sein Herz und nickte feierlich.

Ken rieb sich die Hände, offenbar hatte die Gruppe genau so reagiert, wie er es gehofft oder vorausgesehen hatte. »Sehr richtig«, bestätigte er. »Es geht überhaupt nicht darum, Sofia zu isolieren. Oder gar zu bestrafen. Ganz im Gegenteil!« Er wandte sich direkt an sie. »Du hast in der kurzen Zeit hier schon einige starke Verbindungen geknüpft. Das gelingt längst nicht allen.« So hatte Sofia das noch gar nie gesehen, doch die Gruppenmitglieder nickten zustimmend. Sofia sah sich eher als zurückgezogenen, eigenbrötlerischen Nerd. Ihre Erfahrungen hatten sie vorsichtig gemacht. Und trotzdem hatte sie in der kurzen Zeit hier drei neue Freundschaften geschlossen. Mehr als in den ganzen Jahren zuvor.

»Uns gehts vielmehr darum, dass du maximal von der Gruppenarbeit profitierst«, fuhr Ken fort. »Der Austausch mit anderen, die nichts mit dir und deinem Leben zu tun haben, führt zu Einsichten, die im Gespräch mit Freunden nicht unbedingt entstehen.«

Sofia nickte. Das leuchtete ihr ein.

»Es ist schon okay«, sagte sie deshalb, und das war die Wahrheit. »Ich hab kein Problem mit einer neuen Gruppe. Ich werde mich schon zurechtfinden.«

DIE LIEBE TUT WEH

Sie war in der Luft. Eben noch hatte sie im Bett gelegen, neben der leise röchelnden Emerald. Plötzlich dieser unwiderstehliche Drang, aufzustehen, das Fenster zu öffnen. Der alte, von der feuchten Meeresluft verzogene Holzrahmen klemmte, Sofia riss und rüttelte daran, es kam ihr gar nicht in den Sinn, nach unten zu gehen und das Gebäude durch die Tür zu verlassen. Sie bewegte sich wie unter Zwang, es schien überlebenswichtig, das Fenster zu öffnen. Endlich gab der Rahmen nach. Das Fenster protestierte quietschend, doch Emerald wachte nicht auf. Sofia kauerte auf der schmalen Fensterbank und spürte, wie sich die Muskeln in ihren Oberschenkeln anspannten. Zum Sprung bereit machten. Instinktiv hob sie die Arme über den Kopf, und im nächsten Moment schoss sie in die klare, kalte Nachtluft hinaus. Ihr Fenster lag nur ein Stockwerk über dem Boden, doch ihr Körper richtete sich beinahe sofort auf und stieg nach oben. Ihre Arme zogen kraftvoll durch die Luft, als würde sie schwimmen, und schon hatte sie den nördlichen Zwiebelturm umkreist. Es zog sie aber nicht zum Meer, sondern von der Küste weg ins hügelige Landesinnere. Sie überquerte den Shoreline Highway und folgte einer unbeleuchteten Landstraße in den Wald hinein. Diesmal hielt sich ihr Glücksgefühl in Grenzen. Es war eher eine innere Unruhe, die sie antrieb, ein Gefühl der Dringlichkeit.

Und die Landschaft, die bei Tageslicht so wildromantisch schien, hatte nun etwas Bedrohliches. Die Dunkelheit war voller Schatten. Sie flog über die Spitzen der knorrigen Pinien hinweg und zwischen den riesigen alten Mammutbäumen hindurch. Sie spürte Bewegung unter sich, als ob die Bäume wanderten. Tiere, dachte sie. Kojoten und Berglöwen. Plötzlich war ihr unheimlich. Unwillkürlich hielt sie in der Bewegung inne, und sofort sackte sie einen Meter ab. Sie unterdrückte einen Aufschrei und wedelte hektisch mit den Armen, bis sie wieder an Höhe gewonnen hatte. Nicht nach unten schauen, dachte sie. Einfach nicht nach unten schauen. Bald öffnete sich der Wald in eine weitläufige Lichtung. Sofia sah eine kleine Ansammlung von langgezogenen, flachen Häusern vor sich. Einige waren mit blinkenden bunten Lichterketten verziert, andere lagen unbeleuchtet und irgendwie traurig im Dunkeln, irgendwo bellte ein Hund. Es war ein Trailerpark, erkannte sie. Mitten im Wald.

Und dann hatte sie wieder Boden unter den Füßen. Sie stand an einem erleuchteten Fenster. Direkt dahinter saß jemand, nur durch die dünne Fensterscheibe von ihr getrennt. Ein junger Mann oder eine junge Frau, das konnte Sofia nicht genau erkennen, an einem schmalen Pult direkt am Fenster, über ein Heft gebeugt. Die Haare wippten, dicke graue Kopfhörer saßen über den Ohren, sie waren alt, mit Filzstift bekritzelt und an einer Stelle mit Heftpflaster zusammengehalten. Die Person schaute auf. Alles stand still. Nur diese Augen und dieser Blick. Es war, als fliege sie wieder, als schwebe sie in diesen dunklen Augen wie in der endlosen Nacht. Unwillkürlich hob sie die Hand und legte sie an die Scheibe. Das kühle Glas an ihrer Haut brachte sie wieder in die Realität zurück. Die Person hinter der Scheibe öffnete den Mund.

»Wer bist du?«, fragte die Stimme. »Was machst du da?« Sofia war erstaunt, dass sie die Stimme so klar hören konnte, es musste sehr dünnes Glas sein.

»Kannst du mich sehen?«

»Ja. Du bist nicht unsichtbar.«

»Stimmt.« Ich kann nur fliegen, dachte Sofia. Ich bin die, die fliegt. Carmel ist die Unsichtbare. Sie fühlte sich seltsam zusammenhanglos, als seien Teile von ihr noch in der Luft hängen geblieben.

»Ich bin Sofia«, sagte sie schließlich. Als würde das alles erklären. Die Person reagierte nicht. Sofia zögerte. Sie wusste nicht, warum sie hier war, aber es musste wohl einen Grund dafür geben. »Kann ich reinkommen?« Die Person stand auf und schob das Fenster zur Seite, zögerte. Sofia wurde klar, dass sie unmöglich durch die Öffnung passen würde. Das war ihr nicht peinlich. Es war einfach so. Die Person drehte sich um und verschwand aus ihrem Blickfeld. Sofia wartete. Es konnte kein Zufall sein, dass sie vor genau diesem Fenster gelandet war. Obwohl sie nicht den Eindruck hatte, dass hier gerade etwas Fürchterliches passierte. Aber sie musste sich vergewissern.

Mit einem leisen Quietschen wurde nun die Tür geöffnet, und dann stand er neben ihr. Ein mädchenhafter junger Mann, mager, blass, die halblangen dunklen Haare mit blauen Strähnen durchzogen. Er nickte ihr zu und ging dann an ihr vorbei und um den Trailer herum. Hinter dem kleinen Haus stand Skyes hellblauer Mini. Hier wohnte sie also. Und das musste ihr Sohn sein. Hatte Skye nicht etwas über seine Augen gesagt?

Er ging jetzt einen schmalen Trampelpfad entlang, der von den Trailern wegführte. Sofia folgte ihm in respektvollem Abstand. Sie kamen an einer Reihe von überquellenden Mülltonnen vorbei. Leere Pizzaschachteln lagen auf dem Boden verstreut, halb zerdrückte Bierdosen. Skyes Sohn blieb stehen, zog die Ärmel seines Hoodies über seine Hände und begann, die Dosen einzusammeln und in die blaue Recyclingtonne zu werfen. Sofia wollte nicht unhöflich sein und bückte sich nach einer Pizzaschachtel. Doch die Schachtel bewegte sich, und sie schrie auf und ließ sie fallen. Ein angebissenes Stück Pizza fiel auf den trockenen Erdboden, ein kleines Tier huschte an ihr vorbei und verschwand zwischen den Tonnen. Eine Ratte vermutlich. Er stampfte ein paarmal mit dem Fuß auf. Gab es hier Schlangen, fragte sich Sofia. Dann hob er die Schachtel auf, die sie fallen gelassen hatte, drückte sie in der Mitte zusammen und benutzte sie wie eine Zange, um das Pizzastück aufzusammeln. Sie hielt den Deckel der grünen Tonne für ihn auf, damit sie nicht nutzlos herumstand. Ihre Papas nahmen es auch sehr genau mit der Mülltrennung. Schließlich war der junge Mann zufrieden, und sie gingen weiter. Der Geruch der Mülltonnen verfolgte sie noch in das kleine Pinienwäldchen hinein. Dort zog er sein Handy aus der Tasche und richtete die Taschenlampe auf den schmalen Fußweg vor ihnen. Schweigend gingen sie hintereinander her.

Sofia fragte sich, ob sie Angst haben sollte. In einem Film würde diese Szene kein gutes Ende nehmen, so viel wusste sie. Der junge Mann war seltsam. Und schweigsam. Aber das traf auf sie selbst auch zu. Vielleicht war es das: Er wirkte in seiner Seltsamkeit vertraut. Kieselsteine und trockene Zweige knirschten unter ihren Füßen, etwas tiefer im Wald raschelte etwas, ein Tier vermutlich. Was für ein Tier?, fragte sich Sofia. Ein Reh? In der Klinik kamen die Rehe unverfroren ganz nah ans Gebäude heran. Die Pflanzen im Gemüsegarten mussten mit dünnmaschigen Drahthauben vor ihnen geschützt werden. Wieder fragte sie sich, ob es in diesen Wäldern Bären gab. Oder Pumas. Kojoten bestimmt, aber an die hatte sie sich gewöhnt. Die gab es in San Francisco auch, ganze Rudel lebten in den diversen Stadtparks.

Jetzt hatte sie den jungen Mann fast aus den Augen verloren. Sie ging etwas schneller, um nicht zu weit zurückzubleiben. Das Wäldchen lichtete sich wieder, und plötzlich standen sie vor einem kleinen, eher schäbigen Spielplatz. Das Gerüst der Rutschbahn war aus verwittertem Holz und sah morsch und baufällig aus. Die Schaukeln waren aus billigem, brüchigem Plastik. Aber in einer Ecke lag ein Teil eines gefällten Baumes, mit dicken Ästen, die in alle Richtungen ragten und als Klettergerüst dienten. Das untere Ende des Stammes wurde als Bank genutzt, es war vom vielen Sitzen ganz blank gerieben.

Der junge Mann setzte sich ganz ans Ende des Stammes und starrte vor sich hin auf den Boden. Seine schmalen Schultern krümmten sich. Nach kurzem Zögern setzte sich Sofia in einem sicheren Abstand neben ihn. Er sah nicht aus, als plane er, sie hier zu ermorden. Aber man konnte nie wissen. Ihre Augen hatten sich an die Dunkelheit gewöhnt. Sie schaute sich um. Der analytische Teil ihres Verstandes speicherte die Einzelheiten, die einsame Lage, die Dunkelheit, den Fremden neben ihr, der sie um mindestens eine Kopflänge überragte und immer noch nichts sagte. Doch sie fühlte sich nicht bedroht. Im Gegenteil. Eine seltsame Ruhe erfüllte sie, ein warmes und irgendwie süßes Gefühl. Wie die heiße Milch mit Zimt, die Papa Santi für sie kochte, wenn sie nicht schlafen konnte. Der junge Mann wandte sich ihr zu und schaute sie zum ersten Mal aufmerksam an.

»Du bist Sofia, das dicke Mädchen aus San Francisco. Meine Mutter hat mir von dir erzählt«, sagte er. »Ich bin Blue. Der Sohn von Skye.«

Blue. Der Name passte. Das musste also das Kind sein, von dem Skye gesprochen hatte. Das Kind, das sie in Indien erwartet hatte und wegen dem sie in die Staaten zurückgezogen war. Vor zwanzig oder zweiundzwanzig Jahren. Er war hier.

Auf einmal fügten sich die Dinge wieder zusammen. Sofia konnte den Sinn in ihnen erkennen. Das war ihr lange nicht mehr gelungen. Sie lehnte sich zurück, doch der Baumstamm war keine Bank, hatte keine Rückenlehne. Fast wäre sie hintübergekippt. Ungeschickt fing sie sich wieder auf und hoffte, dass Blue nichts bemerkt hatte.

Blue interpretierte ihr Schweigen falsch: »Sie meint das nicht böse«, sagte er.

»Was?« Schon hatte sie den Zusammenhang wieder verloren.

»Dick. Das Wort hat keine Wertung für sie. Für mich übrigens auch nicht.«

Ich gratuliere, dachte Sofia. »Und? Was hat sie dir noch über mich erzählt?«

Er schaute sie kurz von der Seite an und gleich wieder weg. »Ziemlich viel«, sagte er dann. »Das dürfte sie natürlich nicht. Aber sie platzt immer fast, wenn sie von der Arbeit kommt, sie muss es einfach loswerden. Und mich – sorry, aber mich interessiert es eigentlich gar nicht. Geht mir hier rein und da wieder raus.«

»Und doch wusstest du gleich, wer ich bin.«

Er schaute wieder zu ihr hinüber, und diesmal lächelte er. »Weil wir uns ja schon kennen.«

»Wir kennen uns?«

»Vom MIT, von den Physikvorlesungen im Grundkurs. Montag und Mittwoch um 7.45 Uhr auf Zoom.«

Sofia runzelte die Stirn. »Ich hatte doch gar nie die Kamera eingeschaltet«, fiel ihr ein. »Wie konntest du mich erkennen?«

»Dein Profilbild war Amelia Earhart, die Pilotin. Das fand ich cool, irgendwie oldschool. Und du warst immer als Erste mit der Aufgabe durch, drum bist du mir aufgefallen, denn normalerweise bin das ich.«

Das erklärte immer noch nicht, wie er sie erkannt hatte. Eigentlich müsste sie sich jetzt unwohl fühlen. Misstrauisch werden. Aber in Blues Gegenwart entspannte sie sich tiefer, als es ihr in den letzten Jahren möglich gewesen war.

»Skye hat erzählt, dass du das Studium geschmissen hast, sie hat sogar gefragt, ob ich dich kenne, aber ich hab Nein gesagt. Ich hab nicht gleich zusammengebracht, was sie erzählte, und was ich von dir wusste.«

Sie konnte wohl nicht gleichzeitig dick und klug sein, dachte Sofia. Etwas spitz fragte sie nach: »Ich dachte, es ginge dir hier rein und da raus, was sie erzählt?«

Blue errötete und wandte den Blick ab. »Ja, okay, ich

hab halt an dich gedacht. Plötzlich warst du weg. Ohne Erklärung. Das hat mich beschäftigt.«

Das war über ein Jahr her. »Ich erinnere mich nicht an dich, sorry.«

Er war nicht beleidigt. Er streckte nur seine Hand aus und richtete sein Handylicht auf sein Handgelenk. »Das war mein Profilbild.« Sofia schaute stirnrunzelnd auf die kleine Tätowierung, die eine Art Elfe zeigte, aber mit blauem Haar und blauen Flügeln. Und dann erinnerte sie sich.

»Stimmt! Du warst immer gleich nach mir fertig. Und du hast immer genau die Fragen gestellt, die ich auch aufgeschrieben hatte. Ich dachte, du seist ein Mädchen.« Er schaute sie an, das Handy beleuchtete sein Gesicht von unten, er sah aus wie ein Geist. Wie Papa Giò, wenn er beim Zelten am Lagerfeuer eine Gruselgeschichte erzählte. Aber Sofia hatte keine Angst. Stattdessen fing sie an zu weinen. Sie wusste nicht, wann sie zuletzt geweint hatte. Als Kind vielleicht. Aber das hatte sie sich schnell abgewöhnt, als sie merkte, wie sehr es ihre Papas verstörte. Doch jetzt weinte sie. Sie weinte um die Stipendiatin, die den Vorlesungsbeginn jeweils kaum erwarten konnte, sie weinte um die ehrgeizige Studentin, die alles daransetzte, die Aufgaben als Erste zu lösen, sie weinte um den spielerischen Wettbewerb, den sie mit der blauen Elfe geführt hatte, um die Genugtuung, die sie erfüllte, wenn sie gewonnen hatte. Sie weinte um ihre Zukunft, sie weinte um ihre Träume. Sie konnte gar nicht mehr aufhören zu weinen.

Blue saß ruhig neben ihr. Er sagte nichts und versuchte vor allem nicht, sie anzufassen. Ab und zu gab er ein Geräusch von sich, etwas zwischen einem Schnauben und einem therapeutischen »Hm«. Und dann hatte Sofia ausgeweint. Sie zog den Ärmel ihres Sweatshirts über die Hand und wischte sich ihr Gesicht ab. Tränen waren in ihre Ohren geflossen, ihre Kehle entlang, unter das T-Shirt und den Pullover. So viele Tränen.

»Sorry«, murmelte sie. Obwohl sie nicht wusste, wofür sie sich entschuldigte.

Blue sah sie kurz von der Seite an und nickte. Die Sache schien für ihn abgeschlossen, er fragte nicht, warum sie geweint hatte. Sofia wusste nicht recht, ob sie enttäuscht war oder erleichtert.

»Wie bist du eigentlich hierhergekommen?«, fragte er, und sie erschrak. »Der Park ist abends verschlossen. Du brauchst einen Code, um das Tor zu öffnen.«

»Einen Code?«

»Ja, wie in so einer Bonzensiedlung. Der einzige Trailerpark im Land, der mit Toren gesichert ist. Allerdings nur nachts. Frag mich nicht, warum. Die meisten, die hier wohnen, arbeiten entweder in der Klinik oder in einem der Hotels an der Küste unten. Viele arbeiten Schichtdienst, kommen erst morgens früh von der Arbeit zurück. Es gibt keinen Grund, uns über Nacht einzusperren.«

»Einzusperren?«

»Okay, nein, wir können den Trailerpark jederzeit verlassen, wir haben ja den Code. Und natürlich verbietet uns niemand, den auch weiterzugeben. Es ist zu unserem Schutz gedacht, wir sind ja hier schon ziemlich weit weg von allem. Trotzdem. Es fühlt sich komisch an.«

Sofia nickte und hoffte, er würde nicht nachfragen. Was sollte sie sagen? »Ach, ich bin einfach drüber weggeflogen?«

Ihre Augen hatten sich an die Dunkelheit gewöhnt. Von hier hatten sie einen direkten Blick auf die Zufahrtstraße. Ab und zu krochen Scheinwerfer um die Kurven, und dann richtete sich Blue kurz auf, bevor er die Schultern wieder fallen ließ. Als wartete er auf einen bestimmten Wagen.

Unauffällig schaute Sofia auf ihre Uhr. Halb elf. Es fühlte sich später an. In der Klinik gingen sie immer früh schlafen, es gab abends ja nichts zu tun. Dafür begann das Programm morgens schon um sechs.

»Hier sitz ich immer mit Rain und Cloud«, sagte Blue unvermittelt. »Das sind meine kleinen Schwestern. Unsere Namen sollen alle irgendwie zu Skye passen. Blauer Himmel, Regenhimmel, Wolkenhimmel. Ja, ja, meine Mutter ist ein bisschen selbstbezogen, wem sag ich das, du kennst sie ja auch.« Er zuckte mit den Schultern. Sofia musste den Kopf in den Nacken legen, um sein Gesicht zu sehen. Er war so viel größer als sie. Aber sein Rücken war gekrümmt, er beugte sich vor, als versuche er, sich kleiner zu machen.

»Zum Glück sind wir nicht die einzigen Freaks hier. In der Grundschule hatte ich eine Peace und einen Krishna in der Klasse. Aber in der Mittelschule wars dann nicht mehr so einfach.«

»Ich weiß, was du meinst.« Blue schaute sie an. »Nicht wegen dem Namen, nur …« Sie verstummte, und er nickte, als hätte er verstanden. Vermutlich dachte er, sie sei immer schon dick gewesen. Es war auch egal. Sofia hatte nie wirklich herausgefunden, woran es lag, dass manche Kinder in der Schule zu Außenseitern gemacht wurden, während andere wie Königinnen regierten. Und sie hatte endlos darüber nachgedacht, sie hatte das Problem von allen Seiten studiert, hatte wissenschaftliche Methoden angewandt, Fakten und Indizien gesammelt. Trotzdem ergab es keinen Sinn. Es gab keine Formel, die voraussagen konnte, welchem Kind welche Rolle zugeteilt werden würde. Aber eins wusste sie: Die Außenseiter erkannten einander. Auch lange, nachdem sie die Schule abgeschlossen hatten.

Emerald. Carmel. Zach. Blue.

Sie saßen nebeneinander auf dem Baumstamm, mit einer Handbreite Platz zwischen ihnen. Sofia hatte nicht das geringste Bedürfnis, näher zu rücken oder gar seine Hand zu nehmen. Und doch fühlte es sich an, als gehörten sie zusammen. Als säßen sie in derselben Seifenblase. Zusammen, und vom Rest der Welt getrennt.

»Ich bin auch ausgestiegen, falls es dich tröstet«, sagte Blue jetzt. Sofia brauchte einen Moment, um zu verstehen, wovon er redete: vom MIT. »Ich hab länger durchgehalten als du. Ich bin sogar nach Boston gezogen, als der Campus wieder offen war. Das war schon krass.« Er zögerte. »Ich war ja noch nie weiter weg von hier als in San Francisco.«

Sofia nickte. Sie hatte sich das so oft vorgestellt, dass sie beinahe meinte, es erlebt zu haben. Sie wusste, wie weit es von San Francisco nach Boston war, 4989 Kilometer oder 48 Stunden Fahrzeit quer durchs ganze Land. 4352 Flugkilometer oder fünfeinhalb Stunden in der Luft. Sie wusste, wie sich das Wetter an der Ostküste Monat für Monat von dem in Nordkalifornien unterschied, und dass es in Boston kaum Tacotrucks und Burritostände gab. Oder überhaupt mexikanisches Essen. Sie hatte sich jahrelang auf etwas vorbereitet, das nie eingetreten war.

»Wie war es?«, fragte sie, ein wenig atemlos.

»Es war ...« Sein Gesicht verdüsterte sich. »Zu weit weg.«

Sofia dachte an Skye und wie hilflos sie manchmal war. Wie verschusselt.

»Was ist passiert?«, fragte sie.

Blue atmete tief ein. Sie spürte, wie sich seine Schultern hoben. »Das ist passiert«, sagte er und deutete mit dem Kinn auf die Straße hinunter. »Arno ist passiert.«

»Dein Vater?«

Blue machte ein Geräusch zwischen Schnauben und Lachen. »Höchstens auf dem Papier.« Er schwieg eine Weile, ohne die Straße aus den Augen zu lassen. »Väter, du weißt schon.«

Sofia zuckte mit den Schultern.

»Nein, deine Väter stehen ja am Besuchstag schon eine Stunde zu früh am Tor«, fiel ihm ein. »Skye hat es mir erzählt. Sorry.«

Sofia schwieg. Sie wusste tatsächlich nichts über unbrauchbare Väter. Das nächste Scheinwerferpaar leuchtete um die Kurve und Blue stand auf. »Wenn man vom Teufel spricht«, murmelte er. »Ich muss los.«

Sofia stand auch auf.

»Du kannst von hier direkt zur Straße runterlaufen, das geht schneller«, sagte Blue. Er berührte sie ganz leicht an der Schulter, ein Antippen nur, und dann war er weg. Er wollte auf keinen Fall, dass sie mit ihm zum Trailerpark zurückging, dachte Sofia. Er wollte nicht, dass sie seinem Vater begegnete.

Sie wartete, bis er zwischen den Bäumen verschwunden war. Dann kletterte sie auf den Baumstamm, stellte sich auf die Zehenspitzen und bewegte die Arme auf und ab. Nichts. Es blieb ihr nichts anderes übrig, als zu Fuß zur Klinik zurückzugehen. Es war weiter, als sie gedacht hätte.

»Spinnst du jetzt komplett?«, flüsterte Emerald. »Willst du wirklich rausgeschmissen werden?« Sofia hatte ziemlich lange unter dem Fenster gestanden und Kieselsteine hinaufgeworfen. In Filmen sah das immer so einfach aus. Aber sie verfehlte die Fensterscheibe öfter, als sie sie traf. Zum Glück war der eine Fensterflügel nach ihrem Abflug offen geblieben, sodass einige Steine ins Zimmer hineinfielen und Emerald schließlich aufweckten. Sie trat ans Fenster, ohne das Licht einzuschalten. Sofia sprang auf und ab und winkte. Es war empfindlich kalt geworden. Emerald schloss das Fenster, und nach einer Weile öffneten sich die schweren Flügel der Eingangstür geräuschlos, wie am ersten Tag. Als sie wieder im Zimmer waren, schaltete Sofia das Licht ein. Celias Tagebücher lagen auf ihrem Bett, alle drei aufgeschlagen.

»Emerald!«

»Was willst du, ich konnte nicht schlafen. Plötzlich warst du weg, und das Fenster stand offen. Bist du etwa die Fassade runtergeklettert, du Wahnsinnige? Und ohne Schuhe? Ich mein, was soll das?«

Sofia antwortete nicht. Sie schaute auf ihre Füße hinunter. Sie fühlten sich wund an, die dicken Socken waren schmutzig und zerrissen. Sie hob die Bücher auf, strich die Seiten glatt und klappte sie zu. Sie selbst hatte noch nicht mal das erste Notizbuch zu Ende gelesen. Der Anfang hatte ihr schon gereicht. Das hatte sie auch Doktor Rose gesagt, die sie zum Glück nicht weiter drängte. Sie hatte die Hefte in ihrem Nachttisch aufbewahrt, in der Schublade, sie hatten nicht etwa offen herumgelegen. Doch Emerald schien sich keiner Schuld bewusst.

»Wusstest du, dass deine Mutter auch mal hier war?«, fragte sie. »Hier, in dieser Klinik. Vielleicht sogar in diesem Zimmer! Wär das nicht krass? Hör zu.« Sie nahm Sofia die Bücher wieder aus der Hand und blätterte, bis sie die Stelle gefunden hatte.

»*Die Entzugsklinik der Stars, dass ich nicht lache! Früher mal vielleicht. Marilyn Monroe soll hier gewesen sein. Und Kate Moss. Kann ich mir schwer vorstellen. Was für ein heruntergekommener Schuppen, mal ehrlich. Und trotzdem nicht billig. Aber Emerson Models hat wohl einen Deal mit der Klinik, es sind immer einige von uns hier. Janet hat mich getröstet, bevor ich abreiste. ›Ist gar nicht so schlimm dort, Mäuschen‹, hat sie gesagt. ›Und falls Sonya noch da arbeitet, die hat immer was.‹*«

»Immer was, was?«, fragte Sofia. Sie war so müde, dass sie weinen könnte. Das wäre das zweite Mal heute. Nachdem sie jahrelang gar nicht geweint hatte. Sie spürte immer noch die Spuren ihrer Tränen, ihre Haut spannte, wo das Salz eingetrocknet war. Unwillkürlich fuhr sie mit dem Finger über ihre Wange, den Kiefer, die Kehle.

»Na, Tabletten, du Dumbo. Drogen. Oder Alkohol, oder was sie sich halt abgewöhnen sollte. Aber, darum gehts doch nicht. Hallo? Janet? Unsere Jan? Ich fass es nicht, die alte Hexe hat tatsächlich die Wahrheit gesagt.« Emerald legte ihren Daumen zwischen die Seiten und klappte das Buch zu. »Jan kannte deine Mutter. Das ist ja der Hammer.«

Sofia legte sich auf die Bettdecke und schloss die Augen. Sie wünschte, sie könnte einschlafen. Aber es war zu viel. Zu viel passiert. Zu viele Gefühle. Sie hatte nicht einmal genug Energie übrig, um wirklich wütend zu sein.

»Ich wollte die Einträge chronologisch lesen«, murmelte sie. »Du bringst alles durcheinander.«

»Tja, das ist halt meine Art. Ich bringe alles durcheinander. Frag nur meine Eltern. Aber jetzt mal ehrlich, wann hast du zuletzt in diese Bücher geschaut?«

Sofia antwortete nicht. »Eben«, sagte Emerald. »Allein schaffst du das nicht.«

Auch Carmel und Zach waren der Meinung gewesen, es sei besser, die Tagebücher gemeinsam zu lesen. »Rutsch rüber, ich les dir was vor.« Emerald zwängte sich neben Sofia auf das schmale Bett und blätterte weiter zurück.

»Okay, hier gehts los mit den Drogen:

In New York wurden wir ja noch irgendwie betreut. Ms Emersons Assistentinnen hielten ein Auge auf uns. Aber in Paris waren wir ganz auf uns gestellt. Da wohnte ich mit etwas älteren Mädchen zusammen, mit Achtzehn-, Neunzehnjährigen. Die waren gut zu mir, sie kümmerten sich um mich, ich war ihr Nesthäkchen. Sie warnten mich vor den – Übergriffen, würde man heute sagen, aber damals war das irgendwie normal, es gehörte halt dazu. Alle wussten Bescheid: Pass auf mit dem Fotografen, der will immer gleich, dass du das Hemd ausziehst. Der andere grabscht dir zwischen die Beine, während er so tut, als richte er deine Kleidung. Und wenn dich dieser Art Director

217

zu einer Party einlädt, mach dich drauf gefasst, dass er die Tür im Bademantel öffnet und sagt: ›The Party's just you and me, Baby!‹

Wir lachten über diese Typen, wir taten abgebrüht, und manche Mädchen gaben schon fast damit an, wer ihnen alles an die Wäsche wollte, als ob es eine Auszeichnung wäre. Aber ich mochte es nicht. Ich mochte es nicht, angegrapscht und betatscht und gegen Wände gedrückt zu werden. Bald trank ich vor jedem Casting und vor jedem Shoot einen Schuss Wodka. Und irgendwann nahm ich gleich den Flachmann mit. Das half. Und das ging auch eine Zeit lang ganz gut. Ich hatte diesen gewissen abgelöschten Blick, der damals angesagt war, diesen Fuck-off-Blick. Dabei war ich bloß angeschickert.

Doch Alkohol hat Kalorien, auch wenn wir nur Champagner und Wodka tranken, weil wir glaubten, davon würden wir nicht zunehmen. War aber nicht so. Alkohol schwemmt dich auf, dein Gesicht wird konturlos, das geht natürlich gar nicht. Für ein Model. Also wechselten wir zu Kokain. Kokain ist super. Ich liebe es immer noch. Bin nie wirklich davon weggekommen, schon klar. Warum sollte ich auch? Nichts anderes auf der Welt gibt mir dieses Gefühl. Wenn ich Alkohol trank, tat ich Dinge, die ich am nächsten Tag bereute. Kokain hingegen, Kokain machte mich unverwundbar. Ich traute mir alles zu, niemand konnte mir zu nahetreten, ich war Superwoman.

Hey, das wär ja fast ein Werbespot: Nimm Drogen, vergiss deine Sorgen. Haha!«

Emerald legte ihre Hand auf die Seite und schaute auf. »Deine Mutter ist ja eine Nummer«, sagte sie beinahe ehrfürchtig. »Kannst wohl von Glück reden, dass du nicht mit ihr aufgewachsen bist!«

»Takt ist wohl nicht deine Stärke«, murmelte Sofia. Sie

zuckte oft zusammen, wenn Emerald etwas sagte. Aber meist musste sie zugeben, dass sie recht hatte. Wie jetzt.

»Na, ich sag ja nur ... Okay, wo waren wir:

Die älteren Mädchen passten auf mich auf. Da gabs keinen Neid, keine Intrigen, nicht wie in meiner ersten Model-WG in New York. Das war das Gute an den späten Neunzigerjahren, wir waren so verschieden, wir machten einander keine Konkurrenz. Da war Nadya, fast durchsichtig, eine Schneekönigin. Janet, das All American Girl von nebenan –«

Wieder schaute Emerald auf: »Das All American Girl! Genau das sagt unsere Jan doch auch immer, das muss sie sein!«

»Wen interessiert Jan«, murmelte Sofia.

»Okay, okay, sorry:

... Siggi aus Norwegen mit den tausend Sommersprossen. Emma aus London, die sich jeden Tag den Kopf rasierte und mit Öl massierte, bis er glänzte wie eine Billardkugel. Wenn wir zusammen ausgingen, blieb der Verkehr stehen. Wir kamen überall gratis rein. In jeden Club, in jedes In-Lokal. Die älteren Mädchen passten auf, dass ich es nicht übertrieb. Ja. Okay. Ich neige zum Übertreiben. Das hast du ja wohl mitgekriegt. Ich habe etwas in mir, etwas Unersättliches. Etwas, das ich nicht kontrolliere ...

Sof? Bist du noch wach?«

Sofia grunzte und drehte sich zur Wand. Nach einer Weile legte Emerald das Buch weg und löschte das Licht. Dann schmiegte sie sich an Sofias Rücken, und Sofia ließ es zu. Irgendwann schliefen sie beide ein.

Emerald stand am Fenster und schaute hinaus. Von ihrem Zimmer sahen sie einen Teil des Vorplatzes, der an den Besuchswochenenden als Parkplatz genutzt wurde.

»Wo sind denn deine Papas?«, fragte sie, ohne sich umzudrehen. »Die stehen doch sonst immer schon eine Stunde früher vor der Tür.«

»Nein«, sagte Sofia. »Heute nicht.« Emerald wartete auf eine Erklärung, aber sie gab ihr keine. Es war schwer genug gewesen, den Papas zu sagen, dass sie nicht mehr jedes Wochenende kommen sollten. Sie brauchte Zeit. Zeit, um Celias Brief zu lesen, Zeit, um sich zu sortieren, neu zusammenzusetzen. Zeit für ihren Geheimclub, für ihre Mission. »Ich muss mich auf den Prozess konzentrieren«, hatte sie gesagt. Manchmal kam ihr der Therapiejargon auch zugute.

Heute würde Carmel ihre Kinder zum ersten Mal wiedersehen. Seit Tagen redete sie von nichts anderem. Ihre Vorfreude war von Panik und Schuldgefühlen durchzogen, sie war überzeugt, sie würde irgendetwas tun, um das langersehnte Treffen zu ruinieren. »Ich weiß ja nicht mal, ob sie mir überhaupt verzeihen können«, sagte sie immer wieder. »Warum sollten sie auch. Ich hab ihnen das Gefühl gegeben, dass sie nicht wichtig genug sind, um ihretwegen am Leben zu bleiben. Welche Mutter tut so was?«

Darauf hatte nicht einmal Zach etwas zu sagen gewusst. Aber Sofia und er hatten sich mit einem Blick verständigt: Sie würden an diesem Wochenende im Hintergrund bereitstehen, falls Carmel sie brauchte. Wobei Zach ja ohnehin nie Besuch bekam. Er hatte weder Familie noch Freunde. Das wurde an einem Ort wie diesem schnell klar. Egal, wie beliebt man draußen war. Hier zählten nur die, die die lange, kurvige Anfahrt auf sich nahmen. Die keine Angst vor einer Klinik hatten, keine Angst davor, was ein Aufenthalt hier bedeutete. Das waren nicht viele. An manchen Wochenenden waren die Papas die einzigen Besucher in der ganzen Klinik gewesen. Auch das hatte dazu beigetragen, dass Sofia lieber auf ihre Besuche verzichtete.

»Oho, wen haben wir denn da?« Emerald klopfte an die Scheibe, und Sofia trat zu ihr. Sie erkannte Skyes Mini, schräg zwischen zwei Parkplätzen, mit laufendem Motor. Während Skye ihre Siebensachen unter dem Rücksitz hervorkramte, stieg Blue auf der Beifahrerseite aus und ging um den Wagen herum.

Er schaute zu ihnen hoch, und Emerald und Sofia hoben beide die Hand zum Gruß.

Blue grinste und winkte zurück. Emerald pfiff leise durch die Zähne. »Aber hallo!«

Sofia drehte sich um und öffnete die Schranktür. Als könnte sie sich zwischen ihren Kleidern verstecken.

»Und weg ist er«, seufzte Emerald. Sie wandte sich vom Fenster ab. Es gab wohl nichts mehr zu sehen. »Ist das Skyes neuster Lover? Bisschen jung, findest du nicht? Aber besser als der Typ, der sie letzte Woche abgeholt hat.«

Sofia nahm wahllos eines ihrer T-Shirts aus dem Schrank, legte es auf das Bett, faltete es auseinander und wieder zusammen. Blue hier zu sehen, hatte sie aus der Fassung gebracht. Aber es ging jetzt nicht um Blue. Sie musste sich auf das Wesentliche konzentrieren: »Welcher Typ?«, fragte sie. »Ich hab sie nie mit einem Typen gesehen.« Das konnte ja nur Arno sein. Sie musste versuchen, mehr zu erfahren.

»Ach, Skye hat immer irgendwelche Typen, die sie herbringen oder abholen, sie behauptet dann immer, ihr Wagen sei nicht angesprungen. Klar doch!«

»Hm.« Sofia streifte ihre Hausschuhe ab und zog sie gleich wieder an, nur um sich zu beschäftigen. »Und dieser Typ letzte Woche?«

»Ach, auch so ein Möchtegern, bisschen wie Zach, aber weniger langweilig. Sorry, ich meins nicht persönlich. Ich weiß, du magst ihn.«

Das war längst kein Diskussionspunkt mehr zwischen ihnen, und so zuckte Sofia nur mit den Schultern.

»Er ist ganz Skyes Beuteschema, so, wie soll ich das beschreiben, so Typ Wichtigtuer mit einem spirituellen Touch, du weißt schon.«

Wieder zuckte Sofia mit den Schultern. Sie wusste nicht. War Zach also Skyes Typ? Hatte er vielleicht doch eine Chance bei ihr? Es überraschte Sofia, wie sehr sie sich wünschte, dass es so wäre. Sie wünschte sich, dass Skye Zachs Gefühle erwiderte, dass Carmels Kinder ihr verziehen und dass Emeralds Eltern endlich mal auftauchten. Jeden Samstag stand sie am Fenster und beobachtete die Ankommenden. Messerscharf und oft bösartig kommentierte sie deren Aussehen und Verhalten. Aber in Wirklichkeit wartete sie, vergebens, jedes Wochenende von Neuem. Sofia schüttelte den Kopf. Sie musste bei der Sache bleiben.

»Wenn du sagst, er sah aus wie Zach, meinst du so tech-bro-mäßig?«

»Nein, eher so die Version Hobbyguru, aber auch mit

diesem peinlichen Man Bun. Und vermutlich färbt er sich die Haare schwarz.«

»Wie meinst du das, Hobbyguru?«

»Na, so Typ Kartenleger, Fernsehmagier: lange Haare, klobiger Schmuck, tiefer Blick. Schmierig und gleichzeitig auch ein wenig unheimlich. Frauen in Skyes Alter stehen auf so was.«

Sofia nickte, als wüsste sie genau, was Emerald meinte. Dabei hatte sie keine Ahnung. Die Beschreibung setzte sich nicht zu einem Bild zusammen. Sie kannte keine Männer, die nicht mit ihr verwandt waren, wurde ihr klar. Oder Frauen. Oder überhaupt irgendwen. Bevor sie in die Klinik gekommen war, hatte sie vollkommen isoliert gelebt. Und es nicht einmal gemerkt.

»Also, als unheimlich würde ich Zach nicht unbedingt beschreiben«, gab sie zu bedenken. »Und die Haare färbt er sich auch nicht.«

»Zach ist die weichgespülte Version«, sagte Emerald, was es für Sofia auch nicht klarer machte.

»Das eben, das war Blue«, sagte sie, einfach, um auch etwas beizutragen. »Der Sohn von Skye.«

»Echt, ihr Sohn? Kennst du ihn?«

»Nicht wirklich, ich hab ihn halt mal gesehen, als er sie abholte.«

»Und nichts erzählt. Schöne Freundin bist du.«

Emerald streifte Sofias Schulter, als sie an ihr vorbei zur Tür ging. »Kommst du?«

An den Wochenenden war das Programm weniger durchstrukturiert. Manche bekamen Besuch. Manche hatten

Familientherapie. Andere hatten am Wochenende freien Ausgang und besuchten ihre Familien oder Freunde. Es gab keine nach Gruppen getrennten Mahlzeiten und keine fixen Essenszeiten. Der Speisesaal war den ganzen Tag offen. Wer keinen Besuch bekam, schlug hier die Zeit tot und versuchte, sich nichts anmerken zu lassen. Emerald ließ Sofia in der Tür stehen und setzte sich zu Susanna, die allein an einem Tisch an der Wand saß und sich die Hände an einer großen Tasse wärmte. Zach saß mit Chester und Jan an einem anderen Tisch. Als er Sofia sah, winkte er sie herbei, doch sie schüttelte den Kopf. Jan war die letzte, die sie jetzt sehen wollte.

Auf dem langen Tisch an der hinteren Wand waren belegte Brötchen, Früchte und Kekse ausgelegt. Sofia dachte an Carmel und ihren Ordner. Plötzlich hatte sie unbändige Lust auf etwas Scharfes, Frisches, den Kimchi, den Papa Santiago über Wochen selbst fermentierte und zu allen Mahlzeiten servierte. Bestimmt hatte Carmel eine Theorie, wie sich der scharf gewürzte fermentierte Kohl auf das Befinden auswirkte. Und warum Sofia gerade in diesem Moment Lust darauf hatte. Sie seufzte, wickelte lustlos zwei Käsebrötchen in eine Papierserviette, winkte kurz in den Raum hinein, ohne jemanden anzuschauen und machte sich auf die Suche nach Carmel.

Sie stand im Eingangsbereich direkt hinter der Tür. Wie ein Hund, der auf seinen Spaziergang wartet. Sofia versuchte sich vorzustellen, wie es sich anfühlte, sich so sehr nach jemandem zu sehnen. Es gab so vieles, das sie nicht wusste. So vieles blieb ihr verschlossen. Konnte sie wirklich ein volles Leben leben ohne diese Achterbahnen der Gefühle? Oder würde sie im Gegenteil sogar besser leben als andere, produktiver, konzentrierter? Sie setzte sich auf die Bank im Eingang und wickelte die Käsebrote aus.

»Ich hab dir ein Sandwich mitgebracht«, sagte sie zu Carmels Rücken. »Magst du?«

Carmel zuckte zusammen und drehte sich um. Sie hatte Sofia nicht kommen hören. Jetzt starrte sie sie an und gleichzeitig durch sie hindurch.

»Ich krieg doch keinen Bissen runter«, sagte sie. Sie setzte sich neben Sofia, nur um gleich wieder aufzustehen. Mittlerweise passten sie beide auf die Bank, stellte Sofia fest. Sie konnten bequem nebeneinandersitzen. Sofia begann, das Brötchen zu essen. Es schmeckte gut, aber nicht so gut wie die überbackenen Käseschnitten, die ihr Papa Giò manchmal zubereitete, wenn Santiago den Kochstreik ausrief. In den letzten Wochen hatte sie wieder Freude am Essen gefunden. Es war nicht mehr nur Mittel zum Zweck. Immer öfter dachte sie an ihre Lieblingsmahlzeiten, die Chilaquiles, die Tortillasuppe, den Papayasalat aus dem Thairestaurant an der Ecke und die gebackenen Austern in Bodega Bay. Eine Welle von Heimweh überspülte sie. Sie war nicht gefühllos. Sie liebte ihre Papas.

Endlich tauchte Ken auf. Im Gehen schluckte er den letzten Bissen seines Frühstücks hinunter und wischte sich mit einer Papierserviette über den Mund.

»Bist du bereit, Carmel?«, fragte er.

Carmel nickte stumm.

»Denk einfach dran, was du mit Doktor Rose geübt hast. Wird schon gut gehen.« Er legte eine Hand auf ihre Schulter, Carmel packte sie und drückte sie fest. Berührungen waren auch eine Art Sprache, dachte Sofia. Eine

Fremdsprache für sie. Sie schloss nicht aus, dass sie sie eines Tages erlernen würde. Aber noch fehlte ihr jedes Bedürfnis dazu. Ken öffnete die Tür und trat hinaus. Carmel folgte ihm. Sie hörte Schreie und Jubeln und stand auf. Doch als sie zur Tür trat, schloss sie sich automatisch vor ihrer Nase. Es blieb ihr nichts anderes übrig, als sich wieder auf die Bank zu setzen und das zweite Brötchen zu essen.

Nach einer Weile öffnete sich die Türe wieder, und Ken kam herein. Im Vorbeigehen zwinkerte er Sofia zu und hob den Daumen hoch. Dann folgte Carmel. Ihre Tochter hing an ihr, als wäre sie an ihr festgewachsen. Ihr Sohn hielt sich sehr gerade, machte sich größer, als er war. Carmels Gesicht war nass, doch sie strahlte. So hatte Sofia sie noch nie gesehen. Alle Bitterkeit war von ihr abgefallen. »Hast du eine Glühbirne verschluckt?«, murmelte Sofia. Zum ersten Mal verstand sie, was diese Redensart bedeutete.

»Sofia, das sind meine Kinder, Herman und Najeela. Sagt meiner Freundin Sofia guten Tag!«

»Guten Tag, Sofia«, sagte das Mädchen, und der Junge nickte.

»Hey, Herman, Najeela.« Sofia sah, dass sie ihnen nicht ganz geheuer war. Was hatten sie wohl über diesen Ort gehört, und über die Leute, die sich hier aufhielten? Was wussten sie über die Umstände, die ihre Mutter hierhergeführt hatten?

»Wollt ihr mein Zimmer sehen?«, fragte Carmel. »Ken, haben wir noch Zeit?«

Ken schaute auf seine Armbanduhr. »Fünf Minuten«, sagte er.

»Okay, dann los«, sagte Carmel. Sie scheuchte die Kinder vor sich her den Flur entlang und verschwand dann um die Ecke.

»Willst du hier warten, Oscar?«, fragte Ken nun. Sofia hatte den Mann gar nicht wahrgenommen, der hinter Carmel und den Kindern eingetreten war. Er war klein und unscheinbar, hatte aber offensichtlich seine besten Kleider für dieses Treffen angezogen und schien sich in der schwarzen Hose mit den Bügelfalten, dem Rollkragenpullover und der steifen braunen Lederjacke nicht ganz wohlzufühlen.

Ken nickte Sofia zu, und sie rutschte zur Seite, sodass der Mann sich setzen konnte.

»Sofia hier wird dir Gesellschaft leisten«, sagte Ken. »Ich bin gleich wieder da.«

»Alles klar.« Oscar setzte sich so weit von Sofia weg, wie es eben ging. Er zog ein gebügeltes und gefaltetes rotes Bandana aus der Jackentasche, knüllte es zusammen, strich es wieder glatt und knüllte es wieder zusammen. Schließlich wischte er sich damit die Handflächen ab, bevor er Sofia die Hand reichte.

»Ich bin Oscar, der Vater von Herman und Najeela«, sagte er förmlich. »Carmels Ex.«

»Sofia. Ich bin am selben Tag wie Carmel hierher gekommen. Wir haben uns angefreundet.«

»Ah. So.« Unwillkürlich schaute er auf Sofias Handgelenk herunter, und sie zog ihre Hand zurück. Dachte er etwa, sie sei aus demselben Grund hier wie Carmel?

»Carmel hat nicht viele Freundinnen«, murmelte er. »Eigentlich gar keine.«

»Sie macht es einem auch nicht gerade leicht.«

Er schnaubte. »Das kannst du laut sagen.« Dann seufzte

er. »Ich sollte nicht so über sie reden. Sie ist die Mutter meiner Kinder. Ich mach mir Vorwürfe. Dass ich nichts geahnt habe.«

Sofia nickte. Wer kam auch auf Idee, dass eine Lotto-millionärin selbstmordgefährdet sein könnte?

»Wir kamen immer gut miteinander aus, auch nach der Trennung. Aber nachdem sie im Lotto gewonnen hatte, hab ich mich zurückgezogen. Das war mir zu viel. Ich wollte nichts damit zu tun haben. Keinen Cent hab ich von ihr genommen, ich hab auch weiterhin Alimente für die Kinder gezahlt, so wenig, wies nun mal ist, aber da bin ich strikt.«

Sofia nickte. Carmel hatte nicht viel über Oscar erzählt, nur, dass er ein anständiger Kerl sei.

»Es ist nicht einfach für die beiden Jüngeren«, fuhr er fort. »Und auch für Dejan nicht, das ist der Älteste, den hab ich mit aufgezogen. Er hat gerade mit dem College angefangen, der erste in der ganzen Familie weit und breit. Als ob er nicht genug Druck hätte. Und dann das.« Er blies die Backen auf und pustete die Luft aus. »Warum hat sie das getan, Sofia? Was hat sie sich gedacht? Hat sie denn gar nicht an ihre Kinder gedacht?«

Sofia erstarrte. Der Mann schaute sie so eindringlich an, fast flehend, als erwarte er eine echte Antwort von ihr. Sah er denn nicht, wie jung sie war? Dass sie keine Ahnung hatte, selbst auf wackligen Füßen stand? Oscars Blick war immer noch auf sie gerichtet. Seine Augen waren dunkel und rund. Sie konnte ihn nicht so hängen lassen. Sie musste etwas sagen.

»Vielleicht glaubte sie, die Kinder wären ohne sie besser dran?« Oscar nickte heftig und schaute sie so dankbar an, dass sie sich abwenden musste. Und dann kam Ken, um ihn zum Familiengespräch mit Doktor Rose abzuholen. Von der anderen Seite des Flurs hörten sie Stimmen näher kommen. Carmel und Najeela gingen Hand in Hand, sie schwangen ihre Arme auf und ab wie Kinder. Herman folgte ihnen.

Das Gespräch würde eine Stunde dauern, wusste Sofia. Sie schaute auf ihre Planetenuhr. Sie hatte genug Zeit, um zum Aussichtspunkt hinaufzugehen. Vielleicht war Zach auch dort. Sie trafen sich dort oft, auch ohne sich abzusprechen. Normalerweise verließ sie die Klinik nicht durch die schwere Eingangstür, sondern durch den Hinterausgang bei der Küche. Dieser führte direkt zu den Gemüsegärten und zu den Wanderwegen. Doch diesmal entschied sie anders. Weil sie halt grad neben der Tür stand, sagte sie sich.

Oder weil sie es geahnt hatte?

Auf dem Parkplatz stand Blue, in der gekrümmten Haltung, die ihr schon vertraut war, an den blauen Mini gelehnt. Er zog an einer E-Zigarette und tippte auf seinem Handy herum, das wie seine Kopfhörer uralt und mit Isolationsband zusammengeklebt war. Er schaute auf, als er sie kommen hörte, und lächelte.

Als hätte er auf sie gewartet.

»Hey«, sagte er. »Hast du Zeit?«

Sofia schaute an sich herunter. Letzte Woche hatten ihr die Papas neue Kleider mitgebracht. Zwei Größen kleiner, aber dieselben praktischen, formlosen und vor allem schwarzen Teile wie vorher. Ich hab nicht immer so ausgesehen, wollte Sofia sagen. Ich hab mal großen Wert auf Kleidung gelegt. Ich konnte Stunden damit verbringen, die Vintage-Läden nach dem genau richtigen Ledergürtel abzuklappern, oder dem Mechanikeroverall in exakt dem verwaschenen Blauton, der mir vorschwebte. Ich hatte eine Nähmaschine in meinem Zimmer und einen Kleiderschrank, der eine ganze Wand einnahm. Früher hätte ich eine klare Vision davon gehabt, was ich für einen Ausflug an die Küste tragen würde.

Blue schien sich auch so zu freuen, sie zu sehen. Also nickte sie. »Ich hab genau eine Stunde«, sagte sie. Eigentlich müsste sie Bescheid sagen, bevor sie das Klinikgelände verließ. Aber Doktor Rose war mit Carmels Familientreffen beschäftigt, und Ken wollte sie nicht suchen gehen. Eine Stunde war nicht lang. Nicht lang genug.

Höflich hielt Blue die Beifahrertür für sie auf. Als er sich neben sie zwängte, fiel ihr wieder auf, wie groß er war. Und wie dünn. Er hatte den Fahrersitz so weit nach hinten geschoben, wie es möglich war, und krümmte sich über das Steuerrad.

»Wo möchtest du hin?«, fragte er. Sofia zuckte mit den Schultern.

»Egal. Einfach woanders. Woanders als hier.« Wenn die Papas zu Besuch kamen, gingen sie immer irgendwo schön mittagessen und fuhren oft ziemlich weit dafür, bis nach Mendocino hinauf, oder weiter südlich zum Timber Cove Inn. Sie schaute aus dem Fenster, auf die Landschaft, die ihr inzwischen so vertraut war. Die geduckten Zwergkiefern, die windgepeitschten Pinien, die ocker und gelb gestreiften Klippen, der endlose stahlgraue Ozean. Sie öffnete das Fenster ein wenig und atmete die Meeresluft ein.

»Erzähl von Boston«, sagte sie. »Wie ist das Meer in Boston?«

»Kein Vergleich. Und immer auf der falschen Seite, das hat mich total verwirrt. Ich konnte mich überhaupt nicht orientieren.« Er schwieg eine Weile. »Aber viel hab ich nicht gesehen. Ich war die ganze Zeit auf dem Campus. Das Programm ist ziemlich dicht. Und ich bin nicht so der soziale Typ.« Wieder verstummte er. Sofia wollte fragen, ob er einen guten Burrito gegessen hatte, aber sie konnte die Wehmut in seiner Stimme hören und ließ es bleiben. Blue hatte das Studium nicht einfach fallen lassen. Er hatte es aufgegeben, um für seine Familie da zu sein. Was war passiert? Er ist passiert, hatte er gesagt. Er, Arno. Sein Vater.

Sofia presste die Lippen zusammen und schaute aus dem Fenster. Hier sah sie jeden Tag, was andere erlebt hatten. Carmel war von Angel verprügelt worden. Zach war als Kind von seiner jungen alleinerziehenden Mutter abgelehnt worden. Emeralds Familie hatte sie so gut wie abgeschrieben. Während sie selbst so behütet aufgewachsen war wie nur irgend möglich. Sie hatte immer alles gehabt, bedingungslose Liebe, materielle Sicherheit, sogar konstante therapeutische Betreuung. Und doch kriegte sie nichts auf die Reihe. Ihr eigenes Leben machte ihr Angst, ihre Zukunft, die sie so sorgfältig geplant hatte, öffnete sich jetzt vor ihr wie ein dunkler Abgrund. Sofia schämte sich für ihre Ängste. Für ihre Unfähigkeit. Sie hatte keine Entschuldigung.

Blue bog in eine der vielen Ausweichbuchten entlang der schmalen Straße ein und ließ einen ungeduldigen Teslafahrer vorbeifahren. »Die Tech Bros mit ihren Angeberkarren«, sagte er. »Seit der Pandemie wohnt das halbe Silicon Valley hier oben!« Obwohl weit und breit kein anderes Auto in Sicht war, setzte er den Blinker und schaute gewissenhaft in den Seitenspiegel, bevor er wieder auf die Straße fuhr. Sofia musste gegen ihren Willen lächeln. »Dafür haben wir jetzt endlich gutes Wifi, das konntest du vor ein paar Jahren noch vergessen. Ich sollte den Techies wohl dankbar sein, ohne sie hätte ich das Fernstudium nie gepackt. Und die Schule musste nicht schließen. Die Grundschule, meine ich, die meine Schwestern besuchen. Ich dachte schon, sie müssten nach Point Arena rauf! Stell dir vor. Aber jetzt hat die Schule hier nicht nur genug Kinder, sondern auch eine Bibliothek, ein Musikzimmer und einen Gemüsegarten.« Am Ende der Zufahrtstraße hielt er an. »Rechts oder links?« Links führte der Highway nach Gualala und Sea Ranch, rechts nach Point Arena. Gualala war näher.

»Links«, sagte Sofia.

»Kriegst du noch Besuch heute?«

Sie schüttelte den Kopf.

»Nur, weil du immer auf deine Uhr schaust.«

»Ich hab einer Freundin versprochen, nach ihrem Familientreffen da zu sein.« Genaugenommen hatte sie Carmel nichts versprochen. Und auch mit Zach hatte sie nichts Festes verabredet. Einen Moment lang stellte sie sich vor, wie es wäre, den Tag stattdessen mit Blue zu verbringen. Bier zu trinken, Billard zu spielen, am Strand entlangzugehen. Wie ganz normale junge Leute halt.

Was wusste sie schon, was normale Leute taten. Oder ob sie überhaupt existierten.

Blue hielt auf dem Parkplatz einer Ansammlung von niedrigen Gebäuden, die weiß gestrichenen viktorianischen Holzhäusern nachempfunden waren. Handgemalte

Wegweiser zeigten, wo sich ein Steuerberater, ein Fitnesscenter und eine Buchhandlung befanden. Er stieg aus und streckte die Arme über den Kopf. Sein Pullover rutschte hoch, und Sofia konnte seinen mageren blassen Bauch sehen. Seine Haut war mit kreisförmigen Narben bedeckt. Sie wandte den Blick ab und stieg auch aus.

»Spielst du Billard?«, fragte Blue und zeigte auf das Eckhaus mit dem weißen Turm. In den Fenstern blinkten Neonschriftzeichen, Reklamen für Biermarken, in der fahlen Sonne kaum zu sehen. »Cove Azul«, las Sofia. Die blaue Bucht. Grau traf es heute eher.

Sie stiegen die Treppe zur Eingangstür im oberen Geschoss hoch. Das Lokal lag im Halbdunkeln und war schon ziemlich voll, die Theke war besetzt, und auch auf den Tischen, an denen niemand saß, standen halbvolle Biergläser und rote Plastikkörbe mit den Überresten eines Burgers und ein paar vereinzelten Fritten. Es roch nach Bratöl und abgestandenem Bier.

Billard und Bier, dachte Sofia. So falsch hatte sie also nicht gelegen.

»Blue, mein Süßer!« Die Kellnerin, eine junge Frau mit langen blauschwarz gefärbten Haaren und bunt tätowierten Armen strahlte bei seinem Anblick. Sie wischte sich die Hände an den Jeans ab und schenkte ihm aus einem Glaskrug eine Tasse Kaffee ein. Dann beugte sie sich über die Theke, packte seine Oberarme und küsste ihn auf beide Wangen. Sofia spürte, wie er neben ihr erstarrte. Er schien innerlich auf zehn zu zählen, bevor er sich losmachte. Doch dann lächelte er freundlich.

»Ganz schön was los heute«, sagte er. »Langes Wochenende, was? Hab ich ganz vergessen.«

»Ja, die Ausflügler sind da. Zudem werden wir auf Airbnb empfohlen, als der Ort, an dem man mit den Einheimischen Billard spielen kann!« Sie lachte scheppernd, und Blue trat einen Schritt zurück. »Das ist übrigens meine Freundin Sofia, Sofia, das ist Weedy.«

Während Sofia noch über diesen Namen nachdachte, hatte Weedy schon eine Tasse in der Hand. »Dasselbe wie Blue?«

Sofia schüttelte den Kopf und bestellte stattdessen eine Cola. Mit Eis. Einfach, weil sie das sonst nie trank. Sie war noch nie in einer Bar gewesen, theoretisch war es ihr auch nicht erlaubt. Sie war noch nicht einundzwanzig. Das hielt andere in ihrem Alter nicht ab. Und die hätten bestimmt ein Bier bestellt. Aber es war schließlich noch nicht mal Mittag. Und Blue trank Kaffee.

»Wie ist denn die Situation zu Hause?«, fragte Weedy in vertraulichem Ton. »Kann ich was tun?«

Die Situation zu Hause, dachte Sofia. Hatte ihr Instinkt sie also nicht getrogen. Die Umstände, unter denen Skye lebte, waren kritisch. So kritisch, dass ihre Freundinnen davon wussten, dass ihr Sohn sein Studium aufgegeben hatte. Umstände?, dachte Sofia. Die Umstände hatten einen Namen: Arno.

Blue lächelte verkrampft. »Danke, Weedy. Wir kommen schon klar.«

Er wandte sich von der Theke ab. Der Billardtisch hinten in der Ecke war besetzt, und es lehnten bereits zwei weitere Spieler an der Wand, die darauf warteten, dass sie an die Reihe kamen. Die Touristen waren leicht daran zu erkennen, dass sie wie für eine dreitägige Expedition in die Wildnis gekleidet waren. Während die Einheimischen dem kalten Wind vom Meer in kurzen Ärmeln und Miniröcken trotzten.

»Plan B«, sagte Blue. Er nahm seine Kaffeetasse und nickte Weedy zu. »Wir gehen rauf, okay?«

»Fürchterlich windig heute, aber wenn ihr wollt.«

Sofia nahm ihr Cola-Glas und folgte Blue.

»Tut nichts, was ich nicht tun würde!«, rief Weedy hinter ihnen her und lachte.

Wieder sah Sofia, wie Blue zusammenzuckte. Doch er sagte nichts, bis sie das Lokal verlassen hatten. Sie stiegen eine weitere Außentreppe hinauf zu einem Türmchen, das nach allen vier Seiten offen war. Fest verschraubte Aschenbecher und schwarze Brandmale im weiß gestrichenen Geländer deuteten darauf hin, dass es vor allem zum Rauchen genutzt wurde. Aber jetzt waren sie allein. Weedy hatte nicht übertrieben: Es war kalt, der Wind zerrte an ihren Haaren und Kleidern. Sofia fröstelte. Sie trug keine Jacke.

»Weedy meint es nicht so«, sagte Blue. »Sie ist schon okay.« Blue trug auch keine Jacke, ihm schien die Kälte nichts auszumachen. »Sie wohnt auch da oben im Bayview Park, ihre Tochter geht mit Cloud zur Schule. Skye kennt sie schon lange.«

»Was hat sie denn damit gemeint, mit der Situation zu Hause?« Sofia nahm einen Schluck von der Cola, doch das Getränk war zu kalt für sie. Oder sie war so viele Eiswürfel nicht mehr gewohnt. Sie stellte das Glas auf den Boden und schlang die Arme um sich.

»Arno«, sagte Blue, als erkläre das alles. Und vermutlich tat es das auch. Sofia hatte richtig vermutet. Erst wollte sie nachfragen, sie dachte an ihre Mission und dass sie den anderen von diesem Treffen erzählen würde. Aber sie ließ es bleiben. Der Anblick von Blues nacktem Bauch, seiner weißen Haut mit den vielen Narben war bereits mehr gewesen, als sie wissen wollte. Mehr, als er ihr zeigen wollte. Also sagte sie nichts. Ihm schien das Schweigen nichts auszumachen. Der Lieblingstrick ihrer Therapeutinnen würde bei ihm nicht funktionieren. Sofia lächelte bei dem Gedanken. Er schaute sie fragend an, sagte aber immer noch nichts und schien auch nicht unbedingt eine Erklärung zu erwarten. Überhaupt schien er nichts von Sofia zu erwarten. Es genügte, dass sie hier neben ihm stand, dem kalten Küstenwind ausgesetzt, auf diesem Türmchen, von dem aus sie die Straße sehen konnten, ein paar Hausdächer, ein paar Bäume und dahinter den endlosen Ozean.

Plötzlich legte er den Kopf in den Nacken und zeigte zum Himmel hinauf. »Schau!«

Zwei große Raubvögel zogen einen eleganten Bogen um sie beide herum und segelten dann über den Highway, die Bäume und die Hausdächer auf der anderen Seite zur Küste hinunter.

»Wow«, sagte Sofia. »Sind das …?«

»Warte«, sagte Blue. Und einen Augenblick später tauchten sie wieder auf, umkreisten den Turm noch einmal, bevor sie hinter den Bäumen verschwanden.

»Fischadler. Sind die nicht toll? Perfekte Aeronautik. Keine verschwendete Bewegung.«

Sofia nickte. Beim Anblick dieser Vögel spannte sich jeder Muskel in ihrem Rücken an, und automatisch wippte sie auf den Zehenspitzen vor und zurück.

»Die sind der Grund, warum ich unbedingt ans MIT

wollte«, sagte Blue. »Als Kind konnte ich die stundenlang beobachten, die Fischadler, die Bussarde, die Truthahngeier, manchmal sieht man hier sogar Weißkopfseeadler. Die sind aber selten. Ich hatte ein Fernrohr und ein Notizbuch, ich hielt alles fest, zeichnete jeden Vogel, den ich sah. Sogar die Möwen, die allen hier auf die Nerven gehen. Meine Mutter dachte schon, es stimmt was nicht mit mir. Ich wollte nie Fußball spielen oder Bogenschießen. Ich wollte immer nur fliegen.« Er drehte sich zu ihr um und beugte sich etwas herunter, sodass er ihr in die Augen sehen konnte. Sie spürte seinen Atem in ihrem Haar.

»Verstehst du das?«, fragte er.

Der Flur war leer, die Türe zu Doktor Roses Sprechzimmer stand offen. Carmel und ihre Familie waren nirgends zu sehen. Sofia schaute in den Speisesaal und in den Innenhof, konnte sie jedoch nirgends finden. Auch Zach schien verschwunden. Sie würde ihn am Aussichtspunkt suchen, aber dazu musste sie sich wärmer anziehen. Sie musste ihre Jacke holen. Doch am Fuß der Treppe zögerte sie. Emerald war bestimmt noch auf dem Zimmer, allein, wie jedes Wochenende, ohne Besuch. Sofia konnte nicht einfach schnell ihre Jacke vom Haken nehmen und wieder gehen. Das wäre nicht richtig.

»Alles okay?«, fragte Ken, der aus dem Gruppenraum kam. »Brauchst du was?«

Sofia schüttelte den Kopf. »Nein, Ken. Ich hab nur ein Luxusproblem.« Bevor sie in die Klinik gekommen war, hatte sie überhaupt keine Freundinnen gehabt. Sie hatte ihre Tage und Nächte zu Hause verbracht, allein mit ihren Lehrbüchern und Übungsheften, mit ihren Computerprogrammen und Kopfhörern. Außer ihren Vätern hatte sie kaum jemanden gesehen. Und jetzt hatte sie schon drei neue Freunde, vier, wenn sie Blue dazuzählte. Und das tat sie. Jetzt war ihr einziges Problem, dass sie nicht an zwei Orten mit zwei Freundinnen gleichzeitig sein konnte. Sie musste lachen und winkte ab, als sie sah, dass Ken besorgt die Stirn runzelte. »Alles okay, glaub mir.«

Ken nickte. »Carmel ist mit ihrer Familie an den Strand runtergefahren«, sagte er beiläufig. »Ich glaub, sie wollten picknicken gehen.«

»Ist aber ganz schön kalt am Meer unten«, sagte Sofia und merkte zu spät, dass sie sich damit verraten hatte.

Ken lächelte nachsichtig. »Nächstes Mal meldest du dich bitte ab, wenn du das Gelände verlässt, ja?«

»Schon klar. Sorry.«

Das Treffen musste gut verlaufen sein, der Besuch war jedenfalls nicht vorzeitig abgebrochen worden. Carmel würde der Wind nichts ausmachen, dachte Sofia. Nicht, wenn sie mit ihren Kindern am Strand saß und ihre Sandwiches vor den Möwen verteidigte und Sand von den Keksen schüttelte.

Sofia ging die Treppe hoch und öffnete die Tür zu ihrem Zimmer. Sie war nicht einmal erstaunt, Emerald auf ihrem Bett liegen zu sehen, in Celias Notizbücher vertieft. Sie schaute auf, als Sofia eintrat. Wieder zeigte sie nicht den geringsten Anflug von Verlegenheit. »Du, das wird aber ganz schön krass, was sie da zusammenschreibt«, sagte sie. »Hör zu.«

Sofia seufzte. »Hab ich eine Wahl?« Sie streifte ihre

Schuhe ab und legte sich demonstrativ auf Emeralds Bett. Ein bisschen Distanz musste sein.

»Du wirst mir noch dankbar sein, dass ich schon vorgearbeitet habe«, sagte Emerald, »dass ich weiß, was auf dich zukommt.«

»Doktor Rose weiß das auch. Und sie meinte, es würde mir guttun.«

»Tja, wenn sie das sagt …« Emerald schaute auf die Seiten hinunter, die sie gerade gelesen hatte. Sofia wusste, dass es nicht dasselbe Heft war, aus dem sie zuletzt vorgelesen hatte. Sie wollte die Einträge in der richtigen Reihenfolge lesen. Aber sie sagte nichts. Emerald begann:

»Mit sechzehn war ich das erste Mal schwanger. Die Agentur kümmerte sich um alles, ich war ja nicht die Einzige, der so was passierte. Wir bekamen zwar alle die Pille verschrieben, aber die muss man ja dann auch nehmen. Ich kann nun mal nicht immer an alles denken. Und von der Pille kriegte ich große Brüste und ein rundes Gesicht, das war ja auch nicht die Idee. Aber, easy, mehr Kokain, das haben sie uns damals fast nachgeschmissen.

Mit siebzehn machte ich den ersten Entzug, mit achtzehn den zweiten und so weiter. Dazwischen wurde ich immer mal wieder schwanger, ich muss einen Mann nur anschauen … so ist ja auch der Deal mit deinen Vätern zustande gekommen, du kennst die Geschichte. Wörtlich hab ich das zu Santi gesagt, wortwörtlich: ›Ich werd schon schwanger, wenn ich einen Mann nur anschaue!‹, und dann seinen traurigen Blick gesehen und gemerkt, wie sehr er sich eine Familie wünschte. Er redete ja oft genug davon. Damals war es noch nicht so einfach für zwei Männer, ein Kind zu adoptieren. Sie konnten ja nicht mal heiraten. Tja, und dann machte es klick klick klick in meinem Kopf. Ich hatte die Lösung! Die Lösung für alles. Für Santiagos Träume, und klar, auch für mein Konto. Beruflich lief damals nicht mehr viel für mich. Aber das war etwas, das ich konnte: schwanger werden. Vielleicht das Einzige, in dem ich wirklich gut war …

Boah!« Emerald hielt im Lesen inne und schaute zu Sofia hinüber. »Ich hab nicht übertrieben, was? Deine Mutter ist eine klassische Narzisstin, wenn du mich fragst.«

Doktor Lilly hatte dasselbe über Celia gesagt. Noch mehr Schubladen, dachte Sofia. »Nenn sie nicht immer meine Mutter. Sie war nicht meine Mutter. Nicht im eigentlichen Sinn.«

»Was war sie denn sonst?«

Als Sofia nicht antwortete, las Emerald weiter:

»Die Agentur hat mich nach wenigen Jahren schon wieder fallen lassen. Ich kostete sie mehr, als ich einbrachte. Und dann wurde meine Mutter krank. Du hast meine Eltern nie kennengelernt, ist vielleicht auch gut so. Ich hätte das nicht ertragen, wenn sie dich mehr geliebt hätten als mich. Du hast ja schon so alles, was ich nie hatte.«

Wieder schaute Emerald auf. »Also, wirklich gemocht hat sie dich nicht, was?«

»Emerald!« Sofia schloss die Augen. Da war es wieder, immer derselbe Vorwurf: Sie hatte doch alles. Sie hatte immer alles gehabt. Mehr als andere. Mehr, als ihr zustand. Mehr, als sie verdiente.

»Ich wohnte also wieder zu Hause, aber nicht, weil meine Mutter krank war, das wusste ich damals noch gar nicht, sondern weil ich kein Geld mehr hatte. Dabei hatte ich eine Zeit lang gar nicht schlecht verdient. Mehr als mein Vater auf jeden Fall.

Aber ich hab halt alles gleich wieder ausgegeben, geschluckt, geschnupft, gespritzt.

Während ich die Entzugstour durch die gängigen Kliniken machte, war eine andere Zeit angebrochen. Plötzlich mussten Models gesund aussehen, kräftig sogar, das hatte ich nicht drauf. In L.A. ist modemäßig eh nichts los, also versuchte ich mich als Schauspielerin. Ich hatte auch ein paar kleine Rollen, ich war in Law and Order *und in* Grey's Anatomy, *aber es waren keine Sprechrollen. Doch, einmal hatte ich einen Dialogzeile: ›Ich fordere eine zweite Meinung!‹ Hat aber auch nicht zum Durchbruch gereicht.*

Damals hab ich auch Santi kennengelernt. Sein Salon war der place to be, *da gingen alle hin. Auf den ersten Termin musste ich drei Monate warten. Aber dann verstanden wir uns gleich. Wir wurden Freunde. Uns verbindet halt was, und nicht nur, dass wir beide Spanisch sprechen. Wir sind beide eine Enttäuschung für unsere Familien, wenn auch aus anderen Gründen.*

Ohne dich, das heißt, ohne mich, hätte Santi sich nie mit seiner Familie versöhnt. Damals sagte er, er würde niemals in die Bay Area zurückkehren, und seine Mutter könne ihm gestohlen bleiben. Nur seine Schwester vermisste er. Er sagte, ich erinnere ihn an sie. Manchmal nannte er mich Hermanita, *kleine Schwester.*

Später kam dann raus, dass Carla ihren Sohn grün und blau schlug. Na, vielen Dank! Und ich dummes Huhn hatte mich noch geschmeichelt gefühlt.

Hätte ich dich geschlagen, wenn du mit mir aufgewachsen wärst? Ich hoffe nicht. Ein bisschen Respekt möchte ich mir schon noch bewahren, vor allem jetzt, wo es aufs Ende zugeht. Aber vernachlässigt hätte ich dich vermutlich.

Das andere war eben immer stärker. Das Unstillbare.«

Emerald hielt inne und schaute prüfend zu Sofia hinüber. »*Heavy*«, sagte sie, und Sofia nickte. Sie versuchte, sich nicht anmerken zu lassen, wie sehr sie Celias Worte verletzten. Sie bohrten sich unter ihre Haut wie vergiftete Pfeilspitzen. Und dass Emerald eine so talentierte Schauspielerin war, machte es nicht einfacher. Sie traf Celias leicht näselnden Ton genau, obwohl sie sie nie getroffen hatte.

»Und von wegen Chronologie, die suchst du hier vergebens.«

»Trotzdem«, sagte Sofia, »trotzdem ist es nicht sinnvoll, wenn du mir Ausschnitte vorliest, die gar keinen Zusammenhang haben.«

»Und deine Methode ist effizienter? Die Bücher ordentlich aufstapeln und dann ignorieren?« Emerald blätterte um:

»*Meine Mutter hatte Krebs, aber davon erfuhr ich erst, als es schon zu spät war. Anfangs sagten sie niemandem etwas, nicht einmal mir, es war ihr Geheimnis. Meine Mutter trug eine Perücke, die aus ihrem eigenen Haar gefertigt war und ganz genau aussah wie ihre Frisur. Und ich merkte es nicht mal. Niemand merkte es …*

Boah, krass!«, rief Emerald. »Genau wie bei mir, nur umgekehrt. Bei mir waren es ja meine Eltern, die nicht mal merkten, dass ich eine Perücke trug. Und ich hatte eine ganz billige, nicht aus Echthaar oder so!«

»Und genau genommen hattest du auch gar keinen Krebs«, sagte Sofia ein wenig grob und bereute es sofort. »Sorry«, murmelte sie, doch es war zu spät. Emerald klappte das Buch zu, stand auf und baute sich vor Sofia auf. »Das ist mein Bett«, sagte sie.

Sofia starrte sie an. War das ihr Ernst? Hatte sie nicht eben noch auf ihrem Bett gelegen? Sofia stand auf, nahm ihre Jacke vom Haken an der Tür und schlüpfte wieder in ihre Turnschuhe. Dann würde sie eben Zach suchen gehen, wie sie es von Anfang an vorgehabt hatte. Im letzten Moment griff sie sich die Hefte von ihrem Bett und ging ohne ein weiteres Wort. Betont sorgfältig und leise zog sie die Tür hinter sich zu.

Auf der Treppe musste sie plötzlich lachen. Sie hatten sich gestritten wie Teenager. Wie Schwestern. Wie Freundinnen.

Zach war nicht am Aussichtspunkt. Sofia setzte sich auf die Bank, legte die Bücher auf ihren Schoß, ordnete sie und öffnete dann das oberste. Sie suchte die Stelle, an der sie in der Besenkammer aufgehört hatte zu lesen, und konnte sie nicht mehr finden. Emerald hatte recht: Es gab keine Chronologie. Celia musste einfach aufgeschrieben haben, was ihr gerade in den Sinn kam. Einen Brief konnte man das nicht nennen. Sie richtete sich nicht wirklich an Sofia. Sie kreiste um sich selbst.

Warum überraschte sie das? Sie kannte ihre Mutter doch. Also schlug sie wahllos eine Seite auf.

Ich hätte mir als Kind oft zwei Väter gewünscht statt meiner Mutter, die ständig an mir herumkritisierte. Ich hab immer noch ihre Stimme im Ohr: Halte dich gerade. Mein Gott, nun schau dich mal an. Was sind denn das für Hosen, trägt man die jetzt so? Die Mode kommt dir aber gar nicht entgegen, mein Mädchen …

Nach ihrem Tod wollte ich erst mal bleiben. In dem Haus,

mit meinem Vater. Nicht für immer natürlich, das wär ja ko-
misch gewesen, aber für ein paar Monate. Ich dachte tatsächlich,
wir würden uns vielleicht wieder näherkommen. Es war ja am
Ende immer nur um sie gegangen: Was braucht sie, war das jetzt
falsch, sie zu waschen, bevor die Schmerzmittel wirkten, ist der
neue Hospizpfleger grob zu ihr, wo kriegt man den korallen-
farbenen Lippenstift, den sie so gerne mochte ... Mein Vater hat
das meiste gemacht, aber er wollte es auch so. Auch als längst
klar war, dass sie sterben würde, dachte er immer noch, sie würde
sich wieder erholen. »Im Frühjahr fahren wir auf die Catalina
Inseln raus«, sagte er, »da bist du doch immer so gern, dann blü-
hen die Magnolien, und es ist schon warm genug, um am Strand
zu liegen, du siehst so toll aus in deinem grünen Badeanzug,
pass auf, bis Ostern passt dir der auch wieder ...«

Klar, ich war nicht die beste Tochter, aber ich hätte nie damit
gerechnet, dass er mich gleich nach der Beerdigung rausschmeißt.

Jeder trauert auf seine Art, sagte Santi damals. Mein Vater
musste einfach jemandem die Schuld geben. Und ich war nun
mal da, ich war die Einzige, die noch da war. Ihm wäre es um-
gekehrt lieber gewesen, das war schon klar. Wenns nach ihm
gegangen wäre, wäre ich gestorben, und er und seine Carolina
hätten glücklich zusammen weitergelebt. Und wenn sie nicht
gestorben sind ... Aber sie sind gestorben. Meine Mutter ist
gestorben.

Und jetzt stirbt deine. Aber das wird dein Leben nicht ver-
ändern. Da bilde ich mir nichts ein.

Mein Vater, wie gesagt, gab mir die Schuld am Tod meiner
Mutter. Ich hätte sie ins Grab gebracht mit meinen Drogen und
dem Alkohol, und überhaupt hätte ich ihr Herz gebrochen, als
ich mit fünfzehn nach New York zog.

Ein Witz ist das. Sie war froh, dass ich weg war.

Tja, und drei Monate nach der Beerdigung zog mein Vater
selber weg aus L.A., irgendwo in den hintersten Hinterwald
von Vermont. Zu einer Frau, die er noch nie gesehen hatte, mit
der er aber seit Jahren ein Online-Verhältnis hatte. Ja, schon als
meine Mutter noch lebte, als sie im Sterben lag.

Aber klar, Celia war das Arschloch. Celia war an allem
schuld. Wie immer. Was denn sonst?

Sofia schlug das Buch so heftig zu, als könnte sie die
Wörter zwischen die Seiten zurückdrängen. Ungelesen
machen. War das der Grund, warum Doktor Rose darauf
bestand, dass sie diese Seiten las? Ging es darum? Musste
sie verstehen, dass Celia sich nur deshalb nicht für sie
interessiert hatte, weil sie selbst als Kind vernachlässigt,
verletzt worden war? Weil auch sie, einmal mehr, nicht
so behütet aufgewachsen war wie Sofia selbst?

Celia war in Sofias Leben gar nicht vorgesehen gewesen. Sie mochte eine Narzisstin sein oder ein beliebiges
anderes Etikett tragen. Das hatte keine Auswirkungen
auf sie. Sofia war nie auf Celia angewiesen gewesen. Sie
war ihr auch nicht ausgeliefert gewesen. Sofia hatte, im
Gegensatz zu Celia, Emerald und Carmel nichts als bedingungslose Liebe und Unterstützung erfahren. Was war
also ihr Problem?

Das Gewicht war es nicht. Das Fliegen auch nicht.
Es hatte vorher begonnen. Sie hatte alles gehabt, und es
hatte nicht gereicht. Sie hatte ihre Träume fallen lassen,
als bedeuteten sie nichts. Als würden sie einfach so nach-
wachsen. Blue hingegen hatte keine andere Wahl gehabt,
als sein Studium aufzugeben. Er war hier, um seine Familie zu beschützen. Doch Sofia hatte ihr Leben durch
ihre Finger rinnen lassen wie Sand. Ihr Bewegungsradius

war immer kleiner geworden, ihre Möglichkeiten immer weniger. Sie dachte nicht mehr über den Tag hinaus. Sie hatte keine Vorstellung mehr von der Zukunft.

Plötzlich hielt sie sich selbst nicht mehr aus. Sie stand auf, die Bücher rutschten von ihrem Schoß und fielen auf den Boden. Sie machte einen Schritt über sie hinweg und trat an den Zaun. Das Meer war dunkelgrün und aufgewühlt. Gischtflocken tanzten auf der Oberfläche. Eine kleine Welle brach sich wieder und wieder an einem länglichen Felsen, etwa zwanzig Meter von der Küste entfernt.

Sie packte die oberste Latte mit beiden Händen und rüttelte daran. »Was ist dein Problem, Sofia Gomez Bernasconi?«, sagte sie. Der Wind riss ihr die Worte aus dem Mund, verstreute sie. Sie rief lauter: »Was zum Teufel brauchst du denn noch? Du hast doch alles! Andere würden sich ein Bein ausreißen für das, was du einfach so weggeworfen hast. Du blöde, verwöhnte, nichtsnutzige, unfähige …«

Immer lauter wurde sie. Immer heftiger. Jetzt müsste sie fliegen können. Jetzt! Sie stellte sich vor, wie sie über den Zaun kletterte und ins Leere sprang. Wie sie aus ihrem Körper schoss und sich in einen Vogel verwandelte, der steil in den Himmel hinauf und in einem eleganten Bogen von der Küste weg und über das offene Meer hinausflog. Weit weg. Wenn sie ein Vogel wäre, würde sie sich keine Fragen stellen. Sich nicht an anderen messen, nicht an sich zweifeln, nicht verzweifeln. Wenn sie ein Vogel wäre, wüsste sie, wie Leben ging. Probehalber stellte sie einen Fuß auf die untere Zaunlatte, sie hielt.

Doch plötzlich wurde sie von hinten gepackt. Es war

nicht der Wind. Es waren Arme. Es war Zach. Er packte sie um die Mitte und riss sie vom Zaun zurück und schob sie zur Bank. Ohne sie loszulassen, setzte er sich und zog sie neben sich. Sofia zitterte. Ihr Gesicht war nass, ihr Hals wund. Sie schniefte ein paarmal, bevor sie sich aus Zachs Griff befreite und sich mit beiden Händen übers Gesicht fuhr.

»Gehts wieder?«, fragte er nach einer Weile, und sie nickte. Er fragte nicht, was los war. Ob etwas passiert sei. Er zitierte keine Statistik und keine Studie, er bot keine Lösung an. Stattdessen sagte er einfach: »Carmel ist von ihrem Strandpicknick zurück. Ihre Familie war grad dabei, sich von ihr zu verabschieden, als ich hier hochgekommen bin.«

Sofia nickte. Dann stand sie auf, hob die Bücher vom Boden auf und trat an den Zaun. Mit einem lauten Schrei warf sie sie in die Luft. Sie flogen nicht majestätisch wie Fischadler, sondern trudelten die Klippe hinunter wie betrunkene Motten, immer wieder an den Steinen aufschlagend, bis sie endlich im Wasser landeten. Sofia schaute zu, wie die Seiten von der Gischt aufgeblättert, die Schrift verwischt und ausgelöscht wurde, wie sich die Bücher vollsogen, bis sie schwer genug waren, um zu sinken. Dann drehte sie sich zu Zach um, der abwartend hinter ihr stand.

»Okay«, sagte sie, »gehen wir Carmel suchen.«

Zach zeigte zum Weg hinunter, und Sofia sah Carmel den Hügel heraufkommen. Sie ging schnell und winkte von Weitem mit beiden Armen. Ihr Lächeln war so breit, dass es ihr Gesicht sprengte.

DER GROSSE REGEN

Es begann schon in der Nacht. Sofia wachte auf, als sie den Regen gegen die Fensterscheiben trommeln hörte. Sie seufzte wohlig. Einen Moment lang fühlte sie sich in ihre Kindheit zurückversetzt, als sie manchmal zu dritt auf dem Wohnzimmersofa schliefen und dem Regen lauschten, der gegen das gewölbte Oberlicht über ihnen prasselte. »Zu Hause zelten«, nannte ihr Papa Santiago das. Und Papa Giò grummelte, weil er als einziger in der Familie gern richtig zelten würde, so spartanisch wie möglich. Damals hatte sie sich jeden Tag sicher und geborgen gefühlt, aber nie so sehr, wie wenn es draußen regnete und stürmte.

Es hatte lange nicht mehr geregnet. Die kalifornische Dürrekatastrophe dauerte seit über vier Jahren an, der Gouverneur hatte letztes Jahr den Notstand ausgerufen. Doch sogar Sofia, so jung sie war, erinnerte sich, dass das früher anders gewesen war. Dass es manchmal wochenlang geregnet hatte. Sie erinnerte sich, dass sie nicht nur eine Regenjacke, sondern auch eine Regenhose über ihre Kleidung ziehen musste, bevor sie das Haus verließ. Sie hatte einen grünen Regenmantel mit aufgenähten Dinosaurierschuppen auf dem Rücken getragen, als sie klein war. Rote Gummistiefel mit Glückskäferpunkten, blaue Gummistiefel mit einem aufgerissenen Haifischmaul. Sie hatte sich immer auf den Regen gefreut. Auf einen Anlass, sich zu verkleiden. Doch jetzt regnete es nicht nur, es stürmte. Sie hörte Donnergrollen in der Ferne. Gewitter waren selten in San Francisco, seltener als Erdbeben, und sie erschreckten Sofia deswegen auch mehr. Unwillkürlich schaute sie zu Emerald hinüber, die schnarchte wie eine kleine Katze. Leise stand sie auf, legte sich die Steppdecke um die Schultern und setzte sich auf die Fensterbank. Die alten Fenster waren nicht ganz dicht, sie fühlte die kalte, feuchte Luft durch die Spalten dringen. Die Nacht war dunkel. Aber sie war sicher. Sie hatte keine Angst mehr. Selbst wenn sie wie ferngesteuert das Fenster öffnen und in das Schwarz hineintauchen würde, würde nicht zwingend etwas Grauenhaftes passieren. Das letzte Mal, als sie geflogen war, hatte sie einen Freund gefunden.

Sofia war neu im Land der Freundschaften. Sie war noch fremd hier, sie fand sich noch nicht zurecht. Für Emerald empfand sie nicht dasselbe wie für Zach oder für Carmel. Und doch hatten diese drei Verbindungen irgendwie denselben Geschmack, denselben Grundton. Mit Blue war es anders. Es fühlte sich anders an, neu und gleichzeitig vertraut. Sie konnte es nicht benennen. Wichtiger? Tiefer? Normaler?

Sie kicherte leise. Normaler, ausgerechnet! Nichts an ihrer Situation war normal. Aber wenn sie mit Blue zusammen war, oder auch wenn sie nur an ihn dachte, fühlte sie sich so: normal. So, wie sie gemeint war.

Sie erinnerte sich an einen Abschnitt aus Celias Tagebüchern. Sie sah ihre ausgreifende, etwas schludrige Handschrift vor sich, so deutlich, als hätte sie das Buch in der Hand.

Sex stillt es nicht, das Unstillbare, das hab ich ausgiebig probiert, das kann ich abhaken.

Liebe? Sex und Liebe ist nicht dasselbe. Sex hatte ich bis zum Abwinken. Aber Liebe?

Am ehesten noch mit Santi. Santi war die Liebe meines Lebens. Weil wir keinen Sex hatten? So genau willst du das gar nicht wissen, schon klar. Aber hey, das hier sind meine letzten Worte. Nicht deine.

Liebe, Freundschaft, Sex, dachte Sofia. Schubladen, Schubladen, und noch mehr Schubladen, immer neue Schubladen. Wie oft hatte Sofia sich gewünscht, sie könnte einfach Sofia sein, und das wäre genug. Aber das käme wohl auf dasselbe hinaus, wie ganz allein in ihrer eigenen Schublade zu sitzen. Der Sofia-Schublade. Wollte sie das?

Vielleicht war es das, was sie mit Blue verband: Es war, als wohnten sie beide in derselben Schublade. Dabei wusste sie gar nicht viel über ihn. Aber sie kannte ihn. Er war ihr vertraut. Plötzlich erinnerte sie sich, wie Papa Giò ihr einmal das Konzept der romantischen Komödien erklärt hatte. Er glaubte, dass das Casting dabei eine größere Rolle spielte als das Drehbuch und zitierte eine berühmte Regisseurin, die einmal gesagt hatte, ihre Schauspieler müssten »zur selben Nahrungsmittelgruppe gehören«. So war es. Blue und sie, sie waren beide – was waren sie, Gemüse? Sie dachte an ihr Gemüsebeet im Klinikgarten, die windzerzausten, unverwüstlichen Radieschen, die Karotten, die Rote Bete und die Zwiebeln, und kicherte.

Das monotone Rauschen des Regens vor dem Fenster machte sie schläfrig. Sie streckte sich auf der Bank aus und schloss die Augen. Bevor sie einschlief, sah sie einen trägen Fluss vor sich, auf dem hölzerne Schubladen schwammen wie Boote. Große und kleine, alte und moderne, bunte, graue, baufällige oder mit Blumenmustern bemalte Schubladen. Voller Menschen. In manchen saßen ganze Gruppen, Familien, in anderen nur eine oder zwei Personen. Manche Schubladen waren aneinander befestigt und trudelten in einer trägen Kette den Fluss hinunter. Aus anderen lehnten sich die Passagiere weit hinaus, sodass sie die Hände der Vorbeiziehenden fassen konnten. Und da waren sie, Sofia und Blue. Ihre Schublade war an der von Giò und Santiago befestigt, mit einem dicken Strick und einem doppelten Knoten waren sie miteinander verbunden. Da waren Blues Schwestern, die sie gar nicht kannte, aber wer sonst sollten diese blonden Mädchen sein, deren Schlauchboot an ihrer Schublade befestigt war? Wo war Skye? Sie konnte sie nicht sehen. Aber da waren Carmel, Zach und Emerald. Da waren Carmels Kinder mit Oscar. Doktor Rose und Doktor Lilly. Immer mehr Passagiere erkannte sie. Der Fluss war so dicht befahren, dass sie das Wasser kaum mehr sehen konnte.

Am nächsten Morgen regnete es immer noch. Beim Frühstück im Speisesaal wurde das Wetter heftig diskutiert. Niemand wusste etwas Genaues, aber jeder hatte Gerüchte gehört. Der ausgetrocknete Boden konnte diese Menge an Flüssigkeit nicht aufnehmen. Es gab Erdrutsche und Überschwemmungen, Häuser und Straßen standen unter Wasser, Teile der Küstenstraße waren eingebrochen. Die heftigen Winde hatten Bäume entwurzelt, eine Frau war beim Spazierengehen erschlagen worden, aber wer ging bei diesem Wetter schon spazieren? In Jenner war ein Mammutbaum auf die Küstenstraße gestürzt und blockierte den Verkehr, Gualala war von Süden her nicht mehr zu erreichen. Sie waren von der Außenwelt abgeschnitten. Ach Quatsch, es war der Russian River, der wieder mal über die Ufer getreten war und die Straße überschwemmt hatte, das kam jedes Jahr mal vor. Jedes Jahr? Wir hatten doch seit Jahren keinen Regen mehr! Und überhaupt, niemand konnte etwas Genaueres wissen, da auch das Internet nicht mehr funktionierte. Aber das hatte ja hier oben noch nie funktioniert.

Das stimmte allerdings nicht, so viel wusste Sofia immerhin. Die Techie-Invasion der letzten Jahre hatte dazu geführt, dass der Internetservice hier oben besser war als in San Francisco. Das hatte ihr Blue erzählt. Aber sie sagte nichts. Sie hasste es, wenn alle durcheinanderredeten, wenn wilde Theorien ausgetauscht wurden, wenn eine versuchte, die andere zu übertönen, wenn jeder es besser wusste. Sie klappte die beiden Scheiben Toast mit Avocado aufeinander wie ein Sandwich und steckte sie in die Bauchtasche ihres Hoodies. Sie würde verbotenermaßen und gegen alle Regeln allein auf ihrem Zimmer essen.

Seit wann ertrug sie keine hitzigen Diskussionen mehr, keine Meinungsverschiedenheiten, keine lauten Stimmen? Sie war doch damit aufgewachsen. Ihr Papa Santiago ereiferte sich aus dem geringsten Anlass, und es war oft nicht so einfach zu erkennen, ob er wütend oder begeistert war. Die letzte königliche Hochzeit hatte er im selben Ton kommentiert wie den neuesten Skandal der lokalen Polizeibehörde oder eine Änderung der Speisekarte seines Lieblingsrestaurants. Und wenn seine ganze Familie beieinander war, dann konnte man sein eigenes Wort nicht mehr verstehen. Alle redeten, riefen, schrien durcheinander, fuchtelten mit den Händen, sprangen auf, um ein Argument zu bekräftigen, indem sie es ausagierten. Keiner hörte dem anderen zu, und gerade, wenn es aussah, als würden sie sich gleich gegenseitig verprügeln, brachen alle in brüllendes Gelächter aus. Ihr Papa Giò hatte immer darunter gelitten, manchmal hatte er sich die Ohren zugehalten wie ein Kind. Meist aber verschwand er einfach in sein Studio und schaute sich Ausschnitte alter Familienfilme an, bei denen er den Ton ausschalten konnte. Sofia hingegen hatte diese Szenen schon als Kind mit wissenschaftlichem Interesse beobachtet, sie versuchte, das Verhalten ihrer Verwandten zu analysieren, wie eine Ethnologin einen fremden Volksstamm untersucht. Sie hatte nicht immer verstanden, warum sich alle so aufregten. Aber es hatte ihr nichts ausgemacht. Es hatte sie nicht erschreckt.

Manchmal fragte sie sich, ob die letzten Jahre nicht doch ihre Spuren hinterlassen hatten. Bisher hatte sie das immer abgestritten. Jedes Mal, wenn wieder eine Studie veröffentlicht wurde, die die schädlichen Auswirkungen der Pandemie besonders auf junge Menschen belegte, hatten sich die Papas besorgt nach ihrem Befinden erkundigt. Doch nachdem sie das Studium aufgegeben und so stark zugenommen hatte, fragten sie nicht mehr nach. Sofia hatte die Theorie bestätigt. Sie war Teil der Statistik geworden.

»Da bist du ja!« Emerald stieß die Zimmertür so heftig

auf, dass sie gegen die Wand schlug. Sie strahlte. Die allgemeine Aufregung schien sie zu beflügeln. »Alle Aktivitäten draußen sind gestrichen!« Sie wedelte mit einem Blatt Papier. »Hier ist der neue Stundenplan für die nächsten paar Tage, ich hab deinen auch gleich mit hochgebracht. Zweimal pro Tag Gruppe, das hat mir gerade noch gefehlt.«

Sie warf sich wie immer auf Sofias Bett. »Ihr seid zuerst dran. Wir haben jetzt gleich Yoga und Meditation. Mann, der arme Ken kann einem direkt leidtun. Der wird sich ja den Mund fusselig reden heute!« Sofia bezweifelte das. Sie glaubte eher, dass er gar nicht zu Wort kommen würde. Sie fischte mit den Füßen nach ihren Hausschuhen und steckte den letzten Bissen ihres Avocadotoasts in den Mund.

»Hast du etwa auf dem Zimmer gegessen?« Emerald drohte ihr scherzhaft mit dem Finger. »Ha! Das ist total verboten!«

Sofia schluckte und nickte. Dann stand sie auf und ging in den Gruppenraum hinunter. Es war, wie sie geahnt hatte. Alle redeten durcheinander, beklagten sich, führten Gründe an, warum sie unter dem plötzlichen Wetterumschwung besonders zu leiden hatten.

»Ich werd doch wohl spazieren gehen dürfen!«, rief Karen, die wirklich so hieß und ständig betonte, dass sie alles andere als eine typische Karen sei, was hin und wieder mit hochgezogenen Brauen und zweifelnden Hm-Lauten beantwortet wurde. »Ihr könnt uns ja nicht hier einsperren. Ich muss jeden Tag meine zehntausend Schritte gehen, sonst werd ich kribbelig.« Elektronische Schrittzähler waren in der Klinik ebenso wenig erlaubt wie Smartphones. Doch Karen war noch nicht fertig. »Ich hab keine Angst vor ein bisschen Regen«, sagte sie. »Es gibt kein schlechtes Wetter, nur schlechte Kleidung.«

»Schlechte Kleidung kann dir nun wirklich niemand vorwerfen«, murmelte eine der anderen Frauen, eine ausgebrannte Tech-Führungskraft aus dem Silicon Valley. Sofia unterdrückte ein Grinsen. Karen war wie Emerald, und wie überhaupt alle untergewichtigen Gäste hier, immer in mehrere Kleidungsschichten gehüllt. Doch ihre waren auffällig wie Theaterkostüme. Sie trug Capes aus schillerndem Samt, Kragen aus knisterndem Kunstpelz, Schals mit Zotteln und Fransen und Wollmützen, an denen falsche Zöpfe hingen.

Sofia wünschte, sie hätte sich auch eine Decke oder einen Schal umgelegt, sie hätte ein paar Kleidungsschichten, in die sie jetzt versinken könnte. Seit sie Teil dieser Frauengruppe war, verstand sie, dass der Wechsel nichts mit ihrem Geheimclub zu tun gehabt hatte. Es war wohl eher um die schüchterne Susanna gegangen, die sich in dieser Alpharunde nicht zu behaupten wusste.

Sofia erinnerte sich, was Emerald damals über Chester gesagt hatte: Erfolgreiche Männer brechen nicht zusammen, sie brennen aus. Vor lauter Erfolg. Das galt offensichtlich auch für Frauen. Sie versuchte sich vorzustellen, wie es wäre, einen anspruchsvollen Job zu haben, ganz in der Arbeit aufzugehen. Wäre sie später mal genauso geworden, wenn sie ihren Lebensplan durchgezogen hätte? Sie hatte ja auch nie über ihren Berufswunsch hinausgedacht. Ob sie mal eine Familie haben würde, hatte sie sich nie überlegt. Aber sie nickte, wenn sie danach gefragt wurde. Weil es von ihr erwartet wurde. Weil es einfacher war, auf die Frage, wie viele Kinder sie einmal haben wolle, »zwei« zu sagen, als »ich glaube, keine«. Sofia war mal genauso ehrgeizig gewesen wie diese Frauen, die sie heute einschüchterten, genauso besessen von ihrer Aufgabe. Seit sie zwölf Jahre alt war, eiferte sie nicht Popstars und Models nach, sondern Amelia Earhart und Walentina Tereschkowa, der ersten Frau im Weltraum. Was, wenn sie nicht jetzt schon ausgestiegen, wenn sie im Gegenteil alles erreicht hätte, was sie sich mal gewünscht hatte? Wäre sie dann einfach zehn oder zwanzig Jahre später hier gelandet, wäre sie unweigerlich ausgebrannt?

»Das Wetter ist gar nicht so außergewöhnlich für die Jahreszeit«, versuchte Ken die Gruppe zu beschwichtigen. »Wir sind es einfach nicht mehr gewohnt. Als ich hier anfing, war es immer so. Wochen- und wochenlanger Regen. Was jetzt hier runterkommt, ist noch nicht mal genug, um die Wasservorräte wieder aufzufüllen. Es kommt uns nur so vor, als sei es viel. Je trockener der Boden, desto weniger Wasser kann er aufnehmen. Daher die Überschwemmungen, die Erdrutsche …«

Sofia dachte an ihren Papa Giò, der das bestimmt viel besser und genauer erklären könnte.

»Die Dürrezeit ist noch nicht vorüber«, fuhr Ken fort. »Aber ihr Ende ist abzusehen. Das haben wir uns jahrelang gewünscht, doch jetzt ist die Realität recht anstrengend. Reden wir doch mal über den Symbolismus der momentanen Wetterlage. Was bedeutet das für uns persönlich, im übertragenen Sinn, dass die Zeit der Dürre zu Ende geht?«

Schön wärs, dachte Sofia. Wenn die Dürre ihre Verwirrung war, ihre Verunsicherung, ihre Angst, dann war sie noch lange nicht vorüber.

Es regnete auch am nächsten Tag noch und am übernächsten. Die Meerbäder und die Gartenarbeit, die Wanderungen und die Atemübungen im Freien waren gestrichen. Dafür stand der Yogaraum jetzt den ganzen Tag offen, und Doktor Rose bot außerterminliche Gespräche an. Die Gäste gaben sich die Türklinke zu ihrem Sprechzimmer in die Hand. Spätestens, als auch noch der Innenhof überschwemmt wurde und geschlossen werden musste, wurden alle unruhig und gereizt. In jeder Gruppenstunde kam es zu sinnlosen Auseinandersetzungen und Streitereien. Es war, als hätte der Regen alles weggeschwemmt, was sie in den letzten Wochen erarbeitet hatten.

Als Skye sich eines Nachmittags zum Rauchen in die Besenkammer zurückziehen wollte, fand sie dort Chester und Jan in einer »eindeutigen Situation« vor. Es blieb ihr nichts anderes übrig, als den Vorfall zu melden, obwohl ihr das sichtbar unangenehm war. Vielleicht, weil sie wusste, dass Ken sofort ein neues Schloss anbringen würde, das auch ihr den Zugang zu ihrer geheimen Raucherecke verwehrte. Und auch der Geheimclub hatte keinen Treffpunkt mehr. Carmel weigerte sich, bei diesem Wetter das Haus zu verlassen. Sofia und Zach hatten einmal versucht, den Aussichtspunkt zu erreichen, hatten aber auf halbem Weg aufgegeben. Der Regen peitschte ihnen ins Gesicht, der Wind tobte so heftig, dass Sofia kaum das Gleichgewicht halten konnte. Es fühlte sich an wie ein Angriff. Tausend Hände, die an ihr zerrten. Das Wetter hatte etwas Feindseliges. »Die Natur wendet sich gegen uns«, sagte Zach ein wenig salbungsvoll, als sie wieder im Trockenen waren.

Die »Sache mit Chester und Jan« war deshalb eine höchst willkommene Ablenkung. Emerald behauptete, es sei nicht das erste Mal, dass so etwas hier passierte. Und würde normalerweise schnell und diskret abgewickelt. Aber nichts an der jetzigen Situation war normal. Und so wuchs der Vorfall zu einem mittleren Skandal an, der aufs Heftigste diskutiert wurde. Manchmal wollte Sofia sich die Ohren zuhalten, wenn über die Positionen spekuliert wurde, in denen die beiden vorgefunden worden waren. Geschweige denn, wenn die Anatomie der Betroffenen diskutiert wurde.

Jan und Chester reisten noch am selben Tag und zusammen ab. Gualala war also doch nicht von der Außenwelt abgeschnitten, wie sie alle gedacht hatten. Chester hatte eine Limousine bestellt, sobald ihm Doktor Rose sein Handy zurückgegeben hatte. Die Zurückgebliebenen klebten an den Fensterscheiben und schauten ihnen sehnsüchtig nach. Sie vergaßen ganz, dass sie alle freiwillig hier waren.

Sofia vermisste zum ersten Mal, seit sie hier war, ihren Laptop, ihr Handy, das Internet. Sie wünschte, sie könnte ihre Papas anrufen und sie bitten, ihr mehr Bücher zu schicken. In ihrer Verzweiflung las sie die Bücher, die im Regal standen, eins nach dem anderen. Es waren Bücher, die andere Gäste zurückgelassen hatten. Eine kleinformatige Sammlung positiver »Affirmationen«, die Sofia so schnell durchblätterte wie ein Daumenkino. Damit quälte Skye sie schon zur Genüge. Und drei zerfledderte Taschenbücher mit bunt glänzenden Umschlagbildern, oft im Relief gedruckt. Es waren, ausgerechnet, Liebesromane. Und sie folgten alle demselben Muster, egal, ob es ein Vampir war, in den sich die Heldin verliebte, oder ein englischer Adliger. Die Lektüre verstärkte Sofias Verwirrung, was die Liebe betraf. Und ihr Unbehagen bei der Vorstellung, diese auch auszuleben, wuchs. Wenn sie die seitenlangen Beschreibungen der körperlichen Reaktionen, die die Liebe offenbar in einem Menschen auslöste, überblätterte, war sie meist schnell auf der letzten Seite angelangt. Wenn sie sich zwang, die Beschreibungen zu lesen, lösten sie nichts in ihr aus. Keinen Ekel, keine Neugier, definitiv keine Erregung. Am ehesten leichte Irritation. Warum zum Beispiel wurde die Sehnsucht nach dem anderen ständig mit Hunger verglichen? Hunger war ja wohl nichts Angenehmes. Nicht, dass Sofia je Hunger gelitten hätte. Und, wenn sie es sich genau überlegte, dann musste am Hunger doch etwas dran sein. Etwas Gefährliches und gleichzeitig Unwiderstehliches. Emerald, Susanna, Karen, Jan. Sie alle mussten konstant Hunger leiden. Hatte Jan ihren Hunger einfach umgepolt, auf Chester gerichtet?

Das andere war immer stärker. Das Unstillbare.

Sofia war nicht die Einzige, die das spärlich bestückte Bücherregal in ihrem Zimmer plünderte. Bald wurden diese Taschenbücher unter der Hand ausgetauscht wie begehrte Schätze. Doch in allen Regalen schien mehr oder weniger dieselbe Auswahl zu stehen. Billige Liebesromane, Selbsthilferatgeber und True Crime. Sofia stürzte sich auf letztere, doch auch die musste sie größtenteils querlesen. Es war ihr alles zu viel, zu deutlich, zu plakativ. Beschreibungen von Körperteilen und Ausscheidungen. Von Blutlachen, gebrochenen Knochen, offenen Schädeln. Auch Mordlust wurde mit Hunger verglichen. Und war offenbar nicht selten mit sexuellen Begierden verknüpft. Je mehr sie las, desto weniger verstand Sofia. Trotzdem versuchte sie es weiter, mit jedem neuen Titel, der ihr angeboten wurde. Früher einmal hatte sie gern gelesen. Als ihr noch jugendfreie Bücher zur Verfügung standen. Oder wissenschaftliche.

Sie war allein in ihrem Zimmer und dachte an Blue. Sie dachte öfter an Blue als sie wollte. Sie wünschte sich, sie könnte ihn sehen. Sie seufzte. Sehnte sie sich nach ihm? Aber so, wie es in diesen Büchern beschrieben wurde, fühlte es sich nicht an.

»Du kannst dich doch nicht im Ernst an diesem Trash messen, Sof«, hatte Emerald gesagt, als Sofia das Thema schüchtern angesprochen hatte. »Ich mein, jetzt mal ernsthaft! Diese Bücher haben nichts mit der Realität zu tun!« Ihr Ton war beinahe herablassend. Als müsste Sofia das wissen. Aber Sofia wusste es eben nicht.

Da Susanna nach Jans überstürzter Abreise nun ein Doppelzimmer für sich allein hatte, verbrachte Emerald immer mehr Zeit mit ihr. Sofia fühlte sich seltsam verlassen. Jetzt verstand sie erst, wie schmerzhaft es für Emerald gewesen war, als sie mehr und mehr Zeit mit Zach und Carmel verbrachte. Musste man wirklich alles erst selbst erlebt haben, bevor man es nachfühlen konnte? Reichte es nicht, es nachzulesen? Aber wo konnte sie genau die Dinge lesen, die sie wissen wollte?

Das anhaltende Trommeln der Regentropfen gegen die halbrunden Fenster ging ihr jetzt nur noch auf die Nerven. Und so hörte sie im ersten Moment gar nicht, dass es ein anderes Trommeln war. Jemand klopfte an die Tür. Sie öffnete und erwartete, Ken zu sehen, der eine neue stimmungshebende Gruppenaktivität vorschlug. Doch es war nicht Ken, der vor der Tür stand. Es war Blue.

»Was tust du denn hier?«

»Kann ich reinkommen?«

Sie nickte und trat zur Seite. »Ich hab meine Mutter hergebracht. Sie fährt nicht gern bei diesem Regen. Oben im Wald lagen halbe Bäume auf der Straße, die mussten wir erst mal wegschaffen. Aber man kommt schon durch.« Er zog die Tür hinter sich zu, und Sofia protestierte nicht. Sein Besuch war ohnehin schon ein Verstoß gegen die Regeln.

Sie setzten sich nebeneinander auf die Fensterbank im Erker, er am einen Ende, sie am anderen. Beide drehten die Knie zur Seite, sodass ihre Beine sich nicht berührten. Eine Weile lang schaute Blue aus dem Fenster. Dann hob er eines der Bücher auf, die auf dem Boden lagen.

»*Gefährliche Liebe?*«

Es war Sofia nicht einmal peinlich. »Recherche«, sagte sie. Und das war auch nicht gelogen. Blue nickte, als sei das absolut einleuchtend, und legte das Buch wieder weg. Eine Weile lang schaute er aus dem Fenster.

»Jetzt reden sie schon darüber, die Schule zu schließen«, sagte er scheinbar zusammenhangslos. Sofia wartete. Sie wusste nicht genau, was er damit meinte, oder warum er ihr das erzählte. »Und was dann? Wie soll das gehen? Und wenn er dann wieder auftaucht? Okay, solange der Highway ab Jenner gesperrt ist, sind wir sicher«, fuhr er fort. »Allerdings könnte er auch über Cazadero … Aber nein, die Straße ist in Monte Rio ja auch unter Wasser. Und jetzt den ganzen Weg über Boonville nach Elk, und dann von Norden runter, das dauert vier, fünf Stunden, das macht er nicht. Oder?« Er schien laut zu denken und nicht unbedingt eine Antwort von Sofia zu erwarten. Trotzdem fragte sie nach.

»Wer macht was nicht?« Sofia nahm an, dass er von seinem Vater sprach. Und über die Straßen, auf denen er zu ihnen gelangen könnte. Blue hatte Zugang zum Internet, wurde ihr bewusst. Er hatte die Nachrichten gehört, er war auf dem neuesten Stand. Er wusste, im Gegensatz zu ihr, welche Straßen passierbar waren und welche nicht.

»Arno. Er wird den Umweg nicht auf sich nehmen. Hoffe ich wenigstens. Seit der Regen begonnen hat, ist er in San Francisco geblieben. So geht es. So kommen wir zurecht. Der Trailer ist ja auch ohne ihn eigentlich zu klein für uns alle. Ich schlafe auf dem Sofa, wir haben nur zwei Computer, also meinen Laptop und das Tablet meiner Mutter. Wenn jetzt die Mädchen auch noch den ganzen Tag zu Hause sind und womöglich wieder Zoom-Unterricht haben, dann wird es schwierig. Aber das kriegen wir schon hin. Während des Lockdowns konnten wir das auch irgendwie. Das geht. Solange Arno nicht da ist.« Er verstummte wieder. Die alten Fenster waren nicht ganz dicht und in der ständigen Feuchtigkeit angelaufen. Blue zeichnete mit dem Finger ein Strichgesicht an die Scheibe und wischte es dann wieder weg. »Aber sobald die Straße wieder offen ist, kommt er hier rauf, darauf kannst du Gift nehmen. Und er wird eine Scheißlaune haben. Er kann es nicht ab, wenn seine Pläne durchkreuzt werden. Und er braucht immer einen Sündenbock.« Sofia verstand nicht genau, was Blue sagte. Aber sie verstand, dass er reden musste.

»Einen Sündenbock fürs Wetter?«, fragte sie. »Die Frauen hier in meiner Gesprächsgruppe geben Doktor Rose die Schuld …«

Einen Moment lang blitzte ein Grinsen auf und erhellte Blues Gesicht. Doch dann verdüsterte es sich sofort wieder. Eine Weile schwiegen sie beide. Doch diesmal war Blues Schweigen angespannt. Er war wie in einer Gewitterwolke gefangen, die sich jederzeit entladen konnte. Einen Moment lang stellte Sofia sich vor, dass er das Fenster öffnete und hinaussprang, in einer einzigen geschmeidigen Bewegung seinen langen Körper ausstreckte und mit ein paar kräftigen Armzügen zwischen den Regentropfen verschwand. Wie einer der Raubvögel, die er so gern beobachtete. Irgendwie wusste sie, dass er sich genau das wünschte.

»Aber darum gehts jetzt gar nicht«, sagte er. »Ich kam hierher, weil ich dir was zeigen wollte.« Sie schaute ihn an, und er hielt ihren Blick fest. Dann hob er langsam seinen Pullover hoch, sodass Sofia seinen mageren Bauch sehen konnte. Seine Haut. Die kreisrunden Male. Es waren ineinander verschlungene Ringe, sah sie jetzt, wie die olympischen Ringe, aber nur drei. Sie waren verblasst, zum Teil waren die Narben verdickt, wie Schnüre unter der Haut. Blue drehte sich ein wenig zur Seite. Mehr

Narben. Er verrenkte sich, sodass sie einen Teil seines Rückens sehen konnte. Mehr Narben. Dann lehnte er sich wieder zurück und ließ den Pullover über die verletzte Haut herunterrutschen. Die ganze Zeit ließ er Sofia nicht aus den Augen. Diese Augen, hatte Skye gesagt. Solche Augen hast du noch nie gesehen. Sie hatte von Arno gesprochen, aber Arnos Augen waren auch Blues Augen.

»Du hast meine Narben ja gesehen, als ich letzte Woche vor dem Cove aus dem Auto gestiegen bin«, sagte er. »Und du fragst dich bestimmt, was da passiert ist. Ich sage dir, was passiert ist: Arno.«

Sofia blinzelte. Sie konnte nichts sagen. Sie konnte nicht atmen. Die Kreise waren auf der Rückseite ihrer Augen eingebrannt.

»Ich war zwölf, als Arno aus Indien zurückkam. Mein Vater. Ich hatte so viel von ihm gehört, Skye hatte auch überall Bilder von ihm stehen. Sie hatte wohl immer ein schlechtes Gewissen, dass sie ihn damals im Ashram sitzengelassen hat. Meinetwegen. Sie beschrieb ihn immer so – fast wie einen Heiligen. Wie jemanden, der normalen Menschen überlegen ist. Als Kind dachte ich, er sei eine Art Superheld. Mit einem direkten Draht zu Gott. Wenn die anderen Kinder mich fertigmachten, du hast ja nicht mal einen Vater, sagte ich: ›Mein Vater kann deinen mit einem Blitz erschlagen!‹« Er schüttelte den Kopf und schnaubte leise durch die Nase. »Hat mir natürlich keiner geglaubt. Und war ja auch nicht so. Aber als er plötzlich vor mir stand –« Mit beiden Händen deutete er eine Explosion an.

»Skye war damals mit Snake zusammen, der arbeitete

auf der Plantage ihrer Eltern.« Der Cannabisplantage, erinnerte sich Sofia. Skye hatte ihr davon erzählt.

»Rains Vater. Der Name täuscht, Snake ist ein anständiger Typ. Er verdiente gut auf der Plantage, wir wohnten in seinem Haus oberhalb von Elk an der Lost Coast. Snake war gut zu mir, er nahm mich mit zum Surfen, wir verbrachten viel Zeit mit meinen Großeltern, es war kein schlechtes Leben. Bis Arno auftauchte. Und dann brach alles auseinander. Skye war wie ferngesteuert, sie wollte sofort alles hinschmeißen, nur um wieder mit ihm zusammen zu sein. Meine Großeltern waren auf Snakes Seite, sie kämpften um ihre Enkel, alle stritten mit allen, es wurde wochenlang nur rumgeschrien.« Blue hob die Hände, als wolle er sich noch in der Erinnerung die Ohren zuhalten.

»Und dann lebten wir plötzlich in San Francisco in seinem Meditationszentrum, das er die Denkschule nannte. Da kamen die ganzen ausgebrannten Techies hin, um einen Sinn in ihrem Leben zu finden. Etwa dreißig Leute lebten vor Ort im Zentrum und arbeiteten für Arno und für die Schule. Das waren hauptsächlich junge Frauen, aber das fiel Skye nicht auf. Sie sagte, Arno sei ihre Bestimmung, ihr spiritueller Partner. *Whatever.* Also, Arno wollte mich zu seinem Sidekick machen, einer Art Teen-Guru. Schließlich bin ich sein Sohn, und ich habe seine Augen.« Er fuhr mit der Hand über sein Gesicht und schloss dann die Finger zur Faust. Als wären seine Augen Insekten, die er so einfangen und entfernen könnte. »Das Brandmal ist ein Zeichen der Unterwerfung, der Hingabe an eine höhere Macht. Alle, die sich dieser sogenannten Denkschule anschließen, bekommen dieses Zeichen in ihre Haut eingebrannt. Manchmal, wenn sich jemand nicht an die Regeln gehalten oder die falschen Fragen gestellt hatte, führte Arno eine sogenannte Re-Commitment-Zeremonie durch. Also ein weiteres Brandmal. Ja, und ich hab halt seinen Vorstellungen nicht genügt, ich hab immer wieder mal aufbegehrt und nachgefragt, und deshalb musste die Zeremonie mehrfach wiederholt werden. Er sagte immer, es sei zu meinem Besten. Aber ich glaube, es machte ihm auch einfach Spaß, anderen Schmerzen zuzufügen.«

Er stockte und schaute aus dem Fenster.

Und Skye?, dachte Sofia. Wo war Skye? Doch sie fragte nicht nach. Sie wusste nicht, ob sie die Antwort ertragen würde. »Du warst zwölf«, sagte sie. »Du warst noch ein Kind.« Ein Teil von ihr hoffte, er würde sich schütteln und sagen: Natürlich! Du hast recht, das ist nicht passiert. Das kann nicht so passiert sein. Niemand würde einem Zwölfjährigen so etwas antun. Stattdessen zuckte er mit den Schultern. Er wandte den Blick von ihr ab und aus dem Fenster. Dann malte er noch ein Strichgesicht auf die Scheibe, die schon wieder beschlagen war. Und Sofia malte eines auf ihre Seite des Fensters.

»Hast du Hunger?« Blue stand auf und wischte sich die Handflächen an den Hosenbeinen ab. Sofia starrte ihn an. Wie konnte er jetzt ans Essen denken? Nach allem, was er ihr erzählt hatte? Doch Blue lebte seit zehn Jahren mit dem, was er ihr erzählt hatte. Er aß und schlief und atmete damit. »Ernesto hat einen Tres-Leches-Kuchen gebacken. Eigentlich bin ich ja nur deshalb hier.«

Sofia stand auch auf. »Und ich dachte, du seist meinetwegen hier!« Flirtete sie etwa? Noch vor einer Stunde hätte sie behauptet, dass sie nicht wusste, was Flirten sei.

»Was denkst du denn!« Blue grinste. Er schien erleichtert, dass sie nicht auf das andere zurückkam, das Unaussprechbare.

Ernesto war einer der Köche, das wusste Sofia. Aber es waren drei, die sich abwechselten, und sie kannte die Namen der anderen nicht. Und auch nicht die der Tellerwäscher oder der Reinigungscrew. Sie kannte die Gärtnerin, Edie, aber nicht ihren Assistenten, der die Bäume zurückstutzte und die Kieswege rechte. Schon schämte sie sich wieder. Würde das nie aufhören? Blue war bereits an der Tür, als ihr etwas einfiel. »Darfst du denn überhaupt in die Küche?«, fragte sie und kam sich sofort wieder blöd vor.

»Ich schon, aber du nicht.« Er grinste. »Magst du Tres-Leches-Kuchen?«

»Wenn ihn meine Abuela gebacken hat, dann ja.«

»Der von Ernesto ist besser.« Er öffnete die Tür und ließ ihr höflich den Vortritt. Sofia schaute erst den Flur entlang, bevor sie hinaustrat. Als sie unter Blues Arm durchschlüpfte, fiel ihr wieder auf, wie groß er war.

Doktor Rose sah müde aus. Die letzten Tage hatten ihr zugesetzt. Sie musste ein Gespräch nach dem anderen geführt haben. Sofia hatte nicht um einen Termin gebeten, Doktor Rose hatte ihn angesetzt. Sie grinste, als wüsste sie genau, was in Sofia vorging.

»Ja, ich hab mich auch kaum wiedererkannt, als ich heute früh in den Spiegel geschaut habe«, sagte sie und machte eine abfällige Handbewegung. »Was soll man machen, ich bin nicht mehr die Jüngste.« Sie faltete ihre Hände auf der Tischplatte, die noch unaufgeräumter aussah als sonst, und schaute Sofia erwartungsvoll an. »Und?«

»Und?« Was wollte die Ärztin wissen? Was wusste sie bereits? Dass Sofia sich mit Blue traf, dass er sie in die Küche geschleust hatte, zu der Gäste keinen Zutritt hatten?

»Hast du Celias Notizbücher gelesen?«

»Ach, das«, rutschte es Sofia heraus. Sie hatte versucht, den Moment am Aussichtspunkt zu verdrängen. Wie sie geschrien und geweint, wie Zach sie vom Abgrund zurückgerissen hatte. Wie sie die Bücher über die Klippe geworfen hatte. Sie hatten nie mehr darüber geredet, sie und Zach. Und Carmel wusste nicht einmal davon. Sie war so erfüllt von ihrem ersten Nachmittag mit ihren Kindern zurückgekommen, dass sie über nichts anderes geredet hatten. In derselben Nacht hatte der große Regen begonnen und alles andere weggespült. Sie war dankbar, dass Zach ihren Ausbruch nie mehr erwähnte. Und sie stellte sich vor, dass es ihm ähnlich ging.

»Die Bücher«, sagte sie nun. »Ja, ich hab sie gelesen. Also, nicht ganz. Irgendwann wars mir zu viel. Aber ich hab so viel gelesen, wie ich konnte, und ich glaub, ich hab schon verstanden, was Sie meinten.«

»Was ich meinte?«

»Sie haben doch gesagt, es würde mir helfen.«

»Ja, und hat es? Geholfen?«

Doktor Rose nahm die geschnitzte Holzeule, die auf ihrem Pult stand, in die Hand und schraubte ihren Kopf ab. Dann nahm sie zwei in Zellophan gewickelte Bonbons heraus. »Hier, nimm eins«, sagte sie und streckte Sofia die Handfläche hin. Sie wählte das grüne. Umständlicher als nötig wickelte sie es aus dem Papier, um etwas Zeit zu gewinnen.

»Ich weiß nicht, geholfen würd ich nicht unbedingt sagen.« Sie steckte das Bonbon in den Mund. Es schmeckte süß und gleichzeitig scharf. Sie nickte anerkennend. Doktor Rose lächelte geschmeichelt, als hätte sie das Bonbon selbst erfunden. »Gut, nicht? Aber ich versteh nicht ganz, wie konnte dir das nicht helfen? Außer du … Sofia, hast du wirklich alles gelesen? Bis zum Schluss?«

Sofia schüttelte den Kopf. »Nein, hab ich doch gesagt. Irgendwann hatte ich genug. Dass sie mich nicht besonders mochte, wusste ich ja schon. Und dass sie kein einfaches Leben hatte, das konnte ich mir auch schon denken. Aber ich weiß, worauf Sie hinauswollten: Celia hat getan, was sie konnte, mehr kann niemand erwarten.«

Doktor Rose runzelte die Stirn. Dann spuckte sie ihr Bonbon in ein Taschentuch und warf es in den Papierkorb. »Sofia, das hab ich überhaupt nicht gemeint. Was für ein Bullshit. Wir müssen im Gegenteil mehr voneinander erwarten. Ganz abgesehen davon hätte Celia schon mehr draufgehabt. Die Frau war ja fürchterlich selbstbezogen!«

Sofia schüttelte den Kopf. »Sind Sie wirklich Psychiaterin, Doktor Rose?«

Die Ärztin lachte ihr lautes Lachen und zeigte mit dem Daumen auf das gerahmte Diplom, das neben der Türe hing. »Das könnte allerdings auch gefälscht sein«, sagte sie und wackelte mit ihren buschigen stahlgrauen Augenbrauen.

Sofia lutschte an ihrem Bonbon. »Aber, mal abgesehen davon, von Celia, meine ich. Finden Sie nicht, dass ich – dass ich verwöhnt bin?«

»Verwöhnt? Weil deine Papas Geld haben?«

»Und weil sie mich lieb haben. Weil sie immer für mich da sind. Wer hat das schon? Niemand, der hier landet, das wissen Sie ja auch.«

»Weiß ich das?«

Sie war doch eine typische Psychiaterin, dachte Sofia. Wie aus dem Lehrbuch.

»Wenn ich an Emerald denke, oder an Carmel ...« Oder an Blue, aber über Blue wollte sie mit Doktor Rose nicht reden.

»Wir reden aber nicht über Emerald oder Carmel. Wir reden über dich.«

Sofia seufzte ungeduldig. »Okay, reden wir über mich: Was ist mein Problem? Warum bin ich hier? Warum krieg ich nichts auf die Reihe, warum hab ich mein Studium abgebrochen, meine Mutter sterben lassen, warum? Ich hab keine Entschuldigung!«

»Du brauchst doch keine Entschuldigung, Sofia.« Doktor Rose spielte wieder mit dem Eulenkopf, den sie nicht wieder draufgeschraubt hatte. Sie fischte ein Bonbon heraus und ließ es dann wieder zurückfallen. Vielleicht hatte die Ärztin früher mal geraucht, dachte Sofia.

»Der Tod deiner Mutter und die Umstände, die dazu geführt haben, sind nicht ohne. So was wirft einen schon aus der Bahn. Dann nimmst du die Pandemiejahre dazu, den Lockdown, das Fernstudium. Das konnte nicht spurlos an dir vorbeigehen, du bist schließlich keine Ente!«

»Keine Ente?«

»Ja, du weißt schon.« Doktor Rose hob beide Hände und deutete mit den Fingerspitzen Wassertropfen an, die über ihren Kopf und ihre Schultern regneten. Sofia brauchte einen Moment, um zu verstehen. Sie war keine Ente, an der die Regentropfen abperlten. Sie war ein Mensch. Sie wurde nass. Bis auf die Knochen, so kam es ihr vor.

»Okay, aber …«

Doktor Rose unterbrach sie: »Nix aber. Du hast allen Grund, Angst zu haben, die Weltlage ist ja auch beschissen.«

»Doktor Rose!« Sofia musste lachen. »So was können Sie nicht sagen.«

»Warum nicht? Ich würde nicht geschenkt mit dir tauschen wollen. Mit deiner Generation. Ich hatte ein tolles Leben. Klar, die Polio, das war nicht lustig. Aber es war eine Zeit der Hoffnung, der Veränderung. Alles schien irgendwie möglich. Ich konnte mit meinem lahmen Bein noch als Tänzerin auftreten, sogar Erfolg haben, verdammt noch mal! Wir konnten Fehler machen, ohne dass gefühlt die ganze Welt zuschaute. Mobbing gab es immer, aber was du erlebt hast, das Cybermobbing, das ist eine ganz andere Nummer. Und dann die Klimakatastrophe, die Pandemie, die Scheißkriege und Invasionen, der Zerfall der Demokratie in diesem Land … Echt, ich bewundere dich, ich bewundere deine ganze Generation. Ihr seid Helden. An jedem Tag, an dem ihr aufsteht und euch der Welt stellt, seid ihr Helden.«

Sofia starrte. »So hab ich mir das noch nie überlegt.«

Doktor Rose grinste. »Dafür bin ich ja da.« Dann wurde sie ernst. »Sofia, du musst Celias Tagebücher zu

Ende lesen. Oder wenigstens die letzte Seite. Aber die musst du lesen. Versprich mir das.«

Sofia sah die handgeschriebenen Seiten auf dem seichten Wasser schwimmen, die Schrift von der Gischt verwischt. Sie schluckte das Bonbon herunter. Doktor Rose hielt ihr die kopflose Eule hin.

»Ja, okay, Doktor Rose, mach ich«, sagte Sofia und nahm sich ein Bonbon, das wie eine Himbeere geformt war.

PLÖTZLICH DIESE KLARHEIT

Und dann war es vorbei. So plötzlich, wie der Regen begonnen hatte, hörte er auch wieder auf. Die Sonne strahlte, die Luft war klar und beißend kalt, der Himmel wolkenlos, wie frisch lackiert. Sie stürmten nach draußen, als wären sie eingesperrt gewesen, sie hielten ihre Gesichter in die Sonne, sie seufzten und schnaubten. Die Wege waren immer noch voller Pfützen, der steile Pfad zum Meer hinunter teilweise weggeschwemmt, doch der Klinikalltag konnte wieder aufgenommen werden. Nach weiteren zwei oder drei Tagen hatten sie schon fast vergessen, wie bedrohlich ihnen die Situation vorgekommen war.

Ohne sich miteinander abzusprechen, trafen sich Zach, Carmel und Sofia nach dem Mittagessen am Aussichtspunkt. Zach war außergewöhnlich still. Er starrte an ihnen vorbei über den Horizont hinaus, der an diesem Tag erstaunlich klar zu sehen war, eine scharfe Linie zwischen Himmel und Meer, zwischen Grau und Blau.

»Und dann bin ich mit Ken in die Besenkammer verschwunden, und wir haben uns eine gute Zeit gemacht …« Carmel verstummte und hob ratlos die Schultern. »Hallo, Erde an Zach!«

Er riss sich sichtbar zusammen. »Sorry, ich hab nicht zugehört.«

»Was ist mit dir los, Zachyboy? Wolken am Liebeshimmel?«

Zach stand auf und tigerte rastlos zwischen den Bänken und dem kaputten Fernglas hin und her. »Ihr müsst mir helfen. Es geht um Skye.«

»Ja, so viel haben wir begriffen.« Carmel lachte. »Zach, du bist echt gestraft! Unglücklich verliebt, und die Einzigen, die dir helfen können, sind eine dicke Jungfrau und eine Expertin in toxischen Beziehungen.«

Eine Jungfrau, dachte Sofia. Noch so eine nutzlose Schublade.

»Also echt jetzt, Carmel!« Zach blieb vor ihr stehen, sodass sie zu ihm aufschauen musste. »Du bist unmöglich. Aber ja, genau darum geht es. Um toxische Beziehungen. Um gewalttätige Beziehungen.«

»Was soll das heißen?« Ihr Ton war jetzt scharf.

»Wieso? Du denkst doch nicht – Carmel, das verletzt mich jetzt! Skye und ich, wir haben uns ein paarmal getroffen. Wir sind spazieren gegangen. Sonst läuft nichts!«

Er schaute zu Sofia hinüber, die abwehrend beide Hände hob. Das war nicht ihr Gebiet. »Aber es ist schon klar, dass zwischen uns etwas ist. Oder sein könnte.« Er schwieg einen Augenblick und schaute auf seine Hände. »Skye macht keine Körpertherapie mehr mit mir, sie findet das unprofessionell. Sie hat wirklich super solide Grenzen, das bewundere ich an ihr. Doktor Rose hat einen neuen Therapieplan für mich ausgearbeitet, ich mach jetzt Qigong mit Ken.«

»Skye hat Doktor Rose erklärt, warum sie nicht mehr mit dir arbeiten will?«, fragte Sofia. »Dann muss es ihr ernst sein.«

Zach errötete. Das kam jetzt öfter vor, eigentlich immer, wenn sie über Skye sprachen. Manchmal konnte sie sich kaum noch an den unerträglichen Besserwisser erinnern, als den sie ihn kennengelernt hatte. Es musste wohl etwas dran sein an der Liebe.

»Ja«, sagte er. »Wir hatten ein Gespräch mit Doktor Rose, in dem wir unsere Gefühle offengelegt haben. Es stand auch zur Diskussion, dass ich die Klinik verlasse. Aber erstens ist mein Aufenthalt hier eine Auflage meiner Bewährungsstrafe, und dann – und dann –«

»Dann gibt es ja noch uns und unsere Mission«, beendete Carmel seinen Satz. »Das hast du Doktor Rose aber hoffentlich nicht erzählt!«

»Natürlich nicht! Und auch Skye nicht, falls ihr euch das gefragt habt. Ich bin sonst in allem absolut ehrlich mit ihr, aber das hier, unser Ding hier …«

»Unser Geheimclub«, sprang Carmel wieder ein. »Sprichs ruhig aus.«

»Das ist mir heilig. Lacht nicht!«

Niemand lachte.

»Skye will sich nicht auf mich einlassen, bevor ich meine Behandlung nicht abgeschlossen habe«, fuhr Zach fort. »Bevor ich meine Vergangenheit nicht irgendwie verarbeitet habe. Bevor ich nicht Wiedergutmachung geleistet habe.«

»Wiedergutmachung?«, wiederholte Carmel. »Wie zum Teufel stellt sie sich das denn vor?«

Zach seufzte und schaute auf seine Hände. »Sie sagt, ich sei zu einfach davongekommen. Schon klar, ich hatte super Anwälte. Und Geld schützt Geld. Das war schon immer so. Skye sagt, ich hätte nie wirklich Verantwortung übernommen für das Leid, das ich angerichtet habe, die Leben, die ich zerstört habe. Dem muss ich mich stellen. Ich muss Abbitte leisten. Das Geld zurückgeben, alles, was noch übrig ist.«

Sofia hatte oft dasselbe gedacht, aber nicht ausgesprochen. Zach redete sich immer damit heraus, dass seine guten Absichten nicht geschätzt wurden. Fast, als sähe er seine Handlungen als angemessene Reaktion auf den Widerwillen, der ihm täglich entgegenschlug. Aber sein Betrug hatte ja nicht nur seinen Mitarbeitern geschadet. Er hatte nicht nur die Existenzen derer ruiniert, die ihn nicht mochten.

»Mein Respekt für Blondie ist gerade massiv gestiegen«, sagte Carmel.

Sofia stand jetzt auch auf, in erster Linie, weil ihr kalt war. Sie trat zu den anderen beiden an den Holzzaun und schaute auf das Meer hinaus. Es glitzerte wie flüssiges Metall. Sie konnten sehen, wie sich die Spitzen der Wellen brachen. Sie wusste ja, dass sich das Meer in ständiger Bewegung befand. Doch von hier oben sah es aus, als sei es in dieser Bewegung erstarrt.

»Aber wir sind uns immer noch einig?«, fragte sie. »Dass wir eine gemeinsame Mission haben, dass wir Skye helfen, mit was auch immer?«

»Natürlich«, sagte Zach. »Deshalb brauch ich doch euren Rat. Nicht wegen der Liebe. Wegen dem, was ich erfahren habe.«

»Ja, dann sag doch endlich, worum es geht.« Carmel schaute zu Sofia hinüber und zog eine Braue hoch. Sofia grinste. Sie wusste, was Carmel dachte: Wo war der eloquente TED Talker, der zu jedem Thema eine Statistik und eine Studie zitieren konnte und einen bis zur Bewusstlosigkeit vollllaberte? Die Liebe, dachte Sofia wieder.

»Es geht um ihren Ex. Um diesen Arno. Mit dem stimmt was nicht. Es gefällt mir nicht, was da abgeht – und ich sage das nicht aus Eifersucht!«

Arno, dachte Sofia. Der Mann, mit dem Blue seine Mutter und seine kleinen Schwestern nicht allein lassen wollte. Der Mann, der seinen Sohn mit einem Eisen gebrandmarkt hatte, wieder und wieder und wieder. Was dachte Skye, wenn sie ihren Sohn anschaute? Ihr ging es nicht wie Carmel, ihr Respekt war gesunken.

»Weiß er denn, dass er der Ex ist?«, fragte Carmel nach. Als Zach schwieg, nickte sie. »Ich versteh schon. Sie traut sich nicht, Schluss zu machen. Sie hat Angst vor ihm.«

»Es ist ein bisschen komplizierter. Dieser Arno ist so eine Art westlicher Superguru. Das gibt ihm eine Menge Macht. Er ist ein spiritueller Manipulator, wenn ihr mich fragt.«

Eine Weile schwiegen sie. Sofia fragte sich, ob sie alle dasselbe dachten: dass man das ebenso gut über Zach sagen konnte. Und auch gesagt hatte.

»Skye hat mir ja auch von Arno erzählt«, sagte sie. »Sie waren zusammen in einem Ashram in Indien. Und sie ist dann da weg, als sie mit Blue schwanger war. Er war wohl enttäuscht, aber er ist ihr nicht gefolgt.«

»Genau, das ist sein Druckmittel, jedes Mal, wenn sie nicht seiner Meinung ist, dann ist sie eben spirituell nicht so weit entwickelt wie er, dann versteht sie den tieferen Sinn seiner Forderungen nicht. Zum Beispiel, wenn sie ihm kein Geld geben will, ist sie zu sehr im Materiellen verhaftet. Wenn sie ihn nicht sehen will, verschließt sie sich der Erfahrung. Und so weiter.«

»Ein echtes Schätzchen«, murmelte Carmel.

»Arno hat im Ashram Karriere gemacht, wenn man das so nennen kann. Er wurde so was wie die rechte Hand des Gurus. Der schickte ihn später nach Amerika, um eine Reihe von Meditationszentren zu gründen. Tja, und als Arno an der Westküste war, suchte er Skye auf. Sie lebte damals mit einem anderen Mann zusammen und hatte ein Baby mit ihm, Rain. Das muss also ungefähr acht Jahre her sein.«

»Lass mich raten, das gefiel ihm nicht«, vermutete Carmel.

»Nein, das gefiel ihm gar nicht. Er überzeugte Skye, dass sie eine unzerstörbare spirituelle Verbindung miteinander hatten. Sie ging zu ihm zurück, lebte sogar eine Zeit lang in einem seiner Zentren in der Stadt. Doch das dauerte nicht lange, und Skye kam hierher zurück und fing in der Klinik an zu arbeiten. Doch dann …«

Carmel winkte ab. »Sag nichts, ich kanns mir denken: Kaum hatte sie wieder Boden unter den Füßen, oder eher, kaum hatte sie einen neuen Mann in ihrem Leben, tauchte er wieder auf.«

Es klang, als habe Skye wenigstens Rain geschützt. Wenn schon nicht Blue. Es klang auch, als seien sie nicht allzu lange in diesem Zentrum geblieben. Aber für Blue war es doch zu lange gewesen. »Hummerliebe«, fiel Sofia ein. »Skye hat gesagt, es sei eine Hummerliebe. Hat sie das damit gemeint?«

Zach schluckte ein paarmal leer und wandte den Kopf ab. Dann räusperte er sich. »Hat sie das wirklich gesagt? Über Arno?« Seine Stimme war belegt. »Hummer bleiben ein Leben lang verbunden. Wenn einer aus seinem Panzer schlüpft, vergräbt er sich im Sand, und der andere hält Wache und beschützt ihn, bis der neue Panzer gewachsen ist.« Er brach ab und drehte sich wieder um. Carmel starrte Sofia an und verdrehte die Augen. Dann trat sie zu Zach und legte ihm die Hand auf die Schulter.

»Bullshit«, sagte sie grob. »Absoluter Bullshit. Komm schon, das weißt du doch. Erstens, das mit den Hummern stimmt überhaupt nicht. Das kam mal in einer Fernsehshow vor, *Cheers*? Oder *Friends*? Und dann hat sich die Vorstellung gehalten, aber in Wirklichkeit sind Hummer genauso untreue Arschlöcher wie Menschen. Und was diesen Arno angeht, der würde Skye zum Frühstück verspeisen, sobald sie ihren Schutzpanzer ablegt.«

»Wenn du meinst.« Zach klopfte wieder seine Brusttasche ab, vermutlich um auf seinem Phantomhandy »Hummerliebe Mythos« zu googeln. »Ich hab das voll geglaubt. Es war *Friends* übrigens.«

»Was auch immer.«

»Aber genau deshalb wollte ich ja deinen Rat. Ist Arno gefährlich, schadet er Skye? Oder bin ich nur eifersüchtig? Es ist ja nicht so, dass er sie schlägt.«

»Und du meinst, das sei besser?« Carmel war wieder aufgestanden. »Körperliche Gewalt kannst du wenigstens nachweisen. Gebrochene, schief zusammengewachsene Knochen sieht man auch Jahre später noch im Röntgenbild. Seelische Schäden nicht. Und zeig mal jemanden an, der von Tausenden verehrt wird, vor allem von Frauen!«

»Aber sie ist doch immer wieder gegangen«, warf Sofia ein. »Sie hat versucht, ihn zu verlassen.« Sie dachte an die Nachrichten, die sie aus der Luft gelesen hatte. *Das kannst du nicht machen. Weißt du, was du mir antust? Ich flehe dich an!* »Blue hat mir auch was erzählt«, sagte sie.

Er würde nicht wollen, dass sie das weitererzählte, das wusste sie. Aber es musste sein. Sie bat ihn in Gedanken um Verzeihung. »Oder eher gezeigt. Er hat da so – er hat so – Narben –« Sie stockte. Wenn es ihr schon kaum über die Lippen kam, was musste es Blue gekostet haben, das auszusprechen? Sie atmete tief ein und redete, so schnell sie konnte. »Also er hat Narben auf dem Bauch und am Rücken. Brandmale aus der Zeit, als er in Arnos Ashram lebte. Es sei ein Zeichen der spirituellen Hingabe, der Unterwerfung an eine höhere Macht, aber es war wohl auch eine Form der Bestrafung für spirituelle Verfehlungen oder so was, er war ja erst zwölf damals, er war noch ein Kind, er war –« Sie konnte nicht weitersprechen. Aber sie hatte genug gesagt. Zach stand wie erstarrt vor ihr, die Arme um sich geschlungen, als könne er sich so vor dem schützen, was er gehört hatte. Carmel schnaubte und trat gegen den Lattenzaun, der zwischen ihnen und dem Abgrund stand. Es war kein besonders stabiler Zaun, die Latten waren verwittert, zum Teil eingebrochen, und auch nicht besonders hoch. Trotzdem zuckte Sofia zusammen, als der Zaun unter Carmels Tritten zusammenkrachte. Sie stand auf und machte einen Schritt auf Carmel zu. Doch Carmel streckte abwehrend die Hände aus. Sie war immer noch wütend. »Ich bring ihn um. Das ist das Einzige, was dieser gottverlassene Bastard verdient hat!« Wieder trat sie gegen den eingestürzten Zaun. Sie war jetzt gefährlich nah am Abgrund. »Ach, wem versuch ich hier was vorzumachen! Ich brings ja noch nicht mal fertig, mich selbst umzubringen.« Sie streckte beide Arme aus, ihre Ärmel rutschten zurück. Die Narben an ihren Handgelenken waren jetzt kaum mehr zu sehen.

Sie öffnete und schloss die Hände wie Seesterne. Zach verstand schneller als Sofia und nahm Carmels Hand. Nach kurzem Zögern griff Sofia nach der anderen. So standen sie und hielten sich an den Händen. Sofia konnte durch ihre Handfläche spüren, wie Carmel langsam wieder zu sich kam. Schließlich atmete sie tief ein: »Okay«, sagte sie. »Okay, es ist offiziell. Wir machen diesen Typen fertig. Wir retten diese Blondine. Die Welt kann warten.«

Zach murmelte etwas. Sofia beugte sich vor, um ihn besser zu hören.

»Sie ist die Welt«, murmelte er.

An den Wochenenden frühstückten Emerald und Sofia manchmal gemeinsam. Oder eher, Sofia frühstückte, während Emerald eine Orange schälte, so langsam und sorgfältig, dass sie nie damit fertig wurde, bevor Sofia wieder aufstand. Seit der Regen aufgehört hatte, war wieder so etwas wie Normalität in der Klinik eingetreten. Susanna hatte eine neue Mitbewohnerin bekommen, die sich von einem Herzinfarkt erholte. Das kam offenbar immer häufiger vor, behauptete zumindest Emerald. »Das ist Gleichberechtigung«, hatte sie gesagt. »Wir Frauen kriegen zwar nicht die Führungspositionen, aber immerhin schon mal die Managerkrankheiten …« Und als ein paar Tage später ein Wagniskapitalist in Chesters Zimmer einzog, kommentierte sie: »Die Ausgebrannten haben wieder Saison.« Sofia schüttelte den Kopf, aber sie sagte nichts. Heimlich war sie froh, dass Emerald wieder mehr Zeit mit ihr verbrachte. Sie konnte sich kaum mehr daran erinnern, dass ihr ihre ständige Anwesenheit einmal zu viel gewesen war. Sie waren gerade nach dem Frühstück wieder in ihr Zimmer gekommen, als Ken an die Tür klopfte und sie auch gleich einen Spaltbreit öffnete.

»Emerald? Du hast Besuch.«

»Besuch? Ich?« Emerald, die es sich wie so oft auf Sofias Bett bequem gemacht hatte, wich an die Wand zurück, zog die Beine an und schlang die Arme um ihre Knie. Wie ein Käfer, der sich zusammenrollt, um einen Angriff abzuwehren, dachte Sofia.

Ken öffnete die Tür ein wenig weiter und trat ein. »Sie hat sich nicht angemeldet, sonst hätten wir dich selbstverständlich entsprechend vorbereitet. Du musst sie auch nicht sehen, wenn du nicht willst.«

Emerald rutschte noch weiter zurück, sie schien ganz in die Wand hinter ihr hineinkriechen zu wollen. »Meine Mutter?«, flüsterte sie. »Meine Mutter ist hier?«

Ken verzog das Gesicht. »Nein, sorry, das hätte ich vielleicht gleich sagen müssen.«

»Vielleicht?«, warf Sofia ein. Ken ignorierte sie, aber es war ihm anzusehen, dass ihm sein Fehler bewusst war.

»Es ist deine ... Stiefmutter? Ex-Stiefmutter? Sie sagt, sie sei mit deinem Vater verheiratet gewesen.«

Emerald schaute auf ihre Hände und begann, an ihren Nagelhäutchen zu zupfen. »Also entweder Isabella oder Heather. Außer, er hat sich unterdessen auch von Min scheiden lassen?«

»Heather«, bestätigte Ken. »Sie wartet unten im Gruppenraum. Aber wie gesagt, du musst sie nicht sehen. Und ich kann dabei sein, wenn du willst.«

Emerald beschäftigte sich wieder mit ihren Händen. »Okay«, sagte sie schließlich. »Aber Sofia auch!«

Sofia schaute einen Moment zum Fenster, als könnte sie es öffnen und davonfliegen. Es gab keinen Grund, warum sie nicht mit Emerald mitgehen konnte. Ihre Papas waren auf ihren eigenen ausdrücklichen Wunsch in San Francisco geblieben, Carmel war mit ihren Kindern zum Strand gefahren (ihren Kindern und Oscar, wie Zach mit bedeutungsvoll hochgezogenen Brauen bemerkt hatte). Zach würde mit Skye spazieren gehen. Sofia hatte nichts vor. Und doch sträubte sich etwas in ihr. Sie brauchte einen Moment, um zu erkennen, was es war: Sie hatte gehofft, Blue zu sehen. Ihr Gesicht wurde heiß, sie wandte sich ab. »Klar«, sagte sie. »Klar komm ich mit.«

Dankbar nahm Emerald ihre Hand, und Sofia entzog sie ihr nicht.

Die Frau, die im Gruppenraum nervös auf und ab ging, als sie eintraten, überraschte Sofia. Sie trug eine unförmige Strickjacke über fleckigen Latzhosen und derbe Gummistiefel. Ihr Haar war wirr und lockig, bis zu Hälfte grau, dann rotbraun gefärbt.

Als sie eintraten, blieb Heather stehen und presste beide Hände vor die Brust. »Oh, Honey«, sagte sie. »Oh, Lovey.« Und dann ging sie in die Knie und breitete ihre Arme aus. Als sei Emerald ein kleines Kind. Und nur, weil Sofia so dicht neben ihr stand, konnte sie spüren, wie sehr es Emerald in diese ausgebreiteten Arme zog, wie viel Kraft es sie kostete, stehenzubleiben, sich nichts anmerken zu lassen.

»Heather«, sagte sie nur. »Hey.«

Die kühle Begrüßung verletzte Heather sichtlich. Ihre Augen füllten sich mit Tränen.

»Setzen wir uns doch erst mal alle hin.« Ken zog vier

Stühle aus dem Kreis und rückte sie näher zusammen. Heather schlüpfte aus ihren Gummistiefeln. Darunter trug sie handgestrickte Wollsocken. Sie setzte sich im Schneidersitz auf einen Sessel und ignorierte Ken und Sofia, die links und rechts von ihr saßen. Sie konzentrierte sich ganz auf Emerald, der nichts anderes übrig blieb, als sich auf den letzten freien Sessel ihr gegenüber zu setzen. Sie zog ihre Beine an, steckte ihre Hände in die Pullover-ärmel und schaute Heather nicht an. Heather nickte.

»Du bist sauer auf mich, das versteh ich voll und ganz. Hast jeden Grund dazu. Ach, Honey! Ich könnte mich stundenlang ohrfeigen, aber das hilft jetzt auch niemandem. Ich hätte viel früher mal nachfragen müssen, aber na ja, die Scheidung ist auch nicht ganz spurlos an mir vorbeigegangen, und dann hatte Joey einen Schub –«

Jetzt schaute Emerald auf, aber sie sagte nichts. Heather winkte beschwichtigend ab. »Ist schon wieder unter Kontrolle, keine Sorge. Und das soll auch keine Entschuldigung sein, wirklich nicht. Du kennst mich, ich zieh nicht die Behindertenkarte.«

Die Behindertenkarte? Sofia musterte Heather genauer, so unauffällig wie möglich. Sie konnte nichts erkennen, das diese Bemerkung erklärte. Aber das musste ja nichts heißen.

»Was solls, ich war einfach überfordert. Mit der ganzen Situation. Na, ist ja egal. Jetzt hab ich wieder Boden unter den Füßen. Und sobald ich hörte, dass du immer noch hier bist, bin ich sofort in den Truck gesprungen und hergefahren. Direkt aus dem Stall. Hab mich nicht mal umgezogen.« Sie lachte und machte eine Geste mit der Hand. Sofia entspannte sich. Sie war ganz auf Angriff eingestellt gewesen, bereit, sich zwischen Emerald und die Unbekannte zu stellen, ihre Freundin zu verteidigen. Jetzt sah sie, dass das nicht nötig war.

»Wie kommt das bei dir an, Emerald?«, sagte Ken.

Echt jetzt, dachte Sofia. Doch Emerald ging gar nicht auf seine Frage ein. Sofia spürte, wie angespannt sie trotz ihrer scheinbar lässigen Haltung im Sessel saß. Wie sie den Atem anhielt. Sichtlich nervös fuhr Heather fort: »Du warst doch immer gern bei uns auf der Farm. Und die Alpakas, weißt du noch, du warst dabei, als Bambi zur Welt kam – Joey hat ihr den Namen gegeben, nicht besonders originell, aber was soll man machen.« Sie zog hilflos die Schultern hoch, sie hatte den Faden verloren. »Und mit Joey und Beth bist du auch immer gut aus- gekommen, die fragen oft nach dir. Also, was meinst du, Lovey?«

»Moment, Moment«, mischte sich Ken wieder ein. »Wovon reden wir hier?«

Emerald hatte nicht einmal aufgeschaut. Und sie hielt ihren Blick auch weiterhin gesenkt, als Heather weiter- redete.

»Wovon wir reden? Na, von was wohl! Ich will Eme- rald zu mir nehmen. Das ist doch kein Leben hier, für eine junge Frau.« Sie zeichnete mit beiden Händen einen großen Kreis in die Luft. »Das kanns doch nicht sein, also nichts für ungut, und nehmen Sie's bitte nicht persönlich. Ihre Klinik hat ja einen sehr guten Ruf, Emeralds Eltern war immer nur das Beste gut genug. Aber schauen Sie sich das Mädchen doch mal an. Wie viele Monate hat sie hier verbracht? Und was genau hat sich für sie geändert? Nichts, oder? Rein gar nichts.«

Sofia hielt den Atem an. So direkte Worte war sie nicht gewohnt. Doch als sie zu Emerald hinüberschaute, sah sie ein Lächeln über ihr Gesicht huschen, ganz flüchtig nur, aber eindeutig ein Lächeln. Und auch Ken nickte zustimmend. Sofia hätte erwartet, dass er die Klinik verteidigte, dass er Emeralds Behandlungsplan erklärte und Doktor Roses Erfolgsquote anführte. Stattdessen forderte er Heather auf, mehr zu erzählen.

»Wie würde das denn konkret aussehen?«

»Ich seh schon, Emmi hat euch nie was von mir erzählt. Tja.« Heather schnalzte mit der Zunge. Ihre Augen glänzten, und Sofia fürchtete einen Moment lang, sie würde in Tränen ausbrechen. Doch Heather schien zu verstehen, dass es nicht um sie ging. »Also, ich lebe auf einer Alpakafarm im Anderson Valley, gar nicht weit weg von hier, ich und meine Kinder. Joey, der Jüngere, der ist jetzt sieben, der hat zerebrale Kinderlähmung. Beth ist zehn, ich unterrichte beide Kinder zu Hause. Wir haben einen alten Fernseher und zwei Computer, aber keine Smartphones und keine Laptops, und das Internet funktioniert auch nicht immer. Ich arbeite mit einer Wiedereingliederungsorganisation zusammen, die mir junge Leute schickt. Emerald wäre also nicht isoliert, sie würde junge Menschen kennenlernen, die genau wie sie versuchen, wieder auf die Füße zu kommen. Wenn auch aus anderen Gründen. Sie würde auf der Farm mithelfen müssen, also körperlich arbeiten. Und übers Essen gibts bei uns auch keine Diskussionen. Wir sind fast schon Selbstversorger, wir haben einen großen Gemüsegarten. Die Wolle der Alpakas verarbeiteten wir und verkaufen die Strickwaren auf dem Wochenmarkt in Boonville.« Sie streckte ihre Beine aus und wackelte mit den Füßen. Ihre Socken waren offenbar aus Alpakawolle gestrickt.

»Auf dem Wochenmarkt, alles klar!« Ken beugte sich vor und lächelte Heather zu. »Deshalb kommst du mir so bekannt vor, ich hab dich da schon gesehen. Und dir sogar mal eine Mütze abgekauft ...« Heather zuckte mit den Schultern und breitete entschuldigend die Hände aus. »Sorry, ich seh so viele Leute ...«

»Und ich hab offensichtlich keinen bleibenden Eindruck hinterlassen.« Ken legte sich eine Hand auf die Brust und tat so, als hätte ihn mindestens eine Kugel getroffen, dann grinste er wieder. Sofia hörte, wie Emerald leise durch die Nase schnaubte und schaute zu ihr hinüber. Emerald fing ihren Blick auf und verdrehte die Augen. Ken flirtete mit Heather! Sofia war stolz auf sich, dass sie das erkannt hatte. Und im nächsten Moment wütend, denn schließlich ging es hier um Emeralds Zukunft. Es war Zeit, die Erwachsenen daran zu erinnern.

»Ehrlich gesagt versteh ich nicht ganz, was Sie wollen«, sagte sie deshalb zu Heather. »Warum das so wichtig ist für Sie. Emerald hat mir einiges über ihre Familie erzählt und Sie nie erwähnt.«

»Autsch«, sagte Heather. »Aber das hab ich wohl verdient. Schön, dass Emmi hier eine Freundin hat, die sich so für sie einsetzt! Ja, mir ist schon klar, wie das von außen aussieht. David, Emmis Vater, und ich waren ja auch nur vier Jahre verheiratet. Seine Firma machte einen Retreat in der Nähe, und da kamen sie auch zu uns, um mit den Alpakas zu kuscheln. Alpakas sind nicht die umgänglichsten Tiere, sie verlangen unendlich viel Geduld und Hingabe, man muss sich voll auf sie einlassen, präsent sein, das ist natürlich super für die Techies, muss ich dir ja nicht erklären.« Die letzte Bemerkung richtete sich an Ken.

»Und dann?«, fragte Sofia nach.

»David verliebte sich sofort, vielleicht noch mehr in die Farm als in mich. Er fuhr voll auf das Landleben ab, kündigte seinen Job und zog zu mir. Es war – es war, als ob all meine Träume wahr geworden wären ...« Jetzt füllten sich ihre Augen wieder mit Tränen. Ken zog ein gebügeltes und sauber gefaltetes Bandana aus der Tasche und reichte es ihr. Sofia musste an Oscar denken, Carmels Ex-Mann, der auch so ein Tuch aus der Tasche gezogen hatte. Bisher hatte sie geglaubt, ihr Papa Giò sei der Einzige, der immer ein gebügeltes Taschentuch einsteckte. Seine waren allerdings weiß. Heather nahm das buntgemusterte Tuch und wischte sich damit übers Gesicht. Dann steckte sie es ganz selbstverständlich in die Tasche ihrer Latzhose.

»Wir haben recht schnell geheiratet, und ja, er hat auch Geld in die Farm gesteckt, er hat Arbeitsabläufe vereinfacht, er hat Therapeuten für Joey gefunden, die meine Krankenkasse nicht bezahlt hätte. Also echt, ich dachte, der Himmel hat sich geöffnet, und es regnet nur noch Glück auf mich herunter. Und dann ...«

»Und dann begann er sich zu langweilen«, murmelte Emerald. Zum ersten Mal schaute sie Heather direkt in die Augen. »Und dann kam Min.«

»Min!«, schnaubte Heather. Sogar Sofia konnte ihr ansehen, dass sie immer noch verletzt war. Ken schien das auch zu merken. Er räusperte sich. »Bist du sicher, dass das hier kein Versuch ist, Emeralds Vater wieder in dein

Leben einzuladen? Wenn seine Tochter bei dir lebt, wird er sie ja vermutlich auch besuchen kommen.«

»Im Gegenteil! Das wäre eher ein Grund, es nicht zu tun. Emerald, Honey, wir hatten doch immer unseren eigenen Groove, auch wenn wir uns nicht so häufig gesehen haben.«

»Ja, gezwungenermaßen, weil mein Vater sich nicht mit mir abgeben wollte!« Emerald hielt inne und überlegte. »Aber wenigstens hast du nie versucht, mich zu reparieren.«

»Weil ich nicht glaube, dass du kaputt bist.« Sie schaute Emerald in die Augen, bis Emerald sich abwandte. »Okay«, murmelte sie.

»Okay was?«, wiederholte Ken. »Heißt das, du willst Heathers Angebot annehmen?«

So förmlich, dachte Sofia. Aber offenbar brauchte er das. Oder vielleicht war es Emerald, die es laut aussprechen musste.

»Ja, ich will«, sagte sie und grinste Sofia zu. »Wie bei einer Hochzeit, was?«

»Yay!«, rief Heather und deutete einen Freudentanz im Sitzen an. Dann wurde sie sofort wieder ernst. »Wir sind ja nicht so weit weg von hier«, sagte sie. »Emmi könnte die Therapie mit Doktor Rose weiterführen. Oder —«

»Doktor Rose wird sicher noch selbst mit dir reden wollen«, sagte Ken. »Wir werden das natürlich sorgfältig vorbereiten. Das geht nicht von heute auf morgen.«

»Aber übermorgen?«, scherzte Heather. Emerald stand auf, setzte sich auf Heathers Schoß und vergrub ihr Gesicht in ihrer Strickjacke.

»Fast hätt ich's vergessen, ich hab gestern mit Skye geredet!« Carmel hätte von allen am meisten Grund gehabt, sich über den Regen zu beschweren, der einen heiß ersehnten Besuch ihrer Kinder verhindert hatte. Und die alte Carmel hätte sich auch endlos darüber aufgeregt und den Wettereinbruch persönlich genommen. Doch sie hatte als Einzige gar nichts gesagt, oder wenigstens nicht in Sofias Gegenwart.

»Wie meinst du das, du hast mit ihr geredet?«, fragte Zach. »Über mich? Habt ihr über mich geredet?«

»Natürlich nicht, beruhig dich mal wieder. Nein, es ging um Arno. Um unsere Mission. Also – indirekt.« Carmel fuhr sich mit beiden Händen durch ihr Haar. Es war kraus und kurz und lag wie eine enge Kappe an ihrem Kopf. Es stand ihr besser als die glatte Langhaarperücke, die sie zu Beginn jeden Tag getragen hatte. Aber vielleicht war es auch einfach, weil sie jetzt immer so glücklich aussah. »Ja, komisch, dass ich nicht gleich darauf gekommen bin, einfach mit ihr zu reden. Ist ja das Einfachste. Und auf das Einfachste komm ich oft nicht. Aber ich arbeite an mir. Muss ja den Kindern ein gutes Beispiel sein und so.« Carmel wollte unbedingt wieder mit ihren Kindern zusammenleben, wenn ihr Aufenthalt in der Klinik beendet war. Sie tat alles, um die Auflagen des Sozialamtes zu erfüllen. Emerald würde bald zu Heather auf die Alpakafarm ziehen. Zach musste nach Verlassen der Klinik Wiedergutmachung leisten, bevor er mit Skye zusammen sein konnte. Sie alle hatten einen Plan und ein klares Ziel. Sie hatten eine Vorstellung davon, wie ihr Leben nach dem Klinikaufenthalt weitergehen würde. Und sie, Sofia, was hatte sie?

»Wann hast du denn mit Skye gesprochen, gestern?«

»Ja. Eigentlich wollte ich euch gleich suchen gehen und euch alles erzählen, aber dann kam ein Brief von Oscar mit Fotos von unserem Ausflug letzte Woche. Ich hab ja immer rumgenörgelt, weil sie mir mein Smartphone weggenommen haben, aber ganz ehrlich, so ein Umschlag mit einem handgeschriebenen Brief und richtigen Fotos zum Anfassen drin, das hat schon was. Wollt ihr sie sehen?« Sie wartete ihre Antwort gar nicht erst ab, sondern fischte die Abzüge aus ihrer Bauchtasche. Zach warf nur einen flüchtigen Blick darauf, murmelte »schön« und reichte sie weiter. Er wollte viel lieber über Skye reden. Aber Sofia schaute sich die Bilder lange an. Eines war ein Familienselfie mit einer etwas verzogenen Perspektive. Oscars Gesicht war angeschnitten, dafür sah man seinen ausgestreckten Arm in der braunen Lederjacke und den rechteckigen Schatten des Handys über ihm. Das andere zeigte nur Carmel und ihre beiden Kinder, auf einer karierten Decke sitzend. Man konnte sehen, wie kalt es war, wie der Wind an Najeelas Zöpfen und Hermans Wollschal zerrte. Es war Carmels Schal, fiel Sofia jetzt auf. Sie hatte ihren Schal ausgezogen und um ihren Sohn gewickelt. Die Kinder wirkten etwas verfroren, aber sie grinsten tapfer in die Kamera. Und Carmel lächelte. Ihr Lächeln war größer als ihr Gesicht, es strahlte über den Bildrand hinaus.

»Vor dem Supermarkt unten in Gualala braten sie am Wochenende Rippchen auf dem Holzkohlegrill«, erklärte Carmel. »Die sind echt gut. Die Leute kommen von überallher, wir mussten lange anstehen.«

Als ob sie wegen der Rippchen so strahlte. Sofia gab

ihr die Bilder zurück. Sie konnte sich kaum mehr an die ständig beleidigte Carmel erinnern, die sie hier kennengelernt hatte. Damals hatte sie einen ganz klaren Eindruck von ihr gehabt, der sich jetzt als vollkommen falsch herausstellte. Sie dachte an Kens Standardsatz: »Uns allen tun die Füße weh.« Diesen Satz konnte er endlos variieren. »Versuch mal zu lächeln, wenn du grad hundert Kilometer mit einem Stein im Schuh gelaufen bist«, sagte er zum Beispiel. Das musste Sofia sich merken. Wenn sie in Zukunft wieder mehr mit anderen zu tun haben wollte. Oder sollte.

»In Zukunft«, murmelte Sofia und seufzte.

»Was, Honey?«, fragte Carmel. »In Zukunft was?«

»Keine Ahnung! Das ist es ja eben. Ich hab gar nie über diese drei Monate hier hinausgedacht. Aber jetzt, wo Emerald auszieht und ihr beide so eure Ziele verfolgt, da frage ich mich – ich meine, irgendwas muss ich ja machen, muss ich ändern. Das macht mir Angst.«

»Versteh ich.« Zach riss sich sichtlich zusammen, um auf diese neue Ablenkung einzugehen. »Ich denk natürlich ständig darüber nach. Was Skye von mir verlangt, diese Wiedergutmachung – also, wenn ich das ernst nehme, muss ich alles, was ich noch besitze, auflösen, verkaufen, verschenken. Nicht verschenken: zurückgeben«, korrigierte er sich schnell. »Und reich bin auch nicht mehr. Und was mach ich dann? Im Tech-Bereich darf ich nicht mehr arbeiten, abgesehen davon, dass mich auch niemand mehr anstellen würde. Und was anderes kann ich nicht.«

»Willkommen beim Rest von uns«, sagte Carmel, bevor sie sich daran erinnerte, dass sie ja keine überarbeitete Hilfskraft mehr war, sondern Multimillionärin. »Ich helf dir natürlich jederzeit aus. Aber ich glaub irgendwie nicht, dass das nötig sein wird.« Sie zögerte einen Moment. »Ich mach mir ja auch so meine Gedanken, was die Zukunft angeht. Und vor allem denke ich über das ganze Geld nach, mein Geld, das könnte ja auch einen Zweck erfüllen. Bisher hab ich ja nur Löcher gestopft, Bitten und Forderungen erfüllt. Ich komm gar nicht nach mit Schecks ausstellen. Es ist nie genug.«

Sofia dachte an ihren Papa Santiago, der zwar nicht im Lotto gewonnen, aber eine ungewöhnliche Karriere gemacht und dabei mehr Geld verdient hatte als irgendjemand sonst in seiner Familie. Alle zwei Wochen setzte er sich abends an die Küchentheke, trank Bier aus der Flasche und stellte unzählige Schecks an seine Verwandten aus. Mit seiner schwungvollen Handschrift fuhr er oft über den Papierrand hinaus, aber er ließ sich nicht zum E-Banking überreden. Es war ein Ritual, das hatte Sofia irgendwann verstanden. Manchmal saß sie neben ihm und diktierte ihm die Namen von einer langen Liste. Und je nachdem, wie viel Bier er schon getrunken hatte, wurden seine Kommentare zunehmend gehässiger. »Könntest mich ja auch mal anrufen, wenn du nichts brauchst ...« »Viel Spaß mit dem neuen Auto, Tía Julia, hoffentlich wird dein Sohn nicht schwul vom Drinsitzen.« Die meisten Familienmitglieder hatten sich irgendwann von ihm abgewandt. Weil er schwul war. Weil er einen Gringo geheiratet hatte und mit ihm ein Kind großzog, das keinem von ihnen ähnlich sah. Vor allem aber, weil er Nestor zu sich genommen, weil er seine Schwester zur Rede gestellt hatte. So etwas tat man nicht. Nicht in dieser

Familie. Was allerdings niemanden davon abhielt, Santiago weiterhin um Geld zu bitten.

»Ich hab schon so meine Ideen für danach«, sagte Carmel jetzt. »Ein bisschen hab ich euch davon erzählt. Ihr wisst ja, dass ich mich für Ernährungswissenschaften interessiere, und wie man die an einem Ort wie hier anwenden könnte ... Aber das ist noch nicht ganz spruchreif.«

Das tröstete Sofia nun nicht gerade. Sie war offenbar wirklich die Einzige, die noch gar keinen Plan hatte. Sie zog ihr Notizbuch und den Bleistift hervor. »Okay, was war denn nun mit Skye?«, lenkte sie das Gespräch wieder zum eigentlichen Thema zurück.

»Ich hab ihr von Angel erzählt, ganz einfach. Wie schwer es mir gefallen ist, ihn zu verlassen, wie oft ich zu ihm zurückgekrochen bin, weil ich glaubte, es würde mich nie jemand anderes lieben. Denn das sagte Angel immer: ›Niemand wird dich je so lieben wie ich, Baby!‹ Das sagte er so oft, bis ich es selbst geglaubt hab.«

»Skye weiß aber sehr wohl, dass jemand anderes sie liebt«, unterbrach Zach. »Ich nämlich. Oder weiß sie das am Ende gar nicht?«

Carmel trat zu Zach und strich ihm mit der Hand über den Rücken. »Vielleicht traut sie der Sache noch nicht ganz. Immerhin hat sie seit Jahren diesen Arno im Ohr, der ihr sagt, sie sei nicht gut genug. Angel hatte mich auch schon so weit, dass ich glaubte, ich hätte nichts Besseres verdient.«

»Was ist eigentlich aus Angel geworden?«, unterbrach Sofia. »Das hast du uns nie erzählt.«

»Er ist im Gefängnis.« Carmel hob abwehrend eine Hand. »Nicht wegen mir. Ich hätte nie gewagt, ihn anzuzeigen. Und wenn, was hätte es gebracht? Häusliche Gewalt in Hunters Point hat nicht gerade oberste Priorität. Er wäre mit einer Verwarnung davongekommen. Nein, Angel hat jemanden totgeschlagen. Einen Mann. Er hat ihm die Vorfahrt genommen, Angel ist ihm nachgefahren, hat ihn zum Anhalten gezwungen, aus dem Auto gezerrt und zu Tode geprügelt. Direkt da auf dem Highway 280. Dafür hat er lebenslang bekommen.« Mehr, als wenn er seine Frau getötet hätte. Das musste Carmel nicht aussprechen, das wussten sie. Sofia schwieg. Wieder fühlte sie sich unbestimmt schuldig, obwohl sie wusste, dass sie faktisch nichts zu Carmels Situation beigetragen hatte. Oder genau deswegen.

»Was soll denn ich erst sagen«, murmelte Zach, der zum ersten Mal seit langem wieder ihre Gedanken gelesen hatte. Dankbar lächelte Sofia ihm zu.

»Ich kann verstehen, dass Skye dir nicht ganz traut«, wandte Carmel sich wieder an Zach. »So gings mir damals mit Oscar. Ich dachte, mit dem stimmt doch was nicht. Sieht der denn gar nicht, wie ungenügend ich bin? Vielleicht wusste ich auch schlicht nicht, was gute Liebe ist. Wie sie aussieht. Wie sie sich anfühlt.«

Zach trat ein paar Schritte von ihnen weg und schaute übers Meer und dann auf seine Füße hinunter.

»Puh«, machte Sofia.

»Ja, puh! Kann man wohl sagen.« Carmel schaute sie von der Seite an. »Du bist wohl froh, dass dir das erspart bleibt, was?«

Mir bleibt nichts erspart, wollte Sofia sagen. Dass sie keine Berührungen mochte, hieß ja nicht, dass sie nichts fühlte.

Als sie in ihr Zimmer zurückkam, hatte sich Emerald in der Mitte des Zimmers auf ihrer orangefarbenen Yogamatte zur Kerze hochgestemmt.

»Ich muss wieder fit werden«, sagte sie. »Auf der Farm können sie keine Rücksicht auf meine Pathologie nehmen.«

»Deine Pathologie?«

»Ja, *whatever*, du weißt schon.«

Dann iss doch was, dachte Sofia. Als ob es so einfach wäre. Das sollte sie am besten wissen.

»Wann kommen sie?«, fragte sie. Heather würde Emerald zu einem dreitägigen Besuch auf der Farm abholen. Sie sollte ihre neue Realität erst zur Probe leben, bevor sie die Klinik ganz verließ. Eine seltsame Unruhe erfüllte Sofia, eine Unruhe, die sie nicht kannte. Die sie nicht einordnen konnte. Sie wollte Emerald nicht verlieren. Sie wollte sich nicht an eine neue Mitbewohnerin gewöhnen müssen. Aber da war noch mehr. Eine diffuse Angst, die ihr das Atmen schwer machte. Vor einer Woche noch war Emerald die gewesen, die keinen Weg aus der Klinik gesehen hatte, während Sofia ganz mit ihrer Mission beschäftigt war. Doch die Mission hatte an Bedeutung verloren. Nicht für Zach, logischerweise, aber für sie. Sie wusste nicht mehr, was sie dazu beitragen konnte. Was hatte sie Skye schon zu bieten? Sie wusste nichts über Beziehungen. Oder überhaupt. Sie war noch so jung, und ihr eigenes Leben noch so lang. Es lag vor ihr wie ein schmaler, gewundener Weg, der sich im dichten Küstennebel verlor. Verschwommen, unklar und nicht besonders einladend. Vielleicht sogar gefährlich.

Sie setzte sich auf die Fensterbank, die unterdessen ihr Lieblingsplatz in ihrem Zimmer geworden war, und lehnte die Stirn an die kühle Scheibe. Von hier aus konnte sie das Ende des Parkplatzes sehen, das für die Angestellten reserviert war. Und da stand Skyes blauer Mini. Sie sah wieder Blue an der Fahrerseite stehen, die dünnen Beine gekreuzt, den Kopf zurückgelehnt, die Augen geschlossen. Aber Blue stand nicht da. Sie musste unwillkürlich geseufzt haben, denn Emerald ließ sich geschmeidig aus der Kerze rollen. Sie stand auf und trat zu Sofia ans Fenster.

»Sei nicht traurig, ich bin ja bald wieder zurück.« Sie setzte sich auf die Fensterbank und lehnte sich mit dem Rücken an Sofias angezogene Beine. Emerald wusste zwar, dass Sofia auf Berührungen keinen Wert legte, aber ignorierte das meist. »Bei mir ist das etwas anderes«, hatte sie einmal gesagt. Und Sofia musste zugeben, dass das tatsächlich so war. »Du kannst drauf zählen, dass Heather es sich noch mal anders überlegt«, sagte Emerald jetzt.

Sofia runzelte die Stirn. »Warum sollte sie?« Emerald krümmte ihren Rücken von Sofias Beinen weg und ließ den Kopf sinken. Sofia konnte sich die Antwort denken: Weil es bisher noch immer so gekommen war.

»Na, überleg doch mal«, sagte Emerald. »Was hat sie davon? Was bringt es ihr, dass ich da bin? Nichts.« Sie rutschte ans andere Ende der Fensterbank und drehte sich um, sodass sie Sofia in die Augen sehen konnte. Widersprich mir, sagte ihr Blick. Überzeug mich vom Gegenteil. Sofia versuchte es: »Ich glaub, Heather hat dich einfach lieb«, sagte sie vorsichtig. »Für sie gehörst du zur Familie. Egal, mit wem dein Vater verheiratet ist.«

Emerald richtete sich ein wenig auf. »Ja, stimmt schon«, sagte sie. »Ich konnte immer gut mit Joey. Ich hab mich nie geekelt, wenn ich ihn waschen musste oder wickeln oder so.«

»Ich glaube nicht, dass es darum geht …«

Doch Emerald hörte gar nicht zu. Sie schien froh, eine einleuchtende Erklärung gefunden zu haben. »Weißt du, ich hab als *Cancergirl* schon auch was gelernt, über Medizin und Pflege und so. Nadeln und Schläuche machen mir nichts aus, ich ekle mich auch nicht so schnell. Ganz verschwendet war diese Zeit nicht.«

Sofia sagte nichts. Sie schaute aus dem Fenster. Unten auf dem Parkplatz sah sie jetzt den Van der Alpakafarm vorfahren, ein teuer aussehendes, aber nicht mehr ganz neues Modell, das vermutlich noch Emeralds Vater gekauft hatte. Die Seitentüren waren mit dem Logo bemalt, einem seelenvoll blickenden Alpaka mit langen Wimpern und einer gestreiften Wollmütze auf dem Kopf. Sie schaute zu, wie Heather ausstieg und sich streckte. Heute trug sie einen Overall unter ihrer Strickjacke und dieselbe gestreifte Wollmütze wie das Alpaka. Sie ging um den Van herum und öffnete die Hecktüre. Langsam entfaltete sich eine Rampe, und ein elektrischer Rollstuhl rollte hinunter. Ein kleiner Junge saß darin. Er fuchtelte vor Aufregung mit den Händen und strahlte übers ganze Gesicht, als er Emerald entdeckte.

»Emmi!«, rief er so laut, dass sie ihn durch die geschlossenen Scheiben hören konnten. »Emmi, wir sind hier.«

Emerald kniete sich auf die Bank und öffnete das Fenster.

»Hey, Joey«, rief sie. »Ich komm gleich runter.«

Sofia sah, wie ihr Gesicht aufleuchtete und spürte etwas Scharfes, Kaltes. War sie etwa eifersüchtig? Eifersüchtig, dass Emerald in ihrer Gegenwart nie so gestrahlt hatte? Oder dass sie selbst dieses Gefühl nicht kannte, das ein Gesicht von innen aufreißen konnte wie eine Wolkenwand?

Auf der Beifahrerseite stieg nun ein groß gewachsenes, schlaksiges Mädchen aus. Es hatte einen sorgenvollen Ausdruck, den Sofia sofort erkannte. Sie sah ihn oft genug, wenn sie in den Spiegel schaute. Doch auch das Mädchengesicht erhellte sich, als sie Emerald im Fenster sah, und sie winkte schüchtern zurück. Emerald schloss das Fenster, nahm ihre Jacke vom Haken und schlüpfte in ihre Ugg Boots. Dann kam sie zurück und umarmte Sofia.

»Wünsch mir Glück«, flüsterte sie.

»Glück«, sagte Sofia. Emerald würde es nicht brauchen.

Sofia seufzte wieder. Sie nahm ein Buch vom Fußboden hoch, das sie schon gelesen hatte und blätterte ziellos darin herum, las denselben Abschnitt wieder und wieder, ohne auch nur ein Wort zu speichern. Als sie das nächste Mal aufschaute, sah sie Blue. Er lehnte sich an die Fahrerseite von Skyes Mini, die langen Beine lässig gekreuzt, die E-Zigarette in der einen Hand, mit der anderen seine Augen vor der schwächlichen Wintersonne schützend. Sofia verdrehte die Augen und schüttelte den Kopf. Sie zwang sich, eine weitere halbe Seite in dem zerfledderten Taschenbuch zu lesen, bewegte sogar die Lippen dazu. Doch auch halblaut ausgesprochen erreichten die Worte sie nicht. Als sie wieder aufschaute, stand Blue immer noch da. Sie hatte ihn sich nicht eingebildet. Er war es wirklich. Jetzt hob er die Hand, er musste sie auch gesehen haben. Er zeigte zum Auto, machte eine einladende Geste, hob fragend die Schultern. Wollte sie mit ihm irgendwohin fahren? Sie wollte. Sofia schaute auf ihre Uhr. Sie hatte gleich Gruppe. Doch sie winkte zurück und hob den Daumen. Sie hatte noch nie die Schule geschwänzt. Oder sonst etwas. Sie war immer genau dort gewesen, wo man sie erwartete. Wo sie sein sollte. Außer in der Nacht. Außer in der Luft.

Ihre innere Unruhe war verschwunden. Jetzt nahm sie einen von Emeralds Schals aus dem Schrank. Er war tiefblau, fast violett, und erinnerte sie an die Farbe von Blues Augen. Sie wickelte ihn wie einen Turban um ihren Kopf. Um ihre Ohren vor dem kalten Küstenwind zu schützen, sagte sie sich.

Klar doch.

Sie schlüpfte in ihre Schuhe, nahm ihre Jacke vom Haken und rannte die Treppe hinunter. Im Flur kam ihr Ken entgegen. »Wo willst du denn hin?«, fragte er. »Die Gruppe beginnt gleich.«

»Ich weiß, ich wollte nur schnell … Ich wollte mich noch richtig von Emerald verabschieden, sie geht doch heute.«

»Dazu war nach dem Frühstück genug Zeit.«

»Ja, schon, aber ich – ich konnte nicht. Ich glaube, ich bin ein bisschen eifersüchtig«, murmelte Sofia. »Sie braucht mich nicht mehr. Ist doof, ich weiß. Es tut mir leid«, fügte sie sicherheitshalber noch an. Lügen war gar nicht so kompliziert, wenn man nahe genug bei der Wahrheit blieb.

Ken zögerte. »Die sind jetzt gerade bei Doktor Rose.«

»Kann ich nicht auf sie warten? Bitte. Es ist mir wichtig.«

Ken schaute auf seine Uhr und seufzte. »Okay, ausnahmsweise.«

»Danke, Ken!«

Sofia ging langsam zu Doktor Roses Sprechzimmer und lehnte sich neben ihrer Türe an die Wand, bis Ken um die Ecke verschwunden war. Dann schlüpfte sie in den Speisesaal und von da in die Küche. Maria, die zweite Köchin, stand am Herd und hob eine Kelle zum Gruß. Es roch nach gerösteten Sonnenblumenkernen.

»Hi, Maria, ich will nur schnell …« Maria hörte ihr gar nicht zu. Sie hatte Stöpsel in den Ohren stecken und wiegte sich zu einer Musik, die nur sie hörte. Sofia verließ die Küche durch die Gartentür und ging um das Gebäude herum. Ein seltsames Gefühl breitete sich in ihr aus, ähnlich wie wenn sie fliegen wollte. Nur ging es nicht von ihren Schulterblättern aus, es war ihre Brust, die sich weitete und öffnete, ihr Herz. Unwillkürlich hüpfte sie bei jedem Schritt ein wenig in die Luft wie ein Kind. Wenn sie jetzt in den Spiegel schaute, würde sie das breite Lächeln sehen, um das sie Emerald eben noch beneidet hatte. Bevor sie den Parkplatz erreichte, zwang sie sich, langsam zu gehen. Als sei sie kein bisschen aufgeregt.

»Hey«, sagte Blue und hielt ihr die Beifahrertür auf. Sofia stieg ein. Es fühlte sich selbstverständlich an, vertraut. Als hätten sie sich verabredet. Als seien sie schon hundertmal so zusammen losgefahren, ins Blaue hinaus.

Langsam fuhr Blue die Auffahrt hinunter und auf die Zufahrtsstraße hinaus. Obwohl weit und breit kein anderes Auto zu sehen war, stoppte er und setzte gewissenhaft den Blinker, bevor er weiterfuhr. »Steht dir gut«, sagte er und zeigte mit dem Kinn auf ihren Kopf. Sofia fasste ihren Turban an, den sie immerhin ohne die Hilfe eines Spiegels gewickelt hatte. »Wegen dem Wind«, murmelte sie. Blue fuhr mit dem Finger über das Display, und die klagende Stimme von Leonard Cohen erfüllte den kleinen Innenraum. »Alte-Männer-Musik«, sagte Santiago dazu. Aber ihr Papa Giò hörte den auch gern. Blue sah ihren Blick und drehte die Lautstärke herunter. Ungeschickt versuchte er, die Playlist zu wechseln. »Sorry«, sagte er verlegen. »Skye hat einen seltsamen Musikgeschmack.«

»M-hm.« Sofia wusste, dass es Blues Playlist war. Genauso wie er wusste, dass sie das blaue Tuch seinetwegen um ihren Kopf gewickelt hatte. Sie kannten sich besser, als es möglich schien. Und für den Rest der kurzen Fahrt mussten sie auch nichts mehr sagen.

Blue fuhr ins Dorf hinein und hielt vor dem Supermarkt. Auf dem Parkplatz stand unter einem Zeltdach ein riesiger Holzkohlegrill, mit einer Plastikplane zugedeckt und mit Ketten gesichert. Hier wurden wohl am Wochenende die Rippchen gebraten, von denen Carmel so geschwärmt hatte.

»Gehen wir einkaufen?«, fragte Sofia.

»Doch nicht hier. Das ist der Touri-Supermarkt. Zu teuer für uns.« Er zeigte auf die andere Seite der Straße, wo sich ein etwas schäbigeres Einkaufszentrum befand. »Unser Supermarkt ist da drüben. Ohne Blick aufs Meer.« Er lächelte schief. Dann nahm er eine alte Kinder-Lunchbox vom Rücksitz und öffnete sie. »Ich hab eine Cola für dich«, sagte er. »Du magst doch Cola?«

Sie nickte. Die Dose war kalt in ihrer Hand. Sie steckte sie in ihre Jackentasche. Er hatte sich erinnert, was sie im Cove bestellt hatte. Und er hatte offenbar nicht daran gezweifelt, dass sie mit ihm mitfahren würde. Blue ging ihr voraus, er führte sie ans Ende des Parkplatzes, am Hotel vorbei und zwischen den Gebäuden hindurch zum Meer. Hier mündete der Gualala River ins Meer und bildete eine Wasserscheide. Der Fluss führte immer noch Hochwasser, sodass die Sandbänke kaum zu sehen waren.

»Bei Ebbe kannst du von hier auf die andere Seite rübergehen. Drüben ist Sonoma County und hier Mendocino. Deshalb nennt man die Gegend hier Mendonoma.« Blue ging eine schmale Steintreppe hinunter, die auf einen kurzen Pfad führte. Am Ende öffnete sich der niedere Zaun zu einem halbrunden Aussichtspunkt. Davor stand eine Holzbank. Blue zog den Ärmel seines Hoodies ganz über seine Hand und wischte die Sitzfläche ab. Sofia setzte sich aus reiner Gewohnheit in die Mitte der Bank, dann fing sie Blues Blick auf und rutschte zur Seite. Umständlich setzte er sich neben sie. Wieder hielt er einen sicheren Abstand ein. »Von hier aus wurden früher die Holzstämme verschifft«, erklärte er. »Die ersten russischen Siedler haben die Wälder weiter oben abgeholzt, die Stämme den Fluss runtergetrieben und hier auf die Schiffe aufgeladen. Die wurden bis nach Boston geliefert.«

Von Gualala nach Boston. Wie Blue, als er sein Studium aufnahm. Doch Blue war zurückgekommen.

»Du erinnerst mich irgendwie an meinen Vater«, sagte Sofia. »Papa Giò. Der ist auch so ein Nerd.«

»Vielen Dank!«

»Im Ernst, jedes Mal, wenn wir hier rauffuhren, erzählte er die Geschichte von den russischen Brüdern, die von General Sutter übers Ohr gehauen wurden und ...«

»Das war nicht General Sutter«, begann Blue, brach aber ab und grinste. »Du bist also nicht zum ersten Mal hier?«

»Nein, wir hatten eine Zeit lang ein Ferienhaus in ...« Plötzlich war es Sofia peinlich, und ihre Stimme wurde ganz leise. »Sea Ranch«, murmelte sie. Fast hätte sie hinzugefügt, dass es ihrem Papas bald zu teuer geworden sei, doch sie konnte die Bemerkung im letzten Moment herunterschlucken. Die vielen Stunden mit Carmel hatten offenbar Spuren hinterlassen.

»Du musst dich nicht genieren«, sagte Blue. »Ich bin vielleicht in einem Trailerpark aufgewachsen, aber meine Großeltern sind steinreich.«

»Die Cannabisfarmer«, erinnerte sich Sofia. »Stimmt. Skye hat mir von ihnen erzählt.«

»Sie sind voll die Hippies, aber eben auch schlaue Geschäftsleute. Das halbe Tal hat für sie gearbeitet. Unter der Hand haben sie ein Vermögen angehäuft, nichts versteuert, war ja illegal. Kurz vor der Legalisierung haben sie die Plantage verkauft. Schlau, was? Damals dachten alle, das sei das Geschäft der Zukunft. Jetzt ist der Markt total überschwemmt.«

»Hm.«

»Weißt du, wer die ganzen Cannabisplantagen aufgekauft und überall Abgabestellen aufgemacht hat?«

Sofia nickte. »Die Republikaner.«

»Sorry, ich wollte nicht mansplainen.«

»Schon gut.« Sofia lächelte. Sie nahm Blue gar nicht unbedingt als Mann wahr. Er war einfach Blue, eine Kategorie für sich. So wie sie am liebsten auch einfach Sofia wäre. »Wie gesagt. Ich kenn das von meinem Vater. Unseretwegen hätte man keine Internetsuchmaschinen erfinden müssen.«

»Sagen meine Schwestern auch immer. Echte Nervensägen, aber ich hab sie trotzdem vermisst, als ich an der Uni war.«

»Und jetzt? Vermisst du die Uni?« Sofia nahm die Cola-Dose aus ihrer Jackentasche. Als es ihr nicht gleich gelang, sie zu öffnen, nahm Blue sie ihr aus der Hand, ohne hinzuschauen, und riss die Lasche auf. Das Getränk schoss schäumend aus der Dose auf seinen Pullover und über seine Hände. Er sprang auf und ließ die Dose fallen.

Sofia unterdrückte ein Lachen. »Sorry!«, rief sie. Blue wischte sich die Hände an den Jeansbeinen ab, hob die Dose gewissenhaft auf, leerte sie ganz aus, stampfte sie klein und steckte sie in die Bauchtasche seines Hoodies. Dann setzte er sich wieder zu Sofia. Täuschte sie sich, oder war er ein wenig näher gerückt?

»Klar vermisse ich die Uni. Ich vermisse es, mein eigenes Ding zu machen. Nur für mich zu denken. Mich nicht um andere kümmern zu müssen. Klingt jetzt egoistisch, ist aber so.«

Sofia schwieg. Sie hatte sich nie um andere kümmern müssen. Dass Papa Giò sie an Thanksgiving in die Suppenküche mitnahm, wo sich an den Feiertagen Hunderte von wohlmeinenden Familien drängten, zählte wohl nicht. Papa Santi sagte immer, er sei schließlich arm aufgewachsen, und dass er jetzt seine halbe Sippschaft durchfüttere, sei genug der guten Taten.

»Klar möchte ich wieder zurück«, sagte Blue jetzt. »Aber erst muss sich die Situation hier klären.« Er zögerte. »Skye müsste ja nicht in einem Trailer leben. Meine Großeltern würden sie unterstützen, einfach nicht, solange sie mit Arno zusammen ist. Da sind sie konsequent. Und Skye ist stur.« Er grinste. »Aber mein Studium haben sie trotzdem bezahlt.«

»Ach, ich dachte …«

»Was?«

»Ich dachte, du hast das Begabtenstipendium bekommen.« Das hatte sie schon gedacht, als sie ihn noch nicht kannte. Als er nur ein Avatar auf dem kleingeteilten Zoombildschirm war. Er war der Einzige, der die Aufgaben so schnell löste wie sie (fast so schnell wie sie). Er musste der zweite Stipendiat sein. Das war mit ein Grund, warum sie immer mit ihm gewetteifert hatte.

Und Blue errötete. »Ja, okay, das auch.« Dann schaute er sie an. »Warte mal, du warst die Einzige, die die Aufgaben so schnell gelöst hat wie ich …«

»Nein, schneller!«

»Okay, schneller. Bist du also die zweite Stipendiatin?«

»Ja«, sagte sie einfach. Sie schauten sich an. Hier saßen sie, die beiden Gewinner eines begehrten Begabtenstipendiums, weit weg von ihrer Uni, auf einer Holzbank am Meer. Sofia stellte sich vor, wie es wäre, mit Blue in einem Vorlesungssaal zu sitzen oder im Computerlabor oder in der Bibliothek. Mit ihm über Gleichungen zu diskutieren und Prüfungsergebnisse zu vergleichen.

Nächtelang zu büffeln, sich einen großen Becher Kaffee zu teilen, um wach zu bleiben. Sie würden sich gegenseitig anstacheln, ihr Verstand entzündete sich an seinem und umgekehrt. Sie würden weiterhin wetteifern – und sie wäre immer ein wenig schneller als er. Sie stellte sich vor, wie sie gemeinsam das Weltall betraten. Zwei Comicfiguren, in der Unendlichkeit schwebend, jeder für sich und doch zusammen. Doch es war zu spät. Sie waren nicht mehr an der Uni. Ihre Stipendien waren verfallen. Weitergegeben worden, an würdigere Anwärter, ernsthaftere Studierende. Sie beide hatten diese einmalige Chance verschenkt. Vergeben, verspielt.

Blue musste etwas Ähnliches gedacht haben wie sie. »Wir sind ja vielleicht ein Paar«, sagte er. Er wandte den Kopf und schaute sie an, das Lächeln etwas schief. Und Sofia streckte ihre Hand aus und legte sie auf seinen Oberschenkel.

Sofort zog sie sie wieder zurück. Doch es war zu spät. Blue erstarrte neben ihr, dann wich er zur Seite, Zentimeter für Zentimeter von ihr weg, bis er am Ende der Bank angekommen war. Als er nicht mehr weiterrutschen konnte, stand er auf. Er ging zum Zaun und schaute auf das Meer hinaus.

»Blue«, sagte sie zu seinem Rücken. Und noch einmal. »Blue.«

Endlich drehte er sich wieder um. In seinem Blick lag etwas, das sie noch nie gesehen hatte. Das sie nicht einordnen konnte. Bisher hatten sie sich immer fast wortlos verstanden.

Sofia wünschte, sie könnte den Moment ungeschehen machen. Sie wollte etwas sagen, aber es fiel ihr beim besten Willen nichts ein. Blue schob die Kapuze über seinen Kopf und steckte die Hände in die Hosentaschen.

»Warte!«, sagte sie. Warte, bis mir das Richtige einfällt. Plötzlich dachte sie an all die Liebesromane, die sie gelesen hatte. Die dünne Handlung beruhte immer darauf, dass die Hauptfiguren nie aussprachen, was sie wirklich dachten oder fühlten oder wollten. Stattdessen nahmen sie grundsätzlich das Schlimmste an. Sie unterstellten einander die niedersten Beweggründe, während sie sich gleichzeitig vergebens nacheinander sehnten und verzehrten. Oft hatte Sofia entnervt gedacht: Nun redet doch miteinander!

Vielleicht war die Lektüre doch nicht umsonst gewesen.

»Blue«, sagte sie, »es tut mir leid. Ich weiß nicht, warum ich – dabei mag ich Berührungen nicht mal sonderlich! Ich dachte nur – das klingt so doof jetzt, aber ich dachte, ich müsse das wollen, in diesem Moment. Das wäre das Normale. Es war ein Versuch, verstehst du? Ein Versuch, normal zu sein.«

Blue antwortete nicht. Er schaute sie auch nicht an. Aber er zog seine Hände aus den Taschen und schob die Kapuze zurück. Dann wandte er sich von ihr ab und schaute über das Wasser, das grau und träge dalag, satt von all dem Regenwasser und müde von den Stürmen.

»Ich hab null Erfahrung mit Beziehungen«, erklärte Sofia seinem Rücken. »Schon Freundschaften überfordern mich. Aber mit dir, das ist irgendwie anders. Mit dir ist es einfach. Als ob wir uns schon lange kennen würden.« Wir kennen uns ja schon, hatte er bei ihrer ersten Begegnung gesagt.

Blue drehte sich zu ihr um. Seine Augen hielten sie fest. Sein Blick forderte sie auf, weiterzureden.

Sie zögerte. »Wenn wir zusammen sind, ist es fast, als ob ich allein wäre, verstehst du? Ich stelle mir keine Fragen. Ich muss nichts. Drum dachte ich – ich weiß nicht, was ich dachte. Es tut mir leid.«

»Okay.« Er schaute von ihr weg und über die Flussmündung auf die andere Seite, nach Sonoma hinüber. Und dann wieder zu ihr. Er suchte nach Worten und fand keine. Schließlich breitete er beide Hände aus und zuckte mit den Schultern. »Okay«, wiederholte er. Er setzte sich wieder auf die Bank, diesmal so weit von ihr entfernt, wie es eben ging. Sofia konnte es ihm nicht verdenken. Doch sie merkte jetzt, wie seltsam sich das anfühlte. Seltsam und auch ein bisschen verletzend. Sonst war immer sie die, die diesen Abstand einhielt. Sie dachte an Blues Narben und an das, was er über seine Zeit im Ashram erzählt hatte. Blue hatte gute Gründe, Berührungen zu fürchten.

Und schon war sie wieder da, die Scham, drängte sich zwischen sie.

Blue wusste nichts von der Scham. Er saß einfach neben ihr, mit ihr auf dieser alten Holzbank. Und es war wie beim ersten Mal, als sie nebeneinander auf dem Baumstamm saßen, auf dem Spielplatz, der zum Trailerpark gehörte. Sie mochten sich nicht berühren, aber sie gehörten zusammen. Sie saßen in derselben Seifenblase.

»Bubble«, murmelte Sofia. Und Blue nickte, als verstünde er ganz genau, was sie damit meinte. Als hätte er gerade dasselbe gedacht.

Warum nicht. In den letzten acht oder neun Wochen

war schon Seltsameres geschehen. So saßen sie eine Weile schweigend nebeneinander. Nach und nach löste sich die Anspannung zwischen ihnen auf.

Die Sandbank auf der anderen Seite der Wasserscheide kam plötzlich in Bewegung. Was Sofia für Treibholz gehalten hatte, war eine kleine Gruppe von Seelöwen. Sie lagen neben- und aufeinander in der Sonne, ihr hellbraunes Fell hob sich kaum vom Sand ab. Sofia sprang auf. »Schau!« Eine etwas kleinere, dunklere Form löste sich aus der Masse, robbte unbeholfen über den Sand und ließ sich ins Wasser plumpsen. Als der schwarze Kopf ein paar Meter weiter wieder auftauchte, jauchzte sie. »Schau doch!«

»Hm.« Blue schien weniger beeindruckt. Aber er lächelte über Sofias Begeisterung. Sofia mochte sein Lächeln, es war schüchtern und etwas schief. Das Schwarze war aus seinem Blick verschwunden.

»Ich bin mal mit einem Seehund …« Sie stockte. Geflogen, wollte sie sagen. Sie wollte es ihm erzählen, aber sie traute sich nicht. Sie wollte nicht schon wieder etwas falsch machen. »Geschwommen«, sagte sie deshalb. »Er war direkt neben mir, als ob er mit mir spielen wollte.«

»Seehunde können ganz schön aggressiv sein«, warnte er sie, wie Skye auch schon. Sofia zuckte mit den Schultern. »Ich find sie süß.«

»*City Girl*«, neckte er sie.

»Ja, und?« Sie lehnte sich wieder gegen die Bank zurück, gegen das Holz, das von der Sonne gewärmt war. Sie schaute auf das offene Meer hinaus. Eine kleine Welle brach sich wieder und wieder an einem länglichen Felsen, etwa zwanzig Meter von der Küste entfernt. Sofia wusste noch, wie aufgeregt sie gewesen war, als sie das zum ersten Mal gesehen hatte. Sie hatte den Felsen für einen Wal gehalten, der aus dem Wasser auftauchte und wieder verschwand. Es hatte ziemlich lange gedauert, bis ihr klar wurde, dass der vermeintliche Wal sich nicht von der Stelle bewegte. So saßen sie schweigend nebeneinander, bis Blues Telefon in seiner Hosentasche vibrierte. Er zog es heraus und schaltete den Alarm aus.

»Wir gehen besser zurück«, sagte er. »Ich will nicht, dass du Ärger bekommst.«

Ärger hatte sie bereits, aber das kümmerte sie in diesem Moment wenig.

Sofia ging ein wenig schneller. Blue hatte sie an der Auffahrt abgesetzt, doch der Aufstieg zur Klinik machte ihr nicht mehr zu schaffen. Sie schaute auf ihre Armbanduhr: Die Gruppe ging gerade zu Ende. Als sie den Parkplatz erreichte, schoben Heather und Emerald mit vereinten Kräften Joeys Rollstuhl über den kiesigen Boden zum Van. Doch als Emerald sie sah, ließ sie den Rollstuhl stehen und rannte ihr entgegen.

»Sof«, rief sie übertrieben laut und begeistert. »Ich werde dich so vermissen!«

Misstrauisch trat Sofia näher. Emerald zog sie an sich und flüsterte: »Ken ist auf dem Kriegspfad, weil du die Gruppe verpasst hast. Wo warst du?« Sofia zuckte mit den Schultern. Sie war froh, dass Blue sie an der Auffahrt abgesetzt hatte, sie wollte sich Emeralds Kommentare nicht anhören. Und gleichzeitig wünschte sie sich, sie könnte mir ihr darüber reden. Sie schaute über Emeralds Schulter und sah Ken in der Tür stehen. Er hatte die Hände in die Seiten gestemmt und schien nicht begeistert.

»Sofia!«, rief er streng und winkte sie zu sich.

Doch Emerald drehte sich um und schmollte: »Ken, nun lass uns doch in Ruhe Tschüss sagen, Sofia hat so lang auf mich gewartet! Das Gespräch mit Doktor Rose dauerte ja endlos.«

»Nein, Sofia, du warst nicht im Flur. Da hätt ich dich gesehen. Hast du etwa wieder unerlaubt die Klinik verlassen?«

Hilflos schaute Sofia Emerald an, als könnte sie ihr die richtige Antwort einflüstern. Doch dann trat Heather zu Ken und legte ihm eine Hand auf den Oberarm. »Ken, kannst du mir bitte mal helfen? Joey steckt hier fest.«

Sofort hatte er Sofia vergessen. Er ging zum Schuppen neben dem Hauptgebäude und kam wenig später mit zwei langen Holzbrettern zurück, die er auf den Schultern balancierte, als spürte er ihr Gewicht nicht. Er wollte Heather beeindrucken, das war selbst Sofia klar. Mit einem Krachen ließ er die Bretter auf den Boden fallen und rieb sich die Hände. »Ich hab Doktor Rose schon immer gesagt, das mit dem Kies hier, das geht gar nicht!« Er richtete die beiden Bretter aus, und Heather stellte sich neben ihn. Zusammen hoben sie den Rollstuhl auf die behelfsmäßige Rampe und schoben ihn den kurzen Weg zum Van. Ihre Schultern berührten sich dabei, sie schubsten sich spielerisch an, Heather lachte.

So machten das normale Menschen, dachte Sofia. Sie berührten einander, und es passierte nichts, oder wenigstens nichts Schlimmes.

»Komisch, vorhin gings auch ohne Ken«, murmelte

Emerald. Dann zog sie Sofia noch einmal an sich und hielt sie fest. »Vielleicht sollte ich doch lieber hierbleiben, was meinst du?«

Sofia konnte Emeralds Shampoo riechen und etwas anderes. Kokosöl vielleicht. Etwas in ihr wollte Ja sagen, ja bleib, lass mich hier nicht allein.

»Nein.« Sofia schob die Freundin auf Armlänge von sich weg, hielt sie aber an den Schultern fest. »Joey braucht dich, schon vergessen?« Emerald schaute zweifelnd zum Van, wo Beth schon angeschnallt in der Mittelreihe saß und so tat, als würde sie lesen. Dabei beobachtete sie ganz genau, was um sie herum vorging. Es war eine Strategie, die Sofia gut kannte.

Wie auf Befehl krähte Joey jetzt: »Los gehts, los gehts! Der letzte im Auto ist ein faules Ei!« Er strahlte so offensichtlich vor Vorfreude, dass er Emerald damit ansteckte. Sie löste sich aus Sofias Griff und zog die Seitentür auf. Ihr schmaler Körper bog sich unter der Anstrengung. Sofia wollte schon helfend eingreifen, als die Tür endlich nachgab. Emerald drehte sich noch einmal zu Sofia um, winkte und schlüpfte auf den Sitz neben Beth. Das Mädchen klappte ihr Buch zu und schaute mit unverhohlener Bewunderung zu Emerald auf. Heather und Ken hatten unterdessen den Rollstuhl ganz ins Heck hineingeschoben und befestigten ihn mit mehr Aufwand, als Sofia nötig schien. Sie nutzte den Moment, um sich an Ken vorbei ins Haus zu schleichen. Mit etwas Glück würde er Sofias Fehlen in der Gruppe über seinem Geplänkel mit Heather vergessen.

»Wird es besser?«, fragte Sofia.

»Aber ja doch!« Doktor Rose zögerte einen Moment. »Was genau soll besser werden, Lovey?«

»Ich. Also, wie ich mich fühle.«

»Wie fühlst du dich denn?«

Sofia stieß ein frustriertes Grunzen aus. »Doktor Rose! Kommen Sie mir jetzt nicht mit dem Therapeutinnenscheiß!« Dann schlug sie sich die Hände vor den Mund. »Sorry«, murmelte sie in ihre Handflächen. Doktor Rose winkte ab. »Schon gut, du weißt ja, das hier ist ein …«

»… geschützter Raum.« Geschenkt. Sofia schaute zur Decke und dann zum Fenster hinaus. »Wie oft muss ich Ihnen das noch erklären? Ich schäme mich, weil ich meinen Papas Sorgen bereite, die doch immer für mich da waren. Niemand hier hatte so eine glückliche Kindheit wie ich.«

Sie dachte an Blue, und wie er vor ihr zurückgewichen war, als sie in berührte. Doch sie wollte nicht über Blue reden. Konnte nicht über Blue reden, ohne zuzugeben, dass sie die Klinik ohne Erlaubnis verlassen hatte. Und Blue womöglich Ärger zu bereiten. Ganz zu schweigen von Skye. Das wäre bestimmt nicht im Sinne ihrer Mission.

»Erinnerst du dich, was ich dir letztes Mal gesagt habe?«

Sofia nickte. »Sorry, Doktor Rose, ich will Ihnen nicht zu nahe treten, aber das hat mir nicht wirklich geholfen.«

Doktor Rose nickte. »Klar, du musst das spüren, nicht nur von mir hören.«

»Ich spüre es aber nicht.« Plötzlich war Sofia den Tränen nahe. »Wie lang soll denn das so weitergehen? Werde ich je wieder ich selbst sein, so wie früher?«

Früher, dachte Sofia. Wann war früher. Wann hatte sie sich zuletzt so gefühlt, wie sie sich fühlen wollte? Manchmal schien ihr, als habe sie sich vom Moment ihrer Geburt an gesorgt, beobachtet und hinterfragt. Als Kind hatte sie eine imaginäre Freundin gehabt, die ihr die Welt erklärte. Und ihre Familie. Sofia wünschte sich, sie könnte sie wieder heraufbeschwören, aber sie war verschwunden.

»Du bist du selbst, Honey. Auch wenn du dich so fühlst wie jetzt gerade. Du darfst schon mal traurig sein oder wütend oder mutlos oder sogar verzweifelt. Das gehört alles dazu. Du bist ja kein Roboter aus Stepford.«

Stepford? Sofia beschloss, nicht nachzufragen. Ungeduldig schüttelte sie den Kopf.

»Ich mag aber nicht mehr. Ich hab keine Perspektive. Ich weiß nicht, wie es weitergehen soll, wenn ich hier rauskomme. Manchmal ist es mir zu viel. Manchmal würde ich am liebsten einfach aufgeben.« Sofia schaute auf und in das zerknitterte Gesicht der Ärztin, in ihre freundlichen Augen. »Was ist der Sinn?«

»Der Sinn des Lebens?«

Sofia nickte. Sie wusste, was jetzt kommen würde, die typisch therapeutische Gegenfrage: »Was bedeutet das denn für dich?« Doch Doktor Rose zuckte nur mit den Schultern. »Der Sinn des Lebens ist das Leben selbst. Du hast nur eine Runde auf dem Karussell. Mach was draus. Oder nicht.« Dann stand sie auf. »Komm her.«

Zögernd stand Sofia auf. Doktor Rose stützte sich mit einer Hand auf die Tischplatte und winkte sie mit der anderen zu sich. Dann zog sie sie an sich. »Ich weiß, dass du das nicht magst«, sagte sie. »Aber da musst du jetzt eben durch.«

Sofia entspannte sich. So schlimm war es gar nicht, ab und zu eine Berührung zuzulassen. Es dauerte auch nicht lange.

»Willst du denn aufgeben?«, fragte Doktor Rose, als sie sich wieder gegenübersaßen. Sofia überlegte. Manchmal fühlte sie sich wie auf den Wanderungen, zu denen Papa Giò sie ungefähr zweimal im Jahr mitnahm. Immer, wenn sie meinte, sie seien endlich oben auf dem Hügel angekommen, tauchte dahinter ein weiterer Hügel in ihrem Sichtfeld auf. Und dann noch einer und noch einer. Als sie klein war, hatte sie sich manchmal frustriert auf den Boden geworfen, geheult und sich geweigert, weiterzugehen. Sie wusste ganz genau, dass Papa Giò sie dann auf seine Schultern heben und ein Stück weit tragen würde. Jetzt trug sie niemand mehr. Selbst wenn sie sich auf den Boden warf und heulte, was sie manchmal heute noch am liebsten tun würde. Doch sie tat es nicht. Sie riss sich zusammen, ließ sich nichts anmerken. Das war es wohl, was »erwachsen sein« bedeutete. Sofia war nicht überzeugt. Doch dann dachte sie an Emerald, Carmel und Zach, sie dachte an Heather und ihre Kinder, an Carmels Kinder, an Skye.

Sie dachte an Blue.

An die Seifenblase, die nur ihnen gehörte.

»Manchmal schon«, antwortete sie endlich. »Aber unter dem Strich eher nicht.«

Kein besonders glühendes Bekenntnis zum Leben. Aber Doktor Rose schien es zu genügen.

»Geht mir genauso.« Sie zögerte einen Moment. »Sag mal, Sofia, hast du Celias Tagebuch unterdessen zu Ende gelesen?«

Sofia schüttelte den Kopf und schaute auf ihre Hände.

»Hm. Warum nicht? Kannst du mir sagen, was dich daran hindert?«

Sofia faltete ihre Hände wie zum Gebet und hob sie hoch. Im Innersten war sie immer noch eine Streberin. Sie hielt es kaum aus, versagt zu haben, eine Aufgabe nicht erfüllen zu können. »Ich hab die Bücher nicht mehr«, murmelte sie schließlich. Und dann lauter: »Ich hab sie über die Klippe geschmissen!«

»Über die ...?« Doktor Rose starrte sie einen Moment an. Dann legte sie den Kopf in den Nacken und lachte laut. »Du bist mir vielleicht eine! Da kann ich ja lange auf deine Einsicht warten.« Sie drehte der Holzeule den Kopf ab und nahm sich ein Bonbon, diesmal ohne Sofia auch eins anzubieten. Sie kaute und überlegte. Es klang, als esse sie Glas. Schließlich bückte sie sich und öffnete eine Schublade in ihrem Pult.

»Gut, dass ich mir eine Kopie davon gemacht habe.« Sie zog einen Papierstapel hervor, der unzimperlich mit zwei Gummibändern zusammengehalten wurde und sich an den Seiten leicht einrollte. »Als hätt ich es geahnt.« Zufrieden schluckte sie den Rest ihres Bonbons herunter. »Manchmal bin ich eben schon nicht schlecht.«

»Manchmal?«, murmelte Sofia.

Doktor Rose streifte die Gummibänder ab und blätterte durch den Stapel. Ab und zu zögerte sie, hielt ein Blatt Papier in der Hand und legte es dann zur Seite. Als sie am Ende angekommen war, sagte sie: »Das reicht eigentlich. Das erklärt alles.« Sie schob die letzten beiden Seiten über den Tisch.

»Da, lies.«

Sofia starrte sie an.

»Wie, jetzt?«

ES WIRD DUNKEL

Seit sie mit Blue hier Tres-Leches-Kuchen gegessen hatte, schaute Sofia täglich in der Küche vorbei, um Ernesto und Maria, den beiden Köchen, und Esteban, dem Tellerwäscher Hallo zu sagen. Es war ihr immer noch peinlich, dass sie sie vorher nie bewusst wahrgenommen hatte.

»Vielleicht sind sie ja ganz froh, dass sie sich nicht mit euch Weirdos abgeben müssen«, hatte Blue sie geneckt.

»Selber Weirdo«, hatte sie gesagt.

Als sie in die Küche kam, sah sie als erstes Carmel, die an der Arbeitstheke neben dem Herd stand und mit einem großen Messer hantierte. Sie schnitt Gemüse in Streifen, gelbe Pfefferschoten, violette Auberginen, grüne Zucchini. Das Messer hackte in einem rasenden Rhythmus auf das Schneidebrett ein, so schnell, dass die Bewegung gar nicht mehr wahrzunehmen war. Sofia starrte so lange hin, dass ihr schwindlig wurde.

»Carmel? Was tust du denn hier?«

»Ich? Ich schneide Gemüse. Und du?«

Sofia zuckte mit den Schultern. Dann erst sah sie Blue, der an dem langen Holztisch neben Maria saß, die ihre Hände auf seine gelegt hatte. Er schaute auf, als Sofia hereinkam, und nutzte den Moment, um seine Hände zurückzuziehen. Seine Augen suchten ihre.

»Sofia! Meine Mutter ist verschwunden.«

»Verschwunden?« Sofia setzte sich auf die andere Seite neben Blue, und Maria stand auf. Wie ein Schichtwechsel, dachte Sofia. Maria trat neben Carmel und schob die fein geschnittenen Gemüsestreifen mit der Handkante in eine große Metallschüssel. Bald hörten sie heißes Öl auf dem Herd knistern, und der unverwechselbare Duft von in Olivenöl angebratenem Knoblauch breitete sich in der Küche aus. Er weckte ein so heftiges Heimweh in Sofia, dass sie die Augen schließen musste. Aber dem Geruch entkam sie nicht, dem Geruch ihrer Kindheit, dem Geruch von Nachhausekommen. Santiago kochte oft die Rezepte seiner Mutter und seiner Großmutter, die alle so begannen, mit Öl und Knoblauch, manchmal Zwiebeln. Dann kamen die auf offener Flamme gerösteten Chilischoten dazu, die die Küche mit scharfem Rauch erfüllten, bevor sie zum Schälen in kaltes Wasser getaucht wurden. Sofia hoffte, dass Carmel und Maria nicht gerade eine Salsa Roja zubereiteten. Sonst würde sie vermutlich in Tränen ausbrechen.

»Gut, dass du da bist«, murmelte Blue. Und sie verstand, dass er sie gesucht hatte. Er wollte sie sehen. Er brauchte sie. Was immer an der Wasserscheide vorgefallen war, stand nicht mehr zwischen ihnen.

»Wie meinst du das, sie ist verschwunden?«, fragte sie nach. Er hob ratlos die Hände. »Ich verstehs auch nicht! Heute früh hab ich sie wie immer hergefahren und danach die Mädchen zur Schule gebracht. Seit dem Sturm machen wir das so. Auch jetzt, wo die Straßen wieder trocken sind. Sie hat sich irgendwie daran gewöhnt, dass ich sie rumchauffiere. Ich fuhr dann zum Strand runter, wollte eine Runde joggen gehen. Da sah ich, dass Skye

ihr Mittagessen auf dem Rücksitz liegen gelassen hatte.«
Er hob eine kleine Kühltasche auf, die neben seinem
Stuhl auf dem Boden lag. »Ich dachte, ich bring sie ihr
schnell vorbei. Ja, und jetzt sagt Maria, sie sei gar nie hier
aufgetaucht!«

»So ist es«, sagte Maria, die sich nun die Hände an der
Schürze abwischte und wieder zu ihnen an den Tisch
trat. »Skye kommt ja jeden Morgen gleich als Erstes in
die Küche und stellt ihre Sachen in den Kühlschrank.
Dann macht sie sich ihren Smoothie, und ehrlich gesagt
ist sie uns allen ein bisschen im Weg.« Sie lächelte verlegen. »Ich meins nicht böse. Wir mögen sie ja, das weißt
du, Blue.«

»Aber dich mögen wir lieber«, rief Esteban, der gerade
den Geschirrspüler ausräumte, über das Klappern und
Scheppern hinweg.

Maria zuckte mit den Schultern. »Ich versteh einfach
nicht, warum sie ihr eigenes Essen mitbringen muss, wir
kochen hier schließlich genug, und gesund ist es auch.«

»Ja, siehst du, Maria, das meine ich eben: Es geht nicht
nur um die Qualität, es geht auch um die Auswahlmög-
lichkeiten«, mischte sich Carmel ein. Maria ignorierte
sie und wandte sich weiter an Blue: »Reg dich nicht auf,
Blue. Nur weil ich sie nicht gesehen habe, ist sie noch
lange nicht verschwunden. Warum sollte sie auch in die
Küche kommen, wenn sie ihr Essen gar nicht dabeihatte? Vermutlich wollte sie dich gleich anrufen, als sie es
merkte, und hatte keinen Empfang. Manchmal muss man
ein Stück vom Gebäude weg ...« Maria lächelte entschuldigend und trat wieder an den Herd. Sie stieß Carmel mit
der Hüfte an und schob sie zur Seite. Carmel runzelte die

Stirn, doch sie sagte nichts. Sie zog ihre Schürze aus und hängte sie an einen Haken.

»Ja, also, ich hab jetzt gleich Gruppe«, sagte sie zu Sofia.

»Und ich Yoga. Aber wenn Skye nicht auftaucht, komm ich gleich wieder zurück, Blue, und helf dir beim Suchen.«

Carmel schüttelte den Kopf. »Ich nicht. Sorry, aber ich muss mein Programm hier durchziehen, wenn ich meine Kinder zurückhaben will.« Sie wandte sich noch mal an Maria. »Das muss jetzt mindestens zwei Stunden auf kleinem Feuer schmoren, und vergiss nicht: Regelmäßig umrühren!«

»Zu Befehl«, murmelte Maria, und Sofia sah, wie sie die Augen verdrehte, bevor sie sich wieder über den Kochtopf beugte.

»Was denkst du«, fragte sie Carmel, als sie den Flur entlanggingen.

»Was ich denke? Ich denke, dass du diesen Blue offenbar ziemlich gut kennst!« Sie blieb stehen und stemmte gespielt empört die Hände in die Seiten. »Was läuft denn da? Warum hast du uns das nicht erzählt?«

Sofia wandte sich verlegen ab. »Nichts läuft! Ich meinte, wegen Skye, was denkst du, was da los ist?«

»Oh, Skye? Keine Ahnung.« Carmel zuckte mit den Schultern. Sie schien nicht übermäßig interessiert, was bestimmt ein gutes Zeichen war, dachte Sofia. Denn sie wusste ja, dass Skye in einer unguten Situation feststeckte, mit einem Mann, der gefährlich sein konnte. Trotzdem schien sie sich keine Sorgen zu machen. Das beruhigte

Sofia. Skye war erwachsen, redete sie sich zu. Erwachsene machten so was. Sie tauchten nicht zur Arbeit auf. Sie sagten etwas und taten etwas anderes. Sie hielten ihre Versprechen nicht.

»Du findest es also gar nicht seltsam?«, vergewisserte sie sich.

Carmel winkte ab. »Nicht wirklich. Aber wenn einer mehr weiß, dann ist das wohl Zach.« Sie waren beim Gruppenraum angekommen. Die Tür stand offen, alle anderen saßen schon im Kreis bereit. »Treffen wir uns nachher im Hof, ja?«, murmelte Carmel, bevor sie in den Raum schlüpfte und die Tür hinter sich zuzog.

Sofia war die letzte ihrer Gruppe, die den Bewegungsraum betrat. Die anderen hatten ihre Matten ausgerollt und führten bereits die ersten Lockerungsübungen durch. Als Sofia hereinkam, richtete sich Karen auf.

»Wo ist Skye?«, fragte sie anklagend.

»Woher soll ich das wissen?«

Karen stand auf. »Ich werde mich bei Doktor Rose beschweren. Das ist absolut inakzeptabel!«

Einige murmelten zustimmend, andere blieben auf ihren Matten liegen. Jemand schlug vor, dass sie für sich alleine übten. Niemand schien zu bemerkten, dass Sofia aus dem Raum schlich. Leise schloss sie die Tür hinter sich.

Blue war nicht mehr in der Küche.

»Er sucht immer noch seine Mutter«, seufzte Maria. »Dummer Junge! Schau mal im Garten nach, vielleicht ist er noch dort.«

Sie fand ihn am Gartentor stehend, in seiner üblichen gekrümmten Haltung, das Handy weit von sich weghaltend. »Kein Empfang«, sagte er, als er sie kommen sah.

»Mist.«

Sofia öffnete das Tor.

»Hier ist sie nicht«, sagte Blue.

»Aber vielleicht hat Edie sie gesehen.«

Edie reparierte den Zaun ganz am anderen Ende des Gartens. Sie hatte eine Schubkarre neben sich stehen, in der sich Zaunpfähle stapelten. Der große Sturm hatte den Gemüsegarten weitgehend zerstört. Den Zaun eingerissen, die Hochbeete umgestürzt, Sträucher entwurzelt, Pflanzen geknickt. Doch Edie ließ sich nicht unterkriegen. Unermüdlich arbeitete sie daran, den Garten wieder aufzubauen. Das therapeutische Jäten war gestrichen, wer weiterhin im Garten arbeiten wollte, musste mit anpacken. Sofia war eine der wenigen, die regelmäßig mithalf. Ihr lag viel an dem Garten, hier hatte sie sich zum ersten Mal wieder wie sie selbst gefühlt. Und sie mochte die Gärtnerin, auch wenn sie Emerald heimlich recht geben musste. Edie redete über die Ureinwohner der Gegend, als sei sie eine von ihnen. Und nicht alles, was sie erzählte, stimmte. Oder stimmte mit dem überein, was Sofia von ihrem Papa Giò wusste. Doch wenn es um Pflanzen ging, konnte man Edie nichts vormachen. Jetzt hob sie den Hammer hoch über ihren Kopf und ließ ihn wieder und wieder auf den Pfahl heruntersausen.

Als sie Sofia und Blue kommen sah, ließ Edie den Hammer sinken. »Was läuft?«, fragte sie knapp und etwas außer Atem. Sofia stammelte etwas, doch Edie ignorierte sie und umarmte stattdessen Blue. Die Gäste kamen und gingen, die Angestellten blieben. Sie waren eine Familie. Sofia trat einen Schritt zurück.

»Hast du Skye gesehen?« Blue löste sich aus der Umarmung. »Ich hab sie heute früh wie immer hergefahren, aber sie ist nicht zur Arbeit erschienen, und seither hat sie niemand gesehen.«

Edie verzog das Gesicht. Sie drehte sich um, ließ den Hammer ein letztes Mal auf den Zaunpfahl donnern und überprüfte dann seine Stabilität, indem sie dagegen trat.

»Edie?«

Edie legte den Hammer auf den Boden. »Sorry, Blue. Aber du kennst ja deine Mutter.«

Blue sagte nichts. Edie seufzte. »Komm schon, du weißt, was ich meine. Vermutlich ist sie wieder mit ihrem Typen unterwegs.«

Blue blies die Backen auf. »Wieder? Was soll das heißen? Hier?«

»Ja, hier. Ich hab sie ein paarmal zusammen gesehen. Sie gingen spazieren.« Edie zeigte in die ungefähre Richtung des Wäldchens. Dann ging sie ein paar Schritte weiter zum nächsten Zaunpfahl. Er stand ein wenig schief, aber er stand noch. Edie packte ihn mit beiden Händen und richtete ihn auf, bevor sie ihn mit dem Hammer tiefer in den Boden schlug. Sofia versuchte sich vorzustellen, wie es sich anfühlte, so stark zu sein. Ob man dann keine Angst mehr hatte? Immerhin, sie konnte fliegen. Manchmal wenigstens. Vielleicht sollte sie versuchen, abzuheben und das Gelände abzufliegen. Wie eine Überwachungsdrohne. Unwillkürlich musste sie grinsen. Sie presste die Lippen zusammen und senkte den Kopf. Sie wollte nicht, dass Blue dachte, sie nähme die Sache nicht ernst. Niemand sonst schien sich Sorgen um Skye zu machen.

»Und?«, fragte Blue.

»Und was?«

»Was hast du gesehen, Edie, du musst doch was wissen.«

Edie verdrehte die Augen. »Hör mal, Blue. Ich bin seit sieben Uhr früh hier am Arbeiten. Ich hab keine Zeit, hinter deiner Mutter herzuspionieren. Oder sonst jemandem.« Sie ging weiter. Beim nächsten Pfahl bückte sie sich, überprüfte die Verankerung und ruckelte ein paarmal daran. »Ganz generell interessiert es mich nicht, was andere machen, wo sie hingehen, mit wem und warum.« Dann hob sie den Hammer und hieb auf den Pfahl ein. Heftiger, als es angebracht schien, dachte Sofia. Vielleicht kümmerte es Edie ja doch, was andere machten. Sofia schaute zu Blue hinüber, der Edies Rücken anstarrte.

»Okay, danke«, sagte Blue schließlich. Edie schaute nicht auf, hob nur eine Hand zum Gruß. Schweigend verließen sie den Garten durch das Tor, das auf den Spazierweg führte.

»Meine Mutter ist nicht besonders beliebt hier«, sagte Blue. »Das vergess ich immer wieder.«

»Ist mir nicht aufgefallen«, murmelte Sofia. Sie erinnerte sich, wie Skye ihren Papa Santiago verzaubert hatte. Sie mochte abwesend und uninteressiert wirken und im nächsten Moment den ganzen Raum erhellen. Flackerhaft, dachte Sofia.

»Frauen«, präzisierte Blue. »Frauen mögen sie nicht.«

»Ach so.« Ich mag sie aber, wollte Sofia sagen, aber das stimmte nicht wirklich. Sie hatte anfangs auch Mühe gehabt mit Skye. Erst durch Blue hatte sie sich für sie interessiert und versucht, sie besser zu verstehen. Durch Blue und durch die Idee, dass sie Skye helfen mussten. Würde es Blue trösten, zu wissen, dass ihr Club der Unfreiwilligen Skye zu ihrer Mission erkoren hatte? Oder würde er sich dann erst recht Sorgen machen? Nein, dachte Sofia. Er würde sie schlicht für verrückt halten. Sie waren ja nicht umsonst in dieser Klinik. Nicht zum ersten Mal spürte Sofia, wie seltsam ihr Geheimclub auf andere wirken musste, wie absurd ihre Mission. Ganz zu schweigen von dem, was sie alle verband: ihre unberechenbaren und bisher wenig nützlichen Superkräfte. Der Begriff passte auch nicht wirklich, dachte Sofia. Nichts daran fühlte sich super an.

Bis auf … bis auf … diese Momente in der Luft. Sie seufzte laut.

»Das Problem mit meiner Mutter ist, dass sie immer einen Typen haben muss«, sagte Blue jetzt. »Manchmal mehr als einen. Als könnte sie nicht auf eigenen Füßen stehen, als wäre sie niemand ohne Mann. Aber wenn sie einen hat, macht sie sich kleiner, wird weniger. Jedes Mal, ich schwöre, jedes Mal, mit jedem.«

Darauf wusste Sofia nichts zu sagen. Sie dachte an Zach und hoffte, dass es mit ihm anders war. So, wie er über Skye redete, wollte er sie ganz bestimmt nicht kleiner machen.

»Das klingt schwierig«, sagte sie und hörte selbst, wie lahm das klang. »Sorry, aber ich hab dir ja gesagt, mit Beziehungen kenn ich mich nicht aus.«

»Ja, und ich bin der Experte.« Blue lachte, aber es klang nicht fröhlich. »Aber nur, wenns um meine Mutter geht. Mann, ich wünschte, sie …« Er fuhr sich hektisch mit den Händen durch die Haare. »*And when she came home, she was nobody's wife.* Leonard Cohen, du weißt schon.«

Sofia wusste nicht, aber sie nickte. Immerhin hatte sie sich nicht getäuscht: Das war Blues Playlist gewesen.

»Jedes Mal, wenn wir das hören, denke ich, Mann, Skye! Hörst du das denn nicht?«

Sofia öffnete den Mund, um etwas zu sagen, doch Blue winkte ab. »Schon klar, es geht in dem Song um etwas ganz anderes. Aber in meinem Kopf, da geht es um meine Mutter. Manchmal denk ich, ich kenn sie gar nicht wirklich. Weil sie mit jedem Mann jemand anderes ist. Ich wünschte, Skye könnte einfach mal nur Skye sein. Und *nobody's wife*.«

Sofia verstand nicht wirklich, was er damit meinte, aber sie verstand eins: Blue war der Erwachsene von beiden, nicht Skye. Hintereinander gingen sie den schmalen Pfad entlang, den Sofia so gut kannte, dass sie gar nicht mehr auf ihre Füße schauen musste. Sie könnte sich im Dunkeln zurechtfinden. Blue überließ ihr die Führung. Obwohl er den Weg bestimmt genauso gut kannte wie sie.

»Arno war also hier, auf dem Gelände«, sagte er zu Sofias Rücken. »Das passt. Er muss immer alles überwachen. Er muss wissen, was sie macht, mit wem sie redet. Er muss die Kontrolle haben.«

»Kommt man denn hier als Fremder einfach so rein?«, fragte Sofia über ihre Schulter zurück. Die Klinik war klein und Besucher nur am Wochenende zugelassen.

»Als Fremder vielleicht nicht, aber wenn du zu den Angestellten gehörst, dann schon. Mich hat jedenfalls nie jemand gefragt, was ich hier mache. Oder ob ich das Recht habe, hier zu sein.«

Sofia blieb stehen. Sie hatten die Abzweigung zum Strand erreicht. Doch die morschen Holzstufen waren zum Teil vom Sturm weggeschwemmt worden, zum Teil von Schlamm bedeckt. »Ich glaub nicht, dass sie da runtergegangen ist.«

Blue schüttelte den Kopf. Sie gingen auf dem Weg weiter, der zum Aussichtspunkt führen würde. Sie schwiegen, bis sie die beiden Bänke erreicht hatten. Fast erwartete Sofia, Carmel und Zach zu sehen. Sie blieb stehen.

»Dann ist Arno nach dem Sturm zurückgekommen?«

»Kaum war die Straße wieder offen, stand er da. Mitten in der Nacht. Zum Glück war ich noch wach.« Er atmete tief ein, und Sofia fragte nicht nach. Sie ging zu dem alten Fernrohr und schaute hindurch. Sie wusste, dass es nicht funktionierte, dass der Blick durch die verkratzte Linse verschwommen und undeutlich war. Und doch glaubte sie einen Moment lang, etwas zu sehen, weit draußen auf dem Ozean. Das Meer hatte sich nach dem Sturm beruhigt und lag jetzt ruhig und blau vor ihnen. Als sei es nie aufgewühlt gewesen. Als berge es keine Gefahren.

»Er hat rumgetobt«, sagte Blue. »Gegen die Wände getreten, Geschirr zerschlagen.« Er trat neben sie und schaute wie sie aufs Meer hinaus. »Aber ich hab das schon kommen sehen.« Er atmete ein paarmal ein und aus. »Immer muss er alles kontrollieren. Und sie lässt ihn. Sie lässt ihn einfach. Wenn ich nicht da wäre ...«

Aber Blue war da. Und Skye war trotzdem verschwunden. Blue schien dasselbe zu denken. Er hieb ein paarmal mit den Handflächen auf die oberste Zaunlatte. Der alte Zaun zitterte. »Und dann kommt er hierher und kontrolliert, ob sie wirklich bei der Arbeit ist. Und nicht mit den Gästen flirtet.« Sofia schaute immer noch durch die kaputte Linse des Fernrohrs. Sie brauchte einen Moment, um zu verstehen, was Blue meinte: Edie hatte Skye »mit ihrem Typen« auf dem Klinikgelände gesehen. Er hatte automatisch angenommen, dass sie Arno meinte.

… mit den Gästen flirtet, dachte Sofia. Sie hob den Kopf vom Fernrohr. Die Sonne glitzerte auf dem Meer, blendete sie. Sie blinzelte. »Vielleicht nicht«, sagte sie. »Vielleicht war es gar nicht Arno, den Edie gesehen hat. Skye geht manchmal mit Zach spazieren, das ist einer der Gäste hier.« Edie hätte Zach nicht unbedingt erkannt. Er arbeitete nicht im Garten, und Edie hatte selbst gesagt, dass es sie nicht interessierte, was die anderen machten, solange sie ihre Pflanzen in Ruhe ließen. Doch Sofia hatte Zach heute beim Frühstück gesehen. Er konnte also nicht mit Skye abgehauen sein. Oder doch? Hatte er nervös gewirkt, angespannt oder aufgeregt? Anders als sonst? Sie wusste es nicht. Sie hatte nicht aufgepasst.

»Der Tech-Betrüger, ich weiß.« Blue winkte ab. »Auch so ein Möchtegernguru.«

Sofia war einen Moment lang versucht, Zach zu verteidigen. Aber so unrecht hatte Blue ja nicht. »Wir sind recht gute Freunde«, sagte sie. »Ich glaube – also, ich bin ziemlich sicher, dass er in Skye verliebt ist.«

»Ha«, sagte Blue. »Da kann er sich hinten anstellen. Mindestens einer in jeder Gruppe verliebt sich in Skye. Männer, Frauen, egal. Aber das ist sie gewohnt. Damit kann sie umgehen.«

»Ja, aber was ist mit Arno? Kann Arno damit umgehen?« Hatte er nicht jede neue Beziehung von Skye erfolgreich verhindert? Was, wenn Arno von Zach erfahren hatte? Was, wenn er Skye etwas angetan hatte? Oder Zach? Aber Zach war jetzt in der Gruppe.

Sofia lehnte sich mit dem Bauch gegen den Zaun. Sie spürte wieder Zachs Hände an ihren Schultern, die sie vom Abgrund zurückrissen. Sie brauchte ihre Verbündeten. Es war ihre gemeinsame Aufgabe, Skye zu helfen, ihre geheime Mission. Allein kam sie hier nicht weiter. Sie schaute auf die Uhr. »Ich hab gleich Gruppe«, sagte sie. »Gehen wir den anderen Weg zurück, durch das Wäldchen. Wer weiß, vielleicht ist sie ja da entlanggegangen.«

»Okay.« Der Weg stieg leicht an und wurde dann etwas breiter, sodass sie nebeneinander gehen konnten.

»Arno wird bald nach Costa Rica versetzt«, sagte Blue nach einer Weile.

»Nach Costa Rica?« Wäre das nicht die Lösung? Costa Rica war weit weg. Doch Blue klang nicht überzeugt. »Er eröffnet dort ein weiteres Zentrum, sorry, eine ›Denkschule‹. Die größte bisher. Und er will, dass Skye und die Mädchen mit ihm mitgehen. Dabei hat er sich bisher gar nie für die Kleinen interessiert. Sind ja nicht seine. Aber mich hat er wohl aufgegeben.«

»Und was sagt Skye dazu?«

»Erst wollte sie gar nicht, wegen ihrem Job, wegen der öffentlichen Schule, die ist nämlich gut, vor allem, seit die ganzen Techies ihre Kinder hier einschulen. Aber Arno hat nicht lockergelassen, und ich glaube, in letzter Zeit hat es sie schon gereizt. Sie wollte ja immer reisen, sie ist um die halbe Welt gereist, aber dann kam ich.« Blue überholte sie, ging ein paar Schritte voraus und blieb wieder stehen. »Der Regen hat ihr zugesetzt, sie hatte ein Lockdown-Flashback, fühlte sich eingesperrt …«

»Hm.« Das alles passte so gar nicht zu dem, was Zach erzählt hatte. Oder was Carmel vermutete. Blue hatte einmal gesagt, seine Mutter erzähle ihm alles, auch das, was er gar nicht hören wolle. Vielleicht war das ja gar nicht so. Oder vielleicht machte Zach sich etwas vor. Oder erzählte Skye einfach immer genau das, was ihr Gegenüber gerade hören wollte?

»Aber das steht erst in ein paar Monaten an. Nicht jetzt.«

Sofia schaute ihn fragend an.

»Costa Rica, meine ich.« Blue schaute auf den Boden, auf seine Füße, auf den Weg vor ihm. Er schien laut zu denken. »Außer, er hat seine Pläne geändert. Wäre ihm schon zuzutrauen.«

Sofia ging etwas schneller, um ihn besser zu hören. Etwas nagte an ihr. Etwas, was Blue ihr erzählt hatte. Arno hatte sich bisher nicht für die Mädchen interessiert. Damals, vor acht Jahren, hatte er Rain nicht mal in seinem Ashram haben wollen. Damals wollte er Blue zu einer Art Mini-Me heranziehen. Doch Blue hatte sich ihm widersetzt. Warum wollte er jetzt plötzlich Rain und Cloud in seinem neuen Zentrum dabeihaben? Weil er wusste, dass Skye ihre Mädchen nicht zurücklassen würde?

»Blue«, sagte Sofia. Und dann wusste sie nicht weiter. Blue blieb stehen und drehte sich zu ihr um. Er schien sie auch so zu verstehen.

»Ich muss nach Hause. Ich muss schauen, ob ihre Pässe noch da sind.«

Sofia kam gerade noch vor dem Ende der Pause in die Klinik zurück. Carmel und Zach saßen auf einer der Bänke im Innenhof und flüsterten aufeinander ein. Ohne sich gegenseitig zuzuhören, vermutete Sofia. Dann schauten sie beide erwartungsvoll zu ihr auf, als wüsste Sofia mehr als sie. Das verunsicherte sie einen Moment lang, aber sie riss sich zusammen.

»Zach, weißt du was?«, fragte sie.

Zach schüttelte verzagt den Kopf. »Ich hab Skye seit ein paar Tagen nicht allein gesehen. Das hab ich Carmel auch schon erklärt.«

»Du hast gesagt, sie schien abwesend. Oder abweisend«, fügte Carmel leise hinzu. Zach rieb sich das Gesicht. Doch bevor er noch etwas sagen konnte, schlug Ken den Gong, und Sofia blieb nichts anderes übrig, als ihm in den Gruppenraum zu folgen.

Wenn sie gehofft hatte, während der Gruppenstunde ihren Gedanken nachhängen zu können, hatte sie nicht mit Ken gerechnet.

»Sofia, fangen wir mit dir an. Wie fühlst du dich heute, wo Emerald wieder zurückkommt?«

»Ist das heute?«, fragte Sofia, und alle lachten. Dabei hatte sie es tatsächlich vergessen. Doch sie kannte Ken inzwischen gut genug, um zu wissen, dass sie mitspielen musste. Wenn sie sich jetzt einsichtig zeigte, konnte sie den Rest der Zeit in ihren Gedanken versinken.

»Ja, schon komisch«, sagte sie deshalb. »Als ich hier ankam, stresste es mich, dass ich das Zimmer teilen musste. Erst recht mit einer Gleichaltrigen. Emerald erinnerte mich total an die Mädchen, die mich damals in der Mittelschule gequält haben, blond und dünn und reich …«

»Du kannst gar nicht dünn, blond und reich genug sein«, murmelte eine. Sofia ignorierte sie. »Aber wir haben uns so schnell, ich weiß nicht, aneinander gewöhnt, vielleicht sogar angefreundet?« Sie atmete tief durch. »Wir sind so verschieden. Aber vielleicht gerade deshalb«, fuhr Sofia fort. »Wir sind wie zwei Puzzleteile, wir passen irgendwie zusammen. Wir ergänzen uns.«

»Yin und Yang«, nickte eine der anderen Frauen. Sie presste die Handflächen zusammen und hob sie an ihre Stirn. Die Stimmen verschwammen zu einem weißen Rauschen im Hintergrund. Sofia überlegte. Blue hatte heute früh mit seiner Mutter und seinen Schwestern das Haus verlassen. Arno war allein zurückgeblieben. Aber er hatte selbstverständlich sein eigenes Auto. Einen Tesla, vermutete Sofia. Einfach wegen der Häme, die immer in Blues Ton lag, wenn er die Automarke erwähnte.

War Arno der Familie gefolgt? Hatte er Skye in der Klinik eingeholt? Das war nicht möglich. Blue hätte ihn gesehen. Es gab nur eine Zufahrtstraße zur Klinik. Viel später konnte er aber auch nicht gekommen sein, denn dann wäre Skye bereits in der Küche gewesen. Nein, sie hatte ja ihr Mittagessen vergessen.

Sofia versuchte, Skye vor sich zu sehen: Sie stieg aus, winkte ihren Kindern zu, betrat die Klinik und merkte auf dem Weg zur Küche, dass sie ihre Kühltasche mit Essen nicht dabeihatte. Statt in die Küche zu gehen, rief sie also Blue an – nein, das hätte Blue erwähnt. Hatte sie stattdessen Arno angerufen? Aber Arno war nicht der Typ, der seiner Frau ein veganes Lunchpaket zubereitete. Oder ihr überhaupt eine der unzähligen täglichen Handreichungen abnahm. Er war schließlich zu Höherem berufen.

Wie lange hatte es gedauert, bis Blue mit der Kühltasche zurückgekommen war? Er hatte die Mädchen zur Schule gebracht, war zum Strand gefahren und dann gleich zurück zur Klinik. Gualala war klein, länger als zwanzig Minuten konnte er dafür nicht gebraucht haben. Das war ein kurzes, klar definiertes Zeitfenster, in dem Arno hier aufgetaucht sein könnte. Aber möglich war es. Okay, Arno kam in die Klinik, er suchte Skye. Und dann – was? Hatte Arno Skye überredet, mit ihm mitzukommen? Mit wohin? Und warum? Oder hatte er sie gegen ihren Willen in seinen Tesla gezerrt? Hatte sie geschrien, hatte sie sich gewehrt, hatte er sie verletzt? Nein, das hätte jemand gehört.

Was war an diesem Morgen passiert? Sofia wünschte sich, sie säße vor einer Prüfung in Mathematik. Zahlen ergaben immer einen Sinn. Oft konnte sie die Lösung vor sich sehen wie auf einem Bildschirm. Ohne dass sie darüber nachdenken musste. Einen Moment lang sehnte sie sich so heftig in ein Schulzimmer oder in eine Vorlesung zurück, dass es in ihrem Gesicht geschrieben stehen musste.

»Ja, Sofia?«, fragte Ken. »Möchtest du etwas dazu sagen?«

Sie schüttelte nur den Kopf und hob abwehrend die Hände. Sie hatte keine Ahnung, worüber die Gruppe gerade redete.

Die anderen warteten schon am Aussichtspunkt auf sie. In stillschweigendem Einverständnis schwänzten sie alle drei das Mittagessen. Das würde unweigerlich jemandem auffallen, aber das konnten sie jetzt auch nicht ändern.

»Und?«, fragte Sofia atemlos. »Gibts was Neues?«

Die fünfundvierzig Minuten Gruppentherapie waren ihr noch nie so endlos vorgekommen. Sie konnte sich nicht vorstellen, dass in dieser Zeit gar nichts passiert war. Und doch war es so. Blue war nicht wieder zurückgekommen, und da sie kein Handy hatte, konnte er sie auch nicht anrufen. Sie wusste nicht, was er zu Hause vorgefunden hatte. Die Bilder, die sie auf ihren nächtlichen Flügen gesehen hatte, zuckten durch ihren Kopf. Schmerzverzerrte Gesichter, angsterfüllte Augen, Tränen, Blut.

»Also, ich war vorhin noch mal schnell in der Küche«, sagte Carmel. »Ich musste ja nach meiner Ratatouille sehen. Und da ist mir was klar geworden, was mich doch ein wenig überrascht hat: Skye ist bei den anderen Angestellten nicht besonders beliebt. Sorry, Zach! Ist aber so. Ich hab die Crew in den letzten Wochen ganz gut kennengelernt.«

»Was machst du denn eigentlich da in der Küche?«, fragte Sofia.

Carmel hob beide Hände hoch. »Okay, okay. Wenn ihr es unbedingt wissen müsst: Ich habe vor, die Klinik hier zu übernehmen. Ich wollte euch noch nichts sagen, es hängt noch von so vielen Einzelheiten ab. Aber das ist der Plan. Los Pajaritos, die Carmel-Version.«

»Die Irren führen die Blinden«, murmelte Zach. Als Sofia und Carmel ihn nur anstarrten, schüttelte er sich. »Sorry, war nicht so gemeint. Ist mir nur grad eingefallen. Shakespeare.«

»Ja, und wenn?« Carmel stemmte die Hände in die Seiten. »Wir wissen doch am besten, was uns hilft und was nicht. Was wir brauchen und was nicht. Die Klinik ist, so wie sie ist, so wie Doktor Rose sie aufgezogen hat, erfolgreich. Aber sie hinkt hinter der Zeit her. Sie braucht neue Impulse. Und Geld. Viel Geld. Tja, und Geld hab ich ja. Zum Verschenken, wie gesagt. Aber ich hab eben auch Ideen. Das soll nicht nur ein Ort für *rich bitches* sein. Ich will, dass obdachlose Frauen hier eine neue Chance kriegen. Du brauchst Ruhe, um dich wieder zu finden, um dich neu zusammenzusetzen. Das geht nicht von der Straße aus. Und wenn ihr mich fragt, ist die Obdachlosenkrise eine Krise der psychischen Gesundheit.«

»Das sagen meine Väter auch immer.« Sofia dachte an einen der vielen Obdachlosen in ihrem Wohnviertel, einen hageren dunkelhäutigen Mann, der hinter der Bushaltestelle unten an ihrer Straße schlief. Er lag zwischen der Überdachung und der Hausmauer, Passanten stiegen über ihn hinweg, er war meist nur mit einer dünnen Decke zugedeckt und schien auch keine Besitztümer zu haben. Nur ein hoffnungsvoller leerer Kaffeebecher wartete neben ihm auf dem Boden auf Spenden. Und daneben ein Kartonschild, das mit rotem und schwarzem Filzstift bemalt war, in heftigen, fast wütenden Strichen zeigte es eine Teufelsfratze, und darunter stand in ungelenken Großbuchstaben die Warnung: *Wecke meine Dämonen nicht!* Jedes Mal, wenn Sofia an der Bushaltestelle vorbeiging, schauderte sie. Sie brachte einen Schlafsack vorbei, eine Thermoskanne mit heißem, süßem Milchkaffee, sie brachte Sandwiches, Wollsocken, eine Mütze. Doch sie legte diese Dinge immer in sicherem Abstand zu ihm hin. Sie sah nie, dass der Mann auch nur eines ihrer Geschenke angenommen hätte, und doch waren sie verschwunden, wenn sie das nächste Mal an ihm vorbeiging. Vermutlich hatte jemand anderes sie an sich genommen. Jemand, der zufällig vorbeigekommen war, jemand, der weniger Angst hatte als Sofia, der sich näher herantraute.

Sie hatte ihre Papas um Rat gefragt. Wie alt war sie damals gewesen, dreizehn oder vierzehn? Santiago hatte gleich abgewunken: »Denen kannst du nicht helfen, die wollen sich nicht helfen lassen, mach einen Bogen um sie herum, *Mija*!«

Giò hingegen hatte in seiner typischen Nerdmanier weit ausgeholt, versucht, ihr das System und seine Fehler zu erklären. Er fand, sie solle einen Brief an den Stadtrat schreiben und an ihre Vertreter im Kongress. Keiner der Papas hatte ihre Idee unterstützt, den Mann zu sich nach Hause zu holen.

»Das ist gewaltig, Carmel«, sagte Zach jetzt. »Hut ab.« Seine eigenen Sorgen hatte er einen Moment lang vergessen.

Carmel winkte ab. »Es gibt noch viel zu tun. Doktor Rose sagt, ich muss erst meine eigene Behandlung abschließen. Dann will ich mein Studium beenden, sodass ich wenigstens ein Diplom habe. Und gleichzeitig muss ich eine Non-Profit-Organisation gründen, das ist so kompliziert! All die Auflagen und Bestimmungen ...«

»Dabei könnte ich dir helfen. Nur, wenn du das willst, natürlich!«

»Ich dachte schon, du fragst nie.« Carmel lächelte gespielt kokett und schlug die Augen nieder. Sofia fühlte sich ein wenig ausgeschlossen.

»Cool«, sagte sie, nur, um auch etwas zu sagen. »Aber sollten wir uns jetzt nicht auf Skye konzentrieren? Auf unsere Mission?«

Zach presste die Lippen zusammen und verschränkte die Arme vor der Brust. »Skye hat sich in den letzten Tagen von mir zurückgezogen«, sagte er in einem Ton, als ob er ein Statement vorlesen würde. »Vielleicht hat sie sich ja doch für Arno entschieden. Warum sollte sie sich auch auf mich einlassen? Was weiß sie von mir? Dass ich ein Betrüger bin. Und ein Arschloch.«

»Na, na, na«, machte Carmel. »Nun spiel dich mal nicht so auf.« Das war unnötig harsch, fand Sofia, doch zu ihrem Erstaunen lächelte Zach.

»Und mal abgesehen davon, erklärt es auch nicht, warum sie heute nicht in der Klinik aufgetaucht ist. Sie mag ein wenig verschusselt sein, aber ihre Arbeit ist ihr wichtig, und offensichtlich liegt ihr auch an uns. An uns Gästen, meine ich.« Carmel zögerte. »Ich weiß gar nicht, ob wir diesen Begriff weiterverwenden sollen. Was meinst du, Sofia, fühlst du dich als Patientin besser aufgehoben? Als Klientin, als Gast – Gästin? Oder was?«

»Als Hilfesuchende«, sagte Sofia. »Und du hast recht, Skye würde nicht einfach so verschwinden. Nicht, ohne Blue etwas zu sagen.«

»Du kennst Blue ja offensichtlich ein bisschen besser als wir«, sagte Carmel mit einem anzüglichen Unterton. »Na los, erzähl! Was läuft da?«

»Nichts läuft! Das hab ich dir heut Morgen schon gesagt!«

»Hm«, machte Carmel, und Sofia seufzte. »Okay, okay. Wir haben uns ein, zwei Mal getroffen und geredet. Es hat sich rausgestellt, dass wir beide zur selben Zeit am MIT waren. Ist das nicht irre?« Von den Begabtenstipendien sagte sie nichts. »Blue macht sich echt Sorgen um seine Mutter. Er ist ganz sicher, dass da irgendwas nicht stimmt. Aber was? Nun kommt schon, darauf haben wir doch hingearbeitet. Das ist unsere Mission!« Sie nahm ihr Notizbuch hervor, das schon fast vollgeschrieben war. So vieles hatten sie besprochen und geplant. Und nichts getan.

Story of my life, dachte Sofia. Dann riss sie sich zusammen. »Blue hat erwähnt, dass Arno in ein paar Monaten nach Costa Rica ziehen will, um dort ein Zentrum zu eröffnen.«

»Ja, das hat Skye mir auch erzählt«, sagte Zach.

»Im Ernst jetzt?« Carmel stemmte die Arme in die Seiten. »Ihr seid mir vielleicht zwei! Kein Wunder, hab ich immer das Gefühl, nicht genug beizutragen. Wenn ihr diese ganzen Insiderinfos habt und sie nicht mit mir teilt ...« Dann vergaß sie plötzlich, dass sie beleidigt war: »Aber halt mal – Arno in Costa Rica – das löst doch alle Probleme!«

»Ja, das dachten wir auch. Skye meinte, die Beziehung mit Arno ginge von selbst auseinander, wenn er erst in Costa Rica ist. Und der Zeitrahmen hätte auch perfekt gepasst.«

»Träum weiter«, sagte Carmel. »So was geht nie von selbst auseinander.«

Zach ließ den Kopf hängen. »Okay, Zachyboy, keine Geheimnisse mehr«, sagte Carmel. »Wie hast du mit Skye kommuniziert? Hast du ein heimliches Handy oder so was?«

»Ein heimliches Handy?« Sofia schaute von ihren Notizen auf. »Das ist doch verboten!«

»Ach, Sofia«, lächelte Carmel. »Du bist zum Küssen – sorry. Du weißt, was ich meine.«

Sofia verdrehte die Augen. Dachte Carmel etwa, sie könne schon das Wort nicht ertragen?

»Wir haben uns Zettel geschrieben«, murmelte Zach. »Und sie uns im Vorbeigehen zugesteckt. Es war super romantisch. Und irgendwie viktorianisch.«

Sex hatte ich bis zum Überdruss, aber Liebe?, fiel Sofia ein. Obwohl sie an die Aufzeichnungen ihrer Mutter nun gerade gar nicht denken wollte.

»Das hilft uns auch nicht weiter«, sagte Carmel.

»Blue hat noch was gesagt.« Sofia zögerte. Sie wollte Zach nicht sagen, dass Skye in den letzten Tagen offenbar doch mit dem Gedanken gespielt hatte, Arno zu begleiten. »Arno will auch die Mädchen mitnehmen nach Costa Rica. Dabei hat er sich bisher gar nie für sie interessiert, weil sie ja nicht seine Töchter sind. Damals, als sie alle in der Denkschule in San Francisco lebten, wollte er Skye ja sogar zwingen, Rain zu ihrem Vater zu schicken. Und jetzt plötzlich …« Sofia konnte ihr Unbehagen nicht in Worte fassen. Doch Carmel schien es zu spüren.

»Das ist kein gutes Zeichen«, sagte sie. »Scheiße, was für ein Arschloch!«

Zach stand auf und tigerte vor den Bänken hin und her, hin und her.

»Was denkt ihr, was Arno vorhat?«

»Was weiß ich, ich bin einfach misstrauisch. Aber was ist denn mit den Vätern der beiden Mädchen?«, fragte Carmel jetzt.

»Rains Vater arbeitete damals für Skyes Eltern auf ihrer Cannabisplantage. Er hat einen komischen Namen. Wolf. Nein, Snake! Aber er sei ein netter Kerl, sagt Blue.«

Zach schnaubte verächtlich. Ihm hatte Skye wohl etwas anderes erzählt.

»Wer Clouds Vater ist, weiß ich nicht. Den hat Blue nicht erwähnt.«

»Und was ist mit ihren Eltern?«

»Die leben immer noch in der Nähe von Mendocino. Die Plantage haben sie verkauft, mit Gewinn, soviel ich weiß.«

»Klar«, murmelte Carmel. »Die waren schlau.« Dann erinnerte sie sich an das eigentliche Thema: Skye. »Kommen die miteinander aus?«, fragte sie. »Könnte Skye einfach für ein paar Tage zu ihnen gefahren sein?«

»Ohne Auto?«, fragte Zach. »Ohne ihre Kinder?«

»Und ohne Blue was zu sagen?«, fügte Sofia an.

Dann fiel ihnen nichts mehr ein. Alle drei starrten sie übers Meer, schwiegen, dachten nach. Schließlich klappte Sofia das Notizbuch zu. »Gehen wir besser zurück, bevor Ken ausrastet. Wir können nichts tun. Wir wissen zu wenig.«

Schöne Superhelden waren sie.

Sie wusste es, schon bevor sie die Zimmertür ganz geöffnet hatte. Emerald war wieder da. Während der letzten drei Tage hatte sich das Zimmer seltsam leer angefühlt, als würde es auf etwas warten. Wie oft hatte Sofia sich gewünscht, wenigstens einen Moment lang allein zu sein. Doch als Emerald weg war, hatte sie sich irgendwie unvollständig gefühlt ohne sie. Oft drehte sie sich um und sagte etwas, so über die Schulter hinweg, ins Leere hinein. Wenn sie aus der Sprechstunde mit Doktor Rose kam, suchte sie den Flur nach Emeralds zusammengesunkener Gestalt ab. Nachts konnte sie nicht schlafen, wälzte sich hin und her und warf die dünne Decke ab. In der zweiten Nacht hatte sie sich sogar in Emeralds Bett gelegt, doch das hatte auch nicht geholfen. Stimmte es also doch, dass Menschen die Nähe anderer Menschen brauchten?

Und jetzt war Emerald wieder da. Es erstaunte Sofia auch gar nicht, dass sie auf ihrem Bett ausgestreckt lag und die kopierten Tagebuchseiten in der Hand hielt. Sie fächerte sich damit Luft zu. »Boah, Sof!«, rief sie. »Hammer, Mann! Da geht man einmal kurz weg, und die Bombe platzt!«

Sofia streckte die Hand nach den Kopien aus, mehr aus Prinzip. Emerald hatte die Seiten längst gelesen. Und irgendwie war Sofia froh darüber. Es machte es einfacher. Sie hatte bisher weder mit Doktor Rose noch sonst jemandem darüber geredet. Vor allem hatte sie ihre Papas nicht angerufen. Nicht, weil sie ihnen böse war. Oder doch? Sie wusste es nicht. Sie wusste nicht, was sie fühlte. Emerald schien dieses Problem nicht zu haben. Ihre Empörung stand ihr ins Gesicht geschrieben.

»Hör dir das an«, sagte Emerald, als hätte Sofia die Seiten nicht schon selbst gelesen. Hundertmal gelesen. Aber sie versuchte gar nicht erst, sie aufzuhalten. Vielleicht würde es ihr guttun, die Sätze in Emeralds theatralischer Betonung zu hören, die der Stimme von Celia erstaunlich nahekam.

»Also, das fängt ja hier mitten im Satz an:

… mich irgendwie umgehauen. Warum würdest du so etwas tun? Für mich? Was hab ich denn je für dich getan? Santi und Giò waren von Anfang an dagegen, schon klar. Sie wollten es dir verbieten. Damit kamen sie allerdings nicht weit, du bist

schließlich über achtzehn. Du darfst keinen Alkohol trinken, aber deine Organe verschenken, das geht.

Und natürlich gaben sie mir die Schuld. Darauf läufts ja irgendwie immer hinaus. Celia ist das Problem! Celia ist die Dumme!

Santiago kam in die Dialyseklinik und machte einen solchen Aufstand dort, dass sie ihn rausschmissen und drohten, mich auch nicht mehr zu behandeln. Ich störe den Ablauf, sagten sie. Und die anderen Patientinnen. Die Leute dort mochten mich ohnehin nicht besonders. Sie waren immer absichtlich grob zu mir, wenn sie die Schläuche einsteckten. Und wenn ich es mal wagte, um etwas zu bitten, ignorierten sie mich. Das war ich aber schon gewohnt. Frauen mögen mich nun mal nicht, damit muss ich leben. Bis zum bitteren Ende.

Und das mit der Dialyseklinik erledigte sich dann eh, als ich den Herzinfarkt hatte und in die Uniklinik eingeliefert wurde. Klingt schlimmer, als es ist. Kommt halt während der Dialyse schon mal vor. Jedenfalls, in der Klinik standen sie dann beide an meinem Bett, und Giò übernahm das Reden. ›Was, wenn dein Nierenleiden doch genetisch ist? Was, wenn Sofia in zehn oder zwanzig oder dreißig Jahren eine Niere verliert und dann keine mehr übrig hat?‹ Das ist ja der Sinn der Nieren: Zum Überleben reicht eine. Die andere ist extra. Ein Ersatzteil.

›Was hast du je für sie getan?‹, wetterte Santiago los, aber Giò drückte seinen Ellbogen, und er verstummte. Die beiden haben ja eine Art Geheimsprache untereinander, einen Code, den nur sie verstehen. Genau wie meine Eltern früher. Sofort fühlte ich mich wieder ausgeschlossen. Ich überlegte nicht lange: ›Spart euch den Atem‹, sagte ich. ›Ich will ihre Niere gar nicht!‹

Und damit hatte es sich.

Die Stimmung schlug sofort um, von da an konnte ich alles

haben. Santiago besucht mich jetzt fast jeden Tag, er macht mir die Haare und legt mir Halsketten und Tücher um wie einer sterbenden Königin. Und je länger ich darüber nachdenke, desto sicherer bin ich mir, dass ich das Richtige tue. Klar, im ersten Moment hab ich das nur so dahingesagt, weil ich sie beeindrucken wollte. Weil ich gut dastehen wollte. Ich hätte deine Niere nämlich schon genommen. So bin ich nun mal. Selbstsüchtig, eigensinnig. Me, me, me! Aber dann dachte ich plötzlich an dich und an dein Leben und deine Zukunft. Zum ersten Mal dachte ich an dich, ohne gleichzeitig an mich zu denken. Besser spät als nie, was? Ich sah dich plötzlich als einen eigenständigen Menschen, nicht als Bindeglied zwischen mir und Santi, nicht als Eintrittskarte in ihre perfekte kleine Welt.

Ich dachte über dein Leben nach und über meine Rolle in deinem Leben, und ich zermarterte mir das Hirn, aber ich kam und kam nicht drauf. Warum du so was tun würdest, für mich. Du warst ja wild entschlossen, du hättest das voll durchgezogen, egal, was die Papas dazu sagten. Du hättest dich durchgesetzt, das wusste ich. Und das war irgendwie zu viel für mich. Niemand hat je so etwas für mich getan. Oder überhaupt etwas. Ich will hier nicht jammern oder einen auf Opfer machen, aber ich musste immer kämpfen. Ich hab nie was umsonst bekommen. Bis zu diesem Moment.

Das hat etwas mit mir gemacht.

Das war, als ob du einen Stein auf meine flatternde Brust gelegt hättest, keinen harten Felsbrocken, eher so einen warmen, glatten Massagestein. Plötzlich breitete sich diese Ruhe in mir aus. Oder … ich weiß nicht … Zufriedenheit? Etwas, das ich nicht kannte. Und ich dachte, ist ja alles gut. Ich kann sterben. Mein Leben war mehr als nur eine Aneinanderreihung von Fehlentscheidungen.

Ich war nie deine Mutter. Du brauchtest auch keine Mutter. Aber am Ende konnte ich sie sein.

Ich hab also einen Stapel Formulare unterschrieben, dass ich die Spende verweigere, und wurde in die Hospizabteilung über- wiesen. Da waren alle sofort viel netter zu mir. Ich bekam alle Drogen, die ich mir wünschte. Damit hätte ich ja eh wieder an- gefangen, da mach ich mir nichts vor. Ich hätte deine Niere nicht gut behandelt. Es war schon richtig, sie abzulehnen.

War es auch richtig, dich zu belügen? Das weiß ich nicht. Das war aber nicht meine Entscheidung. Und glaub mir, deine Papas haben es sich nicht leicht gemacht damit. Santiago meinte, es würde dir das Herz brechen, wenn du die Wahrheit wüsstest. Du würdest dich zurückgewiesen fühlen. Sie haben den Befund vom Labor abgefangen, Giò hat den Briefkopf kopiert und das Resultat gefälscht. Dein überkorrekter Papa Giò! Hätt ich ihm echt nicht zugetraut. Dann haben sie den gefälschten Bescheid wieder in den Umschlag gesteckt und behauptet, sie hätten ihn aus Versehen geöffnet.

Warum erzähl ich dir das jetzt? Du warst ja eben noch mal hier, du hast mich ein letztes Mal besucht. Und dich etwa vierzehnmal entschuldigt. Als hättest du meine Krankheit ver- ursacht. Als sei es deine Schuld, dass ich sterbe.

Du hast dir meinen Tod auf die Schultern geladen, Kleines. Wirf ihn wieder ab.«

Emerald ließ die Blätter sinken und schaute Sofia aus großen Augen an. »Holy Shit, Sof! Deine Mutter kann schreiben!«

Sofia starrte sie an. Dann musste sie lachen. Sie lachte und konnte nicht aufhören zu lachen. Alles, was sich in den letzten Tagen in ihr angestaut hatte, entlud sich in einem hysterischen Lachkrampf. Ihre Knie gaben nach, sie sank auf den Boden und rollte hilflos auf die Seite. Sie hielt sich den Bauch, sie schnappte nach Luft, Tränen rannen über ihr Gesicht. Immer wieder versuchte sie, sich aufzurichten, doch sie musste nur Emeralds besorgtes Gesicht sehen, um wieder loszuwiehern. So etwas hatte sie noch nie erlebt. Sie war immer ein ernsthaftes Kind gewesen, das selten lachte. Sie fand auch wenig lustig, schon gar nicht das, was andere lustig fanden. Fernsehkomiker, Witzeerzähler, Bananenschalen.

Jetzt kauerte sich Emerald neben sie und nahm sie in den Arm. »Schhh«, machte sie. »Schhh. Ist ja gut.« Emerald dachte wohl, dass sie weinte. Sofia schaute zu ihr auf. »Ich weine nicht, ich lache«, wollte sie sagen, aber sie konnte nicht reden. Sie hatte keine Luft. Und dann merkte sie, dass sie wirklich weinte. So haltlos, wie sie eben noch gelacht hatte.

Emerald hielt sie in einem losen Griff um die Schultern und murmelte beruhigend auf sie ein. Zum ersten Mal, seit sie sich kannten, spürte Sofia, dass Emerald die Ältere von ihnen beiden war. Und nach einer Weile beruhigte sie sich. Sie atmete noch ein paarmal schniefend ein, dann wischte sie sich mit dem Ärmel übers Gesicht. Emerald gehörte nicht zu denen, die ein gebügeltes Taschentuch mit sich herumtrugen. Dafür begann sie jetzt, von den Alpakas auf der Farm zu erzählen. »Die haben die komischsten Namen. Eines heißt Paris Hilton, und ein anderes Lady Di. Wegen der Augen, verstehst du, die haben so endlos lange Wimpern. Und wusstest du, dass Alpakas singen, wenn sie glücklich sind?«

»Singen?«

»Ja, also mehr so: Hmmmmmmmm«, summte Emerald.

»Nein, warte, mehr so: Hmmmmmmmm. Nein, das ist es auch nicht. Ich kann es nicht nachmachen. Musst mich halt mal besuchen kommen!«

»Klar komm ich dich besuchen.«

Emerald stand auf und öffnete die Reisetasche, die sie achtlos auf ihr Bett geworfen hatte. Sie hatte noch nicht einmal ihre Sachen ausgepackt, sie musste gleich als erstes Sofias Nachttisch durchsucht haben. Sie nahm ein Bündel T-Shirts heraus, achtlos zusammengeknüllt, und hielt sie sich an die Nase. »Alles riecht nach Stall«, sagte sie beinahe andächtig. »Hier, riech mal!« Sofia wich zurück.

»Nein, danke.« Sie hob die auf dem Bett verstreuten Kopien auf und legte sie sorgfältig aufeinander. Bevor sie sie zusammenfaltete, las sie zum hundertsten Mal den Nachsatz:

Hühnchen, bitte glaub uns, dass wir nur das Beste wollten. Wir wollten dich beschützen. Kannst du uns verzeihen? Wir lieben dich. Bis ins Weltall und zurück!

Papa S und Papa G

»Und, wirst du?«, fragte Emerald, die den Nachsatz natürlich auch gelesen hatte. »Wirst du ihnen verzeihen?«

Sofia zuckte mit den Schultern. »Schon. Aber vielleicht nicht sofort. Ich weiß nicht …« Es war zu viel auf einmal. Emerald stopfte die Kleider, die sie in der Hand hielt, in die Tasche zurück und setzte sich auf ihr Bett. »Genau. Machs ihnen nicht zu einfach«, sagte sie. »Jetzt kannst du alles von ihnen haben. Das musst du ausnützen! Mein Vater, dem ist es so peinlich, dass ausgerechnet seine Ex sich um mich kümmert. Der macht jetzt wieder richtig Geld locker. Der hat doch tatsächlich nach der

Scheidung die Krankenkasse nicht weiterbezahlt! Joey wurden alle Leistungen gestrichen, die Physiotherapie, die Ergotherapie, die Wassergymnastik, alles. Und wenn er aus dem Rollstuhl rauswächst, gibts auch keinen neuen mehr. Kannst du dir das vorstellen?«

Sofia schüttelte den Kopf. Das konnte sie nicht. »Das ist aber nicht ganz dasselbe«, sagte sie und wusste sofort, dass sie das Falsche gesagt hatte.

»Ja, ja, ich weiß schon: Deine Familie ist perfekt!« Wütend stopfte Emerald ihre Kleider in die Tasche zurück. »Es lohnt sich doch gar nicht, auszupacken. Übermorgen bin ich hier weg, und zwar für immer!«

Sofia setzte sich neben Emerald aufs Bett und hielt ihr Handgelenk fest. »Perfekte Familie, echt jetzt? Nach allem, was du gerade gelesen hast?«

Emerald hielt ihrem Blick stand. »Ja«, sagte sie. »Nach allem.«

Die Zimmertür wurde so heftig aufgerissen, dass sie an der Wand anschlug. Blue stand im Türrahmen.

»Aber hallo«, sagte Emerald in übertrieben anzüglichem Ton, doch als sie Blues Gesichtsausdruck sah, verstummte sie. Sofia stand auf und trat zu ihm.

»Was ist?«

Er atmete schwer. Verzweifelt schaute er sich im Zimmer um, als ob er etwas suchte. Sofia fing seinen Blick auf.

»Was ist?«, fragte sie noch mal.

»Meine Familie«, sagte er. »Meine ganze Familie ist verschwunden!« Dann sackte er in sich zusammen und kauerte auf dem Boden. Er vergrub das Gesicht in den Händen. Emerald war sofort bei ihnen. Sie streckte einen Arm aus, doch Sofia hielt sie zurück und schüttelte stumm den Kopf. Wie durch ein Wunder schien Emerald zu verstehen und kauerte sich in respektvollem Abstand auf den Boden.

»Sind ihre Pässe weg?«, fragte Sofia.

Emerald schaute sie an, riss die Augen auf. »Pässe? Was ist denn los?« Sofia hatte keine Zeit etwas zu erklären, und Blue auch nicht. Doch die Frage schien ihn wieder in die Realität zurückzuholen. Er griff in die Innentasche seiner Jacke und zog drei dunkelblaue Büchlein hervor. »Nein, die Pässe sind hier, und auch sonst haben sie nichts mitgenommen, alle Kleider sind noch da und der einzige große Koffer, den wir haben. Aber es sah aus – Sofia, er hat alles kurz und klein geschlagen! Mein Laptop ist kaputt, die Möbel, alles … das Geschirr auf dem Boden, in Scherben, der Spiegel im Badezimmer zertrümmert, alle Schubladen herausgerissen. Er muss voll durchgedreht sein. Was, wenn Skye ihn dabei erwischt hat, was, wenn er sie …« Tränen liefen über sein Gesicht. Sofia konnte kaum atmen. Da war es wieder, das Schreckliche. Und wieder hatte sie es nicht aufhalten, nicht verhindern können. Obwohl sie es diesmal voraussehen konnte. Sie hatte gewusst, sie hatten alle drei gewusst, dass Arno gefährlich war. Ein Mann, der sein eigenes Kind brandmarkt. Warum hatten sie nicht gleich reagiert? Warum hatten sie nichts getan? Stattdessen waren sie auf Parkbänken herumgesessen und hatten ein ganzes Notizbuch mit sinnlosen Beobachtungen gefüllt.

»Ich bin dann gleich zur Schule runtergefahren, einfach, um sicher zu sein, dass die Mädchen okay sind. Doch Carol, das ist die Schulsekretärin, also, Carol sagt, Cloud und Rain seien bereits abgeholt worden!«

»Abgeholt, aber von wem?« Es war nicht so einfach, ein Kind von der Schule abzuholen. Man musste auf der Liste der Bezugspersonen aufgeführt sein oder eine spezielle Bewilligung mitbringen. Jedenfalls war das in Sofias Schule in San Francisco so gewesen und war hier bestimmt nicht anders.

»Von meiner Mutter!« Blue schrie beinahe. »Von Skye!«

»Von Skye! Aber ist das nicht ein gutes Zeichen?«

Verzweifelt schüttelte er den Kopf. »Du verstehst nicht! Sie war nicht allein. Da war ein Mann in einem schwarzen Tesla und wartete auf sie. Das ist Carol aufgefallen, weil ihr der Mann irgendwie bekannt vorkam. Sie dachte, es sei vielleicht ein Schauspieler. Und du weißt ja, Arno hat über eine halbe Million Follower.«

Das hatte Sofia nicht gewusst, aber sie nickte.

»Er hat mein Zuhause zerstört und meine Familie gestohlen! Er hat meine Mutter und meine Schwestern im Auto, wer weiß, was er mit ihnen vorhat! Wer weiß, was er ihnen antut und es als spirituelle Prüfung verkauft!« Blue hatte die Arme um seine magere Mitte geschlungen. Skye musste auch so ein Brandmal haben, wurde Sofia klar. Aber die Mädchen? Waren die jetzt an der Reihe?

»Wir müssen was tun«, sagte Emerald.

»Was du nicht sagst«, murmelte Sofia. Darauf war sie auch schon gekommen. »Aber was. Die Polizei rufen?« Das war ihr erster Gedanke. Ein Resultat ihres behüteten Lebens. Sie musste plötzlich an Carmel denken, die sehr viel weniger Vertrauen in die Polizei hatte als sie.

Sie hatte ihnen erzählt, dass Angel nur deswegen im Gefängnis war, weil er einen Mann umgebracht hatte. Was er ihr angetan hatte, würde ungestraft bleiben. Undokumentiert. Häusliche Gewalt wurde nicht wirklich ernst genommen. Schon gar nicht in ärmeren Wohngegenden. Oder in einem Trailerpark an der Küste.

Auch Blue schüttelte den Kopf. »Die Polizei! Und was sag ich denen? Meine Mutter hat meine Schwestern von der Schule abgeholt, und ihr widerlicher *on-and-off boyfriend* war dabei? Und sie hat mir nicht Bescheid gegeben?« Er ging zum Fenster, setzte sich auf die Fensterbank und stand gleich wieder auf. »Nein danke. Das hab ich letztes Jahr schon durchgespielt.«

»Was war letztes Jahr?«, fragte Emerald.

Blue drehte sich nicht um. Er sprach zur Fensterscheibe. »Sie haben sich fürchterlich gestritten, das kam damals öfter vor. Jetzt nicht mehr. Skye hat irgendwie aufgegeben. Oder ich weiß auch nicht. Jedenfalls hab ich damals die Mädchen genommen und bin mit ihnen zum Spielplatz gegangen. Aber ich hatte einfach keine Ruhe. Auf dem Spielplatz hab ich Weedy getroffen, mit ihrer Tochter. Die wusste ja auch, was bei uns läuft. Man hört alles, was in diesen Trailern abgeht. Ich hab sie also gebeten, auf meine Schwestern aufzupassen, und bin noch mal zurück. Die Tür stand offen, sie hörten mich nicht reinkommen. Skye kniete vor ihm auf dem Boden, weinte und krallte ihre Fingernägel in die Haut, als wollte sie sich eine Maske vom Gesicht reißen. Oder ihre Haut.« Er stockte und schüttelte den Kopf. Sofia ging zu ihm, stellte sich neben ihn, ihre Blicke trafen sich in der staubigen Fensterscheibe, hielten sich fest.

»Er äffte sie nach, er machte sich lustig über sie. Und sie heulte wie ein kleines Kind. Da hab ich die Polizei gerufen.«

Er schwieg wieder. Er schwieg eine ganze Weile, bis Emerald es nicht mehr aushielt: »Und dann?«, fragte sie.

»Als sie kamen, hatte Arno den Verbandkasten in der Hand. Er war ganz der besorgte Partner, der Held des Alltags, der mit einer durchgeknallten Frau zusammenlebt und mit ihren Ausbrüchen zurechtkommen muss. Einer der Polizisten hat ihn sogar erkannt, das hat natürlich auch nicht geholfen.«

»Arschlöcher«, murmelte Emerald. »Alle zusammen.« Sie war nun auch zu ihnen getreten, und sie standen alle zusammen vor dem Fenster und schauten hinaus ins Leere. Ihre Spiegelbilder verschwammen im Staub auf der Scheibe und im Nebel, der dahinterlag.

»Okay«, sagte Emerald nach einer Weile. »Dieser Arno – der ist so eine Art Hobbyguru mit langen Haaren und geschminkten Augen, ja? Den hab ich hier nämlich schon gesehen.«

Blue nickte unglücklich. »Edie hat das auch gesagt. Er muss sie hier besucht haben.«

Emerald winkte ungeduldig ab. »Nein, das mein ich nicht. Sofia, erinnerst du dich nicht? Wir haben doch darüber geredet, neulich, am Wochenende.« Sofia runzelte die Stirn. Sie wusste nicht, was Emerald meinte. Emerald stemmte die Arme in die Seiten: »Skyes Boyfriend sieht aus wie Zach, hab ich gesagt! Skye hat einen Typ, hab ich gesagt. Vielleicht war es ja Zach, der mit ihr die Mädchen abholte und im Auto auf sie wartete. Das wär ja dann nicht so schlimm.«

»Aber Zach ist hier«, sagte Sofia. »Und außerdem hat er kein Auto.«

Emerald seufzte und warf sich theatralisch auf die Fensterbank. »Echt, Sof! Wie willst du hier ohne mich zurechtkommen? Was meinst du denn, wie Zach in die Klinik gekommen ist, oder überhaupt die meisten hier? Dachtest du, die wurden alle von ihren Eltern hergebracht wie du? Und nicht jeder hat Freunde, die diese Fahrt auf sich nehmen. Klar, du kannst ubern, aber die meisten fahren lieber selbst. In der Garage am Ende der Auffahrt stehen bestimmt sechs oder sieben Luxuskarren.«

Das hatte Sofia sich tatsächlich noch nie überlegt. Jetzt drehte Blue sich auch um und setzte sich neben Emerald auf die Bank. »Zach, das ist der Betrüger von der *Mind-Blow*-App letztes Jahr? Skye hat von ihm erzählt. Hast du nicht gesagt, er sei in sie verliebt, Sofia?«

Sofia nickte.

»Fährt er einen schwarzen Tesla?«

Emerald schnaubte. »Würde mich nicht wundern.«

»Das reicht nicht. Ich muss es wissen.«

Sofia kam sich etwas blöd vor. »Okay, aber wie kommt man in die Garage rein?«

»Die ist doch nicht verschlossen. Klar, den Autoschlüssel gibst du mit dem Handy ab, aber du kannst ihn jederzeit zurückfordern. Das sagen sie doch bei jeder Gelegenheit, der Aufenthalt ist freiwillig, wenn du nicht hier sein willst, bringt es auch nichts. Nur kriegst du dann dein Geld nicht zurück, und du kannst auch nicht wiederkommen. Drum macht es keiner.«

»Aber ich hab Zach doch eben noch gesehen!« Sofia schaute auf ihre Uhr. Nein, das war bereits eine Weile her. Sie hatten sich gleich zu Beginn der Mittagspause am Aussichtspunkt getroffen und waren gerade noch rechtzeitig in die Klinik zurückgekommen, bevor der Speisesaal geschlossen wurde. Sofia hatte sich heißhungrig über die Reste des Buffets hergemacht und nicht auf die anderen geachtet. War Zach ihr gefolgt? Oder war er stattdessen zu Skye in den Trailerpark gefahren, hatte sie dort abgeholt und mit ihr zusammen die Kinder abgeholt?

»Bist du jetzt direkt von der Schule hierhergekommen?«, fragte sie. Blue nickte.

»Und wie lange war es her, dass die Mädchen abgeholt wurden?«

Er schwieg und ließ das Kinn auf die Brust sinken. »Das hab ich Carol nicht gefragt«, murmelte er.

Sofia schaute Emerald an. »Du könntest recht haben. Das könnte aufgehen.«

Blue hob den Kopf wieder und atmete tief ein. »Darauf hätt ich ja auch alleine kommen können. Das wär so typisch für meine Mutter. Von einem Mann zum anderen.« Er presste die Lippen zusammen und schüttelte den Kopf.

»Hey«, murmelte Emerald, »das Liebesleben deiner Mutter geht dich nichts an.«

»Aber wenns um meine Schwestern geht?«

»Okay, ja. Du hast einen Punkt.«

Sofia hörte den beiden zu und fühlte sich ausgeschlossen. Sie schluckte. Seit Wochen hatte sie sich eingebildet, sie hätte eine Aufgabe, eine Mission. Wie lächerlich ihr das jetzt vorkam! Während sie ihren Geheimclub gründeten und sich heimlich trafen, während sie endlos redeten und redeten und sich im Kreis drehten, war Skyes Leben aus den Fugen geraten, und sie hatten nichts getan, um ihr zu helfen.

Was hatten sie sich auf ihre Fähigkeiten eingebildet! Superkräfte am Arsch, dachte Sofia. Ihre Defizite waren stärker. Ihre Unfähigkeit hatte gewonnen. Am liebsten wäre sie jetzt davongelaufen, hätte sich irgendwo versteckt. Doch jetzt schauten Blue und Emerald beide zu ihr auf, als erwarteten sie etwas von ihr. Eine Lösung. Eine Entscheidung.

Sofia sagte das Einzige, was ihr in diesem Moment einfiel: »Wir müssen Doktor Rose einschalten.«

Sofia wollte an die Tür klopfen, doch Blue riss sie einfach auf.

»Tante Ro, du musst mir helfen!«, rief er.

Tante Ro? Sofia tauschte einen Blick mit Emerald und hob die Schultern.

»Was ist los?« Doktor Rose stand auf. »Blue, was ist passiert?« Sie trat einen Schritt auf ihn zu, ohne ihren Stock zu benutzen, und knickte in der Hüfte ein. Blue streckte den Arm aus, und sie stützte sich auf ihn. Doktor Rose, Tante Ro, jagte ihm offensichtlich keinen Schrecken ein. Sie ließ ihn auch sofort wieder los und stützte sich stattdessen auf ihr Pult.

»Blue hier ist mein Patensohn«, sagte Doktor Rose. »Also, nicht offiziell. Erst seit Skye hier arbeitet. Skye ist seine Mutter.«

Wieder wurde Sofia bewusst, dass die Menschen, die in der Klinik arbeiteten, eine Gemeinschaft bildeten, von der sie, die Gäste, ausgeschlossen waren. Unwillkürlich schaute sie auf die Papiere, die auf Doktor Roses Pult ausgebreitet lagen, und zu Carmel, die auf der Couch gesessen hatte und jetzt auch aufstand.

»Soll ich gehen?«, fragte sie und sammelte die Papiere ein. Tabellen und Zahlen, Statistiken und Grafiken. Sofia erkannte das Logo der Vögelchenklinik. Carmel meinte es offenbar ernst. Sie würde die Klinik übernehmen.

Doktor Rose schaute fragend zu Blue, der nur mit den Schultern zuckte.

»Mir egal.«

Doktor Rose nickte. »Dann setzt euch doch alle mal.«

Emerald fläzte sich auf den Sessel, den Sofia als ihren betrachtete. Doch Carmel rückte auf der Couch zur Seite, Sofia und Blue quetschten sich neben sie. Sofia saß in der Mitte. Auf beiden Seiten berührte jemand ihre Schultern. Aber das war okay. Sie schaute zu Blue hinüber, ihn schien es auch nicht zu stören. Sie hatten jetzt andere Sorgen.

»Was ist passiert, Blue?«, fragte die Ärztin jetzt. Warum hatten sie Doktor Rose nicht früher um Hilfe gebeten?, fragte sich Sofia. Als Blues Patentante verkehrte sie auch privat mit der Familie. Sie kannte Arno. Wusste sie denn nicht, was in dem Trailerpark vor sich ging?

Blue hatte beide Hände in die Bauchtasche seines Hoodies geschoben und krümmte sich, als hätte er Bauchweh. »Was passiert ist? Ich weiß eben nicht, was passiert ist! Skye ist verschwunden. Meine Schwestern sind verschwunden. Sie sind mit Arno zusammen im Auto weggefahren. Arno hat unser ganzes Haus kurz und klein geschlagen. Und er will sie alle nach Costa Rica mitnehmen und –« Er unterbrach sich und richtete sich auf, zog die Pässe hervor und legte sie vor Doktor Rose auf den Tisch. »Aber sie können das Land nicht verlassen haben. Und ihre Sachen sind auch alle noch da.« Seine Stimme brach. »Ich weiß nicht weiter, Tante Ro.«

Doktor Rose streckte ihre Hand aus, als wollte sie sie auf Blues Hand legen. Dann zog sie sie wieder zurück. »Blue, Baby, beruhige dich, es ist alles in Ordnung! Na ja, vielleicht nicht unbedingt in Ordnung, aber auf dem Weg dazu. Deine Mom hat sich endlich dazu durchgerungen, dieses Scheusal zu verlassen. Aber, wie du dir vorstellen kannst, hat er nicht sehr gut darauf reagiert, mal vorsichtig ausgedrückt. Du hast es ja selber gesehen. Aber diesmal hat sie es nicht so einfach hingenommen. Sie hat die Polizei gerufen. Und diesmal haben sie sie ernst genommen. Wenn ich es recht verstanden habe, hatte sich eine Nachbarin auch bereits beschwert. Langer Rede kurzer Sinn, er ist jetzt da, wo er hingehört: in Polizeigewahrsam.«

Sofia erinnerte sich, was Zach damals gesagt hatte: Geld schützt Geld, das war schon immer so. Carmel schien dasselbe zu denken. Sie schnaubte verächtlich: »Da wird so einer wie er aber nicht lang bleiben. Der hat nicht nur Geld, der hat auch eine treue Gefolgschaft. Was wollt ihr wetten, dass morgen schon eine Reihe junger Frauen auftaucht, die alle schwören, dass Arno ein Muster an Respekt ist, ein wahrer Frauenversteher, ein Heiliger?«

Blue unterbrach sie. »Das ist doch jetzt egal. Wo ist meine Mutter? Und wer hat sie zur Schule gefahren, wer hat meine Schwestern abgeholt, war das dieser Zach?«

Doktor Rose nickte. »Ja, Zach hat sich offenbar mit

deiner Mutter ... angefreundet. Sie hat ihm von ihren Problemen mit Arno erzählt. Er hatte seinen Wagen hier in der Garage stehen, und so hat er erst Skye und dann deine Schwestern abgeholt.«

»Hab ich doch gesagt«, murmelte Emerald.

»Aber wie ist das möglich? Wie kann einer deiner sogenannten Gäste mit einer Angestellten abhauen? Ist das überhaupt erlaubt?«

Emerald schnaubte durch die Nase. Aber Sofia fand es tröstlich, dass Blue ihren vielleicht naiven Glauben an Regeln und Verbote teilte.

»Natürlich nicht. Zach hat gegen alle Regeln verstoßen, und deine Mutter auch«, sagte Doktor Rose. »Das wird auch ein Nachspiel haben. Aber das Wichtigste ist doch wohl, dass deine Mutter und deine Schwestern in Sicherheit sind, nicht?«

»Aber warum ruft sie mich dann nicht an? Ich renn hier den ganzen Tag rum, in einer Panik, und sie ...«

»Das weiß ich auch nicht, das fällt mir schwer zu glauben, Blue.«

»Glaub es, Tante Ro!« Blue zog sein Telefon aus der Tasche. Er starrte darauf. Er schüttelte es. »Es ist tot!«, rief er anklagend. Sein Ton war so empört, dass Doktor Rose in ihr lautes, raues Lachen ausbrach.

»So viel zur Generation Smartphone, was?« Sie nahm Blue das Gerät aus der Hand und legte es auf die Ladestation auf dem Beistelltisch. Dann schwiegen sie alle und starrten auf das Gerät wie auf ein Orakel, bis es endlich zum Leben erwachte und piepsend eine neue Nachricht anzeigte. Doktor Rose, die am nächsten saß, las vor:

»*Mach dir keine Sorgen, Baby! Alles gut. Wir sind auf dem*

Weg zu den Gramps, ich melde mich. Kuss. Na, siehst du, Blue. Wusst ich's doch.«

»Eine Nachricht!«, sagte Blue vorwurfsvoll. Er nahm Doktor Rose das Gerät aus der Hand. »Eine einzige Nachricht, heute um 13.48 Uhr. Und was haben wir jetzt, Viertel nach zwei? Mein Handy war nicht lange tot. Hier, ich hab sie vierzehn Mal angerufen. Vierzehn Mal! Und sie antwortet mir Stunden später, und erst, nachdem sie die Mädchen bereits abgeholt hat? Sie musste alles bereits geplant haben, ohne mir was zu sagen. Das versteh ich einfach nicht.«

Doktor Rose unterbrach ihn. »Vielleicht wollte sie dich beschützen. Eltern tun so was.« Ihr Blick glitt zu Sofia hinüber, die die Augen verdrehte. Was wollte Doktor Rose ihr mit diesem Blick sagen? Etwas über ihre eigene Mutter? Als ob das hier etwas mit Celias Verhalten zu tun hätte. Nein. Sofia war auf Blues Seite. Sie drückte mit ihrer Schulter gegen seine, und er drückte zurück.

ES WIRD HELL

»Lass nichts aus«, forderte Carmel. »Rein! Gar! Nichts!«
Es regnete schon wieder, und sie saßen in der Besenkammer. In der Aufregung der letzten Tage hatte Ken ganz
vergessen, sie wieder abzuschließen. Zach sah älter aus
als noch vor ein paar Tagen. Und trauriger, dachte Sofia.

»Ihr wisst doch schon alles! Skye hat sich von Arno
getrennt, er ist durchgedreht und hat ihren Trailer zu
Kleinholz gemacht.«

»Aber wie? Hat er sie hier in der Klinik abgefangen?«

»Ja, er ist ihr zur Arbeit gefolgt. Er muss vermutet haben, dass etwas läuft – ich meine, es läuft ja gar nichts, es
ist auch nichts gelaufen, nur …«

»Schon gut«, sagte Carmel. »Ich weiß, wie diese Typen
ticken.«

Arno musste Blue ganz knapp verpasst haben, dachte
Sofia. Oder Blue ihn. Arno hatte ja nicht wissen können, dass Skye ihre Kühltasche vergessen und Blue noch
mal zur Klinik zurückfahren würde. Was, wenn Blue ein
wenig früher eingetroffen wäre, oder Arno ein wenig
später?

»Er hat sie in sein Auto gezerrt und nach Hause gefahren, und da hat sie die Zerstörung gesehen und richtig
Schiss bekommen. Er hatte alles kurz und klein geschlagen. Und dann verlangte er von ihr, dass sie ihre Sachen
packt und die der Mädchen, dass sie alle sofort mit ihm

nach San Francisco fahren. Dass sie in der Denkschule zusammenleben und sich auf ein Leben in Costa Rica vorbereiten. Skye hat sich geweigert, er ist durchgedreht. Zum ersten Mal hat er sie geschlagen, so voll mit der Faust ins Gesicht. Aber das war gut. Sie blutete, ihr Auge war zugeschwollen, da konnte die Polizei nicht weg-schauen.«

»Doktor Rose sagte, eine Nachbarin habe sich be-schwert?«

»Ja, Skye hatte zum ersten Mal den Mut, die Polizei zu rufen. Und ich glaube, die kamen tatsächlich auch nur, weil bereits eine Stunde vorher eine Meldung eingegan-gen war, dass da einer im Trailerpark randaliere.«

»Sie haben ihn also wirklich festgenommen?«

»Ja, aber er hat natürlich gute Anwälte, er kam gleich wieder frei.«

»Warum erstaunt mich das nicht?«, fragte Carmel.

»Immerhin hat er jetzt ein Kontaktverbot, er darf ihr nicht näher kommen als 500 Meter. Und ihre Eltern, die hassen ihn. Die würden ihre Hunde auf ihn hetzen, wenn er bei ihnen auftaucht. Das sind Typen wie aus einem al-ten Western. Sehen aus wie Hippies, sind aber knallhart. Da traut er sich nicht hin.«

»Ja, aber wie – ich meine, warum warst du dann mit Skye bei der Schule? Du warst doch mittags noch mit uns am Aussichtspunkt!«

»Na ja, sie hat mich halt angerufen.«

»Angerufen! Ich dachte, du hast kein Handy?«

»Ach, Sofia, das hast du ihm doch nicht etwa geglaubt?«

»Doch.« Sofia hob die Schultern und grinste verlegen. Langsam hatte sie es satt, immer als Letzte zu verstehen, was vor sich ging. Aber Carmel schaute sie so zärtlich an, dass sie sich schnell wieder einkriegte. Zach grinste verlegen und breitete die Hände aus. »Ja, okay, das stimmt nicht ganz. Chester hat mir seins überlassen, als er von hier abhaute. Er hatte die ganze Zeit ein Prepaid, allerdings ohne Internet und so was. Wirklich nur zum Telefonieren! Und Nachrichten schreiben.«

»Aber – die Zettel! Die viktorianische Romanze!«, beschwerte sich Carmel. »War das auch erfunden? Das hat mich nämlich echt berührt.«

Zach zuckte mit den Schultern. »Ganz am Anfang haben wir das schon so gemacht. Aber dann wurde es zu umständlich.«

»Ach, was bist du bloß für eine Enttäuschung!«

Sofia hatte wieder einmal das Gefühl, drei Sätze hinter dem Gespräch herzuhinken. Manchmal passierte das bei Papa Giòs alten Filmen, dass die Untertitel nicht mit den Dialogen übereinstimmten. Dann gelang es Sofia kaum mehr, in die Handlung hineinzufinden. So ging es ihr auch jetzt.

Sie stellte die einzige Frage, die sie wirklich interessierte: »Aber warum bist du jetzt so traurig, Zach?«

Er senkte den Blick. »Skye will mich nicht.«

»Wie, sie will dich nicht? Nach allem, was passiert ist?«, fragte Sofia.

Zach nickte.

»Ich fass es nicht. Nachdem du sie quasi im Alleingang gerettet hast?« Carmel war immer noch ein wenig beleidigt, dass sie keinen Anteil an der Aktion gehabt hatte. Immerhin war das ihre gemeinsame Mission gewesen.

»Ich hab sie nicht gerettet. Sie hat sich selbst gerettet.

Und von wegen Alleingang, sie sagte auf dem Weg nach Mendocino, dass ihr das Gespräch mit dir geholfen hat.«

»Welches Gespräch?«

»Du hast ihr doch von dir erzählt, und von Angel, und wie das mit ihm war. Da hat sie verstanden, dass sie nicht allein ist. Dass es nicht so sein muss. Dass sie auch anders leben könnte.«

Carmel nickte besänftigt. »Und das mit dir, eure Begegnung, oder was immer das war, das ist ja auch so ein Zeichen. Eine Ahnung, dass es auch anders sein könnte.«

Und ich?, dachte Sofia. Was habe ich getan? Aber sie sprach es nicht aus. Sie kannte die Antwort: Sie war Blue begegnet. »Und was ist denn jetzt das Problem?«, fragte sie. »Das versteh ich immer noch nicht.«

»Eben genau das. Sie sagt, sie müsse endlich mal allein sein. *Nobody's wife*, sagte sie wörtlich, und ich Depp hab noch einen blöden Spruch gemacht, dass wir ja nicht gleich heiraten müssten. Aber das war eine Songzeile, die offenbar eine besondere Bedeutung für sie hat. Leonard Cohen, ausgerechnet! Das kanadische Nebelhorn, ich hab ihn nie gemocht.«

Sofia senkte den Kopf, damit er ihr Lächeln nicht sah. Das musste sie beim nächsten Treffen unbedingt Blue erzählen.

»Mein Papa sagt immer, Leonard Cohen mache Musik für alte Männer«, sagte sie. Doch das schien Zach nicht zu trösten.

»Na ja, ich werd auch nicht jünger. Und wie dem auch sei, Skye meint, sie müsse erst mal wissen, wer sie ist, wenn sie keine Beziehung hat, wenn sie nicht verliebt ist.«

»Hm.« Carmel verzog das Gesicht. »Ich muss sagen, das beeindruckt mich jetzt wieder.«

Sofia verstand immer noch nicht. »Aber sie hat doch gesagt, dass sie dich mag. Sie hat sogar mit Doktor Rose über dich geredet, über euch. Hat das denn alles gar nichts zu bedeuten?«

Zach breitete hilflos die Hände aus. »Das fragst du mich? Ich verstehs doch auch nicht!«

War das wieder wie in den idiotischen Liebesromanen? Nicht unbedingt, dachte Sofia. Das Problem war nicht, dass Skye und Zach nicht miteinander redeten. Sie sagten nur nicht das, was der andere hören wollte.

Zach seufzte tief auf. »Und ich Depp hab ihr noch ein Haus gekauft!«

»Du hast was? Moment, ich dachte du hast kein Geld mehr.«

»Ja, nein, ich … ich wollte doch immer ein Haus in Sea Ranch haben, eins der alten, aus den Siebzigerjahren. Hat mir halt immer gefallen, die Idee einer gehobenen Kommune, einer Gemeinschaft von Gleichgesinnten, von Künstlern und Architekten.«

»Ja, ich erinnere mich, du hast uns über dein Immobilienportfolio informiert«, sagte Carmel ein wenig kühl. »Ich dachte, du solltest deinen Besitz verkaufen, nicht vergrößern?«

»Das stimmt, und das werd ich ja auch tun. Aber ich hatte seit Jahren eines der alten Häuser im Auge. Charles Moore hat es 1971 gebaut, es wurde seither kaum verändert, hat noch den ganzen schrägen Charme der Zeit …«

Sofia interessierte sich weder für Architektur noch für Immobilien, aber etwas daran kam ihr bekannt vor.

»Ich glaube, wir hatten das mal als Ferienhaus«, sagte sie. »Vor zehn Jahren oder so.«

»The Breakers?«

»Ja, genau! The Breakers! Da haben wir immer Ferien gemacht. Also, nicht immer. Ein paar Jahre lang.« Sie sah das Haus wieder vor sich, die riesige sechseckige Lesenische mit der raumhohen Fensterfront. Stundenlang hatte sie dort gesessen und Pläne für ihre Flugobjekte gezeichnet. Und über das Meer hinausgeschaut, das sich ständig bewegte und veränderte. Nur eine trockene, windgepeitschte Wiese lag zwischen dem Haus und der Klippe. In ihrem ersten Sommer hatte Santiago einen Liegestuhl auf den kleinen gedeckten Vorplatz hinausgestellt. Als er ins Haus zurückging, um sein Buch zu holen, hatte der Wind den Stuhl gepackt, in die Luft gehoben, über die Wiese getragen und über die Klippe ins Meer geworfen. Sofia lächelte bei der Erinnerung.

»Also, wie auch immer, ich hatte das Haus schon lange im Auge, und gerade, als es endlich wieder auf den Markt kam, flog mein ganzes Debakel auf.«

»Dein Debakel? Dein Betrug, wolltest du wohl sagen.«

»Du klingst schon wie Skye.«

»Ich dachte, es sei längst an jemand anderes verkauft, aber als wir auf dem Weg zu ihren Eltern in Mendocino Halt machten, um etwas zu essen, kamen wir an einem Immobilienmakler vorbei. Und da hing das Angebot wieder im Schaufenster! Ich konnte nicht anders … Skye hatte gerade eine Bekannte auf der Straße getroffen, die war natürlich ganz aufgeregt, als sie Skyes blaues Auge sah. Und während die beiden sich länger unterhielten, bin ich schnell rein in das Büro und zack, hab ich das

Haus gekauft, mein Angebot von damals war ja noch im System gespeichert.« Er schaute triumphierend von Carmel zu Sofia, und Sofia verstand, dass ihm das fehlte. Diese Tricks, diese Erfolge.

»Ich wollte Skye damit überraschen. Ich dachte, sie freut sich. Stattdessen bricht sie mit mir. Das war der Moment. Ich zeig ihr die Unterlagen mit ihrem Namen drauf, und sie sagt, sie will mich nicht mehr sehen.«

»Aber das Haus hat sie behalten?«, fragte Carmel etwas spitz. Zach zuckte hilflos mit den Schultern. »Na, ganz so schnell geht das dann doch nicht, ich hab dreißig Tage Zeit, um das Angebot wieder zurückzuziehen.«

»Das wirst du bitte nicht tun«, sagte Carmel streng. »Versprich mir das. Du gibst ihr jetzt ein bisschen Zeit.«

»Zeit? Wie viel Zeit?«

»So viel, wie sie eben braucht. Verstanden?«

Zach seufzte. »Geduld war noch nie meine Stärke.«

»Warum? Was hast du zu verlieren?«

»Zu verlieren?« Zach hob angriffslustig das Kinn, doch dann sackten seine Gesichtszüge zusammen. »Ja, wenn du so fragst …«

»Ich hatte jedenfalls nicht den Eindruck, dass die Frauen bei dir Schlange stehen. Oder sonst jemand. Hast du uns nicht endlos vorgejammert, dass dich niemand mag, nicht mal deine eigene Mutter?«

»Carmel!«, rief Sofia. »Das ist gemein.«

»Sorry, was ich sagen will: Das stimmt eben nicht mehr, Zach. Du hast jetzt Freunde. Ich mag dich. Sofia mag dich. Und Skye hat sich sogar in dich verliebt. Auch wenn sie jetzt die Notbremse zieht.«

»Also, was? Du meinst, ich soll einfach warten?«

»Ja, was denn sonst? Vorausgesetzt natürlich, du meinst es ernst.«

Zach überlegte einen Moment. Das erstaunte Sofia. Wusste er das denn nicht? Doch schließlich nickte er. »Natürlich meine ich es ernst.«

»Na also. Dann wartest du. Du brauchst ja auch Zeit für deine Wiedergutmachung und all das. Und wenn du dann einen Job brauchst, kannst du mir gern helfen, die Stiftung aufzuziehen. Langfristig sehe ich dich durchaus in der Klinik arbeiten. Du könntest eine Art zweiter Ken sein, mit Fokus auf den digitalen Abgründen. Da stolpern ja immer mehr Leute rein.«

»Dann gehört die Klinik jetzt also dir?«, fragte Sofia.

»Ja, tut sie. Aber vorläufig bin ich nur stille Partnerin. Ich will erst mein Studium abschließen und zusätzlich ein paar Kurse in Betriebswirtschaft absolvieren. Das wird schon ein paar Jahre dauern. Aber das ist okay. Wenn ich meine Kinder endlich wieder bei mir habe, will ich sie auch mindestens bis zum College betreuen.«

»Und was ist mit Oscar?«, fragte Sofia. Irgendwie war ihr der Mann ans Herz gewachsen. Carmel senkte den Kopf und lächelte verlegen. Als sie antwortete, schaute sie dabei Zach an.

»Oscar und ich sind wieder zusammen. Wenn wir das schaffen, besteht auch für dich Hoffnung.«

Einen Moment lang schwiegen sie alle drei. Gedämpfte Stimmen drangen vom Flur in die Besenkammer, das Geräusch des Regens, der gegen die Wand peitschte. Es sei der letzte große Sturm, hatte Ken versprochen. Vielleicht sagte er das aber auch nur, um eine Meuterei zu verhindern. Ende gut, alles gut, dachte Sofia. Die beiden anderen schienen jedenfalls ganz zufrieden. Sie war es nicht.

»Etwas versteh ich immer noch nicht«, sagte sie. »Warum hat Skye Blues Anrufe nicht entgegengenommen? Warum hat sie ihm nicht früher geschrieben? Er war außer sich vor Angst. Das war nicht schön.«

»Außer sich vor Angst? Wirklich? Und dann hat er nicht mal sein Handy aufgeladen?« Carmel war skeptisch. »Das versteh ich nicht. Wie kann er das nicht gemerkt haben?«

»Es war nur etwa eine halbe Stunde lang tot. Vorher hat Blue sie ja ständig angerufen.«

»Trotzdem. Euch jungen Leuten ist das Handy doch an der Handfläche angewachsen!«

»Blue ist nicht wie andere junge Leute«, sagte Sofia etwas steif, und Carmel wackelte schon wieder mit den Augenbrauen und säuselte: »Ohhh, was du nicht sagst!«

Sofia verdrehte die Augen.

»Ehrlich gesagt hab ich das auch nicht verstanden. Ich musste sie regelrecht überreden, wenigstens diese eine Nachricht zu schreiben«, sagte Zach jetzt. »Aber ich glaube, sie hat es nur gut gemeint, sie wollte Blue nicht mit ihrem Scheiß belasten.«

»Nicht belasten? Das war doch das Allerschlimmste, nicht zu wissen, was los ist! Und nach allem, was er für sie getan hat. Blue hat sein Studium geschmissen, um seine Familie vor Arno zu beschützen!«

»Ja, aber das ist es doch genau. Meinst du, das sei ihr nicht bewusst? Meinst du, das plage sie nicht? Sie wollte ihm zeigen, dass er sich nicht länger um sie kümmern muss.«

»Dass sie erwachsen ist? Dass sie seine Mutter ist?« Das klang ungewohnt scharf, und die anderen beiden schauten Sofia erstaunt an.

»Ja, Mütter bauen halt mal Scheiße«, sagte Carmel schließlich. »Aber denk nicht, wir wissen das nicht. Ich kann Skye schon verstehen. Aber auch, dass Blue jetzt sauer ist auf sie.«

»Sauer« beschrieb Blues Reaktion nicht wirklich, dachte Sofia. »Sauer« kam nicht einmal in die Nähe. Aus reiner Gewohnheit hatte sie ihr Notizbuch ausgepackt. Jetzt klappte sie es zu.

»Schon komisch, all die Wochen dachten wir, wir hätten eine Mission, aber am Ende brauchte Skye uns gar nicht«, sagte sie. »Von unseren sogenannten Superkräften ganz zu schweigen.«

Carmel richtete sich auf. »Du willst doch jetzt nicht etwa unseren Geheimclub auflösen? Vergiss es, Mädchen. Uns wirst du nicht los.«

»So weit kommts noch«, sagte Zach.

Sofia hob abwehrend die Hände und grinste. »Schon gut!« Sie dachte an den Tag, an dem sie und Zach zum ersten Mal hier Zuflucht gesucht hatten. Carmel war ja auch dabei gewesen, wurde ihr jetzt klar. Sie hatten sie nur nicht gesehen. An dem Tag hatten sie alle drei zum ersten Mal begriffen, dass sie nicht allein waren.

Sie legte den Kopf an die kühle Wand und schloss die Augen.

Emerald packte ihre Sachen. Es war nicht viel, wenn man bedachte, wie lange sie hier in der Klinik gewesen war.

Sie ließ sich Zeit, faltete alles sorgfältig zusammen und bettete jedes Stück in ihre Reisetasche, als sei es aus Glas. Dabei redete sie ununterbrochen. Sie erzählte von Joey und Beth, von den seltsamen Gerichten, die Heather alten Fernsehsendungen nachkochte, von den Alpakas und von den anderen Jugendlichen, die auf der Farm arbeiteten.

»Ich bin noch die Normalste von allen, das glaubst du mir nicht, ist aber so.«

»Doch, das glaub ich sofort.«

Emerald grinste. »Klar, in diesem Zimmer war ich ja auch immer die Normalste ...«

Sofia warf mehr aus Gewohnheit ihr Kissen nach Emerald, die es im Flug auffing. Sie war kräftiger geworden.

»Und die haben Eltern, da sind meine direkt fürsorglich dagegen.« Sie seufzte. »Ein Mädchen, Roxy, die musste immer für ihre Mutter Drogen kaufen, dann hat sie mal aus reiner Neugier davon probiert, und die Mutter ist ausgerastet und hat sie auf die Straße gesetzt. Da war sie vielleicht zwölf oder dreizehn.«

Darauf wusste Sofia nichts zu sagen. Emerald erwartete auch keine Antwort von ihr.

»Das hat sie mir während dem Ausmisten erzählt, wir haben auf der Farm keine Gruppentherapie. Sonst würde ich es dort nicht lange aushalten. Reden, reden, reden! Ich will jetzt lieber mal was machen.«

»Versteh ich. Geht mir genauso. Drum will ich jetzt zurück an die Uni«, sagte Sofia. In erster Linie, um auch etwas zu sagen. Emerald würde gehen. Sie würde auf der Farm leben, würde glücklich sein und andere Freundinnen finden. Sie hatte schon andere Freundinnen gefunden.

Diese Roxy zum Beispiel. Und das tat weh. Auch wenn sie sich versprochen hatten, in Kontakt zu bleiben. Die alten Wunden bluten, dachte Sofia. Wer hatte das gesagt, in welchem Film?

»Echt, die nehmen dich wieder?«

»Nicht als Stipendiatin. Aber du hattest recht. Meine Papas würden alles für mich tun. Auch die vollen Studiengebühren fürs MIT bezahlen. Noch so gerne.«

Sofia hatte an die Uni geschrieben und um Wiederaufnahme gebeten, Doktor Lilly und Doktor Rose hatten ihre Gutachten eingereicht, und schließlich war Sofia wieder aufgenommen worden. Allerdings musste sie noch einmal von vorn anfangen.

»Klar, so kriegen sie ein Jahr länger Geld von euch«, sagte Emerald. »Dann hast du deinen Dads also verziehen?«

Sofia zuckte mit den Schultern. »Irgendwie schon.« So empört sie anfangs gewesen war, hatte sie nie daran gezweifelt, dass ihre Papas das Beste für sie wollten. Dass sie es gut gemeint hatten. Was hatte Carmel gesagt? Mütter bauen Scheiße. Väter auch.

Und Töchter.

»Freust du dich?« Emerald klang jetzt ein wenig schüchtern. Sie würde wohl nie an eine Uni gehen, dachte Sofia. Doch was wusste sie schon.

»Schon. Aber ich hab auch Schiss.« Sie hatte immer noch Angst vor der weiten Reise, der neuen Umgebung, vor den anderen, vor dem Fremden. Aber die Angst beherrschte sie nicht mehr.

»Und Blue?«, fragte Emerald. »Was ist mit Blue?« Sie senkte ihre Stimme zu einem dramatischen Raunen, als sie seinen Namen aussprach. Sofia lachte. »Blue wird auch dort sein.«

Die letzten Tage hatte er allein im Trailerpark verbracht, aufgeräumt, repariert. Er hatte ihre Möbel und Besitztümer entsorgt, das meiste war nicht zu retten gewesen. Der Trailer gehörte ihnen nicht. Sie würden den Schaden bezahlen müssen. Arno hatte sogar Skyes Kleider zerschnitten und Blues Laptop zertrümmert. Doch Skyes Eltern hatten ihn sofort ersetzt. Blues Großvater war dafür extra nach San Francisco gefahren. Am liebsten wäre ihnen, wenn Blue auch zu ihnen auf die Farm käme, aber er weigerte sich. Er konnte Skye noch nicht verzeihen. Deshalb wollte er so schnell wie möglich nach Cambridge zurückkehren. Er hatte, im Gegensatz zu Sofia, sein Studium nicht hingeschmissen, nur unterbrochen. Sofia hatte nicht einmal gewusst, dass das möglich war.

Es könnte genau so werden, wie Sofia sich das vorgestellt hatte. Sie würden beide in Cambridge sein, nicht im selben Jahrgang, aber im selben Programm. Sie würden als Letzte noch in der Bibliothek sitzen, kurz bevor sie schloss. Sie würden zusammen recherchieren und sich auf ihre Prüfungen vorbereiten und miteinander wetteifern. Obwohl Sofia ja nicht dieselben Vorlesungen und Kurse besuchen würde wie er. Aber sie würde schon aufholen. Ihr Ehrgeiz war wieder erwacht. Sie würden über den Campus hetzen, damit sie nicht zu spät zu ihren Vorlesungen kamen. Sie würden Nachmittage lang in der Studentenbuchhandlung rumhängen, sie würden in die Stadt fahren und so lange nach einem akzeptablen Tacotruck suchen, bis sie einen fanden.

»Seid ihr denn jetzt ein Paar, oder was?«, fragte Emerald. »Ich meine, das seh ich doch richtig, er ist wie du?«

Sofia zuckte mit den Schultern. Blue war nicht wie sie. Aber das war egal. Sie waren zwei. Zwei in einer Seifenblase.

»Ja, ähm, also, ja. Wir sind zusammen. Was immer das heißt.«

Emerald schnaubte. »Das musst du mich nicht fragen.« Sie rollte ihre Yogamatte zusammen, schnallte ein Trageband darum und legte sie neben ihre Reisetasche aufs Bett.

»Du kommst mich aber auf der Farm besuchen, ja? Du hast es versprochen.«

»Natürlich komme ich.« Sofia lächelte schief. »Schon allein wegen der Alpakas.«

Emerald warf das Kissen zurück. Es fiel zwischen den beiden Betten auf den Boden. Sie stand auf und hob es auf. »Du kannst mein Bett haben, wenn ich weg bin«, sagte sie großzügig. »Es ist wärmer, weil es nicht direkt an der Wand steht.«

»Danke.« Genau genommen konnte Sofia schlafen, wo sie wollte. Sie würde wohl für die letzten paar Nächte nicht noch eine neue Mitbewohnerin bekommen, aber man konnte nie wissen. Emerald trat ans Fenster und schaute hinaus.

»Da sind sie!« Sie hob die Hand und winkte, dann drehte sie sich zu Sofia um. »Wünsch mir Glück«, sagte sie. Und Sofia wieder: »Glück.«

Im letzten Moment blieb Emerald noch einmal stehen. Sie zog den blauen Schal aus ihrer Tasche und legte ihn Sofia um den Hals. »Behalt ihn. Ich weiß, dass er dir gefällt. Und du kannst nicht ein Leben lang schwarz tragen.«

FLIEGEN

Sofia wartete am Aussichtspunkt. Sie trat näher ans Geländer, lehnte sich mit dem Bauch dagegen und schloss die Augen. Der Wind fuhr ihr durch die Haare, ins Gesicht. Sanfter als in den letzten Tagen. Es wurde wärmer. Es wurde heller.

Es war ihr letzter Abend an der Küste. Am nächsten Tag würden die Papas sie abholen. Sie würden die kurvige Straße entlangfahren, und Sofia würde leicht übel werden. Trotzdem würden sie in Bodega Bay anhalten und sich im Fishetarian Market verpflegen. Sie würden Musik hören, sie würden reden. Es gab so viel zu besprechen. Zu organisieren, zu planen. Sofia würde aus dem Fenster schauen, und die Hügel wären nicht mehr braun und trocken, sondern satt und bunt. Die Stürme waren vorüber, auf den Wiesen und an den Hängen blühten die ersten Wildblumen, Wiesenschaumkraut und gelbe Veilchen, vereinzelte dunkelblaue Lilien und der orangefarbene kalifornische Mohn, die Symbolblume des Staates. Weiter südlich würde es dieses Jahr bestimmt zu einer Superblüte kommen. Das letzte Mal, vor vier Jahren, war die Pracht schnell von den Horden von Influencern auf der Jagd nach dem spektakulärsten Selfie zertrampelt worden. Sofia erinnerte sich an die Empörung ihrer Papas. Früher waren sie jedes Jahr für ein, zwei Tage ins Antelope Valley gefahren, um den bunten Blütenteppich zu bestaunen. Doch in dem Jahr hatten sie sich geweigert. »Wir wollen nicht zur Zerstörung beitragen«, hatte Papa Giò etwas feierlich gesagt. Sofia hatte tagelang in ihrem Zimmer geschmollt. War es nicht komisch, dachte sie jetzt, dass ihr mit sechzehn noch so viel an Familienausflügen und Traditionen gelegen hatte? Hätte sie sich nicht auch mal gegen ihre Eltern auflehnen müssen? Sie seufzte. Was sagte Doktor Rose immer? »Normal ist kein brauchbares Kriterium.«

Sofia würde die Ärztin vermissen. Und überhaupt: den Garten, das Meer. Edie, Ernesto, Emerald und den Geheimclub. Emerald war bereits abgereist, Zach auch. Carmel würde die Klinik ebenfalls morgen verlassen. Sofia hatte die letzte Gruppenstunde hinter sich, das letzte Gespräch mit Doktor Rose. Sogar ihre Tasche hatte sie bereits gepackt.

Als sie seine Schritte auf dem Kiesweg hörte, öffnete sie die Augen und drehte sich um.

Plötzlich war sie verlegen. Ihre Handflächen wurden feucht, sie wischte sie an den Hosenbeinen ab. »Hey«, sagte sie.

»Hey.« Er schob seine Hände in die Taschen und zog die Schultern hoch. Er lächelte, sie lächelte zurück, und so standen sie eine Weile. Sofia spürte, wie ihr Lächeln immer breiter wurde, bis sich ihre Lippen öffneten. Sie lachte und hielt sich dann die Hand vor den Mund. Aber Blue strahlte sie genauso breit an.

Wie zwei Idioten, dachte Sofia.

Die Nacht war hell, vor ein paar Tagen war erst Vollmond gewesen.

»Komm«, sagte sie. »Ich will dir was zeigen.« Dann

drehte sie sich um und kletterte über das Geländer. Ihre Beine waren so kurz, dass sie sich dazu auf die untere Latte stellen musste, die gefährlich knirschte. Die Stelle, die Carmel damals in ihrer Wut eingetreten hatte, war unterdessen verstärkt worden. Trotzdem schien das Geländer wackelig und morsch. Sofia hielt sich mit einer Hand an der obersten Latte fest und drehte sich zu Blue um. Er stand ein paar Schritte von ihr entfernt und beobachtete sie mit leicht schief gelegtem Kopf, als wäre sie ein seltener Vogel, der sich in diese Gegend verirrt hatte. Und dessen Verhalten er nicht ganz einordnen konnte.

Nahe dran, dachte Sofia. Nahe dran.

»Komm«, sagte sie noch einmal. Vertrau mir, dachte sie. Er gab sich einen Ruck, trat ans Geländer und schwang seine langen Beine mühelos über die oberste Latte. Dann stand er neben ihr. Etwas unsicher schaute er nach unten und hielt sich mit einer Hand immer noch am Geländer fest.

»Leg deine Hände auf meine Schultern«, sagte Sofia. »Halt dich an mir fest.«

Sie wusste, dass sie viel von ihm verlangte. Blue zögerte.

»Weißt du, was du tust?«

»Ja.«

Er musste wissen, wer sie war. Das war sie ihm schuldig. Er hatte ihr seine Narben gezeigt. Sofia hatte keine Angst, sie spürte die Muskeln in ihrem Rücken, in ihren Schultern. Sie war bereit. Vorsichtig, mit ganz kleinen Schritten, trat Blue näher und näher, bis er schräg hinter ihr stand. Sie hörte ihn tief einatmen, dann legte er die Hände auf ihre Schultern. Sie waren kalt.

Blue war um einiges größer als sie, aber so dünn, dass sein Gewicht sie nicht nach unten ziehen würde. Dachte sie. Hoffte sie. Jetzt nicht nachdenken. Sie schaute noch einmal zu ihm zurück. Sein Blick war klar.

»Bereit?« Sie wartete seine Antwort nicht ab. Sie sprang. Blues Finger krallten sich in ihre Schultern, er stieß einen Schreckenslaut aus. Sie sackten ab. Wie zwei Steine. Über die Klippe nach unten. Sofia sah die gezackten Felsen unter sich, sie sah die Notizbücher durch die Luft wirbeln, auf dem Wasser aufschlagen, untergehen. Sie riss ihre Arme hoch. Sie kickte mit den Beinen. Und dann wurde es leichter. Sie konnte Blues Hände kaum noch auf ihren Schultern spüren. Sein Körper hatte sich von ihrem wegbewegt, er schwebte von alleine in der Luft. Sie schaute über die Schulter zurück und sah, dass er mit den Beinen kräftige Schwimmbewegungen ausführte. Sie jauchzte auf. Sie hatte es gewusst. Seit er über seine Liebe zu den Raubvögeln gesprochen hatte, seinen Wunsch zu fliegen. Er rief etwas zurück, sie konnte es nicht verstehen, aber sein Gesicht sagte genug. Sie streckte ihre Arme noch weiter aus, bewegte sie langsamer und entschiedener auf und ab. Er tat es ihr gleich. Kühl strömte die Luft über ihr Gesicht und unter ihren Körper. Sie konnte ihr Gewicht spüren, die Masse, die sie mit ihren Armen und Beinen bewegte. Wie im Wasser.

Sie flogen nach Westen übers Meer hinaus. Der Mond legte eine silberne Straße über das Wasser. Das Licht brach sich auf den Wellen, die unruhig tanzten. Sofia schaute nach oben, in den Himmel, wo die ersten Sterne aufleuchteten. Sie hob den Arm, zeigte mit dem Finger: Es war noch da, das All. Es hatte auf sie gewartet.

Wieder hörte sie Blue einen Freudenschrei ausstoßen. Sie flogen so hoch sie konnten, dann legte Sofia sich auf die Seite und ließ sich ein paar Meter absinken. Es war das dritte Mal, dass sie flog, seit sie hier war. Das Gefühl, auf unsichtbaren Schienen geführt zu werden, war verschwunden. Mehr und mehr konnte sie ihre Bewegungen steuern. Sie hatte es noch nicht ganz raus, wie sie ihr Gewicht verlagern, ihre Stellung ändern musste. Aber sie hatte keine Angst mehr. In einem weiten Bogen kreisten sie landeinwärts und sanken noch ein wenig tiefer. Sie flogen über den Gualala Fluss in die Wälder hinein. Ohne sich absprechen zu müssen, mieden sie den Trailerpark und kreisten stattdessen über dem Klinikgelände, Edies Garten, dem Hauptgebäude mit den vertrauten Zwiebeltürmchen. Aus einigen Fenstern schien noch Licht. Sofia hoffte, Carmel würde das Gebäude nicht abreißen und durch einen Neubau ersetzen. Es passte hierher. Blue zog an ihr vorbei, er flog jetzt ganz alleine. Seine Lippen bewegten sich, aber Sofia konnte nicht verstehen, was er sagte. Er zeigte zur Klinik: Wollte sie zurück? Sofia schüttelte den Kopf. Sie lehnte sich etwas nach links. Blue merkte sofort, wo sie hinwollte. Er grinste und hob den Daumen hoch. Das Cove Azul hatte noch geöffnet. Es war ja, wie immer hier, noch nicht so spät, wie es sich anfühlte. Die Nacht brach früh an und dauerte lange. Sie steuerten auf das Türmchen zu, gerade als ein einsamer Raucher sich umdrehte und die Treppe hinunterging. Wenn er sie gesehen hatte, ließ er sich nichts anmerken. Sofia versuchte zu bremsen, aber das gelang ihr noch nicht ganz. Recht unsanft schlugen sie an der Brüstung an. Sofia schürfte sich beide Hände auf, als sie nach dem

Geländer griff. Aber weil sie so klein war, konnte sie sich leichter hochziehen und darüber schwingen. Blue hatte mehr Mühe. Einen Moment lang baumelte er ungeschickt in der Luft, seine langen Beine strampelten, bis sie Halt fanden. Die Schwerkraft hatte sie wieder. Sofia streckte die Hand aus, und Blue nahm sie. Sie zog ihn hoch, bis er bäuchlings auf dem Geländer lag. Er brauchte drei Anläufe, bis er am Ende auf allen Vieren auf dem Boden landete. Sofia musste lachen. Blue rappelte sich auf und klopfte seine Kleidung ab. Es schien ihm nicht im Geringsten peinlich, dass er sich vor Sofia so ungeschickt angestellt hatte.

Dann standen sie sich auf der kleinen, quadratischen Terrasse gegenüber. Sie waren allein. Sie atmeten schwer, sie grinsten und grinsten immer breiter. Blue schüttelte den Kopf und spreizte die Hände. Sofia nickte. Es gab nichts zu sagen. Es gab keine Worte.

Jetzt, wo sie sich nicht mehr bewegten, merkten sie erst, wie kalt es war. Sofia legte die Arme um sich selbst und rieb sich die Schultern. Blue hüpfte ein paarmal auf und ab. Dann gingen sie hintereinander die schmale Treppe hinunter und betraten die Bar. Das kleine Lokal war voll, die Luft stickig. Freitagabend, dachte Sofia. Wenn normale Leute ausgingen, Bier tranken und Billard spielten. Es dauerte eine Weile, bis sie sich zur Theke vorgearbeitet hatten. Weedy sah sie schon von Weitem, zwinkerte ihnen übertrieben zu und hob den Daumen hoch.

Klar. Sie sahen aus wie zwei Menschen, die etwas Außergewöhnliches erlebt haben. Die ein Geheimnis haben.

Sofia bestellte ein Bier. Weedy fragte nicht nach ihrem

Ausweis, obwohl sie offensichtlich noch nicht einundzwanzig war. Sie hatte immer schon jünger ausgesehen,
als sie war. Und sich immer darüber geärgert. Aber irgendwann würde sie das zu schätzen wissen, das ver-
sprach jedenfalls ihr Papa Santi.

»Dasselbe«, sagte Blue. Er schaute Sofia erwartungsvoll
an. Sie hatte noch nie Bier getrunken, und ihr Gesicht
verzog sich überrascht, als sie den ersten Schluck nahm.
Sie stellte ihr Glas auf die Theke und schüttelte sich. »Das
schmeckt ja ganz bitter!«, beklagte sie sich. Blue grinste.
Er streckte die Hand aus und wischte den Schaum, der
an ihrer Oberlippe klebte, mit dem Daumen weg. Die
Berührung war kaum zu spüren.

Sie nahmen ihre Gläser und gingen zum Billardtisch
im Nebenzimmer. Eine Gruppe von Touristen in voller
Expeditionsausrüstung hatte gerade ein Spiel beendet.
Sofia nahm einen Queue von der Wandhalterung, wäh-
rend Blue die Kugeln in einem schmuddeligen weißen
Plastikdreieck anordnete. Bier und Billard, dachte Sofia.
Geht doch. Normal mochte kein Kriterium sein, aber
es war ein guter Schutz. Normal war eine Raststätte, ein
Zwischenhalt.

Blue schob das Plastikdreieck millimeterweise hin und
her und wieder etwas weiter nach oben, bis er endlich
zufrieden war. Dann schaute er auf und fing Sofias Blick
in seinen dunklen, blauen Augen ein. Sie wusste, was er
dachte: dasselbe wie sie.

MILENA MOSER BEI KEIN & ABER

Mit ihren Romanen erschafft Milena Moser einen eigenen
Kosmos, in dem uns ihre Figuren immer wieder neu begegnen.
Jetzt weiterlesen!

MEHR ALS EIN LEBEN

Was wäre gewesen, wenn? Raffiniert erzählt Milena Moser zwei
Versionen eines Lebens zwischen Mutter und Vater, Europa und
Amerika, Verantwortung und Freiheit. Eine tiefreichende Geschichte
über wegweisende Entscheidungen, Liebe, Identität und darüber, wie
uns die Menschen prägen, die uns nahe sind.

Roman
Gebunden, 560 Seiten
ISBN 978-3-0369-5872-9

Auch als eBook erhältlich

LAND DER SÖHNE

Wie Puzzleteile fügen sich drei unkonventionelle Kindheiten zu
einem furios geschriebenen, berührenden Familienepos zusammen.
In dessen Zentrum steht die Frage, ob wir weiterführen sollten, was
uns in der Kindheit vorgelebt wurde, oder den Mut aufbringen,
selbstbestimmte, neue Wege zu gehen.

Roman
Broschiert, 416 Seiten
ISBN 978-3-0369-6100-2

www.keinundaber.ch